L'été de 1939 avant l'orage

DU MÊME AUTEUR

Un viol sans importance, roman, Sillery, Septentrion, 1998.
La Souris et le rat, roman, Gatineau, Vents d'Ouest, 2004.
Un pays pour un autre, roman, Sillery, Septentrion, 2005.

Jean-Pierre Charland

L'été de 1939 avant l'orage

HURTUBISE
HMH

Catalogage avant publication de Bibliothèque et Archives Canada

Charland, Jean-Pierre, 1954-

L'été de 1939, avant l'orage

ISBN 2-89428-888-3

I. Titre.

PS8555.H415E83 2006 C843'.54 C2006-940534-4
PS9555.H415E83 2006

Les Éditions Hurtubise HMH bénéficient du soutien financier des institutions suivantes pour leurs activités d'édition :

- Conseil des Arts du Canada
- Gouvernement du Canada par l'entremise du Programme d'aide au développement de l'industrie de l'édition (PADIÉ)
- Société de développement des entreprises culturelles du Québec (SODEC)
- Programme de crédit d'impôt pour l'édition de livres du gouvernement du Québec

Illustration de la couverture : Luc Normandin
Maquette de la couverture : Geai Bleu Graphique
Maquette intérieure et mise en page : Martel en-tête

Éditions Hurtubise HMH ltée
1815, avenue De Lorimier
Montréal (Québec) H2K 3W6

Librairie du Québec/DNM
30, rue Gay-Lussac
75005 Paris FRANCE
www.librairieduquebec.fr

ISBN : 2-89428-888-3

Dépôt légal : 2e trimestre 2006
Bibliothèque nationale du Québec
Bibliothèque nationale du Canada

Imprimé au Canada

www.hurtubisehmh.com

À Céline, pour que les années s'accumulent

Personnages historiques

Voici quelques notices biographiques relatives à des personnages réels évoqués dans le roman.

Arcand, Adrien (1899-1967) : Journaliste et auteur de plusieurs ouvrages, on le retrouve dans de nombreux périodiques, dont *La Presse*. Il crée le Parti national socialiste chrétien (PNSC). En 1938, cette organisation fusionne avec les groupes fascistes de l'Ontario et du Manitoba pour donner naissance au Parti de l'Unité nationale. Il exprime un racisme virulent. Arrêté le 30 mai 1940, cet homme est interné pour la durée de la guerre.

Bazinet, Mgr Jean-Baptiste : Curé de Sainte-Agathe-des-Monts de 1912 jusqu'à sa mort en 1945. Son antisémitisme se manifesta dès 1934, mais à l'occasion de l'été de 1939, il atteint un sommet. Assez curieusement, cet ecclésiastique ne se priva jamais d'afficher sa sympathie pour le Parti libéral, lequel se montrait plutôt tolérant envers les Juifs.

Bouchard, Paul (1908-1992) : Fondateur en 1936 du journal *La Nation*, farouchement antisémite et, au début, pronazi, pour devenir ensuite indépendantiste et même créditiste. Exilé au Mexique pendant la guerre, il revient au Québec en 1945 et est nommé fonctionnaire provincial par l'Union nationale de Maurice Duplessis, dont il s'affichera comme un partisan, puis professeur à l'Université Laval.

Bronfman, Samuel (1891-1971) : L'un des huit enfants de Mindel et Ekiel Bronfman, immigrants originaires de Russie établis en Saskatchewan en 1889. En 1924, Samuel Bronfman fonde la Distillers Corporation, puis la Seagram en 1928. À compter de 1939, il assure la présidence du Congrès juif du Canada. L'organisme multiplie alors les interventions afin de venir en aide aux Juifs menacés d'extermination en Europe.

David, Athanase (1882-1953): Fils de Laurent-Olivier David, ami fidèle de Wilfrid Laurier. Avocat à compter de 1905. En 1916, il est élu à l'Assemblée provinciale comme député libéral du comté de Terrebonne – dont faisait partie le village de Sainte-Agathe-des-Monts –, poste qu'il occupe jusqu'au scrutin de 1935. Il est élu à nouveau en 1939, mais démissionne dès le début de l'année suivante pour accéder au Sénat.

Duplessis, Maurice LeNoblet (1890-1959): Avocat depuis 1913, il est élu député du Parti conservateur provincial en 1927. Il fonde l'Union nationale en 1935 et, à sa tête, devient premier ministre l'année suivante. Défait en 1939, il reprend le pouvoir en 1944 et meurt en fonction en 1959. On lui doit, parmi bien d'autres choses, d'avoir répandu l'expression « Salon de la race » pour désigner l'Assemblée législative dès 1936.

Farah, Georges (dit **Lajoie**: 1876-1942): Né à Damas, éduqué à Jérusalem, arrivé à Montréal en 1900, il devient policier à la ville de Montréal en 1906, détective en 1910. En 1922, il arrête Adélard Delorme, un prêtre, pour le meurtre de son frère Raoul Delorme. Démis de ses fonctions en 1927, il travaille comme détective privé, puis pour le compte du Procureur général de la province de Québec.

George VI (1895-1952): Il accède au trône du Royaume-Uni et de tous les dominions en 1936, à la suite de l'abdication de son frère Edward VII pour des raisons matrimoniales. Il visite le Canada en 1939, pour consolider les liens à la veille de la guerre. Sa fille, Elizabeth Alexandra Mary, lui succédera en 1952.

Gouin, Paul (1898-1976) : Fils du premier ministre Lomer Gouin, il participe à la fondation de l'Action libérale nationale en 1934, un regroupement de libéraux insatisfaits du gouvernement de Louis-Alexandre Taschereau. Il s'allie avec Maurice Duplessis lors des élections de 1935, puis il rompt avec le chef conservateur en 1936. Désigné chef de l'Action libérale nationale en 1938, il est défait lors des élections de 1939.

Groulx, Lionel (1878-1967) : Prêtre, il devient professeur d'histoire du Canada à l'Université Laval à Montréal en 1916, un poste qu'il occupe jusqu'en 1949. Membre de la Ligue des droits du français en 1917, il dirige la revue *L'Action française* de 1920 à 1928. Outre ce périodique, il collabore au *Devoir*, au *Quartier latin*, à *La Vie nouvelle*, à *La Revue canadienne*, à *La Revue trimestrielle*, à *Liaison* et à *L'Action nationale*. Il publie aussi deux romans et de nombreux ouvrages politiques et historiques.

Hitler, Adolf (1889-1945) : Chef du Parti national socialiste des travailleurs allemands (ou Parti nazi, selon l'abréviation habituelle), il devient chancelier en 1933. Il impose rapidement la dictature et entraîne son pays dans une guerre d'agression en 1939. Le régime nazi restera associé dans l'histoire à un vaste programme d'extermination physique des Juifs.

Houde, Camillien (1889-1958) : Député conservateur provincial de Montréal-Sainte-Marie en 1923. En 1939, on le retrouve député indépendant de Montréal-Sainte-Marie. L'homme est élu maire de Montréal à plusieurs reprises. Arrêté et interné en 1940 pour son opposition à l'enregistrement national, un prélude à la conscription pour le service outremer, il est libéré en 1944.

King, William Lyon Mackenzie (1874-1950) : Avocat, il est élu député libéral en 1908. Premier ministre à compter de 1921, il est battu dans le contexte de la crise en 1930. De retour au pouvoir cinq ans plus tard, il y restera jusqu'à sa retraite en 1948. Politicien extrêmement prudent, il arrive tant bien que mal à rétablir les bonnes relations entre Canadiens français et Canadiens anglais, mises à mal depuis l'événement de la conscription de 1917. Dans cet exercice, il est puissamment aidé par son lieutenant Ernest Lapointe.

Lapointe, Ernest (1876-1941): Avocat, il est élu en 1904 député libéral de Kamouraska. En 1919, il devient député de Québec-Est, circonscription laissée vacante par le décès de Sir Wilfrid Laurier. Lapointe accède au cabinet de King en 1921. Son engagement, formulé dès 1938 au nom du gouvernement, à ne jamais recourir à la conscription pour le service militaire outremer, favorise le retour des libéraux au pouvoir au Québec en 1939 et leur réélection au fédéral l'année suivante. Le cancer l'emporte en novembre 1941.

Laurendeau, André (1912-1968): Participe au mouvement Jeune-Canada en 1933. Il succède à son père à la direction de la revue *L'Action nationale* de 1937 à 1943, puis de 1948 à 1954. Il participa en 1942 à la Ligue pour la défense du Canada, un mouvement d'opposition à la conscription. En 1947, il passe à l'emploi du journal *Le Devoir*. Son rôle d'animateur à Radio-Canada lui procurera visibilité et notoriété.

Limoges, Mgr (…-1965): Évêque du diocèse de Mont-Laurier de 1922 à 1965.

Minville, Esdras (1896-1975): Diplômé de l'École des hautes études commerciales de Montréal, il y devient professeur en 1924 et, quelques années plus tard, directeur. Il milite dans des sociétés nationalistes, dont l'Action nationale. En 1939, il collabore à la Commission d'enquête Rowell-Sirois sur les relations entre le dominion et ses provinces.

Roosevelt, Franklin Delanoe (1882-1945): Élu président des États-Unis en 1933, il le demeurera jusqu'à son décès. Il engage son pays dans le *New Deal* pour le sortir de la crise économique. Confronté à une opinion publique opposée à la guerre malgré sa sympathie pour la cause alliée, ce ne fut qu'après l'attaque japonaise contre Pearl Harbour qu'il engagera son pays dans la Seconde Guerre mondiale.

Vanier, Anatole (1887-1985): Licencié en droit, il occupe les postes de chargé de cours, puis de professeur agrégé à la Faculté des sciences sociales de l'Université de Montréal entre 1940 et 1951. Il est actif dans plusieurs mouvements de jeunesse et d'action sociale catholiques.

Wilson, Cairine Reay Mackay (1885-1952): Première sénatrice canadienne, elle milite au sein d'associations humanitaires, comme la Ligue des nations du Canada ou le Comité national canadien pour les réfugiés et les victimes de la persécution politique, dont elle est présidente de 1938 à 1948. Elle se verra accorder la Légion d'honneur en 1950 par le gouvernement de la France en reconnaissance de son travail auprès des enfants réfugiés. Elle devient la première femme canadienne déléguée à l'Assemblée générale des Nations Unies en 1949.

Woodsworth, James Shaver (1874-1942): Pasteur méthodiste et militant socialiste, il participe à la création du *Cooperative Commonwealth Federation* en 1933, un parti politique à gauche de l'échiquier canadien, dont il sera le premier chef.

Prologue

— Papa, j'ai peur.

Myriam Bernstein se pressait contre la poitrine creuse de son père, terrorisée, le visage barbouillé de larmes. L'homme encerclait ses épaules de son bras pour la protéger, tout en disant d'une voix mal assurée :

— Ce n'est rien, ce n'est rien. Nous partons.

Rien, dans le comportement de la foule, n'autorisait semblable optimisme.

Des gens se pressaient tout autour du taxi, tapaient sur le capot et le toit. À l'intérieur du véhicule, les passagers avaient remonté les glaces, verrouillé les portières. Le chauffeur jurait entre ses dents, faisait de grands gestes des mains pour que les badauds s'éloignent un peu. N'y tenant plus, il finit par abaisser sa vitre de quelques pouces pour demander au premier venu :

— Qu'est-ce qui se passe ?

Un homme vêtu d'un uniforme brun, un brassard rouge orné d'une croix gammée sur le bras droit, s'arrêta pour répondre :

— Une opération de nettoyage. Il reste encore des Juifs dans la ville !

— ... Mais je dois passer. Je dois conduire ces personnes au port.

— Alors il faudra prendre un autre chemin.

Le chauffeur regarda dans son rétroviseur. Des gens marchaient au milieu de la chaussée, quelques véhicules immobilisés empêchaient absolument de faire demi-tour, ou de reculer.

— Vous pouvez me dégager le chemin ? demanda encore le conducteur.

Le membre des chemises brunes ne se donna même pas la peine de répondre, tout à son plaisir d'aller casser du Juif.

— Vous avez entendu, enchaîna le chauffeur en s'adressant à Izak Goldberg, le passager qui prenait place près de lui sur le siège avant.

L'homme consulta du regard les cinq personnes s'entassant sur la banquette arrière de la voiture, puis tenta de plaider :

— Vous ne pouvez pas nous laisser ici… Nous devons prendre ce navire.

— Vous le voyez bien, ce n'est pas possible. Vous irez plus vite à pied.

Inutile d'insister. Pire, sembler trop anxieux de quitter les lieux ne ferait qu'attiser les soupçons.

Comme la foule se faisait un peu moins pressante, le chauffeur put ouvrir sa portière et sortir. Izak Goldberg dut l'imiter. À l'arrière, Jakob Bernstein descendit aussi, suivi de sa fille, de sa femme, de la fille et de l'épouse de son compagnon. Peu après, les deux hommes récupéraient toutes leurs possessions, deux valises de carton bouilli. Après trois siècles en Allemagne, c'était là tout ce qui restait du patrimoine des deux familles juives. Depuis l'arrivée au pouvoir du Parti nazi en 1933, exclus de toutes les professions et victimes de tous les boycotts, les Israélites achevaient de liquider leurs biens pour arriver à survivre.

— Pour nous rendre au port… demanda Izak Goldberg en réglant le prix de la course interrompue.

— Suivez cette rue jusqu'à l'Elbe. L'embarcadère sera sur votre gauche.

Un moment plus tard, Rebecca agrippée à l'une de ses mains, et sa valise dans l'autre, Goldberg suivait le flot de la foule.

— Ne pleure pas, murmura-t-il à la fillette. Tu vas nous faire repérer.

Derrière suivaient sa femme et les Bernstein. Bientôt, ils débouchèrent sur une petite place. Vu les noms sur les façades, les commerces des environs appartenaient sûrement à des Juifs. La foule avait convergé jusque-là. Les vitrines défoncées vomissaient des pillards sur les trottoirs, les bras chargés de marchandises : des vêtements, des livres, de la nourriture, même des meubles.

Les propriétaires de ces établissements, souvent des hommes à la barbe et aux cheveux gris, se trouvaient à genoux sur les pavés, des brosses à la main. Autour d'eux, des militants nazis riaient à gorge déployée, tout en lançant des crachats ou des coups de pied à leurs victimes.

— Sales Youpins ! Nous allons nettoyer l'Allemagne avec votre sang, hurlait un officier des sections d'assaut, ces fameuses chemises brunes maîtresses des rues depuis des années.

La terreur de Myriam Bernstein et de Rebecca Goldberg avait monté d'un cran encore, les laissant hébétées. Au moins, elles ne pleuraient plus. Sur le trottoir, le petit groupe devait éviter le verre brisé des vitrines défoncées. Les murs des édifices portaient des croix gammées, des étoiles de David, des insultes le plus souvent scatologiques et le mot Dachau. Déjà, ce camp avait accueilli des dizaines de milliers de Juifs, des centaines étaient morts. Bientôt, ils seraient des millions à connaître ce sort.

— Vous autres, pourquoi êtes-vous si pressés ?

Un homme vêtu d'une chemise brune, le visage traversé d'une vilaine cicatrice, bloquait le chemin à Goldberg et à ses compagnons.

— … Nous devons embarquer sur un navire. Le taxi ne pouvait pas passer, il nous faut continuer à pied.

— Vous ne seriez pas des Juifs ?

Sans habit traditionnel, les joues glabres, rien ne distinguait ces gens des autres Allemands, sauf la peur qui liquéfiait leurs intestins et une sueur malsaine. Un jour plutôt froid et sombre du printemps de 1939, cela pouvait les trahir aussi facilement qu'un caftan, ou même qu'une simple kippa.

— Mais non, plaida Goldberg d'un ton désespéré. Nous sommes de vrais Aryens.

Tout près, deux hommes s'étaient mis en tête de raser la longue barbe blanche d'un Israélite avec un couteau à cran d'arrêt. Le sang qui coulait sur les joues de leur victime témoignait de l'inefficacité de l'outil.

Avant que la chemise brune n'ait eu le temps d'ouvrir à nouveau la bouche, une pluie froide commença à tomber. L'officier se détourna d'eux pour lancer à sa troupe :

— Allez, on rentre. Si ces commerces ouvrent à nouveau leurs portes, nous reviendrons !

En essayant de se fondre aux murs, sous une pluie froide et drue, le petit groupe de fuyards reprit son chemin. Cette fois encore, ils s'en tiraient. Une heure plus tard, trempés jusqu'aux os et exténués, ces Juifs atteignaient l'embarcadère du port de Hambourg, sur l'Elbe, juste un peu avant le moment de l'appareillage. En ce samedi 13 mai 1939, le paquebot Saint-Louis *larguait ses amarres avec à son bord neuf cent sept Juifs. Chacun avait sacrifié ses dernières ressources pour payer son passage et se procurer un visa de touriste du gouvernement de Cuba. Tous espéraient descendre à La Havane.*

Quand le port de Hambourg s'estompa à l'horizon, Myriam Bernstein et Rebecca Goldberg cessèrent de pleurer. En plein Atlantique, elles réussiraient même à esquisser un sourire.

1

Malgré ses bas de soie, les étriers d'acier paraissaient bien froids contre la plante de ses pieds. Quelle posture ridicule, songea-t-elle, couchée sur le dos, les genoux relevés vers la poitrine, un homme avec une petite lampe au front penché dans le grand ciseau de ses cuisses. Après cela, il ne pourrait plus douter qu'elle fût une véritable rousse ! Puis la sensation horripilante du *speculum* dans son sexe, l'impression d'écartèlement…

Quand le médecin retira l'instrument pour se redresser enfin, la jeune femme éprouvait le sentiment d'avoir été contrainte d'adopter cette position grotesque pendant des heures. Pourtant, le docteur Davidowicz avait procédé aussi vite que le lui permettait sa conscience professionnelle.

— Vous pouvez remettre vos vêtements et venir me rejoindre à côté.

En enlevant la bande de caoutchouc retenant la petite lampe contre son front, le praticien vérifia si sa kippa se trouvait toujours bien en place à l'arrière de son crâne. Il rangea ses instruments sans perdre de temps, passa de l'autre côté du rideau qui divisait son bureau en deux.

Une fois seule, Virginie se troussa à nouveau pour remettre sa culotte et rattacher ses bas au porte-jarretelles. Un coup d'œil dans un miroir placé à l'écart lui permit de s'assurer que sa jupe tombait bien, qu'elle n'avait pas reboutonné sa blouse de guingois après que le stéthoscope ait eu terminé son long trajet sur sa poitrine et son dos. Certaine d'avoir retrouvé son allure de respectable femme d'affaires, elle rejoignit le médecin.

Celui-ci interrompit la prise de notes dans son dossier pour lui faire signe de prendre place en face de son grand bureau, sur une confortable chaise recouverte de cuir.

— Madame Daigle, si tout le monde se révélait en aussi bonne santé que vous, ce serait la ruine de ma profession.

Elle demeura un moment interdite, visiblement déçue, avant de plaider :

— … Mais pourtant, ce n'est pas naturel, ne pas pouvoir avoir d'enfant !

— Vous avez déjà une fille, je crois ? Je pense vous avoir aperçue dans le quartier avec une jeune personne vous ressemblant beaucoup.

— Oui, elle a douze ans. Aucune grossesse, depuis.

Le médecin prenait des notes supplémentaires dans le dossier qu'il venait tout juste de créer pour elle.

— Et vous faites tout pour que cette fillette se retrouve avec un frère, ou une sœur ?

— Avec enthousiasme.

Virginie Daigle avait affiché un sourire. Davidowicz le lui rendit, constatant qu'en effet, avec cette femme de trente-cinq ans, grande et très mince, aux cheveux roux légèrement ondulés, coupés courts, les efforts redoublés pour avoir un autre enfant ne devaient jamais peser bien lourds sur les épaules de son conjoint. Quant à elle, elle se disait que les choses se passaient bien avec cet étranger. Devant un médecin canadien français, elle se serait sentie obligée d'exagérer sa timidité de crainte de devenir un sujet de conversation. La pruderie accablait ses compatriotes comme un carcan, même les choses les plus naturelles, comme les plaisirs conjugaux, devenaient tabous : il fallait affecter la plus grande indifférence à ce sujet, ou passer pour une femme de mauvaise vie.

— Cette première naissance établit que ni vous ni votre époux n'êtes stériles, enchaîna le praticien après un moment. Je ne vois rien qui cloche avec vous. Votre mari ne souffre d'aucune maladie ?

— L'un de vos collègues l'a assuré récemment qu'il se porte très bien, sauf une toux récurrente qui le prend parfois. Le résultat d'une attaque au gaz, un souvenir de guerre. Mais à part cela, rien.

Non, se dit-elle encore, cela ne tenait pas vraiment au fait qu'il fût un étranger. Sa façon d'écouter, la tête un peu inclinée sur le côté gauche, très attentif, visiblement prêt à recevoir toutes les confidences, l'incitait à la franchise. Puis il affichait cette élégance, ce langage châtié qui caractérisaient souvent les Juifs d'Europe centrale. Cette première consultation ne serait pas la dernière.

— Je ne peux rien vous proposer, malheureusement, conclut-il après une nouvelle pause. La médecine connaît mal les mécanismes de la reproduction. Vous me semblez pouvoir donner naissance à d'autres enfants.

Le visage de la jeune femme s'assombrit, elle baissa le regard, se mordit la lèvre inférieure. Un clignement d'yeux rapide laissa couler une larme. Un silence suivit, si long que le médecin jugea nécessaire d'ajouter :

— Je suis désolé.

Virginie secoua la tête, reprit son souffle avant de demander :

— Est-il possible qu'une maladie vénérienne rende stérile ?

— … Je n'ai rien vu chez vous qui me permet de croire…

— J'ai lu que les symptômes peuvent être tout à fait absents.

Une interruption, à nouveau, avant que Davidowicz ne convienne :

— Cela peut se produire, en effet. Avez-vous des raisons d'imaginer cela ?

— J'y ai fait allusion, mon mari a fait la guerre. J'ai bien peur que les visites aux prostituées n'aient fait partie des usages. Puis nous ne nous sommes connus qu'en 1925. Je ne suis pas naïve au point de penser avoir été la première…

Sa voix avait perdu toute assurance. Quand ses yeux se fixèrent encore une fois sur ceux du médecin, elle éprouva le sentiment que son interlocuteur n'était pas tout à fait dupe de cette présentation des faits.

— Cela est bien possible, mais j'en doute. Cela signifierait deux personnes parfaitement asymptomatiques, vous et votre époux, si mon collègue n'a rien constaté chez lui. À votre place, je préférerais croire que la bonne étoile qui vous a déjà valu un enfant peut briller à nouveau. Je conserverais intact mon enthousiasme à multiplier les tentatives. Si aucune grossesse n'en résulte, vous conviendrez tout de même que vos efforts ne représenteront pas une perte totale.

Un sourire entendu souligna les derniers mots, la jeune femme le lui rendit. Présenté ainsi, son malheur semblait bien léger. La situation revêtait même une ironie qui ne lui échappait pas : la plupart de ses voisines rêvaient plutôt d'un moyen d'interrompre le cycle infernal des maternités annuelles et faisaient grise mine à leurs maris si ceux-ci se révélaient trop entreprenants.

— J'ai pensé utiliser la méthode Ogino et Knauss, en faisant exactement le contraire de ce qu'ils recommandent, cela va de soi.

— Faire de vos moments de fertilité vos périodes fastes ? Bien sûr.

Le médecin se leva pour chercher une brochure dans une étagère derrière lui et la lui remettre. Le texte, rédigé en anglais, présentait les grandes lignes de cette méthode de prévention des naissances résultant des travaux du Japonais Ogino et de l'Autrichien Knauss. Ces deux scientifiques suggéraient aux couples de s'abstenir d'avoir des rapports sexuels durant la période allant du dixième au vingt et unième jour du cycle menstruel de la femme, en admettant que ce dernier conserve une régularité de métronome ! Virginie se proposait de faire exactement le contraire.

— J'aimerais que vous demeuriez discrète, demanda Davidowicz en baissant la voix, comme si des oreilles intolérantes se collaient à sa porte. Si les milieux cléricaux catholiques apprenaient que je distribue cela, je serais accusé de participer à une grande entreprise pour faire disparaître les Canadiens français de la surface de la terre.

— En faisant échec à la stratégie de revanche des berceaux !

Virginie avait dit ces mots avec dépit. Les prêtres multipliaient les interventions auprès des épouses afin qu'elles se muent en usines à bébés, pour sauver la « race », même quand la crise économique acculait des milliers d'enfants à la misère. C'était la « revanche » qu'ils avaient imaginée pour empêcher les francophones d'être noyés par les immigrants qui s'assimilaient presque tous à la population anglaise. Elle enchaîna après une pause :

— J'estime que toutes les femmes devraient choisir si elles veulent ou non avoir des enfants, quoi qu'en disent les tyrans ensoutanés. Malheureusement, je me tairai, alors que je préférerais conseiller à des femmes parmi mes connaissances de venir vous voir.

— Si cette méthode, et surtout l'usage original que vous comptez en faire, n'a pas le résultat escompté, avez-vous songé à l'adoption ? Dans la conjoncture politique actuelle, l'Europe risque de produire bientôt des orphelins par centaines de milliers.

— J'ai bien peur que vous ayez raison. Et déjà, les orphelinats canadiens débordent d'enfants, le plus souvent abandonnés. Je penserai encore à cette solution de rechange. Mais tout de même, une nouvelle grossesse…

Virginie Daigle ramassa son sac, posé sur le plancher près de sa chaise. Le médecin interrompit son mouvement en demandant :

— Madame, vous êtes l'épouse de Renaud Daigle, l'avocat ?

— … Oui, en effet.

— Je vous ai croisés ensemble à quelques reprises dans le quartier. J'aimerais bien le rencontrer, lui confier un mandat, en fait. Vous croyez que je pourrais passer chez vous dimanche après-midi ? Je dois malheureusement me rendre à Ottawa demain, et mon statut de député m'oblige à respecter le sabbat, sinon mes électeurs les plus religieux me tourneraient le dos.

— Alors, vous voulez gâcher le dimanche d'un catholique ? lança Virginie en affichant un sourire qui se communiqua jusqu'à ses grands yeux verts.

Son vis-à-vis rougit un peu avant de dire :

— Je sais, je suis terriblement impoli. Mais je devrai retourner à Ottawa dès lundi matin pour la suite des travaux parlementaires. Croyez cependant que je gâcherai la journée de votre époux pour un motif très noble.

— Je suppose qu'il ne vous en voudra pas trop de mettre en danger le salut de son âme. Je vous ai donné notre adresse tout à l'heure.

La grande femme rousse qui tourna le coin de la rue Davaar pour poursuivre sa route sur la rue Bernard avait un mouvement des hanches plutôt suggestif. Placé en contre-jour, le soleil découpait délicieusement sa silhouette : la mi-trentaine, mince, aucune trace de grossesse n'alourdissait sa ligne. Renaud Daigle accéléra le pas jusqu'à la rejoindre, murmura au moment où il arriva à sa hauteur :

— Madame, vous montrez certainement les plus jolis mollets du monde ! Et ce que je vois de vos jambes à travers la robe, avec cette lumière complice, m'incite à croire qu'elles sont comparables au reste.

La surprise fit un peu sursauter Virginie, toujours pensive après avoir quitté le cabinet du médecin. Un moment, elle donna l'impression d'une gamine prise en flagrant délit d'école buissonnière, puis se reprit pour dire en se retournant :

— Monsieur, le printemps a sur vous un effet dévastateur.

Tourné à demi, son visage offrait une multitude de taches de rousseur qui, sous le soleil, paraissaient des paillettes dorées. Si les lèvres se faisaient sévères, ses yeux verts indiquaient tout autre chose. Elle leva la main pour s'assurer que son chapeau de paille demeurait bien en place.

— Cela te dirait de prendre un verre à une terrasse ? proposa-t-il après une seconde d'hésitation. Ou peut-être dois-tu accourir au cinéma ?

Renaud Daigle, son époux, portait bien ses quarante-cinq ans. Grand, encore relativement mince, il paraissait bien dans son costume de lin gris, coiffé d'un panama. Au moment de quitter la maison ce matin, le soleil radieux l'avait convaincu de mettre ses lunettes teintées de vert, un peu pour forcer ce temps estival à s'installer définitivement.

— En vérité, confia-t-elle, je me disais qu'il faisait trop beau pour retourner travailler tout de suite.

— Tu me déçois ! Je croyais que tu étais l'employée exemplaire, prête à peiner dix heures par jour alors que je te paie tout juste pour sept.

— Je dois me laisser influencer par ton exemple. C'est comme cela que tu fais le professeur ? Ne devrais-tu pas crouler sous les corrections, dix bons jours après la date à laquelle tu devais remettre les résultats à l'université ? Des dizaines d'étudiants se languissent de savoir s'ils connaissent suffisamment le droit constitutionnel pour poursuivre leurs études et toi, tu veux te prélasser au soleil.

— Je me sentais incapable de travailler dans la chaleur moite de mon petit bureau. Puis j'ai encore à réviser des textes pour Ottawa.

Tous deux prirent place à la terrasse du *Café Pierre*, commandèrent chacun un verre de vin blanc tout frais. La rue Bernard demeurait animée, même si tout le monde aurait dû, en ce début d'après-midi, se trouver au travail ou vaquer à des tâches ménagères. Pendant un moment, ils eurent l'impression de reculer de treize ans, alors qu'ils découvraient le plaisir de la vie commune. Des terrasses comme celles-là avaient abrité de longues conversations, peu après leur mariage. Un instant, la jeune femme lui caressa la cuisse sous la table, puis elle s'arrêta tout d'un coup :

— Tout de même, je vais m'arracher à ton charme puissant et retourner au travail. Tu as toujours l'intention de présenter ta princesse au roi ?

— Cela se limitera à le voir de loin, si nous avons de la chance.

— Avertis Julietta, et donne-lui le reste de la journée. Je rentrerai un peu plus tard que d'habitude.

— J'y cours de ce pas, avant qu'elle ne se mette à ses fourneaux. Je cueillerai la seconde rouquine de ma vie à la sortie de l'école. À cause de la visite royale, la classe s'achèvera dans quelques minutes.

Sur ces mots, la jolie rousse retourna s'enfermer dans son bureau du Théâtre Outremont.

Le Théâtre Outremont, dans les faits un cinéma imposant, se trouvait tout juste trois cents pieds plus loin, sur la rue Bernard. Renaud marcha avec sa femme jusqu'aux élégantes portes vitrées donnant accès à la grande bâtisse, lui fit la bise puis poursuivit sa route vers l'école de sa fille.

Les grandes portes du cinéma s'ouvraient sur un escalier majestueux. Celui-ci conduisait à la mezzanine, divisée en deux sections, de part et d'autre de la cabine de projection. À droite de celle-ci, une porte menait à deux pièces en enfilade. Une rangée de petites fenêtres carrées leur procurait beaucoup d'allure. Dans la première, derrière un bureau très élégant, de style art déco, trônait un homme très grand, obèse, mais portant bien ses cent kilos : Émile Chiasson. Il se leva précipitamment dès que la jeune femme passa la porte en demandant, inquiet :

— Vous arrivez tard. Rien de grave, j'espère. Cette visite soudaine chez le médecin…

— Vous êtes mon ange gardien !

D'employé, cet homme était devenu un ami précieux et fidèle. Mieux valait s'asseoir sur la chaise en face de lui et prendre le temps de le rassurer :

— Ne vous inquiétez pas, continua-t-elle en se forçant à rire. Tout indique que je me porte très bien. Aucun motif médical ne m'empêche de donner naissance à un autre enfant.

— C'est vraiment dommage. Je m'imaginais déjà jouer à la gardienne d'enfants pendant que vous vous occuperiez de la programmation du cinéma…

Quoique cette offre ne devait pas être prise au pied de la lettre, le visage du gros homme trahissait toute sa sympathie. Néanmoins, mieux valait changer de sujet plutôt que de provoquer une cascade de larmes.

— Ce médecin, Davidowicz, il est bien ? Je devrais en consulter un, et celui-là se trouve si près de la maison.

— Très bien je crois. Je vais sans doute continuer de le voir.

— Curieux tout de même pour un député de recevoir ainsi des patients !

Arden Davidowicz, membre du Parti libéral, représentait la circonscription de Montréal-Champlain au Parlement fédéral.

— En fait, c'est assez commun. Les carrières des parlementaires peuvent prendre fin tous les quatre ans. Puis le salaire n'est pas très élevé et la tâche, pas si lourde.

Pour signifier son désaccord, l'assistant-gérant du Théâtre Outremont laissa échapper un sifflement. Ce salaire de député, il l'aurait volontiers échangé contre le sien, même s'il se savait très bien traité par sa patronne. Celle-ci enchaîna :

— Ils le font presque tous. Les avocats continuent de travailler pour leur étude, les médecins de recevoir des patients. La session ne dure pas si longtemps, de toute façon.

Après une pause, Chiasson demanda encore :

— Même sans grossesse, vous irez tout de même passer du temps dans les Laurentides ? Cela vous ferait le plus grand bien, des semaines de bon air. Puis, si vous êtes bien reposée, peut-être que la cigogne…

Il s'arrêta, inquiet d'avoir poussé un peu loin la relation entre employeur et employé, même si la leur n'avait rien d'habituelle.

— Et laisser la boutique pendant tout ce temps ?

— Vous voyez, un peu plus de trois heures sans vous aujourd'hui, et le cinéma est toujours là. Avec de la chance, la maison tiendrait bien pendant les fins de semaine et les grandes vacances d'été.

— Ne vous moquez pas, rétorqua-t-elle en riant. Les fins de semaine et les grandes vacances, cela doit représenter plus de la moitié de notre chiffre d'affaires annuel.

— Mais c'était votre idée, un été à Sainte-Agathe.

— Oui, oui, je l'admets. Je deviens obsessive, sans doute. Cela ferait un bien immense à Renaud. Certains jours, il tousse tellement. Je m'inquiète. La tuberculose…

— J'arriverai à me débrouiller tout seul.

— Je le sais bien. Mais j'aime à me croire indispensable.

Une courte pause suivit ce dernier échange. Comme toutes les fois où tous les deux quittaient le domaine de la relation de travail pour aborder des questions privées, voire intimes, Émile Chiasson, mal à l'aise, chercha un moyen de revenir sur le terrain de leurs rapports habituels. Après une brève toux, à la fin, il s'enquit :

— Avez-vous lu les articles sur le film *The Wizard of Oz* ?

— Bien sûr. La sortie est prévue pour la rentrée. Avec cela, nous ferons sûrement salle comble pendant des semaines.

— Vous croyez que ce sera une réponse efficace de la Metro-Goldwyn-Meyer à la domination de Shirley Temple au *box-office*.

La patronne adressa un grand sourire à l'employé, heureuse de revenir à un sujet plus anodin.

— Je pense que la vedette enfant ne survivra pas à l'apparition de sa poitrine. Et déjà, elle a eu bien de la chance que sa puberté soit si longue à se manifester. Mais tout de même, à son âge, la voir se trémousser sur les genoux de messieurs, comme cela se produit dans certains de ses films, avec une robe à un doigt du bonbon, cela fait très mauvais genre. D'un autre côté, je ne serais pas surprise que Judy Garland demeure une idole jusque tard dans sa vie.

— Vous savez que de grands bouts de ce film sont en couleurs. N'aurons-nous pas de mal avec l'équipement dont nous disposons ?

— On m'assure que non. De toute façon, ce ne sera pas la première fois. Nous avons projeté des films avec des images colorées à la main déjà. Ce sera la même chose avec ce nouveau procédé.

— Si cela se généralise, ce sera un changement aussi important que l'introduction des films parlants à la fin des années vingt.

Tous les deux continuèrent un moment à se dire des choses qu'ils savaient déjà, histoire d'entretenir leur relation amicale. Puis la jeune femme regagna son bureau, lui aussi de style art déco, mais peint dans des tons de noir et de blanc.

2

Juste un peu avant quinze heures, Renaud vit une petite horde bruyante de gamines vêtues de jupe à carreaux jaillir de l'école. Au milieu du lot, une asperge aux cheveux couleur carotte riait de tout son cœur : l'image de sa mère en version juvénile, filiforme, les membres comme des allumettes. Son physique entraînait bien des taquineries, qu'elle recevait le plus souvent avec bonne humeur.

Le père fit un signe de la main pour attirer l'attention de Nadja. De grands gestes joyeux lui répondirent. L'homme salua la demi-douzaine de fillettes qui fréquentaient sa demeure avec une certaine régularité, multipliant les « Bonjour, mademoiselle, j'espère que vous allez bien ». Cela lui valait des réponses timides d'écolières rougissantes. Quelques minutes plus tard, tenant sa fille par la main, il s'engageait sur l'avenue de l'Épée, jusqu'à une maison à la façade de briques au centre d'une rangée de domiciles tout à fait identiques.

— *Ciao*, Julietta, cria Nadja depuis l'entrée.

Une femme d'une quarantaine d'années arriva de la cuisine. Pas très grande, mince, ses cheveux noirs attachés à l'arrière de la tête, elle gardait d'une enfance passée au soleil un hâle permanent. Avec un lourd accent italien, elle accueillit la fillette en disant :

— *Ciao, principessa*. Il y a un verre de lait pour toi sur la table.

La domestique enchaîna :

— Bonjour, monsieur.

— Bonjour. Une bonne nouvelle pour vous : Virginie a décidé de travailler tard. Vous avez donc congé de souper.

Quant à Nadja et moi, nous mangerons en ville tout à l'heure.

— Tout de même, je vais préparer quelque chose pour madame. Sinon elle se contentera d'un bout de pain!

Pendant cet échange, la gamine avait grimpé l'escalier d'un pas lourd pour regagner sa chambre, en criant: « Georges, où es-tu? » Un gros matou blanc tacheté de noir l'accueillit sur le palier, se frottant contre ses jambes en ronronnant. « Qu'as-tu fait toute la journée, vieux paresseux? »

Ces paroles résonnèrent jusqu'au rez-de-chaussée et amenèrent un sourire sur le visage de Julietta. Quand ses patrons étaient venus s'établir à Montréal, Virginie se trouvait enceinte de huit mois. Ils avaient cherché quelqu'un pour préparer les repas et entretenir la maison. Un accouchement très difficile avait laissé la jeune femme alitée pendant des semaines, le temps pour que cette Italienne totalement esseulée à Montréal et une Rimouskoise ayant rompu toutes ses attaches familiales s'adoptent. Nadja avait mis des années avant de se rendre compte que Julietta ne parlait pas la même langue que sa mère. À douze ans, elle pouvait encore s'exprimer un peu dans un italien marqué du plus pur accent napolitain.

— Je vous prépare du thé?

— Un thé glacé me conviendrait très bien. Je vais le chercher moi-même, je vous ai donné congé tout à l'heure. Pourquoi ne pas sortir et profiter du beau temps?

— Bof! Cela m'occupera.

Cette femme partageait sa vie entre sa famille d'adoption et l'église. Sans aucune parenté à Montréal, elle n'avait pas essayé de s'en créer une. Renaud soupçonnait une sombre histoire ayant marqué sa jeunesse, au point qu'elle avait troqué tout désir d'une relation amoureuse contre une vie douillette au service d'une maisonnée un peu excentrique qui la traitait moins comme une domestique que comme une parente éloignée.

Quelques minutes plus tard, un verre de thé aromatisé de citron à portée de la main, le professeur de droit fixait une photo dans un petit cadre. La pièce où il travaillait donnait sur la rue. La fenêtre grande ouverte laissait passer la brise fraîche, chassant l'odeur des mois d'hiver. Tout le mur à la droite de son bureau était couvert d'étagères remplies de livres, de nombreux traités de droit bien sûr, mais aussi une multitude de romans. Du côté gauche, des vitrines permettaient d'exposer les bibelots amassés au cours des vingt-cinq dernières années. La plupart lui rappelaient un voyage. Quelques bronzes récents, le plus souvent des personnages féminins, complétaient l'ensemble. Sur une partie toujours libre de ce mur se trouvaient quelques photographies de lui et Virginie, et surtout une série de douze clichés de taille modeste, placés sur une seule ligne, représentant la même personne, pris rigoureusement à la même date chaque année. La première de ces photos montrait Nadja le jour de sa naissance, emmaillotée, le visage fripé. Sa fierté paternelle l'amenait à prendre ces clichés, à les développer et à les agrandir lui-même à chacun des anniversaires de la fillette… et à de nombreuses autres occasions pendant l'année.

Quand la vedette de ses efforts photographiques vint le rejoindre, un verre de lait dans une main, deux biscuits dans l'autre, il plantait un petit clou juste dessous le premier cadre de la rangée de portraits, pour accrocher le treizième d'entre eux. Ce cliché avait été pris une semaine plus tôt, lors de son douzième anniversaire.

— Tu trouves que j'embellis ?

— À chaque âge de la vie, tu demeures la plus belle.

Il avait dit cela en lui adressant un gros clin d'œil.

— Ne te moque pas de moi.

— Ta coquetterie te perdra. Je pensais que tu voulais devenir religieuse.

Nadja lui tira la langue en guise de réponse, alla se réfugier sur l'un des deux fauteuils recouverts de cuir placés près de la fenêtre. Georges Minou – la trouvaille de son père pour qu'elle cesse de l'appeler Georges Daigle – sauta sur ses genoux en ronronnant, ce qui lui valut une abondance de caresses. L'avocat vint prendre place sur l'autre siège, en convenant qu'elle était bien jolie, surtout avec sa nouvelle robe aux couleurs printanières. Heureusement, la phase mystique de la fillette s'était achevée quelques mois plus tôt. Elle ne parlait plus de vocation religieuse, mais évoquait toujours le soin des malades.

— Avant de partir, il faudra que tu prennes quelque chose pour te couvrir les épaules. Dès que le soleil descendra un peu, tu auras froid.

Des recommandations paternelles, ils passèrent au récit de la journée de l'écolière. Dans quelques semaines, elle terminerait ses études primaires. Pour une large majorité de Canadiens français, cela marquait la fin de la vie scolaire. Née ailleurs qu'à Outremont, Nadja aurait cherché un emploi comme domestique, ou encore dans une usine. Avec un peu plus de chance, elle aurait consacré son temps à aider sa mère dans l'entretien de la maison en attendant le jour de son mariage. Ses parents bourgeois lui concoctaient un tout autre avenir.

— Tu es toujours résolue à poursuivre des études classiques ?

— … Oui, si ce n'est pas trop cher.

La radio et les journaux évoquaient les affres de la crise économique depuis qu'elle était en âge de comprendre. Cela la laissait vaguement inquiète, malgré les efforts de ses parents pour la rassurer.

— Au Mont-Jésus-Marie ?

Renaud lui avait proposé un collège laïc tenu par des Français et une école secondaire privée de langue anglaise, afin de la mettre un peu à l'abri de l'avalanche de bondieuseries qui s'abattaient sur elle, sans succès.

— Oui, la plupart de mes amies iront là.

— Entendu pour Jésus-Marie.

Renaud lui tendit la main pour sceller cet accord. La grande bâtisse de pierres grises située au flanc du mont Royal présentait un seul avantage : la proximité. Elle pourrait effectuer le trajet à pied les jours de beau temps. Et si jamais les nouveaux édifices de l'Université de Montréal finissaient par être complétés, il pourrait la déposer à l'aller en se rendant au bureau et la reprendre au retour. Mais les travaux, commencés dans les années 1920, étaient interrompus depuis des années à cause des difficultés économiques. D'ailleurs, l'Université risquait plus que jamais de faire une faillite retentissante ! Le seul espoir demeurait que le gouvernement provincial sauve l'établissement.

— Bon, monte chercher un châle. Le roi d'Angleterre t'attend.

Le roi coûtera $500 la minute à Outremont

La visite du roi va coûter une somme voisine de $10,000 à la cité d'Outremont, a déclaré aujourd'hui à la « Patrie » un haut fonctionnaire de cette municipalité. Comme les souverains passeront exactement 20 minutes dans cette ville, on peut aisément calculer que les dépenses, somme toute, seront à raison de $500 la minute.

La Patrie, *vendredi le 12 mai 1939*[1].

Le roi George VI et sa femme venaient de descendre d'une immense limousine noire stationnée devant les escaliers de l'hôtel de ville de Montréal. Très mince, assez grand, le souverain paraissait tout sourire. Son épouse, coiffée d'un chapeau ridicule, ressemblait à une bourgeoise endimanchée, des vêtements dispendieux, mais sans élégance, sur le dos. À leurs côtés se tenait Ernest Lapointe, le bras droit canadien-

1. L'article fut publié au moment où l'on préparait l'itinéraire du cortège royal dans les rues de la métropole et de ses banlieues, afin que les souverains puissent être vus par le plus grand nombre.

français du premier ministre William Lyon Mackenzie King. La soixantaine, bâti comme un colosse, il jouait le cicérone du couple royal sous les yeux de ses compatriotes. Dès que les visiteurs passeraient la frontière de l'Ontario, un autre politicien tenterait de se faire du capital politique en assumant le même rôle.

— Il s'agit d'un véritable roi ? demanda Nadja en tirant sur la main de son père.

— Bien sûr. Le roi d'Angleterre, d'Écosse, d'Irlande, enfin, d'un morceau de l'Irlande, du Canada, de l'Australie, de la Nouvelle-Zélande, de parties d'Afrique et d'Asie. J'en oublie dans la liste… Ah ! Empereur des Indes aussi.

— C'est beaucoup !

— Son pays a souvent fait la guerre pour accaparer tout cela, précisa Renaud.

— Comme celle contre la Nouvelle-France ?

— Oui, cette guerre-là aussi.

Impressionnée, la fillette ne semblait pas admirative pour autant.

— Et la dame avec lui, c'est la reine ?

— Oui, la reine Elizabeth.

— Elle a des enfants ?

— Deux filles, Elizabeth et Margaret Rose. La première occupera le trône à la mort de son père.

La gamine fit un signe approbateur de la tête. Renaud lui expliquerait une autre fois que la jeune Elizabeth deviendrait un jour la véritable reine, pas seulement l'épouse du roi, comme sa mère. Depuis une bonne heure, parmi des centaines de badauds, ils attendaient sur le trottoir. Tout cela pour assister à la scène qui se déroulait sous leurs yeux.

Un personnage plutôt grotesque descendait les marches de l'hôtel de ville : chauve, ridiculement obèse, son visage mobile fendu d'une large bouche. Autour du cou, il portait un lourd collier doré. Camillien Houde, le maire de Montréal, resplendissait sous les éclairs des flashs des photographes. Ancien chef du Parti conservateur du Québec, un poste que lui avait ravi Maurice Duplessis quelques années plus tôt, l'homme siégeait encore à l'Assemblée provinciale à titre de député indépendant. Malgré tous ses efforts, il n'arriverait pas à empêcher la mise en tutelle de la ville dans quelques semaines. La municipalité, acculée à la faillite par le coût des secours directs consentis aux chômeurs depuis la décennie que durait la crise, ne pouvait plus faire face à ses obligations.

Après les poignées de main, les inclinations profondes de la part des politiciens montréalais, la brillante compagnie gravit les marches de l'édifice. Avant de passer la lourde porte de l'hôtel de ville, George VI pivota sur lui-même, adressa des sourires à la foule compacte sur les trottoirs et la chaussée. La reine Elizabeth, plus discrète, y alla aussi de marques d'amitié.

— Tout cela parce qu'il veut nous engager dans sa guerre ! s'exclama une voix en colère, derrière Renaud.

Quand tous les notables se furent engouffrés dans le magnifique édifice de pierres grises, les badauds commencèrent à se disperser. Alors qu'ils se dirigeaient vers la Packard stationnée dans une petite rue voisine, la fillette tira à nouveau sur la main de son père avant de demander d'une voix blanche :

— Cet homme disait vrai ?

— Tu veux dire à propos de la guerre ?

Elle lui adressa un grand mouvement de tête. Renaud s'arrêta pour la regarder. Son ton exigeait qu'il l'écoute et lui réponde le plus précisément possible.

— Oui, je crois qu'il avait raison. Le roi essaie de rallier ses amis, car la menace d'un conflit en Europe s'intensifie. Mais il n'y aura pas de combats au Canada. Tu sais que c'est loin, l'Europe ?

— De l'autre côté de la mer.

Ils se remirent en marche. Nadja ne se trouvait qu'à moitié rassurée :

— Mais toi, tu n'iras pas ?

— Non, tu réalises bien que je suis trop vieux pour cela.

Son ton faussement joyeux ne la trompa pas du tout.

— La dernière fois, tu as combattu.

— J'étais jeune à ce moment. Maintenant, je deviens trop âgé. Ton vieux papa ne ferait pas un bon soldat. Personne ne voudrait de lui.

— Mais tu t'en mêleras ? Tu n'aimes pas les Allemands.

— Je n'ai rien contre les Allemands, tu sais. Leur gouvernement fait des choses terribles aux gens. Il faut l'arrêter. Si je peux aider, je le ferai, mais je n'irai pas me battre.

Quand ils atteignirent l'automobile, la gamine demeurait songeuse. George VI était arrivé la veille à Québec, le 17 mai 1939. Le couple royal passerait deux jours à Montréal. Les journaux prétendaient que deux millions de personnes viendraient à un moment ou l'autre dans la ville pour l'apercevoir lors de l'un des événements officiels, dont une longue parade dans une voiture découverte, parade qui se terminerait par un arrêt devant des Canadiens en liesse au stade Molson de l'Université McGill. Le monarque se rendrait ensuite jusqu'aux Rocheuses pour rallier les Canadiens à sa cause. Dans la presse, des articles interminables faisaient état de pourparlers entre l'Allemagne et l'Italie. Très bientôt, les deux pays scelleraient leur amitié par le pacte d'Acier. Chaque camp mesurait ses forces, se rapprochait de ses alliés, en attendant le déclenchement de la Deuxième Guerre mondiale.

La foule montréalaise acclame et admire
les souverains du Canada
Sous un ciel magnifique, les Montréalais comblent les rues
Heures trop brèves
Vision de rêve — Douces images — « On n'a pas eu le temps d'assez les voir »

Le Devoir, *19 mai 1939.*

Parce qu'elle passait ses journées au cinéma et abandonnait à Julietta la responsabilité d'accueillir sa fille à la fin des classes, tous les soirs Virginie s'étalait sur un canapé avec Nadja appuyée contre elle. Une main tenait un livre, l'autre caressait les cheveux de la fillette. Cette dernière reproduisait exactement la même posture, son propre opuscule et son chat pour s'occuper. Dans un coin de la pièce, une énorme radio à ondes courtes distillait la musique de l'Orchestre symphonique de New York, diffusée en direct. Renaud cherchait sans relâche les appareils les plus performants et le toit du domicile de l'avenue de l'Épée s'encombrait d'une immense antenne composée de fils métalliques.

L'avocat, dans un fauteuil couvert de cuir, parcourait journaux, magazines et livres dans un océan de papier. La maison baignait dans la quiétude domestique. Les fenêtres ouvertes permettaient à l'air frais d'envahir le salon. Une pluie fine tombait sur Outremont. Au passage des voitures, les pneus produisaient un bruissement sur le pavé mouillé.

Un peu avant neuf heures, commença la négociation pour envoyer la princesse au lit. Seule la perspective d'y aller avec son matou facilitait un peu les choses. Quand elle se fut esquivée, après quelques bruits de plomberie, le silence envahit la demeure. Plutôt que de le rompre, la musique le rendait plus profond encore.

Renaud migra de son fauteuil vers le canapé, Virginie se souleva juste assez pour lui permettre de s'asscoir à une extrémité, s'étendit ensuitc jusqu'à poser sa tête sur sa cuisse.

— Réalises-tu que ta fille est très inquiète ?

— Au sujet des rumeurs de guerre ? Je sais. Tout le pays s'inquiète.

— Je dois dire que sa mère n'est pas plus rassurée. Et je ne parle pas d'une inquiétude diffuse. Comme Nadja, je me préoccupe à ton sujet.

Sa main frôla le cou de la jeune femme, ses doigts suivirent la clavicule sur toute sa longueur.

— J'en suis à me réjouir de ta toux persistante, murmura-t-elle, alors qu'il y a trois mois je me torturais à l'idée que cela pouvait être la tuberculose. Même si les gens de l'armée devenaient assez fous pour te mettre un uniforme sur le dos, jamais ils ne te laisseraient approcher des combats.

— Je ne suis pas certain que j'apprécie ton humour.

— Mais ce n'est pas de l'humour. Je suis sérieuse. La guerre est imminente en Europe... L'est-elle ?

De l'affirmation, la jeune femme était passée à l'interrogation, avec une pointe d'espoir dans la voix.

— Je crois que oui. La question est discutée dans tous les cercles diplomatiques du monde. On dit que l'Allemagne ne se trouvera pas prête, sur le plan militaire, avant 1942. Mais Hitler se révélera sans doute trop impatient pour attendre aussi longtemps. Après avoir récupéré les territoires allemands occupés par les alliés depuis 1919, annexé l'Autriche, accaparé la région tchécoslovaque habitée par des personnes de langue germanique, sa prochaine cible sera la Pologne. Quand il va mettre la main dessus, la guerre éclatera à l'échelle du continent.

Le ton professoral lui revenait si facilement au moment d'aborder ces questions-là ! Les préoccupations de sa femme se situaient dans un autre registre.

— Le Canada se retrouvera-t-il impliqué, malgré la souveraineté acquise en 1931 ?

— Certainement. Nos compatriotes de langue anglaise en piaffent déjà d'impatience.

— Quels idiots. La dernière guerre a fait des millions de morts.

— Et la grippe espagnole au moins deux fois plus. Ce sont les enfants des vétérans de 1914-1918. Ils ne se souviennent pas de la misère et jalousent la gloire de leurs pères.

Bien sûr, un besoin de gloire militaire tout à fait masculin. Virginie pensait plutôt aux mères ou aux épouses qui recevraient un télégramme de l'état-major, désolé de leur apprendre un décès.

— Serais-tu assez irresponsable pour essayer de t'enrôler?

— Tu sais ce que fait Hitler?

— Je lis les mêmes journaux que toi. Mais tu ne réponds pas.

— Je crois qu'aucune guerre ne sera plus justifiée que celle-là. Alors si on me demande de me rendre utile, j'accepterai. Ce que j'ai expliqué à Nadja, ce que tu viens de me rappeler si gentiment, demeure bien vrai. Je deviens trop vieux pour la moindre action militaire.

Virginie leva un bras jusqu'à passer sa main dans ses cheveux.

— Tu as une famille à protéger. J'aimerais que tu t'abstiennes.

— Je suis profondément convaincu que la meilleure façon de protéger les familles, la mienne et celle des autres, au Canada et partout en Europe, est d'arrêter Hitler. Tu sais que son gouvernement martyrise les Juifs, les communistes, les socialistes, les homosexuels aussi. Toi qui votes pour le Cooperative Commonwealth Federation de monsieur Woodsworth, ton ami Émile qui s'entiche des charmes masculins, seriez du nombre des victimes. Selon des fonctionnaires des services diplomatiques avec qui j'ai eu des conversations, il semble que les enfants arriérés ou infirmes figurent aussi parmi les cibles des nazis. Ils sont assassinés.

— Tu n'es pas sérieux?

Son mari l'était tout à fait. Tout ce système haineux se tenait. Comment tolérer que des êtres inférieurs déparent la race des seigneurs, si bellement mise en scène par Leni Riefenstahl dans le film *Le Triomphe de la volonté*. Le Théâtre Outremont avait fait recette avec cette monstruosité. Les faibles et les malades d'Allemagne devaient mourir.

— Tu ne partages pas le désir de neutralité militaire de tes compatriotes... Je parle des Canadiens français, précisa-t-elle avec un demi-sourire.

— Si mes compatriotes veulent s'isoler dans un petit îlot fasciste en Amérique du Nord, je préférerais émigrer. S'ils souhaitent appartenir au monde civilisé, impossible pour eux de ne pas jouer leur rôle dans les affaires internationales.

— Tu ne te rapprocheras pas de ceux de tes collègues qui espèrent te voir ailleurs qu'à l'université.

Cela se pouvait bien. Pendant un moment, Renaud laissa les doigts de sa main gauche parcourir toute la partie du corps de Virginie se trouvant à sa portée. Au bout d'un moment, la jeune femme interrogea :

— Tu connais Arden Davidowicz ?

— Le député ? Je l'ai croisé quelques fois à Ottawa. À Montréal aussi, lors d'activités du Parti libéral. Pourquoi ?

— Il m'a demandé s'il pouvait te rencontrer dimanche. Je lui ai dit oui.

— Il t'a rendu visite au cinéma ?

— … Je suis allée le consulter.

Soudainement inquiet, l'homme posa sa main sur la joue de sa compagne, lui tourna la tête pour lui voir les yeux au moment de s'enquérir :

— Consultation, comme dans « consulter un médecin » ? Es-tu malade ?

— Non, en parfaite santé. Je n'ai aucune raison physique de ne pas tomber enceinte.

— Oh ! Virginie, encore une fois…

Renaud ajouta la caresse des cheveux à celle de la joue.

— Pourquoi te torturer avec cela ?

— Je ne t'ai pas donné de garçon…

— Ai-je déjà dit, ou fait quelque chose, qui te permette de penser que je regrette d'avoir une fille ?

— Non, bien sûr que non. Mais tous les hommes veulent un héritier, ne serait-ce que pour perpétuer leur nom…

De la joue, le bout des doigts de Renaud glissa jusqu'au menton, effleura le cou, détacha les deux premiers boutons de la robe de sa femme. La seule lampe demeurée allumée dans la pièce jetait une lumière tamisée. Quand la paume de sa main enveloppa son sein droit, tiède et doux, il répondit à voix basse :

— Je vais te confier un secret. Tous les hommes veulent un certain nombre de choses, dont un héritier mâle, bien sûr. Mais ils veulent aussi un travail qui leur permet de bien vivre, eux et leur famille, une ou plusieurs petites filles gentilles comme tout. Un verre de porto ou de whisky de temps en temps embellit leur vie. Ajoute à cela une jolie femme à qui caresser les seins dans la quiétude de leur salon. Si en plus la dame ne rechigne pas à prendre leur sexe dans sa bouche, et qu'elle accepte que le monsieur lui rende la pareille avec application, voilà notre homme près de l'extase. Alors n'exagère pas l'étendue de mon malheur.

— Heureusement que tu n'indiques pas un ordre de préférence à tous ces désirs…

— Chut!… Je n'ai pas terminé ma tirade sur la sagesse masculine. Les hommes heureux sont simplement des sages. Ils savent que tout ce qu'ils veulent ne peut pas toujours se réaliser. Alors ils acceptent que quelque chose manque à leur bonheur sans trop se torturer, surtout quand, comme dans mon cas, la vie les traite très bien.

Sous la main, un mamelon pointait, comme pour signifier l'accord de sa conjointe à une partie de l'exposé.

— Je ne pense pas qu'à moi… Ce n'est pas bien pour Nadja de grandir seule. Nous la gâtons, risqua encore la jeune femme.

Elle marqua une pause, esquissa un demi-sourire, avant de continuer:

— J'aimerais compléter la famille.

— As-tu pensé à la conjoncture? Ce retard ne se révélera peut-être pas mauvais, dans les circonstances.

— Douze ans, il ne s'agit plus d'un retard, répondit Virginie en éludant complètement l'allusion à la guerre.

— Montons, je verrai ce que je peux faire pour toi. Cela a marché une fois, on va essayer de retrouver le bon mode d'emploi. Mais si cela n'arrive pas, profitons de ce que nous avons, plutôt que de pleurer sur ce que nous n'avons pas.

— J'essaierai… Mais après ce que tu viens de me dire, ni l'un ni l'autre ne coupera aux ablutions préalables, ou alors un autre de tes désirs sera frustré !

Alors qu'ils grimpaient l'escalier, Renaud demanda encore :

— Tu sais pourquoi ce médecin désire me rencontrer ?

— Non, sauf que c'est un motif noble, ou payant. Un mandat.

Si tôt dans la saison, un froid sec régnait toujours dans les Laurentides. Dans les sous-bois tout autour de Sainte-Agathe, une épaisse couche de neige achevait de fondre. Pourtant, Arden Davidowicz avait tenu à faire tout le trajet par de mauvais chemins pour le seul avantage de passer une nuit dans un chalet situé à quelque distance du lac des Sables. Le poêle à bois chauffé à blanc arrivait difficilement à faire disparaître l'odeur de moisissure laissée par le long hiver.

Pendant une bonne partie de l'après-midi, des grognements et des bruits de ressorts malmenés s'étaient échappés de la chambre à coucher. Visiblement, le député tenait à tirer le meilleur de ses retrouvailles avec une grande femme aux cheveux bruns coupé courts, une fausse maigre, car nue elle offrait une poitrine un peu lourde, des hanches d'un arrondi parfait. Cependant, une fois les ébats terminés – plus précisément, une pause, le désir fébrile les reprendrait dès qu'un souper frugal aurait été avalé –, Élise Trudel avait revêtu un vieux peignoir d'un rose passé.

— Tu es arrivé à la gare tout juste à temps ce matin, observa-t-elle du ton d'une femme qui tolérait mal l'attente, sans doute pour l'avoir trop souvent endurée par le passé.

— Parfois, mon garçon accepte moins facilement de passer le samedi avec mon père. La synagogue n'exerce pas tellement d'attrait sur lui. Il s'est entêté pendant une heure à vouloir passer la journée avec moi.

— Tu le gâtes trop. À son âge, je passais toute ma vie à l'église, ou au couvent, ce qui revenait au même. Je n'aurais jamais songé à exprimer le souhait de ne pas y aller.

Et bien sûr, aux yeux de cette femme les frustrations du passé autorisaient à continuer la répression : un patrimoine détesté à protéger, en quelque sorte.

— Ce n'est pas parce que nous avons connu des manières autoritaires, en ce qui concerne la pratique religieuse, que nous devons les répéter avec la nouvelle génération.

— Cela ne nous a pas fait mourir… insista sa compagne.

— Cela ne nous aide pas à vivre non plus !

Le ton du député signifiait qu'il n'avait pas vraiment envie de s'étendre plus longuement sur le sujet. De toute façon, ce couple ne s'entendait jamais sur les soins et l'éducation à donner à un enfant. Arden Davidowicz décida plutôt d'aller dans la cuisine chercher les viandes froides, le fromage et le vin achetés avant de quitter Montréal : un pique-nique hors saison, à consommer au lit, entre les ébats.

Après un moment à manger en silence au milieu des draps défaits, assis l'un en face de l'autre les jambes croisées, le couple évoqua les événements de la semaine. Tous deux cherchaient à éviter le sujet qui leur brûlait les lèvres. Finalement, ce fut la personne la plus résolue des deux qui s'y risqua la première :

— Tu as pu prendre rendez-vous avec Renaud Daigle ? demanda Élise.

— … Je n'ai pas essayé, les choses se sont arrangées d'elles-mêmes. Sa femme est venue me consulter, j'ai saisi l'occasion pour lui demander si je pouvais aller le voir dimanche, elle a accepté.

— La grande rousse ? Elle est malade ?

Dans la voix de la femme pointait comme un souhait.

— Voyons, Élise, tu sais bien que je ne répondrai pas à cela !

— De toute façon, qu'est-ce que cela changerait que tu me le dises ?

Devant le silence qui accueillit cette question, elle ajouta bientôt avec dépit :

— Quand il s'est marié, cela a fait jaser à Québec. Elle venait de Rimouski, mais personne ne savait où elle avait passé les années précédentes. Certaines mégères, devant une tasse de thé et de petits sandwiches aux concombres, parlaient d'un séjour au couvent, d'autres de la nécessité pour elle de se réfugier aux États-Unis, ou en Ontario, pour dissimuler un accouchement.

— C'est ridicule. Sa fille a douze ans, elle me l'a dit elle-même.

Tout, dans le ton du médecin, témoignait du déplaisir qu'il trouvait à ce genre de supputations. Élise demeurait toujours la vieille fille aigrie de la Haute-Ville de Québec, privée de tous plaisirs sauf celui, malsain, de médire de ses semblables. Malgré toute sa gourmandise au lit, elle gardait une morale étriquée propre au gros village.

— Ne sois pas naïf, siffla-t-elle entre ses dents. Les orphelinats débordent. Elle a eu le temps d'y laisser deux ou trois bébés avant de mettre le grappin sur le grand avocat de retour au pays après dix ans passés en Angleterre.

De son côté, Arden comprenait que l'infatuation de l'avocat pour cette rouquine n'avait pas été indifférente à sa compagne. Mieux valait ne pas essayer d'en savoir plus : cela ne servirait qu'à prolonger un discours chargé d'acrimonie. Pour en changer le ton, il risqua plutôt :

— Je me demande s'il est bien utile pour moi de le voir demain. Je peux aller dans un hôtel téléphoner pour tout annuler. Après tout, cela ne changera rien à l'affaire.

— Nous en avons discuté cent fois au moins, s'impatienta-t-elle. Ce type jouit du respect de membres éminents du Parti libéral, en particulier de celui d'Ernest Lapointe. Dire que je les ai présentés l'un à l'autre en 1925 !

— Mais tout de même…

Le médecin continuait de douter, tellement que sa compagne renchérit :

— Ne veux-tu pas tout tenter pour tes protégés ?

— Oui, bien sûr. Vu sous cet angle…

Comme Élise commençait à placer les vestiges du repas sur le plateau, afin de les remettre dans la glacière, l'homme devina qu'elle en viendrait bientôt à un nouveau round. Ces derniers temps, elle se révélait d'une meilleure humeur à l'horizontal.

3

Après une matinée passée à l'église, Virginie et Nadja choisirent d'aller se promener « afin de laisser papa seul avec son client ».

— Que dirais-tu d'aller faire un tour sur le mont Royal ?

La jeune femme s'était glissée derrière le volant de la grosse Packard 1937 de son mari. Au premier tour de clé, le moteur gronda. Près d'elle, Nadja surveillait le jeu des pieds sur les pédales, la manipulation du levier de vitesse, supputant le nombre d'années qui s'écouleraient encore avant qu'elle jouisse du privilège de conduire à son tour cette énorme machine.

— Sur le terrain de l'université. Un jour, papa travaillera là-bas. Ce sera tout près de l'école où je veux aller l'an prochain.

— Tu sais, ce ne sera pas très différent de la dernière fois.

— Mais c'était l'année dernière. Les travaux ont certainement progressé.

Virginie avait plutôt songé à se rendre sur le belvédère situé du côté sud de la montagne afin de profiter un moment de la vue sur le fleuve Saint-Laurent et les collines de la Montérégie. Elle en serait quitte pour marcher parmi les briques et les planches abandonnées sur un chantier désert.

Quelques instants plus tard, l'automobile s'engageait dans un mauvais chemin de terre conduisant au site de la future Université de Montréal. La grande bâtisse plutôt majestueuse imaginée par l'architecte Ernest Cormier avait fière allure avec son revêtement de briques jaune pâle. L'intention de la direction de l'établissement avait été de donner un cadre magnifique à la vie intellectuelle catholique et française de la province. Bien sûr, alors que l'Université McGill s'imposait comme l'une des meilleures institutions d'éducation supérieure d'Amérique du Nord, il fallait que la majorité de la population signale son existence à l'attention du monde.

Cependant, la communauté canadienne-française ne comptait pas beaucoup de grands capitalistes susceptibles de céder quelques millions pour avoir la satisfaction de voir leur nom sur un bel édifice de pierres grises… ou de briques jaunes. Pendant les années 1920, toute l'Église catholique de langue française s'était mobilisée afin de doter la « race » d'une institution de haut savoir digne d'elle. À coup de dollars lors de quêtes organisées sur le parvis des églises, ou de chèques de dix ou vingt dollars reçus des lecteurs du *Devoir* et de tous les périodiques nationalistes lors de grandes campagnes de souscription, les fondations du magnifique édifice, puis les murs extérieurs, s'érigèrent à un rythme rassurant.

Puis la crise frappa en 1929 ! Plus aucun chèque n'arrivait dans les coffres, même les dollars se raréfiaient.

— Tu avais raison, cela n'a pas beaucoup avancé, admit Nadja en ouvrant la portière quand l'auto fut arrêtée.

Mais l'arrêt des travaux n'allait pas les dispenser d'une petite marche, cela malgré leurs souliers blancs fraîchement polis et leurs gants de dentelles, des vestiges du costume obligatoire pour la grand-messe. Virginie emboîta le pas à la petite exploratrice. Celle-ci ne serait pas satisfaite avant d'avoir longé la clôture faisant le tour du chantier. Si jamais elle trouvait une ouverture – une éventualité bien probable – la mère ne pourrait éviter de se rendre complice d'une entrée par effraction.

— C'est toujours à cause de la crise, si la construction est arrêtée ? interrogea la fillette.

— Malheureusement oui.

— Cela ne va pas mieux ?

Le ton trahissait une certaine inquiétude.

— Les choses allaient mieux il y a deux ans. Maintenant, l'économie paraît encore menacée par un ralentissement.

— Et nous, comment allons-nous ?

— Tu sais, ton père est très prudent. Ne t'inquiète pas.

— Tout de même, il y a plein de gens qui souffrent.

Que répondre à cela ? Tous les jours, les journaux parlaient du chômage, de l'incapacité de la Ville à faire face aux coûts des secours directs. Très bientôt, les coffres de Montréal seraient tout à fait vides.

En fait, la crise privait l'Université de Montréal non seulement des dons du public, mais aussi de ses étudiants. Malgré l'augmentation de la population en âge de la fréquenter, l'effectif avait décru au cours des deux dernières années. Le coût de la scolarité, ainsi que celui de la pension pour les personnes habitant à l'extérieur de Montréal, pesait trop lourd pour l'immense majorité des parents canadiens-français. Cela sans compter qu'avant d'atteindre les études supérieures, les jeunes gens devaient avoir parcouru tout le cours classique, d'une durée interminable, dans une institution privée, donc coûteuse. Quelle ironie de penser que leurs compatriotes de langue anglaise, plus riches, accédaient à l'Université McGill au sortir de l'école secondaire publique. Virginie pensa en souriant que son mari affirmait que c'était justement cet accès plus facile à l'école, à tous les niveaux, qui expliquait leur richesse.

— Voilà, j'ai trouvé !

Le cri de Nadja, plusieurs pieds plus loin, tira la jeune femme de sa rêverie. Déjà, la gamine s'était glissée par une ouverture dans la clôture et elle adressait un grand sourire à sa mère.

— Viens me rejoindre. Tu vas voir, c'est facile.

En effet, l'ouverture béante laissait croire que des sans-abri trouvaient à se protéger des intempéries dans ce haut lieu du savoir.

— Reviens de ce côté-ci, gronda la mère. Ce que tu fais là est illégal.

— Personne ne le saura. Viens, on ira voir dans l'édifice.

— Les portes sont sûrement verrouillées.

— Mais il n'y a même pas de fenêtres dans les ouvertures.

C'était vrai, des panneaux de bois en faisaient office, et certains d'entre eux avaient été arrachés. Virginie passa de l'autre côté de la clôture en poussant un long soupir, bien résolue à brider la tendance de sa fille à la délinquance.

Elles purent se rendre jusqu'au bas du grand escalier majestueux conduisant jusqu'à l'entrée principale. Nadja n'eut qu'une seconde d'hésitation avant de s'élancer, gravissant deux marches à la fois à chaque enjambée.

— Nadja, reviens ici tout de suite. Tu vas te casser quelque chose.

— ... Mais non, c'est facile.

Ça l'était: quelques secondes lui suffirent pour atteindre les grandes portes de chêne. Mais même en s'arc-boutant, elle ne put les faire bouger d'un pouce. Meilleure observatrice, elle se serait rendu compte que les immenses panneaux de bois avaient été cloués dans les cadres.

Après avoir essayé toutes les portes, la fillette déclara forfait et revint, déçue, mais pas encore disposée à admettre sa défaite.

— Nous pouvons passer par une fenêtre. Il y en a qui sont à peine à trois pieds du sol.

— Jamais de la vie, répondit sa mère en prenant la main de la gamine. Que ferais-tu si un policier arrivait?

— Je peux courir très vite. Comme toi, j'ai de grandes jambes.

Elle avait dit cela en relevant un peu sa robe, pour lui montrer. Sa mère se fit la remarque que probablement, Nadja pouvait détaler trop rapidement pour qu'un agent de la paix bedonnant lui mette la main dessus.

— Tu serais conduite au poste de police, expliqua-t-elle toutefois. Ton père devrait aller te sortir de là.

— C'est un bon avocat. Je ne risquerais rien.

— Peut-être, mais il aurait honte de toi.

Devant cet argument brutal, la fillette ne dit plus rien, baissa la tête et se laissa remorquer jusqu'à la voiture… tout en imaginant le plaisir qu'elle aurait eu à courir dans ce grand immeuble désert. L'écho devait y être merveilleux.

« Entrez, MM. Les étrangers : le pays est à vous »

Où l'on voit qu'en pleine crise de chômage nous avons laissé entrer d'avril 1938 à avril 1939 près de 17,000 immigrants au Canada — D'où ils viennent — Ont-ils tous déclaré leur vraie origine ethnique ? — Québec en reçoit 3,450, logés surtout dans les villes — Moins d'un tiers des immigrés reçus sont allés s'établir à l'ouest du lac Supérieur — Rien que 4,824 ont déclaré être des agriculteurs — Combien le sont en réalité ?
M. Bennett avait restreint l'immigration — Depuis, l'on ouvre les portes, malgré le chômage

Le Devoir, *9 mai 1939.*

Renaud se plongea dans un gros traité de droit en attendant son visiteur. Arden Davidowicz frappa à la porte un peu après quatorze heures. L'avocat le pria de le suivre dans son bureau et lui offrit un thé glacé. Chacun prit place dans un fauteuil près de la fenêtre. Après les échanges de civilités, Renaud passa aux choses sérieuses :

— Outre les relations de bon voisinage, car je crois que vous habitez non loin d'ici, que me vaut le plaisir de votre visite ?

— Vous avez déjà entendu parler du *Saint-Louis* ?

— Le nom me dit quelque chose, mais rafraîchissez-moi la mémoire.

Le médecin posa son verre, son interlocuteur fit de même.

— Le 13 mai dernier, neuf cent sept Juifs se sont embarqués sur un navire dans le port de Hambourg, le *Saint-Louis*. Il a mis le cap sur La Havane, à Cuba. La traversée a coûté à chacun une petite fortune. Vous le savez, les Israélites ne peuvent plus occuper un emploi en Allemagne ou en Autriche. Pour amasser l'argent du voyage, souvent les familles se sont cotisées, elles ont mis en commun tout ce qu'elles possédaient, pour procurer à l'un des leurs un passeport pour la survie. Certaines de ces personnes venaient tout juste de sortir du camp de Dachau.

— Je connais bien les misères de vos coreligionnaires sous la botte des nazis.

Davidowicz lui adressa un signe d'assentiment, heureux de s'épargner une longue description de la situation dans le Reich allemand.

— Depuis deux jours, le navire se trouve devant la capitale cubaine. Les autorités refusent absolument de laisser descendre les passagers.

— Ces gens s'attendaient à être acceptés ?

— Ils avaient acheté des « permis » de débarquement, à titre de touristes. Une petite transaction qui a permis à un fonctionnaire cubain de devenir très riche. Une semaine avant leur départ, un nouveau décret a été adopté par le gouvernement cubain, rendant caducs ces permis et précisant que les réfugiés ne seraient plus accueillis. Les passagers ne le savaient pas.

— Et même s'ils l'avaient su, l'issue pour eux, en Allemagne, c'est le camp de Dachau, murmura Renaud.

L'année précédente, les autorités allemandes avaient lancé un pogrom sur leur territoire, une gigantesque chasse aux Israélites pendant laquelle il avait été permis de battre, assassiner ou violer les membres de la minorité. L'histoire retenait l'événement sous le nom de Nuit de cristal, une allusion à toutes les vitrines des commerces possédés par des Juifs réduites en pièces pendant ces heures du 9 au 10 novembre

1938. Au terme de cette agitation, en plus des innombrables meurtres, plus de vingt-six mille personnes s'étaient retrouvées dans des camps de concentration, dont Dachau, soumises à un travail épuisant et des tortures cruelles.

— Le navire se trouve toujours à La Havane ?

— Oui, encerclé par une flottille de petites embarcations de police. Personne ne peut essayer de sauter à la mer pour rejoindre la rive à la nage. Pendant quelques jours, une rumeur a circulé : contre 250 000 $, le président cubain accepterait de laisser débarquer ces pauvres gens. Mes informateurs me disent que c'est faux. Le navire devra rebrousser chemin.

— Qu'arrivera-t-il aux passagers ?

L'autre lui adressa un geste de la main, pour exprimer son désarroi.

— Nous essayons de trouver une contrée qui voudrait les accueillir. À ce jour, tous les pays d'Amérique du Sud et d'Amérique centrale ont refusé.

— Du côté des États-Unis ?

— Aucun espoir. Le gouvernement a laissé entrer de nombreux réfugiés déjà. Il semble que ce millier de personnes représente la goutte qui fait déborder le vase. L'antisémitisme progresse dans ce pays.

Pendant des décennies, des Juifs avaient immigré aux États-Unis dans l'indifférence totale. Dans le contexte de la crise, avec un chômage très élevé, des voix résonnaient avec véhémence pour fermer la porte aux nouveaux venus. La situation se trouvait compliquée par le discours raciste souvent virulent qui s'exprimait dans divers milieux de ce pays.

— Je saisis très bien l'horreur que vivent ces gens. Mais je ne vois pas pourquoi vous me racontez tout cela.

Renaud mentait : il comprenait le rôle que son interlocuteur entendait lui faire jouer… et ne se sentait pas enclin à accepter.

— Le Canada est immense, peu peuplé. Ils sont moins de mille, intervint le médecin.

— À titre de membre du Parti libéral, vous savez comme moi que la politique officielle du Canada demeure la fermeture des frontières. *None is to many*: voilà la réponse des autorités canadiennes. Nous n'avons accueilli presque personne depuis dix ans.

— Ce n'est pas tout à fait vrai.

En vérité, le pays avait reçu trente mille immigrants environ, une moyenne de trois mille par année, quarante fois moins que pendant la décennie précédente. Mais dans un contexte économique extrêmement difficile, ce nombre avait fait hurler toutes les personnes victimes, ou simplement menacées, de chômage.

— Ces jours-ci, précisa l'avocat, on parle vraiment de fermeture. Depuis dix ans, combien de Juifs ont été acceptés?

— Très peu. Ils se comptent en centaines, tout au plus. Raison de plus d'accueillir ceux du *Saint-Louis*, insista le médecin.

— Il n'y en aura pas plus. Vous vous rappelez le vacarme de protestations au moment des discussions sur l'accueil de réfugiés sudètes, il y a quelques mois à peine?

En 1938, Adolf Hitler avait envahi la région des Sudètes, en Tchécoslovaquie, où se trouvait une bonne concentration de personnes de langue allemande. Évidemment, les autres habitants de la région avaient cherché à fuir les envahisseurs. Même si ces personnes étaient surtout chrétiennes, de grandes manifestations avaient été organisées pour empêcher leur venue au Québec. La présence de quelques Juifs parmi elles avait servi d'épouvantail pour alimenter l'opposition.

— Ils sont moins de mille, plaida encore Davidowicz.

— Le pays ne veut recevoir que des cultivateurs. Rares sont les Israélites qui œuvrent dans ce domaine.

— Moins de mille, un tout petit effort. La misère due à la crise demeure bien plus cruelle dans les Prairies qu'au Québec ou en Ontario. Le Canada n'a pas besoin de nouveaux agriculteurs, mais de travailleurs urbains, d'entrepreneurs.

— Écoutez, le ministre responsable de l'immigration s'appelle Gordon. Adressez-vous à lui. Vous me faites jouer le mauvais rôle : vous expliquer pourquoi on ne laissera pas entrer ces réfugiés au pays. Si j'étais ce ministre, j'accepterais de les recevoir. Le Canada ne compte pas quinze millions d'habitants. Si la population doublait, notre économie ne s'en porterait que mieux.

Le médecin se pencha vers l'avant pour se rapprocher de lui, les fesses sur le bout du fauteuil :

— Je voudrais que vous parliez à des membres influents du cabinet, pour leur ouvrir le cœur.

Quelque part dans la maison, une horloge sonna la demie. L'avocat secoua la tête, découragé.

— Je ne possède pas cette influence.

— Vous critiquez les nationalistes du Québec, entichés de fascisme, très souvent antisémites, sur la place publique. La majorité des Québécois ne sont pas comme eux. Ils lisent *La Presse* ou *Le Soleil*, nous traitent avec respect. Les libéraux occupent le pouvoir à Ottawa, vous demeurez un ami de la plupart d'entre eux. Vous pouvez les influencer.

— Vous vous leurrez. Je connais quelques membres du cabinet, tout au plus. J'ai effectué quelques contrats pour eux.

Davidowicz ne voulait pas renoncer. Après un moment de silence, le médecin plaida encore :

— Pendant trois ans, je vous ai vu sur les divers comités de travail liés à la Commission royale d'enquête sur les relations entre le *dominion* et ses provinces.

— À défendre des idées qui me rendent suspect ! Plusieurs pensent que je devrais plutôt voter avec les socialistes du Cooperative Commonwealth Federation... Mon influence sur le Parti libéral est minuscule. J'inquiète la plupart de ses membres.

— Vous proposez des concepts comme l'assurance-chômage et l'assurance-maladie. La majorité vous voit comme un libéral pressé, prônant des initiatives qui vont s'imposer tôt ou tard… Ce sera plutôt rapide, si les mystérieuses recommandations de cette commission d'enquête sont appliquées…

Prudent, le premier ministre William Lyon Mackenzie King retardait le dépôt du rapport de la commission d'enquête, qui suggérait que les provinces renoncent à leur pouvoir de taxation afin que le gouvernement fédéral puisse mettre sur pied des programmes sociaux. Renaud pensait que les pauvres recevraient volontiers un chèque, sans se soucier s'il venait d'Ottawa ou d'une capitale provinciale. Les autonomistes ailleurs au Canada, les nationalistes au Québec, ne le voyaient pas de cet œil.

— Si vous parliez à Ernest Lapointe, il vous écouterait attentivement, s'appesantit Davidowicz. Il a la plus haute opinion de vous.

La porte d'entrée s'ouvrit, se referma doucement.

— Les femmes de ma vie sont revenues, fit remarquer Renaud.

— Vous consentez à le voir ? Juste une visite. Si cela ne marche pas, je n'insisterai pas.

— C'est un homme très occupé. Je ne suis même pas certain qu'il voudra me rencontrer.

— La personne qui gère ses rendez-vous a accepté de vous réserver un moment demain.

Renaud soupira. Pourquoi diable irait-il encore une fois se mettre dans une position délicate ? Déjà, à l'université, la moitié de ses collègues, des nationalistes, lui tournaient le dos au premier regard. De professeur de droit constitutionnel, il devenait de verre, invisible, ignoré. D'un autre côté, l'avocat ne pouvait oublier ces mille personnes, hommes, femmes et enfants, qui risquaient la mort. Quiconque avait lu *Mein Kampf* ne pouvait entretenir de doute à ce sujet.

— Vous parlez d'Élise Trudel ? demanda-t-il.

Une vieille connaissance, une amie en réalité, côtoyée plus de dix ans plus tôt. Cette passionnée de politique habitait Ottawa depuis 1927 ou 1928, occupant officiellement le poste de secrétaire d'Ernest Lapointe, le ministre le plus influent du cabinet fédéral. En réalité, elle lui servait d'adjointe pour la gestion de son ministère et de stratège quant à ses campagnes électorales. Elle ne l'avait pas quitté pendant les cinq ans où son patron s'était retrouvé dans l'opposition, de 1930 à 1935, préparant avec lui le retour au pouvoir. Depuis la réélection des libéraux, cette grande brune élégante avait continué à jouer son rôle de femme de confiance de ce personnage éminent, décidant qui aurait accès à son bureau.

— Oui, c'est elle. Quand j'ai demandé le rendez-vous, elle m'a dit vous connaître. Vous irez ? Bien sûr, nous vous paierons.

Renaud répondit d'un signe agacé de la main. Son engagement social ne se monnayait pas.

— J'accepte. Ce sera peine perdue, mais je le ferai, à titre de citoyen soucieux de préserver des vies.

Le médecin se leva en murmurant un « Merci » ému. L'avocat le reconduisit jusqu'à la porte. Les « femmes de sa vie », comme il venait de les désigner, étaient restées sur le balcon du côté de la rue, pour ne pas troubler leur conversation. Davidowicz serra les mains, adressa un bon mot à chacune, mais déclina l'invitation à s'asseoir avec elles pour profiter d'un second thé glacé.

4

— Adorable fou !

Les mots de Virginie, au moment où elle lui faisait la bise avant de se rendre au cinéma, résonnaient toujours aux oreilles de son mari. Comment prétendre se soucier du sort des Juifs d'Allemagne sans se résoudre à tenter quelque chose pour les neuf cents malheureux errant sur l'Atlantique ? Renaud se disait que mieux valait prendre ce qualificatif au figuré, quoiqu'en y repensant le sens propre paraissait convenir très bien. Son intervention lui mériterait certainement de solides inimitiés.

Même si le train s'était arrêté dans quelques villages le long du chemin, un peu avant midi l'avocat sortait de la gare d'Ottawa. Le Parlement fédéral se trouvait à une faible distance. Néanmoins, il préféra héler un taxi. Son interlocuteur lui en voudrait sûrement d'un retard, ce serait mal le disposer à l'égard des personnes dont Renaud venait plaider la cause.

Ernest Lapointe occupait deux pièces en enfilade dans l'édifice principal du gouvernement. Ces bureaux témoignaient bien de son statut d'homme de confiance du premier ministre King. Dans le premier local, des classeurs et un pupitre prenaient presque toute la place. Une femme d'âge moyen dominait les lieux : avant de rencontrer le grand personnage, Renaud fut accueilli par Élise Trudel. Depuis qu'ils s'étaient expliqués à propos de leurs sentiments respectifs dans un appartement de la Grande Allée, et à nouveau sur la galerie d'une maison bourgeoise de Québec, en 1926, à chacune de leur rencontre tous deux gardaient un air empesé.

Pendant un moment, ils hésitèrent entre s'embrasser et se serrer la main. La seconde option prévalut finalement.

— Bonjour, Élise, j'espère que vous vous portez bien.

— Très bien.

Pourtant, son attitude trahissait le plus grand malaise. Renaud n'eut pas le loisir de s'enquérir plus à fond de ses états d'âme, car elle enchaîna tout de suite :

— Monsieur Lapointe vous attend. Il a demandé qu'on amène un repas des cuisines du Parlement. Comme cela, vous pourrez vous entretenir dans la plus totale discrétion.

La femme se leva pour aller ouvrir la porte donnant accès au bureau du ministre. Elle demeurait toujours mince et élégante. À quarante ans, elle restait aussi séduisante. Pourtant, son visage offrait une mine sévère, les plis au coin de sa bouche et ses yeux ne participaient pas à son sourire. « Vraiment, j'ai eu plus de plaisir avec Virginie que je n'en aurais eu avec elle », pensa-t-il en passant dans la pièce attenante.

— Monsieur Daigle, déclara l'homme à la forte carrure en se levant de derrière son bureau pour venir à sa rencontre, je suis très heureux de vous revoir.

— Moi aussi. Chaque fois, cela me rappelle les élections de 1926, alors qu'Élise profitait du porte-à-porte que nous accomplissions ensemble pour s'occuper de mon éducation politique.

— Vous ne deviez pas être un parfait néophyte, si j'en juge par la suite des choses. Vous demeurez un collaborateur très utile pour les questions de droit constitutionnel.

Lapointe présentait des traits aussi fatigués que ceux de sa secrétaire. La vie publique, dans ces temps de tensions internationales, ne devait pas lui laisser beaucoup de répit. Après une énergique poignée de main, son hôte lui désigna l'une des chaises placées près d'une table ronde. Une nappe, deux couverts de porcelaine, une bouteille de vin : ils n'auraient pas obtenu mieux à la salle à manger de l'édifice.

— Mangeons tout de suite, avant que ce ne soit froid.

Sous un couvercle de métal, Renaud trouva une pièce de viande tout à fait appétissante. Il s'occupa de remplir les deux verres. Pendant quelques minutes, les deux hommes évoquèrent des souvenirs communs. Puis le ministre décida d'en venir aux choses sérieuses :

— Je suppose que Davidowicz ne nous a pas ménagé ce petit entretien pour que nous parlions du bon vieux temps.

L'avocat prit la peine de poser sa fourchette et de s'essuyer la bouche avec sa serviette avant de commencer. Impossible d'offrir un bon plaidoyer tout en mastiquant.

— Le *Saint-Louis*. Il veut que je vous entretienne de ses passagers.

— Je m'en doutais. Les malheureux. Je ne peux cependant rien pour eux. Nos frontières sont fermées à l'immigration.

— Ils sont moins de mille. Le Canada ne manque pas de place.

Lapointe secoua la tête, l'air tout à fait désolé, puis enchaîna :

— Mais la crise sévit toujours. Notre gouvernement fera face à un déficit de cinquante-cinq millions de dollars cette année. Toutes les provinces, toutes les municipalités du pays sont acculées à la faillite. Puis ce navire serait suivi de combien encore… Des dizaines, sans doute. De moins de mille, nous en serions à cent mille dans un an !

— Tout le monde sait que les Juifs vivent rarement de la charité publique. Au contraire, ces gens créent la richesse. Je n'ai pas accès à ce genre de statistiques, mais je parierais qu'on les retrouve moins souvent que les autres au crochet des secours directs…

Le ministre l'interrompit pour en convenir :

— Vous avez tout à fait raison. Ce seul motif suffit à leur valoir la haine de nos compatriotes…

— De plus, on les observe rarement devant les tribunaux. Ces gens-là respectent les lois. Le Canada n'aurait que du profit à tirer d'un peu de générosité.

Au risque de paraître malpoli, Renaud ne voulait pas arrêter le petit exposé qu'il s'était répété à lui-même tout le long du trajet. Son interlocuteur l'apaisa d'un geste de la main, prit une gorgée de vin avant de déclarer :

— Mais je sais tout cela. Certains leur reprochent de vivre entre eux, sans se mêler à la population canadienne. De se révéler inassimilables, en fait.

— La plupart réussissent très bien dans notre système scolaire. Une minorité joint les rangs des professionnels. Les autres œuvrent dans le commerce, ou alors travaillent dans les manufactures. Tous connaissent l'anglais. À Montréal, beaucoup maîtrisent assez bien le français. Cela est même étonnant, puisque depuis le début du siècle la loi les oblige à fréquenter les écoles protestantes, donc anglaises.

— Ils apprennent le français pour mieux nous vendre leur marchandise.

Cette fois, la voix du ministre trahissait une certaine impatience. Renaud choisit de ne pas s'en préoccuper pour terminer son exposé.

— C'est mieux que chez Eaton, dont les propriétaires s'enrichissent à Montréal en considérant comme de la merde tous les clients qui s'expriment en français. Sur la rue Saint-Laurent, Samuel Steinberg me propose des salades fraîches au meilleur prix en sortant tous les mots français qu'il connaît. En prime, je le soupçonne de faire des clins d'œil à ma femme quand je regarde ailleurs. Le commis derrière le comptoir de la Royal Bank of Canada, un Canadien français, s'entête à me parler dans un très mauvais anglais, plutôt que de choisir notre langue à tous les deux.

— Parmi les Juifs qui d'après vous s'assimilent si totalement, il y a aussi ceux qui se promènent avec un habit de corbeau sur le dos. Dans Outremont, on se croirait parfois à Cracovie. Pas très bien intégrés, ceux-là.

Le politicien lui adressait un sourire, heureux de son argument.

— Sont-ils plus bizarres que nos milliers de curés, de religieux et de religieuses qui se cachent des vicissitudes de la vie derrière un froc en pensant que cela leur confère une supériorité sur les autres catholiques ?

— Je comprends pourquoi vous ne faites pas l'unanimité autour de vous…

Cette fois, Lapointe ne pouvait s'empêcher de rire franchement. Il enviait la liberté de parole d'un homme qui avait refusé jusque-là de briguer la moindre responsabilité politique pour ne pas avoir à réprimer sa franchise. Si cette attitude lui attirait des inimitiés, elle devait se révéler plus facile à vivre que la langue de bois du politicien. Mieux valait lui opposer une transparence identique :

— Vous savez, je n'ai aucune animosité particulière à l'égard des Juifs. Mes collègues de cette confession au Parlement se montrent compétents et affables. Bien sûr, je les trouve souvent harassants avec leurs interminables interventions pour le bénéfice de leurs coreligionnaires, mais je réalise que les Canadiens anglais pensent exactement la même chose de moi quand je défends les miens.

— Nous jouissons du curieux privilège d'être à la fois la majorité et la minorité de quelqu'un. Nous devrions en conséquence comprendre les Juifs et bien les traiter.

Son interlocuteur secoua la tête, comme pour chasser des arguments trop efficaces. Excellent avocat, il construisait lui aussi son plaidoyer, afin de se donner bonne conscience pour sa résolution de ne pas intervenir.

— Je suis un peu surpris de vous trouver devant moi aujourd'hui. Voyez-vous, pas plus tard que jeudi dernier Arden Davidowicz se présentait chez King avec deux de ses collègues afin de défendre la cause des réfugiés du *Saint-Louis*. Nous avons déjà tenu une réunion du cabinet sur la question, pour décider de ne pas leur ouvrir la porte.

Renaud, qui cachait mal sa déception, chercha un moment quoi répondre. Le député l'envoyait-il plaider une affaire qu'il savait perdue ? Dans ce cas, pourquoi lui faire gaspiller son temps ? Juste pour s'assurer que le non voulait bien dire non ? À moins de trouver très vite un argument nouveau, mieux valait pour Renaud avaler son dessert et partir après s'être excusé d'avoir gâché une heure de l'horaire chargé du ministre. Ou mieux, s'enfuir tout de suite !

— Davidowicz comprend tout le poids que vous conservez au sein du ministère. Vous pourriez influer sur l'attitude de vos collègues, même si ceux-ci ont déjà refusé de recevoir ces réfugiés.

L'autre afficha un sourire entendu, amusé de la flatterie flagorneuse, mais résolu à ne pas céder.

— Je pense que ce monsieur est un trop bon politicien pour ignorer que je continuerai de conseiller à King de ne pas admettre de nouveaux expatriés juifs au Canada. Et King sait trop bien compter pour me contredire. Sinon, il risquerait de perdre la moitié de ses députés originaires du Québec. Nous devons protéger le Canada, voilà notre premier devoir. Même si la décision est cruelle, prise aux dépens de mille réfugiés désespérés au large de Cuba.

— Tout de même, protéger le Canada…

Lapointe l'arrêta d'un geste de la main. Renaud comprit que continuer serait de la plus parfaite impolitesse. Son vis-à-vis se leva pour aller chercher un dossier épais de trois doigts dans l'un de ses classeurs. Au moment de se rasseoir, il enleva l'assiette devant lui afin de faire de la place à la liasse de feuillets.

— Vous savez tout comme moi que sans l'appui massif du Québec, le Parti libéral aurait bien du mal à accéder au pouvoir. Notre bénédiction demeure la déroute des conservateurs dans notre province.

L'avocat fit un signe d'assentiment de la tête. En 1917, le Parti conservateur avait fait adopter la loi de la conscription. Des milliers de Canadiens français s'étaient réveillés face aux mitrailleuses allemandes contre leur volonté. Depuis, lors des élections, le Parti libéral réalisait le plein de voix dans la province en évoquant ce souvenir.

— Actuellement, je me retrouve devant une équation plutôt compliquée. Un nouveau parti, l'Union nationale, a obtenu le pouvoir à Québec en 1936. En plus, une équipe nationaliste s'agite dans la région de Québec sous la direction de Philippe Hamel, une autre élève la voix à Montréal avec celle de Paul Gouin. Ces zigotos prétendent que Maurice Duplessis ne va pas assez loin dans la défense de l'autonomie provinciale.

Lapointe remplit à nouveau son verre de vin, prit une gorgée avant de poursuivre avec sa petite leçon de politique appliquée :

— À cela il convient d'ajouter des nationalistes radicaux, le plus souvent de grands admirateurs des fascistes d'Italie, d'Espagne, du Portugal, et j'en passe. Ils se regroupent autour de Paul Bouchard et de son journal *La Nation* à Québec, de l'équipe de rédaction de *L'Action nationale* à Montréal, de groupements comme Jeune-Canada, les Jeunes Patriotes ou la Société Saint-Jean-Baptiste. Tous sont des lecteurs assidus de Lionel Groulx, lequel lorgne vers le séparatisme. Ajoutons encore la Confédération des travailleurs catholiques du Canada et tous les mouvements d'action catholique en général, qui s'alimentent au même fonds de commerce idéologique, le corporatisme à l'italienne. Mussolini les met tous en extase parce qu'il a signé un concordat avec le pape ! Deux choses peuvent amener toutes ces personnes à se rallier pour faire front commun contre le Parti libéral : l'admission de réfugiés juifs et notre participation à un conflit européen. Et en cas de front commun, il nous restera dix ou douze sièges au Québec. Cela placerait les conservateurs au pouvoir lors des élections de l'an prochain. Au premier jour d'un gouvernement conservateur, nous subirons la conscription. Au second, la guerre civile éclatera.

Renaud oublia un long moment son verre de vin à mi-chemin entre la surface de la table et sa bouche. La voix hésitante, il opposa :

— Au sujet de la conscription, je vous le concède. L'accueil de quelque mille réfugiés n'aurait pas cet effet. Tous les Québécois ne sont pas des lecteurs assidus de *La Nation*, ou même du *Devoir*.

— Je sais que *Le Devoir* tire seulement à seize ou dix-sept mille exemplaires. Ses petits textes antisémites ne touchent pas l'ensemble de la population. Cependant, il entre dans tous les presbytères, dans tous les collèges classiques du Québec. Toutes les élites pensantes de la province partagent les idées racistes de l'éditeur de cette mauvaise feuille. Rappelez-vous le bruit autour des Sudètes, l'automne dernier.

L'avocat laissa échapper un soupir de dépit. Les mêmes arguments lui avaient servi la veille à réduire les attentes de Davidowicz. Voilà qu'ils lui revenaient au visage de la bouche même de celui qu'il devait convaincre.

— Je viens de vous parler des nationalistes, continua le politicien, heureux d'avoir pris le dessus de la discussion. Vous savez comme moi que la députation libérale compte aussi avec des antisémites notoires. Regardez ceci, mais ne dites nulle part que je vous ai montré ces lettres.

L'homme lui tendit la première feuille de la liasse posée devant lui, une missive signée par le député libéral Wilfrid Lavoie. Dans des termes limpides, cet individu expliquait que l'admission d'un seul Juif au Canada entraînerait des émeutes racistes dans les rues du Québec. Entre les lignes, on pouvait deviner qu'il ne répugnerait pas à se mettre à la tête des émeutiers.

— Ce collègue n'est pas le seul. Vous connaissez aussi les Leclerc, Brunelle, Jean. Le plus entreprenant à cet égard, Lavoie représente la région à l'est de Québec.

Lapointe lui présenta une seconde feuille, une lettre d'un député de la capitale provinciale. Celui-ci annonçait le dépôt d'une pétition signée par cent dix-sept mille personnes demandant de n'accueillir aucun Israélite.

— Tous ces noms venaient de plus de soixante-dix mille ménages, expliqua le ministre devant le regard interrogateur de son vis-à-vis. Cela veut dire une large majorité des familles de la ville et des environs. Vous vous souvenez, je demeure le député de Québec-Est, ce sont mes électeurs ! Regardez ces lettres.

Toute la pile changea de côté de table. Pendant trois ou quatre minutes, Renaud tourna des pages, cherchant des yeux les signatures. Au passage, il reconnut des prêtres, des professionnels, certains de ses collègues de l'Université de Montréal, de l'École des hautes études commerciales, de Polytechnique.

— Vous savez sûrement que les conseils municipaux de plusieurs villes adoptent des propositions pour demander la fermeture de nos frontières à tout immigré juif, mais aussi pour les empêcher de s'établir chez eux. Comme à Beauport, par exemple, et même à Victoriaville. Vous imaginez ? Pouvez-vous me dire en quoi quelques Juifs de plus empêcheraient les habitants de Victoriaville de dormir ?

Lapointe se donnait la peine d'expliquer tout cela afin de prendre ses distances avec ces racistes. En position de décider du sort des réfugiés, cet homme voulait lui montrer que seule la raison d'État l'amenait à s'en tenir à sa résolution. Sachant qu'il avait perdu, Renaud argua encore :

— Ce ne serait pas la première fois que les Canadiens anglais négligent les sentiments de la population québécoise au moment de prendre une décision.

— Sur ce sujet, les risques sont trop élevés. Nous plongerions dans le chaos. King n'osera pas.

La menace d'une guerre civile au Québec paraissait vraiment exagérée à l'avocat. Il murmura :

— Je me demande si notre premier ministre ne dissimule pas son propre racisme derrière celui, plus bruyant j'en conviens, des Canadiens français.

— Peut-être avez-vous raison. Qui sait ? Il nous faudrait mettre la main sur le journal intime du premier ministre. Ni vous ni moi ne vivrons assez longtemps pour apprendre la vérité. Cela en admettant que notre ineffable dirigeant demeure totalement honnête en couchant ses pensées les plus secrètes sur le papier. Peut-être écrit-il pour la postérité… Allons, ne faites pas cette tête, prenez encore un peu de vin.

Le ministre remplit les deux verres. Pendant un instant, la conversation porta sur les dernières frasques des excités de la rédaction du périodique *La Nation*, qui leur avait valu une poursuite en diffamation. Alors que le moment de partir approchait, Renaud demanda, curieux :

— Comment amènerez-vous les francophones à accepter la participation canadienne à la guerre ?

— Je comprends que rien de ce que je vous dis ne sortira d'ici.

L'avocat fit un signe approbateur.

— Nous allons tenter de forcer Maurice Duplessis à déclencher des élections. Le renard ne trouvera pas un sou à emprunter sur les marchés, au Canada ou aux États-Unis, au moment où des dettes viendront bientôt à échéance. Il n'aura pas le choix. Tous les libéraux promettront alors que jamais ils ne voteront une conscription pour le service en Europe, ceux du Québec comme ceux du fédéral. Et nous rappellerons que Duplessis a fait son apprentissage politique chez les conservateurs, les responsables de la conscription de 1917. Ce serait bien le diable si nous n'arrivions pas à le faire tomber. Nous répéterons la même promesse lors des élections fédérales de l'an prochain.

Le visiteur vida son verre, fit signe à son hôte qu'il n'en désirait plus et demanda encore :

— Et cette promesse sera respectée ?

— Je n'éprouve aucune envie de défendre la conscription. King consentira tous les efforts pour ne jamais en venir là. Bien sûr, si la guerre se révélait très longue, très meurtrière…

— Et si les Canadiens anglais réclamaient que nous partagions avec eux le prix du sang, comme ils l'ont fait en 1917…

— ... Il sera peut-être forcé de leur céder. Mais cela s'effectuera avec une extrême prudence. Vous le connaissez.

Vieux garçon d'origine écossaise, King avait multiplié les efforts, pendant toute sa carrière, pour ne pas heurter les susceptibilités canadiennes-françaises. Il continuerait à cultiver la prudence.

Un instant plus tard, Renaud s'excusait d'avoir volé autant de temps au politicien à un moment où siégeait le Parlement, puis quittait la pièce bredouille. Dans les minutes suivantes, il se dirigea du côté des bureaux des membres du Sénat. Comment procéder pour obtenir d'une dame membre de ce cénacle qu'elle accepte de souper avec lui ?

Finalement, cela avait été très facile. Cairine Wilson avait accepté de partager un repas à l'hôtel Laurier le soir même. Toujours économe quand il voyageait seul, Renaud alla réserver une chambre à l'hôtel Lord Elgin, un petit établissement en diagonale avec l'Université d'Ottawa, de l'autre côté du canal Rideau. Un coup de fil à Montréal lui permit de remettre au lendemain ses retrouvailles avec Virginie.

Vers vingt heures, l'avocat se trouvait dans la grande salle à manger de l'hôtel Laurier en compagnie d'une femme affable, la mi-cinquantaine. Dans les années 1920, après avoir reçu le droit de vote dans toutes les provinces sauf au Québec, les féministes de langue anglaise s'étaient mises en tête de voir l'une d'elles accéder au Sénat. Comme la Constitution précisait que seules des « personnes » pouvaient siéger à la Chambre haute, la Cour suprême décréta que le terme ne devait s'appliquer qu'aux hommes. Heureusement, un appel du Conseil privé, à Londres, permit d'obtenir qu'en ce qui avait trait à la loi constitutionnelle, les femmes soient considérées comme des personnes. Peu après, William Lyon Mackenzie King nommait Cairine Wilson, l'épouse d'un député, membre du Sénat. En 1939, elle demeurait la seule à en faire partie.

Cette personne consacrait les immenses loisirs que lui procurait son rôle de sénatrice à diverses associations humanitaires, de l'Armée du Salut à la Fédération des femmes libérales du Canada. Elle venait tout juste d'abandonner la direction de l'Association de la Société des Nations, un organisme voué à faire connaître au Canada la mission de cet ancêtre de l'Organisation des Nations Unies, pour assumer celle du Comité national pour les réfugiés. Depuis l'automne dernier, tous leurs efforts visaient à convaincre les politiciens canadiens de laisser entrer au pays les individus chassés de leur domicile par les Allemands.

— Comme cela, votre démarche n'a pas obtenu plus de succès que les miennes !

Cette conclusion de sa compagne faisait suite au récit qu'il avait effectué de sa rencontre avec le ministre.

— Au fond, j'ai été naïf. Tous les espoirs des passagers du *Saint-Louis* semblent ruinés. À moins que les États-Unis ne changent d'idée.

— Il y a peu de chance que cela se produise. Même s'il demeure moins virulent qu'ici, l'antisémitisme progresse dans ce pays.

— La population d'origine allemande est nombreuse là-bas, argua Renaud, souvent celle-ci affiche sa sympathie pour le régime nazi.

— Il n'y a pas que les ressortissants allemands, tempéra la sénatrice. L'ambassadeur américain au Royaume-Uni, Joseph Kennedy, ne cache pas son admiration pour le Führer. Puis il faut compter encore avec Charles Lindbergh, du haut de son statut de héros populaire, et même Henry Ford, qui lancent des déclarations racistes. Ce dernier vient d'accepter un prix de *Herr* Hitler…

— Tout de même, Ernest Lapointe m'a convaincu que les Canadiens français étaient les champions de l'antisémitisme au Canada… ou en Amérique du Nord. J'ai même lu quelques articles dans la presse américaine sur les sympathies fascistes de mes compatriotes.

Pendant un instant, un serveur interrompit la conversation en apportant le plat suivant. Un moment plus tard, Cairine Wilson observa :

— Je me demande souvent si le racisme des Canadiens français ne sert pas d'excuse aux libéraux de partout au pays. Au fond, peut-être sont-ils heureux de se cantonner dans l'inaction au nom de l'unité nationale.

— Pourtant, les discours les plus tonitruants contre l'accueil de réfugiés juifs sont prononcés en français.

— Et les directives aux sociétés ferroviaires de ne pas permettre la venue d'immigrants de religion juive sont murmurées en anglais. Les personnes qui accaparent le pouvoir, économique ou politique, parlent cette langue. Lapointe effectue sa carrière en tant que lieutenant canadien-français du premier ministre. S'il lui succède un jour, ce sera seulement parce que les grosses légumes du parti, des Anglais, le trouvent inoffensif.

Elle disait « grosse légume » en français, mais avec une prononciation épouvantable. Le fait d'avoir été élevée à Montréal ne signifiait pas qu'elle maîtrisait l'idiome de la majorité canadienne-française. La sénatrice faisait référence à une enquête menée un peu plus tôt. Sans qu'aucune décision politique n'ait été discutée publiquement, sans qu'aucune directive ne soit mise sur papier, le Canadien Pacifique et le Canadien National, à qui le gouvernement abandonnait le recrutement des immigrants, étaient invités à n'accepter que des chrétiens.

— Comme vous le savez, continua-t-elle, on ne trouve aucun professeur d'université de religion juive, aucun directeur d'école, à peu près aucun employé dans les banques, la grande entreprise, la fonction publique. Leur situation n'est pas meilleure au Canada anglais qu'au Québec. Leur exclusion se met en place dans la plus absolue discrétion.

— Je devrais peut-être me réjouir de voir que mes concitoyens ne sont pas pires que les vôtres, ricana Renaud. Cependant, vous n'arrivez qu'à me décourager de mes compatriotes des deux communautés linguistiques. Je suis doublement dépité.

Cairine Wilson lui adressa son sourire le plus triste. Son compagnon lui demanda :

— Allez-vous renoncer à aider les expatriés ?

— Non, bien sûr. De plus en plus de membres des clergés protestants font campagne aux côtés du Comité pour les réfugiés. Certains commencent à oublier que Martin Luther lui-même a écrit un livre contre les Juifs en 1543 : *The Jews and their Lies*. Avec un peu de chance, les mentalités évolueront.

— Ce sera trop tard pour les passagers du *Saint-Louis*.

— J'en ai bien peur.

Le repas s'étira encore pendant une heure. L'avocat accompagna ensuite sa compagne jusqu'à la voiture chargée de la conduire chez elle. Plutôt que de rentrer tout de suite dans sa petite chambre, il décida de profiter d'un bon porto en parcourant la collection impressionnante de journaux mise à la disposition de la clientèle du Laurier.

5

Renaud fit si bien pour s'occuper qu'il ne réintégra l'hôtel Elgin qu'un peu après onze heures. Au moment de prendre sa clé au comptoir, l'employé lui remit deux messages. Le premier faisait état d'un téléphone de Virginie Daigle en début de soirée, demandant de l'appeler tout de suite. L'autre venait d'Élise Trudel et portait la mention «Très urgent».

Inquiet, l'avocat regagna sa chambre pour décrocher l'appareil et prier la standardiste d'être mis en communication avec Montréal. Un instant après, au premier «Allô» ensommeillé de Virginie, il s'enquit:

— Que se passe-t-il?

— ... Quoi?

— Tu as demandé que je te rappelle...

Son épouse prit un moment avant de continuer, cette fois tout à fait éveillée:

— Renaud? Je ne croyais pas que ce serait si tard.

— Pourquoi as-tu appelé?

— Te raconter un fait divers. Cet après-midi, Arden Davidowicz a été arrêté. Sa femme a été tuée.

Elle se tut, pour le laisser assimiler la nouvelle.

— Davidowicz? Sa femme?

— Assassinée dans son domicile, à quelques pas d'ici. Nadja est couchée à côté de moi. Elle a insisté pour que je cherche ton revolver et le mette sur la table de nuit...

Cela expliquait pourquoi Virginie murmurait, au point de devenir presque inaudible. Mieux valait ne pas réveiller la fillette, qui voudrait lui raconter la chose elle-même jusqu'au milieu de la nuit. Heureusement, son sommeil n'avait rien de léger.

— Que s'est-il passé ?

— Personne ne le sait trop. Les journaux en diront plus demain. Quand je suis allée faire des courses, en sortant du cinéma, tout le monde ne parlait que de cela. D'après ce que j'ai compris, Davidowicz a trouvé sa femme morte ce matin, en revenant chez lui…

— Ce type rentre à la maison le matin ?

— La rumeur publique, depuis cet après-midi, lui prête une vie remplie de turpitudes.

Bien sûr, l'imagination des bourgeois devait se déchaîner. Un meurtre dans un quartier cossu comme Outremont représentait une aubaine pour les commères. Les gens devaient croire s'être éveillés aux États-Unis, où l'assassinat semblait en voie de devenir un passe-temps populaire.

— Tu as dit qu'il a été arrêté ?

— Cet après-midi, à son domicile. Je n'en sais pas plus.

Visiblement, la jeune femme aurait voulu partager son inquiétude plus tôt dans la soirée. Maintenant, elle paraissait plutôt encline à terminer sa nuit. Après un petit moment, Renaud raccrocha, pour reprendre tout de suite le combiné et demander cette fois à la standardiste de l'hôtel d'être mis en communication avec un numéro d'Ottawa. À la première sonnerie, Élise Trudel décrocha et dit d'entrée de jeu :

— Renaud, je vous en prie, pouvez-vous venir me voir immédiatement ?

Le ton paraissait tout à fait désespéré.

— Que se passe-t-il ?

— Davidowicz. Pouvez-vous accourir sans délai ?

Bien sûr, cette histoire allait porter un dur coup au Parti libéral. Renaud ne se souvenait pas d'une situation pareille survenue dans le passé : l'épouse d'un député assassinée, son conjoint arrêté. Comme Élise vouait sa vie à cette organisation politique, cela devait la mettre dans tous ses états.

— Il sera bientôt minuit.

— Je sais l'heure qu'il est, s'impatienta la femme à l'autre bout du fil. Pouvez-vous venir tout de suite ? Je vous en prie !

— ... Bien sûr. J'arrive.

Surtout, mieux valait mettre fin à cette conversation. À cette heure de la nuit, la standardiste pouvait tout aussi bien les écouter. Autant ne pas lui donner le plaisir d'entendre quelques histoires juteuses sur un membre du Parti libéral.

Élise Trudel lui avait donné son adresse. Elle habitait le quartier Côte-de-Sable, une section largement francophone d'Ottawa. Plutôt que d'attendre un taxi à cette heure de la nuit, Renaud décida de marcher. Un pont tout près de l'hôtel Elgin permettait de passer le canal Rideau. À sa gauche s'élevait la masse sombre de l'édifice de l'Université d'Ottawa. Il bifurqua sur la rue King Edward, arriva bientôt devant un bel immeuble de briques rouges. Les fenêtres d'un seul appartement demeuraient éclairées. La jeune femme l'attendait dehors devant la porte. Après un « Merci » murmuré, elle le mena au second étage.

— J'ai fait du thé.

Le logement comptait une chambre, une minuscule cuisine, un séjour où se trouvaient une petite causeuse et un fauteuil.

— Asseyez-vous, j'arrive dans un instant.

Quand elle revint avec un plateau, ses mains tremblaient assez pour produire un léger bruit de vaisselle qui s'entrechoquait. Renaud se leva à demi du siège, fit le geste de l'aider, reprit sa place en constatant qu'elle se tirerait très bien d'affaire toute seule. Un moment plus tard, une tasse à la main, il commenta :

— Ce sera difficile pour le Parti libéral, mais avec les événements internationaux, tout le monde oubliera vite.

— Voulez-vous assurer sa défense ?

— …

— Sa défense. Il a été arrêté, il sera accusé de meurtre.

Bien sûr, quand des histoires de ce genre survenaient, le premier suspect était le conjoint. À moins d'avoir un bon alibi, les soupçons se portaient sur lui. L'arrestation du député n'avait rien de surprenant.

— Je ne fais pas de droit criminel, vous le savez bien.

— Vous en faites parfois…

Depuis son retour dans la province de Québec en 1925, Renaud Daigle avait accepté de défendre une demi-douzaine de personnes, pas tout à fait une tous les deux ans.

— Des accusés sans argent, dont personne ne voulait s'occuper. Davidowicz a tout intérêt à se trouver un bon criminaliste…

— Il a confiance en vous. Moi aussi.

— Je vous assure, je suis loin d'être le meilleur choix pour lui.

— … Je vous le demande comme un service personnel.

Le ton de sa voix toucha Renaud. Elle avait eu le même treize ans plus tôt, au moment de lui quémander son amour, ce qu'il avait repoussé. Pouvait-il encore lui dire non ? Devant ses yeux rouges et son visage chiffonné, impossible.

— Écoutez, je veux bien parler avec lui…

Pour lui conseiller de se dénicher au plus vite un défenseur compétent, pensa-t-il. Le député comprendrait certainement où se trouvait son intérêt.

— Pouvez-vous m'en raconter un peu plus ?

— Je ne sais pas grand-chose. En rentrant chez lui, ce matin, il a découvert sa femme morte. Un coup de feu. Elle avait été… agressée.

Cela voulait-il dire « violée » ? Un mari qui viole sa douce moitié et la tue, cela paraissait bien improbable. La loi ne reconnaissait même pas le concept de viol entre des époux. L'homme avait le droit aux « avantages » du mariage et la conjointe, l'obligation d'accepter. Seule une trop grande brutalité pouvait entraîner des poursuites contre le premier.

— Comment savez-vous tout cela ?

— ... Après que l'ambulance ait emmené sa femme, il m'a téléphoné.

Quelle curieuse tournure prenait cette histoire. Le député aurait dû contacter un avocat, ou Ernest Lapointe à titre de chef de la représentation politique du Québec. Sans doute son interlocutrice avait-elle répondu à l'appel destiné au ministre. D'un geste de la tête, Renaud fit signe à Élise de continuer.

— Les policiers ne l'ont pas arrêté tout de suite. Ils sont venus le chercher en après-midi. Arden a pu téléphoner à l'un de ses parents, qui a averti le cabinet du premier ministre de ce qui arrivait.

L'avocat exprima sa surprise en levant les sourcils. Élise fit le geste de boire un peu de thé, reposa la tasse contre la soucoupe. Les yeux rivés sur le plancher, elle murmura :

— Ce n'est pas lui, l'assassin.

— Peut-être. Mais dans ces cas-là, le coupable se trouve le plus souvent parmi les proches...

— Je sais que ce n'est pas lui.

— Bien sûr, c'est difficile à accepter. On ne croit jamais que des gens en viennent à cette extrémité. Les meurtriers paraissent habituellement des plus respectables. Tout le monde demeure surpris. Davidowicz était chez moi hier après-midi, affable...

— J'étais avec lui !

Son ton était monté soudainement, ses yeux s'accrochaient maintenant à ceux de son vis-à-vis. Elle continua, très vite :

— Nous nous sommes quittés ce matin. Il m'a reconduite à la gare avant de rentrer à la maison. Il devait prendre ses affaires et venir à Ottawa en auto, pour les travaux parlementaires.

Renaud affichait de grands yeux ahuris, à tel point qu'elle se fâcha presque et jeta, excédée :

— Tout de même, est-ce si difficile à admettre ? Je suis sa maîtresse. Nous étions ensemble depuis samedi. Je suis allée avec lui à Sainte-Agathe, nous sommes revenus dimanche en matinée parce qu'il devait vous rencontrer. Alors qu'il discutait avec vous, je me trouvais dans un parc, à deux pas. J'ai même aperçu votre femme et votre fille dans une automobile. Il m'a rejointe en vous quittant.

Quarante ans, célibataire, toujours séduisante, Élise Trudel avait connu l'amour dans les bras d'un député de religion juive, marié. L'étonnement sur le visage de Renaud confinait à l'insulte. Comme si elle avait dû faire une croix sur toute vie amoureuse, après qu'il l'eut repoussée.

— Je comprends, admit-il enfin.

Bien sûr, cela ne voulait pas nécessairement dire que Davidowicz n'avait pas commis le meurtre : celui-ci avait peut-être eu lieu ce matin seulement, lors d'une scène de l'épouse trompée, ou alors dès le vendredi précédent. Dès que le médecin légiste ferait connaître l'heure de la mort, les choses deviendraient plus claires.

— Il est impossible de rendre notre relation publique, cependant, murmura son interlocutrice.

— Mais cela le disculperait…

— Cela ruinerait sa carrière. Au moment où les Juifs ont besoin d'un bon représentant au Parlement, ils se retrouveraient sans défense. La mienne aussi, si on peut qualifier de carrière mon petit travail.

— Ce prix n'est rien, comparé à une accusation de meurtre.

Elle secoua la tête, au bord des larmes. Après un moment, elle supplia :

— Vous acceptez de l'aider ?…

— Je verrai ce que je peux faire. Vous devez répéter ce que vous m'avez expliqué à Ernest Lapointe. Cela peut se retrouver dans les journaux dans quelques heures. Des gens ont pu vous remarquer ensemble.

— … Demain. Demain, je le lui dirai.

Cette perspective l'empêchait de se réjouir totalement de la réponse de Renaud. Sa carrière à elle, car c'en était bien une, ne survivrait sans doute pas. La pécheresse risquait de se faire lapider par les bonnes âmes du Québec, mais le député aurait peut-être plus de chance. Les frasques des hommes leur valaient des murmures admiratifs et jaloux, celles des femmes, le plus grand mépris.

— Pourriez-vous venir dire un mot à Lapointe demain matin ? l'implora-t-elle. Il sera satisfait de vous voir mêlé à cette histoire.

Renaud se troubla en comprenant le sens qu'elle donnait à sa demi-promesse, puis acquiesça de la tête. Pourquoi le ministre serait-il heureux de voir un constitutionnaliste défendre un libéral accusé de meurtre ? Pourtant, après une pause, la curiosité le gagna :

— Mais ce matin vous étiez à Ottawa lors de ma visite ?

— Je suis rentrée par le train de sept heures. Je suis arrivée une heure à peine avant vous.

La timidité de l'avocat l'empêcha de poser toutes les questions qui se bousculaient dans son esprit, dont une surtout : où se trouvait le couple illicite au moment du crime, en admettant que celui-ci ait été commis dans la nuit de dimanche à lundi ? Entendre qu'ils étaient au lit l'aurait fait rougir. Quelques minutes plus tard, l'homme regagnait son hôtel en se demandant pourquoi, dans un si court laps de temps, il se mêlait à une seconde histoire qui ne lui apporterait rien de bon.

Un peu après neuf heures, quand il se présenta au bureau du ministre Lapointe, Renaud retrouva une Élise aux yeux rougis et cernés. Elle n'avait visiblement pas fermé l'œil de la nuit et sa confession du matin ne faisait qu'ajouter à son épuisement.

— Il vous attend, murmura-t-elle en lui ouvrant la porte.

Le politicien se leva à demi de son siège pour serrer la main de son visiteur, lui désigna une chaise devant lui.

— Je ne croyais pas vous revoir si tôt. Non que ce soit désagréable, mais dans les circonstances…

— Quelle histoire ! Pauvre Élise.

Davidowicz ne lui était pas suffisamment connu pour que son sort le préoccupe vraiment. Après une pause il demanda :

— Vous étiez au courant ? Pour votre secrétaire, je veux dire.

— Sa liaison ? Oui et non. Je me doutais bien qu'elle avait quelqu'un dans sa vie, car elle passait ses fins de semaine à Montréal, surtout quand le Parlement ne siégeait pas. Cela me donnait à penser qu'il s'agissait d'un député. De là à deviner son identité…

Le politicien ne jugeait pas utile de préciser qu'il évitait soigneusement d'aborder les questions intimes avec son employée : cela permettait de conserver intacte leur relation de travail.

— Vous savez qu'elle m'a demandé de servir d'avocat à Davidowicz. Elle gagnerait à chercher quelqu'un de compétent.

— Elle vous connaît depuis si longtemps, vous fait confiance. Je respecte son désir de demeurer discrète sur sa situation. Aller expliquer cela à des inconnus, même à des avocats… Surtout, comme nous savons où se trouvait Davidowicz lors du crime, que son alibi est parfait, cela ne posera pas de difficulté.

— Élise ne veut pas que nous révélions sa liaison…

Son ton témoignait de tout le mal que l'avocat pensait de cet entêtement.

— Tôt ou tard, elle devra vaincre sa réticence. Remarquez, je la comprends. Ce sera la fin de la vie politique de Davidowicz. Quant à elle, je devrai la renvoyer. Imaginez la réaction des électeurs de Québec-Est s'ils apprenaient qu'une femme impudique travaille dans mon bureau ! Les grenouilles de bénitier me mettraient en chômage.

— Si elle demeure silencieuse, l'alibi devient inutile. Je reviens donc à mon point de départ : cet homme devrait se trouver un bon criminaliste.

Renaud cherchait un moyen de se sortir d'un guêpier où il s'était fourré lui-même, pour de mauvaises raisons.

— En réalité, opposa le ministre, je suis aussi très heureux de vous voir mêlé à cette histoire. Les policiers sont allés vers le premier suspect. En plus, il est Juif. Pour que le Parti libéral ne souffre pas trop de la situation, je tiens à ce que quelqu'un incite la police à creuser un peu cette affaire, plutôt que de favoriser l'explication la plus simple. Rappelez-vous 1925… Je ne veux pas d'une réédition de cette malheureuse histoire.

L'allusion aux événements entourant l'assassinat d'une jeune fille survenu quatorze ans plus tôt fit grimacer Renaud.

— Si vous me prenez pour un détective, vous vous trompez. Lors de l'incident auquel vous venez de vous référer, les informations me sont arrivées par hasard. Je me suis toujours demandé ce que vous connaissiez de cet événement.

— Beaucoup plus que je ne l'admettrai jamais. Mais pour revenir à votre rôle, ne jouez pas les modestes. Contrairement à tout le monde, vous désiriez savoir, et vous avez finalement su. J'aimerais que vous cherchiez la vérité cette fois aussi… en traitant vos découvertes avec une prudence identique.

— … Vous voulez dire qu'il existerait un complot là aussi ?

Lapointe lui adressa un sourire amusé.

— Du même genre ? Je serais tout à fait étonné si c'était le cas. En tant que ministre fédéral de la Justice, je ne tenterai de soustraire personne à des poursuites. D'après Élise, il y aurait bien une conspiration dans cette histoire.

En admettant que Davidowicz se trouvât avec sa maîtresse au moment du meurtre de son épouse, l'explication qui venait spontanément à l'esprit était celle d'un cambriolage : des voleurs pris sur le fait ayant réduit au silence un témoin gênant. Les journaux du matin s'étaient révélés avares de commentaires sur cette affaire, se limitant à évoquer une dame assassinée dans son domicile d'Outremont et l'arrestation de son conjoint, député et médecin, à titre de témoin important. Tant de discrétion amenait Renaud à penser que le Parti libéral avait exercé quelques pressions sur les entreprises de presse.

— Je parierais un vol, proposa Renaud.

— Élise affirme que ce serait plutôt un coup des nazis.

Le visage de l'avocat exprima un complet scepticisme, tellement que son interlocuteur précisa :

— Croyez-moi, ce n'est pas aussi fantaisiste que vous paraissez l'imaginer. Davidowicz reçoit des lettres menaçantes. La même chose m'a été rapportée par d'autres députés juifs. Vous savez que les harangues des membres du Parti de l'Unité nationale sont parfois virulentes.

Il s'agissait du groupe politique dirigé par Adrien Arcand. Les écrits et les paroles de ces fanatiques, calqués sur ceux de l'Allemagne nazie, prenaient volontiers une dimension effrayante.

— Mais ce ne sont que des discours, justement. Les chiens qui aboient ne mordent pas.

— Certains aboient et mordent. Dans tout ce lot de têtes brûlées, un seul assassin suffit pour en arriver là. Élise paraît être convaincue de cette hypothèse. Elle espère que si ses soupçons se révèlent fondés, il ne sera pas utile de communiquer ses turpitudes à la police.

Sur ces derniers mots, le ministre eut un sourire désolé, puis continua :

— Sans compter que Davidowicz y gagnerait l'auréole du martyr par association, ce qui lui vaudrait une longue carrière.

— Et sans compter également que le Parti libéral comptera dans ses rangs ce martyr, et que ses membres pourront ainsi mettre en évidence les relations passées entre Adrien Arcand et le Parti conservateur.

— Ou mieux encore, les liens présents entre ce triste personnage et la loyale opposition de Sa Majesté !

Cette fois, le sourire du politicien n'avait plus rien de désolé. Les rumeurs allaient bon train sur l'origine de l'argent qui alimentait la caisse du Parti de l'Unité nationale. Certains clamaient que le Parti conservateur avait investi autant que 50 000 $ dans les caisses du petit groupe nazi. Celui-ci publiait un journal, *Le Combat national* : cela signifiait des ressources significatives. À l'hypothèse d'une aide conservatrice, d'autres opposaient celle du Reich allemand. Découvrir que c'était les deux se révélerait une véritable bénédiction pour les libéraux.

— C'est bon, je veux bien me rendre utile. Cependant, je dirai à Davidowicz de chercher un autre avocat au plus tôt.

— Élise aimerait vous montrer la correspondance du député. Pendant ce temps, je vais tenter de faire en sorte que le policier responsable de l'enquête collabore avec vous.

— Votre juridiction s'étend-elle jusqu'à la police de Montréal ?

— La police d'Outremont ! Ce sera plus facile. Ces gens-là, des libéraux, préféreront ne pas me mettre de mauvaise humeur.

M. Fitch dénonce nos « fascistes »

Il nomme M. Adrien Arcand, M. Gabriel Lambert, la « Casa d'Italia », Mlle B. Vallée

Le Devoir, *27 avril 1939.*

Le bureau d'Arden Davidowicz se trouvait dans l'édifice de l'Est. La pièce, petite et modestement meublée, convenait à un député d'arrière-ban. L'immeuble demeurait à peu près désert, les députés présents au Parlement se trouvant à la

Chambre des communes afin de participer aux débats. Élise, venue lui ouvrir, lui laissa la clé au moment de s'esquiver.

Gêné de se montrer là, Renaud ferma la porte avant de tout fouiller. Le premier tiroir du pupitre de chêne recelait les vestiges de la vie quotidienne du politicien, de la boîte de cartes professionnelles à la brosse à dents, en plus des enveloppes, du papier à lettre, des crayons. Les autres contenaient des missives, la plupart venues de ses commettants, écrites en anglais, en français ou en hébreu, mais le plus souvent en yiddish.

Une heure plus tard, n'ayant rien trouvé d'intéressant, l'homme décida de s'attaquer au classeur dans un coin de la pièce. La chance lui sourit tout de suite : dès le premier des trois tiroirs, un dossier lui sauta aux yeux. Plutôt qu'un nom ou un sujet, une croix gammée ornait le rebord.

La chemise posée grande ouverte devant lui, l'avocat parcourut en un instant la première lettre. Le contenu se limitait à peu de chose : le député se voyait invité à retourner dans le trou d'où il venait. À la première ligne, le « Monsieur » avait cédé la place à « Sale Youpin ». La missive affichait une signature mal assurée. Cela, et l'orthographe, trahissaient un auteur peu scolarisé. La suivante portait le nom d'un prêtre. Dans un langage plus châtié, elle disait la même chose… en plus d'ajouter une allusion à l'assassinat du Christ.

Le troisième billet, avec pour tout autographe « Un Casque d'acier », adoptait un ton carrément sinistre : « Je vais te couper le cou et t'enterrer, enveloppé dans une peau de cochon. » Dans cette liasse, épaisse de deux doigts, en une heure Renaud parcourut environ cent dix lettres, la moitié portant une signature. Plusieurs d'entre elles étaient franchement ordurières, la plupart des autres tout aussi menaçantes, mais avec des mots mieux choisis. Un certain nombre de missives évoquaient la grande conspiration juive pour accaparer la finance internationale, d'autres reprochaient aux Israélites de répandre le communisme. Dans une totale confusion d'idées, certains épistoliers rendaient coupables les

Hébreux de se livrer simultanément aux deux projets. Quelques-uns allaient jusqu'à les accuser de sacrifier des bébés chrétiens afin de fabriquer du pain avec le sang des victimes. Leurs auteurs reprenaient le *Protocole des sages de Sion*, un ouvrage préparé par les services secrets de la Russie au dix-neuvième siècle, dans le but de lancer la populace dans de gigantesques pogroms contre les Juifs : une chasse à l'homme marquée par des viols, des tortures et des meurtres.

Rien de tout cela n'aurait déparé les torchons nazis publiés en Allemagne. Et dans le lot, une bonne douzaine de textes proposaient d'assassiner le député. Aucune de ces dernières ne portait de signatures, mais toutes faisaient allusion aux associations nazies actives au Canada, en particulier au Parti national socialiste chrétien. Il s'agissait de la première organisation politique créée par Adrien Arcand. Ensuite venait le Parti de l'Unité nationale qu'il avait fondé au moment de la fusion avec une phalange de l'Ontario. Des regroupements mineurs se trouvaient aussi évoqués : les chemises brunes, noires, vertes, bleues et argents, les Casques d'acier et les Légionnaires, tous reliés au nazisme. Si les menaces de mort s'adressaient à Davidowicz, dans trois missives elles étaient étendues à sa famille. Aucune n'allait jusqu'à désigner nommément sa femme comme une cible, cependant.

L'un de ces douze auteurs avait-il mis son projet à exécution et, ne découvrant pas l'homme au gîte, avait décidé de tuer l'épouse, tout simplement pour éliminer une personne susceptible de le reconnaître ? L'avocat inclinait à croire que les expéditeurs de billets anonymes se révélaient plutôt des couards, dont la colère se satisfaisait d'un coup de gueule vulgaire. Le coupable se trouvait sans doute chez les individus convaincus que l'action valait mieux que les discours : la propagande par le fait, en quelque sorte, privilégiée par toutes les organisations terroristes.

Au moment de quitter la pièce, après avoir placé cette liasse de lettres dans sa serviette de cuir, Renaud commençait à admettre que l'assassinat pouvait avoir un motif politique. Dans ce type de cas cependant, les auteurs réclamaient au plus vite la paternité de leur attentat sur la place publique, sinon ils perdaient tout effet de mobilisation. Personne ne l'avait fait encore. Sans doute les meurtriers ne voyaient-ils aucun intérêt à assumer la responsabilité du décès de l'épouse d'un député de religion juive : lâche, ce geste ne rallierait personne à leur cause.

Comme il était tout juste un peu plus de treize heures, mieux valait regagner la gare sans tarder et manger à bord du train.

Il n'y avait pas une heure que le Saint-Louis *se trouvait devant le port de La Havane quand Myriam Bernstein et Rebecca Goldberg s'étaient remises à pleurer. Leur désespoir ne s'avérait pas le plus grand à bord : un homme libéré de Dachau juste à temps pour embarquer sur le paquebot avait tenté de se suicider en se jetant par-dessus bord. Les policiers en poste sur une multitude d'embarcations afin de s'assurer qu'aucun passager ne rejoigne le rivage à la nage, intervinrent assez vite pour lui sauver la vie. Depuis, une autre tentative s'était soldée par son décès. L'événement prenait même un caractère contagieux. Dans un télégramme envoyé à la société maritime propriétaire du paquebot, le capitaine évoquait une sombre rumeur : le comité des réfugiés, chargé de servir d'interprète aux passagers, discutait d'un suicide collectif de tous ceux-ci, un grand sacrifice collectif qui aurait au moins le mérite de dessiller les yeux des dirigeants politiques des pays démocratiques pour les forcer à voir toute l'horreur du sort de la communauté juive.*

Au matin du 6 juin 1939, le soleil s'était levé sur le paysage de la Floride. Le navire avait levé l'ancre la veille. Par un extraordinaire sadisme, le capitaine avait décidé de longer la côte… Ou peut-être espérait-il que les États-Unis finiraient par ouvrir leurs frontières ? À la place, le gouvernement américain faisait suivre le Saint-Louis *par les garde-côtes pour empêcher toute tentative d'accostage.*

Les larmes des fillettes ne cesseraient pas de sitôt.

6

Une intervention rapide s'imposait. Au moment de descendre à la gare Windsor, Renaud Daigle s'empressa de trouver un taxi. Moins de trente minutes plus tard, il pénétrait dans les bureaux de la police municipale d'Outremont, dans l'édifice de l'hôtel de ville, sur le chemin de la Côte-Sainte-Catherine. Dans une municipalité aussi paisible, la force constabulaire demeurait minuscule et peu occupée : son plus grand défi consistait à empêcher les pauvres de l'île de Montréal de venir voler les notables, ou même de montrer leur misère aux nantis. Cela aurait pu leur gâcher l'appétit !

Le capitaine Tessier l'accueillit tout de suite dans son bureau, une pièce exiguë encombrée de papiers. Comme il convenait, le policier traitait son visiteur avec déférence, mais tout dans son attitude trahissait sa conviction que ce civil n'avait rien à faire là. Déjà, il avait reçu « des ordres » de son employeur, ceux de bien traiter ce curieux. Il entendait obéir en offrant toutefois la plus mauvaise figure possible.

— Pouvez-vous me dire ce qui s'est passé ? questionna Renaud après avoir pris place sur une chaise droite.

— Nous avons reçu un appel téléphonique un peu après neuf heures, hier matin. Davidowicz nous demandait de nous précipiter, car sa femme était morte. Nous avons trouvé le cadavre dans un petit salon, au bout d'un corridor.

— Comment se présentait la scène ?

— Tout était en ordre. Simplement le corps par terre, au milieu de la pièce.

Les détails ne viendraient pas facilement, l'avocat devrait travailler pour arracher chacun d'entre eux au capitaine.

— Aucun désordre ? Aucune trace de lutte.

— Non, je vous l'ai dit.

— Elle est morte de quelle façon ?

— Une balle dans la nuque. Un petit calibre sans doute, puisque le projectile n'est pas ressorti du crâne. Je parie pour un .22. Nous recevrons le rapport d'autopsie demain.

Une arme qui ne fait pas beaucoup de bruit, songea l'avocat, pas assez en tout cas pour attirer l'attention des voisins. Le plomb à l'arrière de la tête faisait penser à une exécution.

— La porte n'a pas été forcée ?

— Non. De toute façon, son mari possède la clé, ajouta le policier avec un sourire en coin. Pourquoi aurait-il défoncé ?

— Pourtant, d'après ce que vous me dites, un autre scénario s'impose à mon esprit. Quelqu'un a sonné, elle est venue ouvrir, a invité son visiteur à la suivre dans le salon. Puis « bang », le coup de feu alors qu'elle tournait le dos à son agresseur.

— Vous lisez des romans policiers ? Moi, j'enquête sur de vrais crimes.

— Et le viol ?

À ce sujet, l'avocat extrapolait à partir des confidences d'Élise. Bien sûr, cela cadrait mal avec la culpabilité du mari. Le policier lui adressa une grimace, troublé par le souvenir. Quand il répondit, son ton avait un peu changé :

— Je ne pense pas qu'il y ait eu viol.

— Pourtant, ce que j'ai entendu semble l'indiquer...

— Vous êtes très bien informé. Les journaux n'ont rien publié à ce sujet. Qui vous a entretenu de cela ?

— Davidowicz a communiqué avec quelqu'un, qui m'a parlé à son tour. Qu'avez-vous vu sur place ?

Renaud préférait faire l'économie des interprétations du capitaine pour se renseigner plutôt sur les faits.

— La femme se trouvait sur le dos, la robe retroussée jusqu'à la poitrine. La culotte était déchirée, coupée. Elle avait reçu des coups de couteau près du sexe. Placée comme elle l'était, avec le sous-vêtement, ou ce qui en restait, encore sur elle, je ne pense pas que quelqu'un l'ait violée. Encore une fois, l'autopsie nous le confirmera.

— Mais son agresseur l'a poignardé dans la région du vagin.

— Oui, et pas seulement cela. Elle avait une croix cassée tracée sur l'abdomen, avec une lame.

— Cassée ? Vous voulez dire « gammée » ?

Le policier lui adressait un regard intrigué. Renaud chercha une feuille de papier et dessina le symbole nazi.

— Oui, cela ressemblait à cela.

— Vous avez trouvé le couteau ?

— Oui, il a été pris dans la cuisine.

Cet aspect du crime semblait donner raison à Élise : une croix gammée esquissée sur le ventre avec une lame, comme une signature. Impossible d'imaginer qu'un époux de religion juive l'avait tracée, fût-il adultère !

— Quand avez-vous arrêté mon client ?

— …

— Arden Davidowicz. L'accusé.

— Le suspect.

Renaud se félicita que le policier sache la différence. Outremont abritait de nombreux avocats prospères, même les constables devaient posséder des notions de droit.

— Hier, en début d'après-midi.

— Mais pourquoi ?

— Ce sont toujours les maris, les coupables, dans des histoires comme cela. Nous craignions de le voir disparaître. Les Juifs voyagent beaucoup, connaissent des gens partout dans le monde.

Encore un peu et le capitaine aurait parlé de l'Internationale juive…

— Vous avez trouvé une arme, à part le couteau, je veux dire ? Un motif ?

— L'enquête n'est pas terminée. Nous avons le temps.

— Il ne servait à rien de l'arrêter. Actuellement, vous ne détenez aucune preuve, seulement votre conviction que les maris sont toujours coupables.

L'enquêteur ne répondit pas. Des facteurs politiques avaient bien pu inspirer le zèle policier. Maurice Duplessis, le premier ministre de la province et chef de l'Union nationale, agissait aussi à titre de Procureur général du Québec. Ultimement, lui seul déciderait si cet homme serait soumis à un procès. Dans le bras de fer qui l'opposait aux libéraux, un député accusé de meurtre pouvait amener une petite satisfaction. D'un autre côté, le service de police se trouvait aussi soumis à l'intervention du ministre fédéral de la Justice. Cette enquête-là ne se déroulerait pas dans une atmosphère sereine !

— J'aimerais parler à monsieur Davidowicz, déclara Renaud.

— Il se trouve à la prison de Bordeaux. Nous n'avons pas vraiment de cellules ici, seulement des pièces où des fêtards peuvent dessoûler un peu avant de rentrer chez eux.

L'arrestation paraissait hâtive et peu fondée, l'emprisonnement dans ce pénitencier cruel pour un simple prévenu sur lequel les preuves ne pesaient pas bien lourd. Outre l'intervention politique, peut-être avait-on voulu montrer à la populace que la justice s'appliquait dans toute sa rigueur aux nantis comme aux pauvres. Alors que la crise acculait des dizaines de milliers de Montréalais à la misère, cela parerait aux critiques contre l'ordre établi.

— Je le verrai donc demain à la prison de Bordeaux. J'aimerais aussi avoir accès au rapport d'autopsie.

— Je vais faire mieux que cela. Venez avec moi demain au Laboratoire de recherches médico-légales.

Là aussi, cette gentillesse soudaine trahissait l'intervention politique. Outremont demeurait un fief libéral, le bon mot du maire devait être impératif.

— Entendu, je vous accompagnerai.

— Alors, présentez-vous ici à huit heures trente.

Le retour à la maison s'effectua dans une atmosphère de joie bruyante. Julietta avait cueilli Nadja à l'école, comme si l'assassinat de la veille faisait peser une menace nouvelle sur tous les habitants de la ville. Virginie venait juste de rentrer du travail. La fillette sauta au cou de son père dès le moment où celui-ci passa la porte.

— Papa, il y a eu un meurtre. Le médecin de maman a tué sa femme.

— Tu le sais bien, actuellement il est seulement soupçonné de l'avoir commis. Au terme du procès, selon les preuves, il sera déclaré coupable, ou innocent.

— Par un jury?

— Oui, par un jury.

Renaud se livrait à de petits cours de droit à domicile, avec un certain succès.

— Mais tout le monde à l'école dit qu'il l'a tuée.

— Moi, je pense plutôt qu'il est innocent. Je vais le défendre.

— Oh!

De la conviction de la culpabilité de Davidowicz, Nadja passa à la certitude de son innocence. Virginie, venue dans le hall d'entrée pour l'accueillir, lui adressait un regard interrogateur. En lui faisant la bise, l'avocat lui glissa à l'oreille:

— Je t'expliquerai. Je n'avais pas vraiment le choix.

Quelques minutes plus tard, devant des pâtes, Renaud dressait la liste des beautés de la ville d'Ottawa pour sa fille, une liste plutôt courte!

— La maîtresse de Davidowicz?

— Depuis quelques années, semble-t-il.

La jeune femme ressentait une certaine commisération pour cette vieille fille laissée pour compte par la vie. Elle se figurait que le bonheur ne pouvait se trouver ailleurs que dans les félicités conjugales.

— Et elle t'a convaincu de défendre son amoureux ?

— Je me suis débattu. Dans ces circonstances, je ne pouvais me dérober. Puis ce matin, Ernest Lapointe a remis cela.

— Le dispensateur des largesses gouvernementales.

Renaud touchait un honnête revenu en tant qu'avocat grâce au gouvernement libéral, son principal client. Les années 1930-1935, pendant lesquelles le Parti conservateur s'était trouvé au pouvoir, avaient tenu d'une véritable disette. Il répondit d'un sourire avant de continuer :

— Puisque je commençais à le croire innocent, je n'ai pas éprouvé le sentiment de me laisser entraîner dans une mauvaise histoire.

— J'ai bien du mal à le voir dans la peau d'un assassin, même si je ne l'ai rencontré qu'une fois.

— Moi aussi, il m'a donné l'impression d'être un honnête homme. Toutefois, les meurtriers qui portent leur crime sur le visage ne connaissent pas une longue carrière.

Pendant de nombreuses minutes, Renaud évoqua à voix basse les lettres découvertes dans le classeur du député. Passé dix heures, ils se trouvaient déjà au lit. Outremont se révélait si silencieuse, on aurait dit la campagne.

— Comme il y a des gens stupides ! Écrire de pareilles choses.

La remarque ne demandait pas de réponse. Quand il décrivit la croix gammée sur le ventre de la victime, Virginie afficha une moue dégoûtée.

— Élise paraît avoir raison. Un meurtre haineux ! On se croirait aux États-Unis.

Très régulièrement, les journaux faisaient état des lynchages de Noirs, parfois de Juifs, dans le sud du pays voisin, sans compter les assassinats commis par des illuminés.

— Ne me dis pas que nous en sommes à subir les inconvénients de la vie américaine sans profiter d'aucun de ses avantages ? plaisanta Renaud.

— As-tu vu *Le Devoir* d'aujourd'hui ?

L'avocat lui jeta un regard curieux, intrigué de ce brusque changement de sujet.

— Non, juste *La Presse*.

— Attends, je vais te le chercher.

D'un pas léger, la jeune femme descendit au rez-de-chaussée, remonta tout de suite avec le journal plié à la page trois, le lui tendit en déclarant :

— Je l'avais laissé dans ton bureau pour toi. Regarde cette annonce.

Dans le coin inférieur droit de la grande feuille, un encadré invitait tous les Canadiens français inquiets du sort de leur nationalité à se présenter à une soirée politique tenue au Monument national le 24 mai à vingt heures. Le thème en était « La menace que fait peser l'immigration juive sur notre race ».

— Demain soir, murmura Renaud. J'irai. L'assassin se trouvera peut-être là !

Même s'il avait adressé un clin d'œil à sa femme, celle-ci répondit tout de suite, un peu soucieuse :

— Ne fais pas de blague de ce genre, je m'inquiéterai.

— Ne t'en fais pas. Ce sera un mélange de vieux messieurs avec des problèmes de prostate, dont de nombreux collègues à moi, et des jeunes étudiants très inquiets de ne pas se dénicher de travail au terme de leur séjour dans une institution de haut savoir. Sauf la fumée de cigarette qui va me faire tousser, je ne risque rien là-bas… Tu ne préférerais pas passer à un autre sujet que les vicissitudes de nos concitoyens ?

Une lampe, sur la table de nuit, jetait une lumière tamisée dans la chambre. Sous une mince couverture, Renaud sentait la tiédeur d'une cuisse nue contre la sienne. En effet, il y avait mieux à faire que d'évoquer la femme assassinée à quelques rues. En caressant un ventre ferme, Renaud constata avec un malaise qu'il ne connaissait pas son nom.

Le capitaine Tessier se tenait sur le perron de l'hôtel de ville, à l'attendre.

— Ma voiture se trouve juste derrière.

Ils prirent place dans une Ford noire portant le mot « Police » en lettres dorées sur les portières. Le Laboratoire provincial de recherches médico-légales se dressait sur la rue Saint-Vincent, à peu de distance du palais de justice de Montréal. Ayant été construit par les soins du gouvernement provincial, ses employés devaient venir en aide aux différents corps policiers, à leur demande.

Le capitaine connaissait les lieux, il se dirigea tout de suite à l'arrière de l'édifice, où se trouvait le bureau du pathologiste.

— Vous en avez terminé avec ma cliente ? demanda-t-il d'entrée de jeu à un homme entre deux âges vêtu d'un grand sarrau blanc.

— Depuis peu.

— Vous pouvez montrer le corps à ce monsieur, tout en nous donnant vos conclusions ?

Renaud devina que Tessier entendait le soumettre à un petit test, comme si la vue d'une morte allait le troubler. Une année à la guerre lui avait permis de voir plus de cadavres que l'ensemble des policiers de l'île de Montréal pendant toute leur vie. Le médecin les conduisit dans une salle attenante empestant le formol. Dans un mur se découpaient une douzaine de portes métalliques. Ouvrant l'une d'elles, le pathologiste tira ensuite une civière, qui dévoilait une dépouille recouverte d'un drap.

— Ruth Davidowicz, tuée d'une balle de calibre .22 dans la nuque.

D'un geste brusque, l'homme enleva la pièce de tissu, révélant le corps nu, livide. Quoiqu'il fût difficile d'en juger d'après ce cadavre à l'horizontale, Renaud se dit qu'elle devait être de taille moyenne, le visage un peu quelconque, les cheveux noirs. Les paupières entrouvertes ne permettaient pas de connaître la couleur des yeux, devenus glauques. Après un rasage négligent des cheveux, la calotte de la boîte crânienne avait été sciée pour récupérer la balle, puis recousue à sa place grossièrement. La poitrine révélait une longue incision en « Y », dont la branche la plus grande atteignait l'os pubien.

— Voyez les coups de poignard.

Sur le pubis rasé, la peau portait une demi-douzaine d'estafilades, causées par la pointe d'un couteau.

— C'est peu profond, fit remarquer Renaud.

— Un quart ou un demi-pouce, pas plus.

Comme si les coupures avaient été effectuées par une personne hésitante, ou dégoûtée par ce qu'elle faisait. Rien qui témoignait d'une haine aveugle. Sur le ventre de la femme, une croix gammée avait été tracée maladroitement de l'extrémité de la lame. Encore là, l'épiderme était tout juste fendu. Le coupable ne voulait pas trancher dans la chair.

— Aucune autre marque de violence ? questionna l'avocat.

— Aucune, si ce n'est une éraflure au front. Cette femme devait se tenir debout au moment de recevoir la balle dans la nuque. Le coup fut tiré à bout portant, la peau montre une petite brûlure circulaire. Elle n'a sans doute rien vu venir, elle est tombée comme un sac de pommes de terre, sa tête a donné sur quelque chose de dur. Une très belle mort, au fond, conclut le médecin.

— Mais qui lui est venue bien jeune, fit observer le policier. Trente-cinq ans.

Le pathologiste acquiesça d'un signe, puis continua :

— Et après, l'assassin est allé chercher un couteau à la cuisine, l'a mise sur le dos, l'a troussée, lui a porté quelques coups sans conviction après avoir tailladé sa culotte. Puis la croix…

— Cette histoire n'a aucun sens, interrompit l'avocat, de l'impatience dans la voix.

Bien sûr, les événements avaient pu se passer comme le praticien le prétendait. Mais pourquoi ? Les meurtres avaient toujours un mobile.

— Le mari arrive, entre, son épouse lui tourne le dos, il la tue. Rien de bien mystérieux là-dedans, répondit le policier.

— Bravo inspecteur, ironisa Renaud. Ensuite il va chercher le couteau et lui taillade le sexe. Pourquoi faire cela à sa conjointe ?

— Peut-être qu'elle se refusait à lui, suggéra le médecin. Ou alors, il était impuissant…

« Bon, en voilà un qui a lu Freud », pensa son interlocuteur, amusé. À haute voix, il continua :

— Puis il lui trace une croix gammée sur le ventre. Un Juif qui tue sa femme et lui grave le symbole des nazis dans la chair, cela vous paraît plausible ?

— … Il est peut-être fou, proposa le policier, ou il veut faire croire que ce sont les fascistes qui ont commis ce crime. Une ruse pour détourner notre attention.

— Mais cet homme a reçu des menaces de mort des fanatiques de la droite à de nombreuses reprises. J'ai des lettres dans mon sac.

Le capitaine Tessier marqua une pause, puis déclara :

— Il faut me les laisser.

— Tout à l'heure. Quelle preuve possédez-vous de sa responsabilité, à part la conviction que les maris se révèlent toujours coupables ?

— Cette femme fut tuée dimanche, vers cinq ou six heures. Son époux la « découvrit » le lendemain matin, mais il refuse de nous confier où il se trouvait au moment du meurtre, où il a passé la nuit. Une question d'honneur, m'a-t-il dit. S'il ne s'agissait pas d'un député libéral, personne ne douterait de sa culpabilité.

Bien sûr, pour ne pas trahir sa maîtresse, l'homme se taisait. Ce genre de logique imbécile convaincrait-elle le policier ? Pour le savoir, Renaud devrait d'abord faire entendre raison à ce foutu député !

— Vous pouvez me ramener à Outremont ? réclama Renaud d'un ton plus modéré.

— Entendu, cela vous donnera l'occasion de me remettre ces fameuses lettres.

Dix minutes plus tard, alors qu'ils roulaient vers le nord, l'avocat demanda encore :

— Vous avez fouillé la maison ?

— Certainement, pour trouver l'arme du crime.

— Et puis ?

— Rien, je vous l'ai dit hier.

— J'aimerais y jeter un coup d'œil.

— Pour refaire mon travail ? Je sais comment effectuer une fouille.

L'autre trahissait une colère difficilement contenue. Mieux valait calmer le jeu :

— Afin de voir si des pistes ne conduisent pas vers les nazis. Comme ceux-là ne figuraient pas parmi vos suspects, des choses ont pu vous échapper.

— D'accord, allons-y tout de suite. Après cela, vous me laisserez tranquille ? Je dois effectuer mon travail.

Cela ne méritait pas de réponse. Après une pause, le policier continua, plus calme :

— Vous savez que je n'aime pas vous avoir sur le dos. Ordre du maire : ne pas vous empêcher de regarder dans nos affaires.

— Je m'en doute bien. Aussi je vais essayer de me montrer discret.

Pour toute répartie, l'autre lui adressa une grimace qui pouvait passer pour un sourire.

Rue Davaar, le docteur Arden Davidowicz occupait la partie gauche d'une maison jumelée au recouvrement de briques sombres. Une *mezuzah*, un minuscule cylindre portant un caractère hébreu pour indiquer que les habitants de ce domicile se soumettaient aux commandements de Dieu, ornait le linteau de la porte. En entrant, un local de grandeur modeste d'un côté du corridor accueillait quelques chaises appuyées contre le mur. Sur une table au centre de la pièce, des magazines s'entassaient en désordre. À un bout de cette salle d'attente, un petit bureau devait permettre à une secrétaire-réceptionniste d'effectuer son travail. De l'autre côté du couloir se trouvait le cabinet du médecin. À l'origine, la grande pièce devait servir de séjour.

— Je fais le tour des lieux avec vous, mais avant de partir, j'aimerais jeter un coup d'œil sur les papiers conservés ici, observa Renaud.

— Ce sont des dossiers médicaux…

— N'ayez crainte, je resterai très discret sur les hémorroïdes des habitants de notre belle ville. Je soupçonne que j'y découvrirai des lettres.

Le long du couloir, se trouvait encore un tout petit salon.

— Je suppose que le corps gisait là ?

— Vous auriez fait tout un détective.

Le capitaine Tessier lui adressait un sourire moqueur. Une tache de sang, devenue brunâtre, marquait le centre de la moquette.

— J'y penserai si je me cherche un emploi.

— Cette femme devait connaître son agresseur, rappela le policier. Elle a été tuée dans un endroit privé du domicile.

— Reprenons mon scénario de tout à l'heure. Quelqu'un frappe à la porte en fin d'après-midi, dimanche. Elle va ouvrir. Le visiteur invoque un prétexte quelconque. Tenez : il passe par les maisons pour demander de l'argent pour les victimes du nazisme en Allemagne. Rien dans son allure n'inquiète madame Davidowicz, qui l'amène ici pour lui offrir un siège. Elle marche devant, l'autre lui tire un coup de feu dans la nuque.

— Le mobile ?

— Un nazi n'a pas besoin d'une autre motivation que sa haine pour les Juifs.

— Si le mari avait été tué, je comprendrais. Mais elle…

— L'époux devait être la cible.

À force de répéter cette histoire, Renaud espérait convaincre son interlocuteur de sa véracité. Les deux hommes passèrent dans une salle à manger joliment meublée, puis dans une cuisine moderne, bien équipée. À l'étage, une première pièce servait de vivoir. Bien sûr, comme le cabinet du médecin et la salle d'attente prenaient la moitié de l'espace au rez-de-chaussée, la vie de famille devait se dérouler là. Des fauteuils, un canapé, une radio et un phonographe permettaient des soirées agréables. Les deux locaux suivants étaient des chambres à coucher, la première occupée par une femme et la seconde, par un homme : cela se voyait aux vêtements dans les penderies. Le couple Davidowicz ne partageait pas le même lit. En plus de la salle d'eau, il y avait encore une chambre plus petite. Les jouets sur le plancher amenèrent tout de suite Renaud à demander :

— Ils ont un enfant ?

— Un garçon de six ans.

— Où diable se trouvait-il lors du meurtre ?

— Chez son grand-père. Le père de Davidowicz.

— Quel hasard providentiel. Sinon, il aurait été tué aussi.

Un moment plus tard, les deux hommes pénétraient dans le cabinet de Davidowicz. Alors que le policier prenait la place du patient, Renaud lui tendit les lettres ramenées du Parlement. Les plus menaçantes occupaient le dessus de la pile. Tessier commença à les parcourir.

Pendant ce temps, l'avocat regarda d'abord dans les deux classeurs rangés contre le mur. Quelques minutes suffirent pour constater qu'ils ne renfermaient que des dossiers médicaux. Ensuite, assis derrière le bureau, il ouvrit les tiroirs un à un. Dans le dernier, plusieurs chemises contenaient les missives reçues des électeurs : des suppliques dans toutes les langues. Dans une chemise rouge, marquée comme celle du bureau d'Ottawa d'une croix gammée, se trouvait l'objet de sa recherche. Les premiers plis reprenaient le contenu habituel : des fascistes ou des nazis invitaient le médecin à retourner d'où il venait, certaines dans un langage blessant. Toutes paraissaient plus menaçantes que celles trouvées au Parlement, car elles portaient l'adresse personnelle du destinataire, là où habitaient une épouse et un enfant. Les dernières évoquaient des idées de meurtre dans les termes les plus clairs. Trois, envoyées en mai, contenaient des promesses de décapitation non seulement du député, mais « de ta truie et de ton marcassin ».

— Voici les personnes que je crois responsables de l'assassinat, déclara Renaud en tendant les derniers feuillets de la pile au policier.

Celui-ci posa la liasse qui se trouvait dans ses mains sur le bureau et prit la nouvelle. Après quelques minutes, il murmura :

— Après avoir lu ceci, je dois convenir que votre théorie est plausible. Cependant, si on excepte quelques vitres cassées, jamais personne ne s'est attaqué aux Juifs à Montréal.

— Ce qui ne veut pas dire que cela ne peut survenir. Il y a toujours une première fois.

— Et pour inaugurer cette nouvelle mode, le meurtre d'une femme innocente ?

— Le mari était visé. Un député qui défend ses coreligionnaires, essaie de leur permettre d'entrer au Canada. Vous savez que les fascistes souhaitent faire cesser toute immigration ?

— Dans ce cas, pourquoi ne pas revenir un autre jour, quand le politicien se trouvait à la maison. Tenez, en prenant un rendez-vous pour un mauvais rhume. C'est très facile de rencontrer un médecin.

Là résidait toute la faiblesse de la théorie de Renaud.

— Bon, j'abats mon jeu. Davidowicz n'était pas seul au moment du meurtre. J'ai parlé à la personne qui l'accompagnait. Malheureusement, ni l'un ni l'autre ne veut rendre publique la vérité.

— Une histoire de femme ? Alors qu'ils révèlent tout ! Ce ne serait pas la première fois, même pour un député !

La voix du capitaine Tessier trahissait son impatience devant tant de sottise.

— Soyez certain que je vais lui dire cela, pas plus tard que dans une heure. Je vous laisse ces lettres.

Sur ces mots, Renaud quitta la pièce, passa la porte et pressa le pas jusqu'à l'avenue de l'Épée. Après un bref arrêt chez lui, il monta dans sa belle automobile Packard noire pour une promenade au nord de l'île de Montréal.

7

La prison de Bordeaux se trouvait tout au nord de la ville, en face de la rivière des Prairies. Il s'agissait d'une grande bâtisse de briques, en forme d'étoile. Construite selon des principes « scientifiques » susceptibles de participer à la rénovation de l'âme des prisonniers, l'architecture pénitentiaire s'imposait comme moyen thérapeutique !

Quand Renaud Daigle se présenta à la porte pour demander à rencontrer Arden Davidowicz, son client, cela provoqua une certaine commotion chez les gardiens. Après des conciliabules nombreux, le directeur du pénitencier vint lui serrer la main.

— Monsieur Davidowicz pourra vous voir dans un instant. Quelqu'un est allé le chercher pour le conduire dans la salle réservée aux rencontres avec les procureurs.

— J'espère que son séjour ici ne lui a pas valu d'expériences trop déplaisantes.

— Pas du tout. En fait, nous l'avons mis dans un cachot un peu à l'écart, sans lui permettre de se mêler à nos autres locataires. Député et Juif, cela constitue deux motifs pour recevoir des mauvais coups.

— Je vous en remercie en son nom…

Un gardien se présenta à l'entrée du pénitencier, murmura un mot à l'oreille du directeur.

— Votre client est à votre disposition. Si vous voulez suivre cet homme…

L'avocat emboîta le pas au cerbère, traversa un interminable corridor avec, des deux côtés, un alignement de portes métalliques. À cette heure, toutes s'ouvraient sur des cellules étroites. Dans certaines, des prisonniers jetaient sur lui un regard parfois haineux, d'autres fois simplement curieux. Le seau hygiénique dans chacune de ces minuscules cages répandait une odeur tenace de merde et d'urine. Même à l'abri des mauvais traitements, un séjour dans un lieu pareil n'avait rien de réjouissant.

À la fin, le gardien ouvrit la porte d'une petite pièce où se trouvaient une table et deux chaises. Sur l'une d'elles, Davidowicz se tenait penché vers l'avant, les épaules voûtées.

— Je reste dehors, expliqua le guide. Je vous reconduirai quand vous aurez terminé.

Après une poignée de main, le visiteur s'assit en demandant :

— Maintenant, dites-moi exactement ce que vous avez fait samedi et dimanche dernier.

— ... Vendredi soir, je me suis rendu à la gare Windsor afin de cueillir Élise Trudel. Samedi, nous sommes allés à Sainte-Agathe. Le lendemain, nous sommes revenus juste à temps pour que je puisse vous rendre visite.

— Quand elle vient à Montréal, elle habite chez vous ?

— Non, bien sûr que non. Ma femme se trouve à la maison. Nous logeons à l'hôtel. En fin de semaine dernière, c'était le Mount-Royal.

— Mais vous possédez un chalet dans les Laurentides. Pourquoi ne pas vous y réfugier chaque fois ?

Le médecin adressa un sourire dépité à son interlocuteur avant de répondre :

— Élise n'aime pas cette municipalité : trop de membres éminents du Parti libéral y ont une résidence secondaire, quelqu'un pourrait la reconnaître à tout instant. Une indiscrétion, et elle perdrait son emploi... D'un autre côté, l'hôtel coûte cher.

— Le drame de la petite communauté vertueuse et tricotée serrée.

— C'est la même chose chez les Juifs. Ils sont nombreux à Sainte-Agathe. Mes électeurs ne seraient pas heureux de me voir au bras d'une autre femme, chrétienne de surcroît. Je perdrais leur support. Alors, nous préférons aller dans un établissement anglais, je mets ma kippa dans ma poche et me confonds dans la ville anonyme.

Il parlait au présent, comme s'il ne comprenait pas tout à fait que ces précautions ne seraient plus nécessaires pour un veuf.

— À quelle heure êtes-vous arrivés à l'hôtel, dimanche ?

— Entre trois et quatre heures.

— Vous n'avez pas quitté Élise avant le lendemain ?

— Pas une minute avant de la conduire au train, un peu avant sept heures.

Cela lui donnait un alibi parfait. Depuis plus de vingt-quatre heures avant le meurtre, jusqu'à plus de douze heures après, quelqu'un pouvait témoigner de ses allées et venues… si cette personne consentait à le faire.

— Et votre conjointe acceptait de vous voir partir pour Sainte-Agathe, ou à l'hôtel, avec une autre femme, tout en restant sagement à la maison ?

— D'abord, elle ne savait pas que j'étais avec quelqu'un…

— Ne me dites pas que les épouses juives sont stupides à ce point !

Le médecin marqua une pause avant de se reprendre :

— Elle se doutait de quelque chose, mais ne savait pas. La nuance est importante.

— Et elle se satisfaisait de la situation ?

— Non, cela la rendait très malheureuse. C'était un mauvais mariage, concocté par nos familles respectives. Mais comme les catholiques, les juifs, enfin les juifs pratiquants, ne divorcent pas. Contrairement à ce que les chrétiens peuvent penser, nous ne pouvons pas répudier nos femmes si facilement. Comme vous, nous endurons les mésalliances.

— Pas dans une absolue sérénité, à en juger par votre incartade.

Renaud lui adressait un sourire amusé.

— Une sérénité plus grande que vous ne pouvez l'imaginer. Ruth n'a jamais été très attirée par les… rapprochements physiques. Aussi elle a vécu comme un soulagement nos chambres séparées. Évidemment, elle aurait préféré que je me résigne comme elle à l'abstinence… D'un autre côté, ce qui se passait à Ottawa la laissait dans une relative indifférence.

— Et Sainte-Agathe vous procurait un autre havre de paix.

— Pour les raisons que je vous ai dites, l'endroit ne nous semblait pas propice aux retrouvailles. En fait, je comptais vendre le chalet bientôt.

Les couples se résolvant discrètement à un arrangement semblable, la camaraderie à la maison, une maîtresse discrète en prime pour l'époux, ne devaient pas être rares. Dans le monde politique, les circonstances se révélaient particulièrement favorables, avec les séjours prolongés à Ottawa ou à Québec. La moitié des députés peut-être vivaient des situations de ce genre.

— Par quel heureux hasard votre garçon se trouvait-il chez son grand-père ce jour-là ?

— Cela arrive assez souvent. Comme je ne respecte pas le sabbat, mon père aime bien le prendre avec lui pour en faire un bon Juif. Puisque cela me permet de jouir de la fin de semaine, je favorise les invitations.

— Votre femme ne préférait pas garder votre fils avec elle, lors de vos escapades ? Elle devait s'ennuyer.

— Vous savez, la décision m'appartenait. L'homme décide de l'éducation à donner à son garçon, il lui sert de guide. En mon absence, la tâche incombait naturellement à son grand-père. Puis habituellement le gamin revenait à la maison le samedi soir, son absence ne se prolongeait pas longtemps.

Le médecin lui adressa un regard vaguement gêné. Bien providentielle pour l'enfant, cette séparation plus longue, sinon il y aurait sans doute eu deux victimes.

— Que faisait votre femme quand elle se retrouvait seule le jour du sabbat ?

— Sa famille habite sur la rue Saint-Laurent: elle se réfugiait là.

— Dimanche dernier, elle était chez elle?

— Le dimanche est pour nous tout à fait indiqué pour les corvées domestiques.

Un malheureux concours de circonstances: alors que le mari se livrait à ses galipettes, l'épouse se faisait exécuter.

— Élise m'a dit que vous pensiez qu'un nazi avait perpétré le coup.

— Vous avez vu les lettres?

Devant le signe affirmatif de son interlocuteur, le prisonnier enchaîna:

— Certaines sont absolument limpides quant à leurs intentions.

— J'ai pu le constater. Cependant, pourquoi avoir tué votre femme? Vous deviez être la cible, n'est-ce pas?

— Je n'étais pas là, ils pouvaient ainsi ajouter une Juive à leur tableau de chasse.

Renaud avait prononcé les mêmes mots devant le capitaine Tessier, mais cela lui paraissait tout de même difficile à admettre.

— Elle n'avait pas d'amant? Peut-être le meurtre tire-t-il son origine dans une histoire tout à fait privée.

— Je suis sûr que non. Puis rappelez-vous la croix gammée sur son ventre.

L'avocat changea de ton pour dire:

— Vous devez absolument confier à la police où vous vous trouviez dimanche, et avec qui. Ils vérifieront, vous n'êtes certainement pas passé inaperçu à l'hôtel. Sinon, vous risquez de vous retrouver dans une situation très précaire.

— Les conséquences deviendraient catastrophiques pour moi, sur le plan professionnel, tout comme pour Élise.

— Vous pourriez très bien vous limiter à la médecine et Élise, se contenter d'une autre occupation.

— Et mon peuple perdrait un défenseur à une époque de l'histoire où il en a terriblement besoin.

— Au bout d'une corde, vous ne lui serez pas utile non plus, et votre sort jettera un certain opprobre sur tous les Juifs. Si vous ne vous expliquez pas à la police, vous vous chercherez un nouvel avocat.

Le médecin resta un moment interdit, puis prononça difficilement :

— Je vais en discuter avec Élise. Elle doit me téléphoner ce soir.

— Décidez-vous à revenir rapidement à la raison… Après un moment, Renaud enchaîna sur un autre ton : Le directeur vous traite bien ?

— Aussi bien que possible. Il doit son poste au Parti libéral… Mais pouvez-vous me parler un peu de votre rencontre avec Lapointe, au sujet des réfugiés du *Saint-Louis* ?

Pendant plusieurs minutes, l'avocat rendit compte de sa petite mission auprès du ministre de la Justice. Puis il reprit le chemin d'Outremont après une dernière poignée de main.

La manifestation à Dollard

Des centaines de personnes se réunissent au pied du monument au parc LaFontaine — Déposition de fleurs et discours

Le Devoir, *25 mai 1939.*

Au moment du petit-déjeuner, Renaud avait pu terminer la lecture du *Devoir* : la veille, il n'avait regardé que l'annonce relative à l'activité patriotique prévue au Monument national. Cela lui permit de constater que les nationalistes ne s'agitaient pas sur un seul front. En quelque sorte, un hors-d'œuvre devait précéder le mets principal.

Aussi en fin d'après midi, l'homme se retrouva dans le cadre enchanteur du parc Lafontaine, un magnifique îlot de verdure au milieu de la ville, pour assister à une commémoration de l'extraordinaire sacrifice d'Adam Dollard des

Ormeaux et de ses seize compagnons. L'événement se déroulait devant un monument érigé depuis plusieurs années déjà.

Le culte rendu à ce héros mort en 1660 avait pris naissance quand, au dix-neuvième siècle, deux historiens en soutane en avaient fait le sauveur de la Nouvelle-France. Dans le contexte de la Première Guerre mondiale, des publicistes de langue anglaise avaient repris le mythe pour faire mousser la participation canadienne-française aux opérations militaires. Une magnifique affiche dans des tons saumon, plutôt bavarde, avait clamé : « Canadiens, suivez l'exemple de Dollard des Ormeaux. N'attendez pas l'ennemi au coin du feu, mais allez au-devant de lui. En avant Canadiens français. Enrôlez-vous dans les régiments canadiens-français. » Sur l'image au centre de l'affiche, le héros faisait face, seul, une hache à la main, à des hordes de barbares emplumés.

Après la guerre, les élites de langue française prirent le relais et organisèrent une campagne de souscription pour financer l'érection d'un monument à Dollard au parc Lafontaine. Pourtant, en 1932 un historien de l'Université McGill, E. G. Adair, prononçait une conférence où il mettait en doute la grandeur du héros. Plutôt que de marcher à la mort pour sauver la Nouvelle-France, celui-ci se serait engagé dans la « petite guerre » pour sauver le commerce des fourrures ! Bien plus, ajoutait l'iconoclaste, l'homme avait voulu faire oublier avec cette entreprise une « indélicatesse » commise avant son arrivée dans la colonie.

Cette atteinte à l'intégrité du héros provoqua une levée de boucliers. Le chanoine Lionel Groulx battit la charge contre cet affront à la nation et à la foi des Canadiens français. L'agression n'avait fait qu'exacerber le culte de Dollard, qui resterait vivace encore pendant quelques décennies. Aussi en ce jeudi 24 mai 1939, ce fut au milieu de milliers de collégiens portant pantalon gris et veste marine que Renaud Daigle s'approcha de l'estrade dressée près de la statue de bronze. Ces jeunes étaient des membres de l'Association catholique de la jeunesse canadienne.

Bien sûr, comme il convenait, un prêtre, l'aumônier de l'Association, commença de sa voix de prêcheur :

— C'est à l'école de Dollard que se formeront les chefs aujourd'hui plus nécessaires que jamais.

Le révérend père Joseph Paré, jésuite, enchaîna sur tous les dangers accumulés au-dessus de la tête du petit peuple. Celui-ci cherchait son guide, son chef, compléta mentalement Renaud, alors que le Portugal, l'Espagne et l'Italie avaient trouvé le leur.

— Il est possible d'aimer sa mère, sans, pour cela, détester celle des autres. De même, en nous tenant à l'écart de toutes les stériles haines de race, non seulement il nous est permis, mais c'est pour nous une obligation, de nous développer dans le sens de notre nationalité. C'est notre devoir impérieux de tenir à nos usages, à notre civilisation, de faire passer le culte de nos héros avant celui des populations étrangères, d'aimer notre coin de terre canadien-français par-dessus tous les autres pays.

Personne ne pouvait être contre la vertu et la maternité. Au milieu de cette multitude d'adolescents boutonneux, Renaud admettait le principe de la charité nationale bien ordonnée. Après la péroraison du digne ecclésiastique, Paul Leblanc, président de l'Association, lui succéda sur l'estrade. Ce fut ensuite au tour d'Hector Dupuis, le représentant du conseil municipal. Vinrent à la fin Roger Berrichon, le supérieur de l'École Saint-Stanislas, puis Joseph Dansereau, le président de la Société Saint-Jean-Baptiste.

Le lendemain, Renaud pourrait apprécier l'application du journaliste de *La Patrie*, dont le compte rendu de l'événement serait fidèle. Dans les minutes suivant la fin du dernier discours, l'avocat regagna sa voiture stationnée non loin, sur la rue Sherbrooke, en se disant qu'un peu plus tard dans la journée, les plus âgés des spectateurs de cet événement entendraient d'autres orateurs se faire un peu plus précis sur la façon d'obéir au devoir impérieux de favoriser en tout la « race » canadienne-française.

Le Monument national se trouvait sur la rue Saint-Laurent, un peu au sud de la rue Sainte-Catherine. L'édifice, construit entre 1891 et 1894 par la Société Saint-Jean-Baptiste, devait accueillir les bureaux de la société et servir de centre culturel aux Canadiens français. Très vite après son inauguration, les Montréalais purent découvrir des artistes de stature internationale, comme le pianiste polonais Ignace Paderewski ou la comédienne française Sarah Bernhardt. La grande artiste n'avait pas été la seule personne de religion juive à s'illustrer sur les planches de l'édifice : de nombreuses pièces de théâtre avaient été données en yiddish depuis le début du siècle, d'autres réunissaient des comédiens israélites et canadiens français dans les années 1920. Les relations entre les deux communautés étaient alors plus détendues qu'elles ne le deviendraient dix ans plus tard...

Renaud Daigle eut la chance de trouver à se garer tout près, de l'autre côté de la rue. La bâtisse en imposait, avec sa devanture largement fenêtrée revêtue d'un parement de pierres grises. Au rez-de-chaussée, de grandes vitrines laissaient voir du trottoir un hall spacieux, où les blancs et les ors conféraient une dignité un peu criarde à l'endroit. En passant la porte, l'avocat se fit la remarque qu'au moment de la construction, l'éclairage au gaz devait accroître la magie du décor. Sous la crudité des lumières électriques, l'élégance devenait un peu kitch.

Notre homme put confirmer son hypothèse de la veille : la moitié de l'assistance qui se pressait pour entrer dans le théâtre de plus de mille six cents places appartenait à l'élite de la communauté francophone. Tout un monde de professionnels et de marchands se trouvait là, des lecteurs du *Devoir*, membres de la Société Saint-Jean-Baptiste, des Ligues du Sacré-Cœur et des Lacordaire, allant régulièrement à la messe, craignant Dieu et aimant la patrie. La plupart portaient veston, cravate et chapeau de feutre mou.

Au milieu d'eux, avec son panama, ses lunettes teintées de vert et son costume de lin pâle, Renaud semblait être un étranger, perdu dans la foule. Pourtant, certaines de ces personnes étaient ses collègues de l'Université de Montréal, comme Anatole Vanier qui, bien que licencié en droit, sévissait à la Faculté des sciences sociales, ou encore le docteur Étienne Pouliot, doyen de la Faculté de médecine. D'autres enseignaient à Polytechnique, ou encore à l'École des hautes études commerciales, une institution vouée à assurer une présence canadienne-française dans le monde des affaires.

L'autre moitié de l'assistance se composait d'étudiants, ou de jeunes diplômés d'université, d'école technique, de collège classique ou d'académie qui voyaient le marché du travail leur demeurer hostile. Ceux-là portaient plus souvent la casquette et le coupe-vent, rarement la cravate. Ces affamés, plus que leurs aînés, représentaient des proies faciles pour tous les mouvements de droite, en particulier ceux qui savaient désigner les responsables de leurs malheurs et proposer une stratégie pour s'en débarrasser.

Un peu avant huit heures, Renaud Daigle montait le grand escalier pour aller occuper un fauteuil au balcon. À peine avait-il pris place qu'une certaine commotion se faisait entendre au parterre. À l'avant de la salle, au premier rang, tout juste devant la fosse de l'orchestre, un cordon doré empêchait d'accéder à toute une rangée de sièges. Ceux-ci devaient recevoir les invités d'honneur. L'avocat vit un petit homme en habit ecclésiastique, des lunettes à monture métalliques sur le nez, descendre l'allée centrale : le chanoine Lionel Groulx, l'historien national des Canadiens français, faisait son entrée sous les applaudissements de la foule. Personne, parmi ses compatriotes, ne jouissait d'un ascendant comparable sur la communauté. Il prit place au centre de la rangée de sièges réservés aux invités d'honneur. Après lui, venaient d'autres notables, dont le président de la Société Saint-Jean-Baptiste, Joseph Dansereau, Esdras Minville, à la tête de l'École des hautes études commerciales et président de la Ligue d'Action nationale, et le recteur de l'Université de Montréal, Mgr Olivier Maurault.

Une fois le brillant aréopage le cul bien calé au fond des fauteuils, la grande réunion devant assurer le salut de la race canadienne-française put commencer. Un petit homme tout maigre, efflanqué même, noir de cheveux et de moustache et portant des lunettes, devait agir comme maître de cérémonie: André Laurendeau, directeur de la revue *L'Action nationale*, publiée par la société du même nom. En fait, le comité de rédaction de cette dernière avait organisé cette soirée, tous les orateurs en étaient des collaborateurs ou à tout le moins des abonnés.

Debout sur le devant de la scène, fébrile, moins parce que les mille cinq cents personnes devant lui l'intimidaient qu'à cause d'un besoin irrépressible de nicotine, André Laurendeau commença:

— Vous avez sûrement lu les journaux. Encore une fois, les défenseurs de l'Empire britannique qui siègent à Ottawa ont affiché leurs desseins: nous faire disparaître. Cette fois, ils ont essayé de nous fourguer un millier de Juifs… qui auraient été suivis de cent mille autres. Ce sont les réactions des milieux nationalistes qui ont ruiné leur projet, pas l'action de nos députés au Parlement fédéral. Des gens comme Ernest Lapointe aiment trop leur portefeuille ministériel pour se souvenir encore de leurs devoirs envers leur nationalité.

Dans la salle, un murmure d'approbation se fit entendre. Ce jeune journaliste prêchait à des convertis.

— Vous savez comment procèdent nos ennemis à Ottawa. Leur arme, dans le but de provoquer la disparition de notre communauté, demeure l'immigration. Ils ont commencé au siècle dernier. Le Manitoba aurait pu rester français, mais ils ont transporté la lie d'Europe pour occuper ces terres. Un Ukrainien payait moins cher de transport pour aller s'établir à Saint-Boniface que l'un de nos cultivateurs de la Beauce. Pour être certains que nous ne nous rendrions pas dans cette région, ils ont privé les francophones d'une instruction dans leur langue et les catholiques, d'un enseignement confessionnel. Alors, tout l'Ouest est devenu anglais, pendant que les nôtres ont dû travailler dans les usines de textile de la Nouvelle-Angleterre. Quinze ans plus tard, le grand Wilfrid Laurier…

À l'ironie qui teintait la voix de Laurendeau, l'assistance répondit par un rire. Ici, les icônes politiques perdaient leur caractère sacré.

— … a permis que les mêmes droits scolaires soient brimés en Saskatchewan et en Alberta. Ensuite, l'Ontario privait à son tour tous les Canadiens français de leurs écoles. Notre maître, le chanoine Groulx, a décrit la lutte héroïque de nos compatriotes pour se défendre de ces agressions…

Cette fois, des applaudissements interrompirent le conférencier.

— La stratégie qui a si bien fonctionné par le passé dans les provinces situées à l'ouest de nos frontières, les impérialistes n'ont aucune raison de l'abandonner au Québec. Si vous êtes venus à notre réunion en tramway, vous savez que la cité est infestée par des gens qui sentent l'ail et ont le teint olivâtre…

Bien sûr, le conférencier profitait de l'emplacement du Monument national : depuis le siècle précédent, les immigrants se fixaient sur la rue Saint-Laurent et ses voisines. Quiconque avait pris le tramway numéro quarante-trois avait certainement voyagé avec des Italiens, des Portugais et des Juifs.

Pendant de longues minutes encore, André Laurendeau décrivit les hordes barbares originaires du sud, mais surtout de l'est de l'Europe, envahissant la ville. À l'entendre, personne n'aurait deviné que la minorité juive, le plus souvent établie au pays depuis des décennies, ne représentait pas plus de cinq pour cent de la population de Montréal.

Quelques minutes plus tard, André Laurendeau cédait la place à un jeune professeur de l'École des hautes études commerciales, François-Albert Angers. À grand renfort de gestes saccadés, il vanta les vertus de l'« Achat chez nous ».

— Chaque fois qu'un Canadien français entre dans un commerce appartenant à un étranger, il fait perdre de l'argent à l'un des nôtres. Nos marchands commencent par réduire leurs commis au chômage, parfois ils font faillite, simplement parce que nous ne faisons pas preuve de solidarité. Chaque fois que l'un de nous va consulter un professionnel étranger, il affame l'un des nôtres…

Amorcé depuis une bonne quinzaine d'années, le mouvement d'« Achat chez nous » avait pris une grande ampleur dans le contexte de la crise. Le conférencier s'éloignait du sujet de la soirée, l'assistance reçut le reste de sa contribution dans une relative indifférence. Un autre professeur de l'École des hautes études commerciales, Victor Barbeau, lui succéda sur la scène, afin d'expliquer combien le secteur des affaires échappait totalement aux Canadiens français. En fait, selon lui, ceux-ci n'excellaient que dans les domaines des produits agricoles, des produits du cuir et de la fabrication de beurre ! Tout le reste appartenait à des étrangers.

Dans la grande salle, des centaines de personnes fumaient la cigarette, un nuage bleuté montait jusqu'aux balcons. Cette sale habitude, en plus d'occasionner des brûlures aux fauteuils et aux tapis, augmentait les risques d'incendie. En plus, elle provoquait des quintes de toux chez Renaud. Un moment, il pensa quitter les lieux en douce, certain d'avoir compris le but de la soirée. Il s'agissait de convaincre les spectateurs que l'immigration les conduirait dans un premier temps à perdre totalement le contrôle très marginal qu'ils avaient de l'économie et des institutions politiques, ensuite à les mettre en minorité sur le territoire qu'ils avaient amené à la civilisation dès le dix-septième siècle, pour enfin les faire disparaître. Après avoir dilapidé au profit de l'ennemi tout le continent de la mer du Nord jusqu'au golfe du Mexique, excepté le Québec, ils se trouvaient maintenant menacés même dans ce petit coin de terre. Seule la mobilisation de toutes les énergies contre la venue des étrangers, en particulier des Juifs, leur permettrait d'échapper à une totale assimilation.

Pourtant, l'avocat resta sur son siège assez longtemps pour voir arriver sur la scène un abbé de la région de Québec, bien bâti, la soutane tendue sur un ventre rebondi. Il commença de sa voix forte, entraînée par les sermons dominicaux :

— Quels sont les plus grands ennemis du Christ ? Lucifer et les Juifs. Il faut les associer pour progresser plus sûrement dans l'étude de la question sociale. Quant aux dispositions de Lucifer envers le Christ, poser la question c'est la résoudre. Les Juifs ! L'histoire du monde nous dit sans partialité que les Juifs n'ont pas voulu reconnaître le Christ nommé le Messie par Dieu. La preuve de leur attitude, c'est qu'ils l'ont fait mourir sur la croix en disant que Jésus était un imposteur.

À compter de ce moment, Renaud Daigle décida de rester sur son siège jusqu'à la fin de la prestation de ce prêtre. Il comprit qu'il contemplait l'auteur du livre *La Réponse de la race*, publié en 1936 par un homme qui avait signé Lambert Closse[2]. À une époque où les intellectuels canadiens-français se préoccupaient de l'invasion des barbares venus d'Europe centrale ou de l'Est, ils aimaient utiliser des pseudonymes faisant référence aux héros de la lutte des « Montréalistes », les premiers Montréalais, contre les Iroquois désireux de les exterminer.

— Complètement désorganisé comme peuple au point de n'avoir plus ni sacerdoce ni religion, le Juif a juré sur son âme de devenir un jour maître du monde, le roi puissant, riche et dominateur de tous les peuples. Le Juif ne vise qu'une chose : gagner de l'argent ; c'est pourquoi on le trouve partout où il y a du commerce ; d'où son internationalisme.

---

2. On a attribué ce texte à l'abbé Jean-Baptiste Beaupré, un prêtre du diocèse de Rimouski. Si cela était vraiment le cas, il est curieux de trouver des mots si durs à l'égard des Juifs chez une personne qui ne devait jamais être exposée à leur présence. Mais une autre hypothèse, peut-être plus sérieuse, affirme que l'auteur était un autre prêtre, J.-Henri Guay.

Le curé récitait de mémoire de longs paragraphes de l'ouvrage de 1936, organisé comme un catéchisme que ses lecteurs — l'auteur s'adressait à des travailleurs, ce style savait les toucher — devaient apprendre par cœur. À la fin de sa péroraison, l'orateur invoqua certaines des vingt-deux résolutions du *Protocole des sages de Sion*.

La liste de ces prétendues résolutions prenait la forme d'autant de crimes commis par les Israélites :

— 1. Corrompre la jeune génération par des enseignements subversifs ; 2. Détruire la vie de famille ; 3. Dominer les arts par leurs vices ; 4. Avilir les arts et prostituer la littérature ; [...] 7. Distraire l'attention des masses par des amusements populaires, des jeux, des compétitions sportives : amuser le peuple pour l'empêcher de penser ; [...] 16. Faire surgir des « Incidents » provoquant des suspicions internationales, envenimer les antagonismes entre les peuples, faire éclore la haine et multiplier les armements ; 17. Accorder le suffrage universel, afin que les destinées des nations soient confiées à des gens sans compétence...

Le prêtre s'arrêta quelques minutes plus tard. Le plus sérieusement du monde, il venait de débiter les principes formant la base de la doctrine nazie à l'égard de la « question juive », qui moins de trois ans plus tard exigerait une « solution finale » en Allemagne et en Europe occupée. Rendus responsables des guerres, de la misère, de la propagation de régimes politiques indignes comme le socialisme et la démocratie, ces gens devraient disparaître de la surface de la Terre pour restaurer la dignité des nations.

Rien de ce que le conférencier avait débité ne manquait au livre *La Réponse de la race*. Quand André Laurendeau revint sur la scène afin de clore cette magnifique soirée, Renaud Daigle vit dans son attitude une nervosité nouvelle. Peut-être trouvait-il que son dernier orateur était allé un peu loin ?

8

Au moment de descendre le grand escalier, l'avocat aperçut Anatole Vanier, l'un de ses collègues de l'Université de Montréal et militant de choc de toutes les sociétés nationalistes et catholiques depuis plus de vingt-cinq ans. Il succéderait bientôt à Esdras Minville à la tête de la Ligue d'Action nationale.

— Ah ! Monsieur Vanier, vous me voyez terriblement impressionné par les orateurs qui ont défilé sur la scène, tellement que certaines de mes convictions ont été ébranlées.

Renaud avait dit cela en souriant. Son interlocuteur le regarda quelques secondes, cherchant l'ironie dans la voix. Ne la trouvant pas, il déclara :

— Monsieur Daigle, je suis heureux de l'entendre. Nous avons besoin de gens comme vous. Pouvons-nous en parler un moment ?

— Pourquoi pas.

— Nous possédons des bureaux ici, rien de bien luxueux, comme vous le constaterez.

Vanier le conduisit sur la gauche du grand escalier menant aux balcons. Sous celui-ci, une petite salle au plafond incliné avait été aménagée pour tenir des réunions. Une table de bois prenait presque tout l'espace, avec une dizaine de chaises un peu spartiates.

— Si vous voulez m'attendre, je vais chercher mes collègues.

Pendant de longues minutes, l'avocat attendit à la lumière crue d'une ampoule électrique pendue au plafond. L'absence totale de fenêtres le rendait un peu claustrophobe, et les pas des derniers spectateurs descendant le grand escalier provoquaient un bruit plutôt inquiétant, tout en faisait tomber un peu de poussière dans la pièce. Pour passer le temps, l'homme regarda les ouvrages qui ornaient les tablettes posées le long du mur. Les plus anciens concernaient l'amélioration de la langue française. Tous les pamphlets de l'École sociale populaire, une institution animée par le jésuite Joseph-Papin Archambault, se trouvaient là, de même que les publications d'une myriade de sociétés catholiques. Surtout, il aperçut *La Réponse de la race*, un livre qu'il décida de parcourir pour tromper son impatience.

La Ligue d'Action nationale n'existait sous ce nom que depuis 1933 : en 1913, elle se faisait appeler la Ligue des droits du français. Très vite, l'association tint ses réunions sous le grand escalier du Monument national. En 1917-1918, elle se muait en une Ligue d'Action française, qui fut finalement incorporée en 1920. À compter de 1927, on avait plutôt parlé de la Ligue d'action canadienne-française pour la distinguer d'une organisation française portant le même nom. À la fin des années 1920, les membres de la Ligue passèrent du souci d'améliorer la place du français à l'examen de tous les aspects de la « question sociale », un concept fourre-tout qui permettait d'inonder le Québec de textes de droite imbibés de bondieuseries.

— Monsieur Daigle, désolé de vous avoir fait attendre.

Anatole Vanier revenait avec André Laurendeau, le directeur de la revue *L'Action nationale*, publiée par la Ligue, et le docteur Étienne Pouliot, le doyen de la Faculté de médecine de l'Université de Montréal. Renaud se leva, serra les mains des deux nouveaux venus. Curieusement, au moment de se rasseoir, il se retrouva seul de son côté de la table, les autres en face de lui, comme pour un examen. Au fond, c'en était un, ses interlocuteurs devaient juger de son nationalisme.

— Monsieur Daigle, je dois admettre que je suis un peu étonné de vous trouver devant moi, commença André Laurendeau. D'ailleurs, j'ai croisé Esdras Minville dans le corridor en venant ici. Le président de la Ligue m'a confié vous considérer comme une recrue bien improbable.

— Ce qui explique qu'il vous a laissé la responsabilité de me rencontrer. Je ne suis pas vraiment surpris. Nous nous sommes affrontés si souvent dans le cadre des travaux de la Commission royale d'enquête sur les relations entre le *dominion* et ses provinces… Je ne le savais pas si rancunier.

— Vous savez, il est plutôt contre les programmes comme l'assurance-chômage et l'assurance-maladie, fit remarquer Anatole Vanier.

— Je m'en suis rendu compte. Disons que prétendre qu'il ne faut pas que l'État se mêle d'aider les pauvres afin de permettre aux chrétiens de se sanctifier en faisant la charité aux miséreux me semble à la fois grotesque et inhumain.

— Alors, vous comprenez pourquoi il ne se trouve pas ici.

Cette fois, Étienne Pouliot était intervenu d'une voix impatiente. Dans la cinquantaine, grand et gros, les cheveux gris coupés à moins d'un demi-pouce de son crâne, une petite moustache en forme de brosse à dents sous le nez, le médecin paraissait désireux de se précipiter ailleurs.

— Vous pensez pouvoir vous joindre à nous ? Nos besoins vont croissants et peu de nos membres profitent de moyens assez conséquents pour nous venir en aide, dit Anatole Vanier.

Bien sûr, les généreux donateurs ne devaient pas être si nombreux parmi les grenouilles de bénitier qui peuplaient la Ligue.

— J'ai tout de même une hésitation. Votre association sœur a été condamnée par le Saint-Père…

Renaud arrivait à dire cela avec le plus grand sérieux. Pendant dix ans, la Ligue d'Action française avait porté le même nom qu'une organisation présidée par Charles Maurras en France. Cet homme s'était attiré les foudres du Vatican pour avoir affiché un nationalisme agressif, mâtiné de religion, et un racisme farouche dirigé surtout contre les Juifs.

— Voyons, notre association n'a jamais été liée à celle de France, plaida Anatole Vanier.

— Alors, pourquoi avoir changé d'appellation dès 1927, puis encore en 1933 ? Ce devait être pour éviter une condamnation venue du Vatican.

— Une simple précaution afin que des gens ne nous confondent avec la Ligue en France, répliqua André Laurendeau.

— Pourtant, avec votre dernier conférencier, ce bon curé, j'ai cru entendre un parfait disciple de Maurras, argua Renaud. Ce discours me semble tout à fait inspiré par les fascistes de Paris. Par exemple, citer les vingt-deux résolutions du *Protocole des sages de Sion*, c'est aviver la haine raciale, nuire à la démocratie : exactement ce qu'on a reproché à Maurras.

Le docteur Pouliot s'agita sur sa chaise, finit par s'exclamer d'une voix impatiente :

— Mais puisqu'on vous dit que nous n'avons rien à voir avec l'Action française de Maurras !

— Admettons-le, consentit l'avocat en fixant ses yeux dans ceux du gros homme. Mais ce prêtre avait de quoi donner froid dans le dos. Après un discours pareil, il ne reste plus qu'à affûter nos couteaux, remonter la rue Saint-Laurent et trancher la gorge de tous les Juifs se trouvant sur notre chemin.

— … Vous savez, dit André Laurendeau tentant de tempérer la discussion, dans une soirée comme celle-ci, destinée à mobiliser les gens, il peut se produire des excès de langage. L'Action nationale n'entérine pas chacun des mots prononcés.

Renaud Daigle dévisagea le petit homme un moment, puis déclara :

— Vous m'étonnez, cher ami. Ce soir, nous avions devant nous Lambert Closse. J'ai pu repérer dans le livre *La Réponse de la race* tout ce qu'il a dit sur la scène. Je m'en suis assuré en vous attendant, l'ouvrage se trouve juste à côté de moi.

L'avocat allongea le bras, prit le volume sur la tablette derrière lui. La couverture portait un dessin un peu maladroit, représentant un bûcheron avec sa cognée au premier plan, des bâtiments industriels au second.

— Voyez-vous, je n'ai même pas eu de mal à retrouver son discours. Votre ami a commencé sa récitation à la page cinq cent sept. Je vous lis: «Lucifer et les Juifs. Il faut les associer pour progresser sûrement dans l'étude de la question sociale.»

— Même s'il s'agit de cet auteur, comme je vous l'ai dit, notre association ne peut assumer la responsabilité de tout ce qui se clame ou s'écrit au Québec, insista André Laurendeau d'une voix hésitante.

— Vous l'avez invité.

— Je veux bien l'admettre. Cependant, nous ne contrôlons pas les paroles de nos conférenciers. La Ligue ne donne pas d'*imprimatur*.

L'avocat adressa à son vis-à-vis un sourire qui rappelait celui d'un plaideur sur le point d'asséner le coup de grâce à un adversaire:

— Mais je sais cela, monsieur Laurendeau. Ce livre que je ne mettrais même pas dans mon cabinet de toilette pour me torcher, de peur de me salir, porte déjà un *imprimatur*, celui de Sa Grandeur Jean-Marie-Rodrigue Villeneuve, archevêque de Québec. Le bon prélat l'a trouvé conforme à l'enseignement de l'Église et, en y apposant sa signature, l'a recommandé à ses ouailles. L'ouvrage contient aussi l'*imprimatur* de l'Action nationale. Vous ne pouvez pas ignorer que votre père, Arthur Laurendeau, en a signé la préface en 1936. À cette époque, il occupait le même poste que vous aujourd'hui: directeur de la revue publiée par la Ligue!

Dans la lumière crue, André Laurendeau donna l'impression de pâlir un peu quand son interlocuteur tourna le livre vers lui et le posa sur la table, ouvert à la page de la préface.

— Allons-nous-en, grommela Étienne Pouliot en faisant mine de se lever. Ce type nous fait perdre notre temps.

— Bien sûr, les fils ne doivent pas assumer les péchés de leurs ancêtres, continua Renaud en faisant semblant de n'avoir rien entendu. Mais vous occupez la même fonction que votre père, la filiation pèse particulièrement lourd. Alors, après avoir un peu réfléchi à la question, je ne joindrai pas votre mouvement. Voyez-vous, votre Ligue, par la voix de Lambert Closse, reproche aux Juifs quelque chose dont je suis coupable aussi. Je lis – l'avocat avait tendu la main pour reprendre le livre et l'ouvrir à la page cinq cent quinze –: « Distraire l'attention des masses par des amusements populaires, des jeux, des compétitions sportives : amuser le peuple pour l'empêcher de penser. » Je l'admets, je présente des films aux masses au Théâtre Outremont. Et puis, même si je n'ai pas un sou dans le hockey professionnel, des gars comme Aurèle Joliat ou Georges Vézina me semblent infiniment plus respectables que votre curé fasciste…

Avec un petit sourire afin de souligner les derniers mots, Renaud s'était levé pour marcher jusqu'à la porte. Avant de l'ouvrir, il se retourna pour dire encore :

— Bien le bonsoir. Ne me reconduisez pas, je connais le chemin. Monsieur Vanier, monsieur Pouliot, chers collègues, je vous reverrai avec plaisir dans deux jours, à la collation solennelle des grades de l'Université de Montréal. Tous les trois, nous portons si élégamment la toge et le mortier.

Sur ces dernières paroles, l'avocat sortit. Au moment de fermer la porte, il eut l'impression d'entendre de bien gros mots, lesquels n'auraient pas dû franchir les lèvres des chefs d'une société née d'abord pour défendre la qualité de la langue française.

De toute la journée du lendemain, Renaud Daigle ne reçut aucune nouvelle du prisonnier Davidowicz. Résolu à le laisser mijoter un peu dans son jus, l'avocat se souvint qu'il était aussi professeur de droit constitutionnel. Une cinquantaine de copies d'examen restaient à corriger, alors que la date de remise des notes était dépassée depuis près de vingt jours.

Son champ de spécialisation, quand on l'étudiait à fond, pouvait procurer un certain plaisir intellectuel à un enseignant, ou même à un plaideur. D'un autre côté, la correction des travaux d'étudiants se révélait une corvée des plus ennuyeuses. Se berçait-il d'illusions en pensant que « dans son temps », les universitaires savaient encore aligner deux ou trois idées dans un français à peu près correct ? Ce genre de réflexion chagrine sur l'appauvrissement de la culture de la jeune génération lui venait de plus en plus souvent. Commençait-il à devenir vieux ?

Sans doute son dépit tenait-il moins à la prose estudiantine qu'au soleil radieux qui entrait par la petite fenêtre de son bureau. Deux étages plus bas, Renaud voyait de jolies femmes vêtues de robes fleuries marcher sur le trottoir longeant la rue Saint-Denis.

— Pourquoi diable ne pas corriger ces copies à la terrasse d'un café !

Le professeur eut tout juste le temps de ranger les examens dans son porte-documents. Quelques coups légers contre sa porte ruinèrent instantanément ses plans. Un étudiant inquiet qui voulait lui expliquer le sens de ses réponses et suggérer la note à lui attribuer, probablement.

— Entrez ! lança-t-il assez fort pour que l'importun l'entende du corridor, une pointe d'impatience dans la voix.

La porte s'ouvrit sur un jeune homme vêtu d'un pantalon gris et d'une veste de *tweed* bleue. Trop chauds pour la journée, ces vêtements trahissaient un budget modeste : ce grand garçon aux cheveux châtains ne possédait sans doute pas une garde-robe assez fournie pour suivre les changements de saison aussi rapidement qu'ils se produisaient.

— Monsieur Daigle, j'aimerais vous parler un instant. Auriez-vous l'extrême obligeance de m'entendre ?

L'accent sonnait trop pointu pour avoir été cultivé dans la belle province, où il était plutôt d'usage de mâcher la moitié des mots. Surtout, la kippa sur le sommet du crâne révélait son origine. L'entrée en matière était si polie que Renaud n'eut pas le cœur de le chasser.

— Prenez place, monsieur…

— Cohen. Samuel Cohen. Merci.

Le visiteur se dirigea vers une petite chaise droite et s'assit sur le bout des fesses. Dans la pièce se trouvait un vieux bureau marqué de brûlures de cigarettes, vestige de l'occupant précédent, quelques étagères à peu près vides et un classeur métallique bosselé et couvert d'égratignures. L'Université de Montréal mettait à la disposition de son personnel des locaux bien spartiates.

— Je suis étudiant en médecine. En fait, je viens de terminer les cours. Normalement, je devrais continuer mon internat et recevoir mon diplôme l'année prochaine…

Le jeune homme marqua une hésitation, si longue que son interlocuteur le relança :

— Vous devriez le poursuivre ? Auriez-vous changé vos projets ?

— Non, bien sûr. J'ai obtenu une place à l'Hôtel-Dieu… Cependant, mes collègues menacent de se mettre en grève si je ne me retire pas.

— Vos collègues ? Vous voulez dire les médecins ?

— Non. Les autres internes. Ils prétendent que je n'ai pas le droit de voler un emploi à un catholique.

— Je vois !

Renaud prit une plume sur son bureau, un moyen de s'occuper les doigts en réfléchissant. Bien sûr, le mouvement d'« Achat chez nous » permettait d'empêcher la multiplication de nouveaux concurrents dans les professions.

— Ont-ils le droit de faire quelque chose comme cela ? demanda l'autre.

— Quand vous parlez de grève, vous voulez dire qu'ils ne se présenteront pas au travail. On ne peut assimiler des internes à des travailleurs d'usine. Je suppose qu'ils se trouveront en rupture de contrat. L'hôpital devra en dénicher d'autres, mais je doute que ses directeurs entameront des poursuites. De nombreux diplômés se montreront sans doute heureux de prendre les places laissées libres.

Le jeune médecin faisait visiblement des efforts pour maîtriser sa colère. Après une pause il précisa :

— Tous les internes de l'Université de Montréal menacent de déclencher la grève. L'initiative vient de l'Association des étudiants de la Faculté de médecine. Cinq hôpitaux catholiques de Montréal seront touchés, s'ils mettent leur menace à exécution.

— Oh ! Ils se prennent très au sérieux, murmura Renaud. Vous pensez qu'ils peuvent vraiment aller aussi loin ? Pareille action peut retarder leur entrée dans la profession.

— Leur façon de me présenter la chose était très claire, brutale même. Les hôpitaux devront choisir entre eux et moi. Ils m'ont semblé très résolus.

Le professeur n'avait aucun mal à le croire. Les étudiants se retrouvaient nombreux dans les associations nationalistes. Certaines, comme les membres de Jeune-Canada, ou pire encore, les Jeunes Patriotes, y allaient de déclarations racistes que les auteurs des lettres anonymes reçues par Davidowicz n'auraient pas désavouées. Ce fut à son tour d'attendre un long moment avant de reprendre la parole.

— Je compatis de tout cœur avec vous. Vous n'êtes sans doute pas le seul étudiant juif à la Faculté de médecine. J'avais moi-même quelques-uns de vos coreligionnaires dans mon cours.

— Je sais. Ce sont eux qui m'ont conseillé de vous parler. À l'époque de mon admission, nous étions sept.

— Et maintenant ?

— Sept aussi. C'est peu. Même si la chose se pratique discrètement, des quotas sont appliqués. Comme à l'Université McGill.

L'avocat n'allait pas contredire son visiteur. Les deux universités montréalaises ne réservaient que quelques places aux étudiants juifs, seuls les meilleurs étaient admis. Que tous les candidats en médecine de cette communauté membres de la promotion de Cohen se soient rendus au terme de leurs études témoignait à la fois de leurs aptitudes et de leur motivation.

— Les autres n'ont pas eu de difficulté à trouver une place où faire leur internat ? Je veux dire sans susciter de réaction hostile.

— Non, simplement parce qu'ils sont allés effectuer le leur à l'Hôpital général juif.

— Pourquoi ne faites-vous pas comme eux ?

Le jeune médecin se mordit la lèvre inférieure, souhaita offrir une réponse, s'arrêta, chercha à se redonner une contenance.

— Vous croyez qu'il vaut la peine de faire reculer les barrières raciales ? proposa finalement Renaud pour rompre le silence devenu trop lourd.

— Nous habitons la même ville, juifs, catholiques, protestants. Vivre en parallèle, sans jamais se croiser, ne fait qu'encourager le racisme. Et puis la majorité de la population est canadienne-française. Elle connaît des conditions d'hygiène épouvantables. La tuberculose frappe ici beaucoup plus souvent que dans tous les autres territoires occidentaux. Cette population a besoin de tous les bons médecins qui se présentent à elle !

Renaud savait que ce diagnostic était exact. Les sanatoriums, nombreux, recevaient des milliers de jeunes gens, dont la plupart perdraient la vie. Les francophones mouraient de pauvreté, de mauvaise hygiène et de mauvais praticiens.

— Qu'attendez-vous de moi ?

— Je vous ai demandé si ces étudiants ont le droit de faire cela.

— Ils rompent un contrat. Cela pourrait leur valoir une poursuite au civil, mais je doute qu'on en vienne là. Cela ne rendrait service à personne, les directions des hôpitaux vont s'abstenir de le faire. Le mieux serait de trouver un aménagement qui satisfasse tout le monde.

— Voudriez-vous me représenter ? Je vous paierai, bien sûr. Pas tout de suite, mais bientôt je jouirai de revenus…

— Vous représenter auprès de l'association étudiante ?

— Et devant la Faculté de médecine. Je suppose que le doyen pourrait calmer les esprits de ces étudiants...

Cohen hésita un moment, cherchant comment compléter sa pensée, risqua très vite :

— Cela d'autant plus qu'il semble les avoir montés contre moi.

Les derniers contacts de Renaud avec cet homme lui faisaient penser que l'interne avait tout à fait raison à ce sujet. Il glissa :

— Vous me demandez de jouer un rôle délicat.

L'avocat avait dit cela avec un sourire en coin. Les personnes les plus haut placées qui se montraient sympathiques aux Juifs se voyaient pourfendues par les nationalistes. Déjà, son intervention en faveur de Davidowicz lui vaudrait leurs foudres. Un journal de Québec, *La Nation*, avait qualifié Wilfrid Laurier de « crétin de Saint-Lin », cela parce qu'au moment où il occupait le poste de premier ministre, il avait permis aux Israélites d'obtenir la citoyenneté britannique – on ne parlerait de citoyenneté canadienne que près de dix ans plus tard. Ce privilège était encore refusé à tous les Asiatiques en 1939. Si ce politicien élevé aux nues par ses compatriotes, au point où dans de nombreux foyers sa photo voisinait le grand crucifix noir des associations de tempérance, se méritait de telles épithètes, pour un modeste avocat ce serait l'enfer.

— Je sais que vous avez accepté dans le passé de défendre des accusés dont personne ne voulait s'occuper. Même assurer la défense d'une femme accusée de parricide... Puis Davidowicz, pas plus tard que cette semaine !

Renaud leva la main pour arrêter son interlocuteur.

— Vous êtes bien informé. Inutile d'insister. Je vais voir ce que je peux faire. Honnêtement, je ne crois pas que mon intervention vous aidera.

Dans les minutes suivantes, Renaud prit en note les coordonnées de son nouveau client, les noms des étudiants de médecine les plus actifs au sein de l'association. Puis Cohen quitta son bureau après s'être répandu en remerciements. Le professeur put ensuite donner libre cours à son projet de se livrer à des corrections buissonnières. Pour cela, son domicile valait mieux: personne ne viendrait l'y débusquer. Avec un peu de chance, il pourrait prendre le repas du soir avec sa petite famille.

Le vendredi 26 mai au matin, vêtu d'une toge et coiffé d'un mortier, la poitrine et les épaules décorées d'une épitoge aux couleurs de l'Université Oxford, là où il avait terminé un doctorat près de vingt ans plus tôt, Renaud prenait place parmi ses collègues tous revêtus d'un accoutrement semblable au sien. Un peu pour assumer son passé, beaucoup pour titiller la tolérance de ses pairs, tous convaincus que le Canada ne devrait pas se mêler des guerres européennes, notre homme arborait sur la poitrine une barrette aux couleurs des médailles que lui avait méritées l'année 1916-1917, passée en alternance sur le front et dans des hôpitaux militaires.

Cela, de même que le souvenir de leur récente rencontre au Monument national, lui valut des salutations plutôt froides de ses collègues Vanier et Pouliot… et de quelques autres. Qu'à cela ne tienne, Renaud occupa sans vergogne son siège au parterre, à peu de distance de la scène du Théâtre Saint-Denis. L'Université de Montréal ne comptait en ses murs aucune salle assez grande et majestueuse pour tenir une cérémonie de collation des grades. Aussi, professeurs et étudiants envahissaient le grand cinéma de la rue Saint-Denis en matinée. Les propriétaires du commerce feraient un ménage rapide dès la sortie des notables afin que les amoureux des films de brigands puissent admirer la performance de James Cagney en après-midi.

Alors que la très haute administration universitaire prenait place sur les grands fauteuils tendus de velours rouge placés sur la scène, le professeur de droit jetait un regard de connaisseur à la grande bâtisse, supputant le nombre de places, l'assistance quotidienne, en un mot la rentabilité de l'endroit. «Cela doit rapporter un petit pactole», murmura-t-il en admirant le décor de plâtre un peu kitch du plafond. Au cœur du Quartier latin, à deux pas de la rue Sainte-Catherine, l'endroit ne devait le céder en rien au Théâtre Outremont.

Une fois le recteur et tous les membres du Conseil supérieur de l'Université bien installés sur leur siège, Son Excellence Mgr Gauthier, archevêque coadjuteur de Montréal et chancelier de l'établissement, ouvrit la cérémonie. Son premier souci fut de remercier le colonel Wilfrid Bovery, directeur des relations publiques de l'Université McGill, l'inatteignable concurrente, de sa présence. Le digne ecclésiastique enchaîna avec l'octroi des doctorats *honoris causa*, des hochets semés à tous vents afin de récompenser des services passés ou solliciter des faveurs futures. Les trois premiers n'avaient pas trouvé utile de se déplacer: les juges Henri Lacerte et Gustave Leblanc, de même que l'historien archiviste Gustave Lanctôt, recevraient le document par la poste.

Seul celui qui venait de plus loin honorait l'Université de Montréal de sa présence. William Paul McClure Kennedy, fondateur et doyen de l'École de droit de l'Université de Toronto, reçut un long hommage du chancelier. L'ecclésiastique retraça les grandes lignes de la carrière du récipiendaire, avant d'en venir au motif le plus important de l'honneur qui lui était rendu:

— En outre, monsieur Kennedy a été un des défenseurs des droits du français dans notre pays. Ce rare mérite, l'Université de Montréal tient à la reconnaître et à le proclamer tout spécialement aujourd'hui.

Des applaudissements nourris soulignèrent ces paroles. Un instant plus tard un Kennedy ému reçut son parchemin avant d'adresser aux personnes présentes, dans un français impeccable, des remerciements et une invitation, en ces moments difficiles de la vie nationale, pour la tolérance et le respect entre les deux peuples fondateurs.

Ensuite, le professeur Édouard Montpetit ouvrit la collation des grades proprement dite : à tout seigneur, tout honneur, ce furent les diplômés de la Faculté de théologie qui défilèrent les premiers sur la scène. Toute l'opération prenait un temps fou, car paradaient à tour de rôle les diplômés des Facultés et des écoles affiliées, puis ceux du cours classique de la région de Montréal à qui l'Université décernait un baccalauréat ès arts. Après deux heures d'ennui, où seuls les parents fiers de leur progéniture trouvaient leur compte, et la brève et joyeuse envolée des mortiers vers le plafond du Théâtre Saint-Denis à la fin de la cérémonie, l'assistance put quitter la salle pour regagner le foyer où l'attendait un verre de mauvais vin blanc. La place manquait pour toute cette foule, les gens devaient s'égailler sur les trottoirs et même dans la rue devant le cinéma.

Son habitude de la langue anglaise valut à Renaud une directive de son doyen : faire en sorte que les deux anglophones présents ne se sentent pas comme des jésuites en pays iroquois. Pourtant, le colonel Bovery, de McGill, s'exprimait dans un français convenable alors que Kennedy colorait le sien d'un petit accent parisien du plus grand chic. Qu'à cela ne tienne, ce fut avec la plus exacte prononciation *oxfordish* que Renaud les rejoignit pour déclarer :

— Messieurs, j'espère que notre cérémonie ne vous a pas paru trop longue.

— Pas plus que la nôtre, quoique je pense que nous pourrions couper au moins la moitié des bavardages, admit le représentant de McGill.

— Ou à tout le moins faire une cérémonie spécifique pour les diplômés de l'école secondaire, affirma Renaud.

La prétention de ses compatriotes de faire passer pour des études universitaires les dernières années du cours classique paraissait ridicule aux yeux du professeur. En fait, la stratégie ne servait qu'à jeter de la poudre aux yeux en gonflant les effectifs. Autrement, les autorités ecclésiastiques, et les politiciens à genoux devant elles, auraient dû admettre la faillite du système scolaire de langue française. Avec les quatre cinquièmes de la population de la province, les Canadiens français ne comptaient pas pour la moitié des diplômés universitaires.

— Monsieur Daigle, dans un tout autre ordre d'idée, l'envie de changer d'employeur ne vous est jamais venue ? demanda Kennedy. Vous savez, Toronto n'est pas aussi ennuyeuse qu'on le dit.

Le doyen Kennedy œuvrait exactement dans le même champ d'expertise que lui, l'histoire et le droit constitutionnel, ils se croisaient sans cesse, notamment à Ottawa, dans les bureaux du gouvernement. La sympathie et le respect s'étaient développés entre eux.

— Sans vouloir vous vexer, je crois vraiment que votre belle ville est aussi ennuyante que le veut sa réputation. J'avoue que l'idée de travailler ailleurs me vient souvent, ne serait-ce que pour profiter d'une atmosphère propice à la recherche. Cependant, ce n'est pas la crainte des jours trop tranquilles qui m'empêche d'aller frapper à votre porte. J'ai des intérêts financiers à Montréal. Je perdrais trop en les liquidant.

En disant ces mots, Renaud regardait en coin le colonel Bovery. Évidemment, annoncer qu'il pensait à quitter l'Université de Montréal en précisant qu'il ne souhaitait pas quitter la ville, c'était faire un signe à l'Université McGill. Son vis-à-vis ne cilla pas : rien n'indiqua chez lui un quelconque intérêt.

Un silence un peu gêné fit suite à cet appel du pied, puis Kennedy changea de sujet de façon tout à fait diplomatique :

— Vous avez vu les nouvelles ce matin ? Vous croyez à la réédition des alliances de 1914 ?

La Patrie avait affiché en lettres de deux pouces de haut, en première page, TOUTE L'EUROPE PROTÉGÉE PAR LA TRIPLE ALLIANCE. En fait, les diplomates du Royaume-Uni et de la France multipliaient les efforts pour amener l'Union soviétique à signer un pacte tripartite avec eux. L'espoir était qu'avec un adversaire à l'est et un autre à l'ouest, Adolf Hitler y penserait à deux fois avant de déclencher une guerre européenne.

— En 1914, la Russie était dominée par le tsar, elle contrôlait la Pologne, voisine de l'Allemagne. Maintenant, le pays est sous la botte de Staline. S'allier à un régime communiste, cela me semble une hérésie, remarqua le colonel Bovery.

— Sans compter que les deux dictateurs, Staline et Hitler, ont sans doute plus d'affinités entre eux que l'Union soviétique n'en a avec les démocraties, renchérit Renaud.

— Mais ces deux tyrans ne peuvent pas faire front commun. Tout le monde semble d'avis que l'Allemagne, malgré ses excès, demeure la meilleure protection contre l'expansion du communisme en Europe, opposa Kennedy.

Renaud profita du passage d'un serveur qui portait un plateau pour se départir de son verre vide avant de répondre :

— La première erreur des observateurs étrangers est de croire qu'Adolf Hitler réfléchit rationnellement. Notre premier ministre, Mackenzie King, dit qu'il s'agit d'un brave paysan qui n'a d'autre but que de restaurer l'honneur de l'Allemagne, sans réelle visée expansionniste. J'ai même entendu dire qu'il le comparait à Jeanne D'Arc, qui a chassé les Anglais de France il y a cinq cents ans.

— Autant je le trouve habile à mener la politique intérieure, confessa Bovery, autant sa compréhension des enjeux internationaux me laisse perplexe.

— Sans doute parce que sa mère n'y connaît pas grand-chose, murmura Renaud avec le plus grand sérieux.

Les deux autres étouffèrent un rire bref. Des Britanniques, Renaud aimait la littérature, le whisky, les vêtements et l'humour fait d'*understatements* et de double sens. Le premier ministre, vieux célibataire attaché à sa mère, avait suivi les conseils de celle-ci de son vivant et il continuait après sa mort. Car tous murmuraient à Ottawa au sujet de séances de spiritisme pendant lesquelles King demandait à la défunte des conseils très précis sur les décisions politiques, y compris la date des élections fédérales.

— Si je comprends bien, vous croyez que le projet de triple alliance avortera ? demanda Kennedy.

— L'Union soviétique et l'Allemagne lorgnent sur la Pologne, expliqua Renaud. Si les deux dictateurs arrivent à s'entendre sur la façon de la partager entre eux, ce sera le signal de la curée.

Le sombre pronostic laissa un moment les deux anglophones sans voix. Puis Kennedy revint encore à la charge :

— Ne regrettez-vous pas d'avoir quitté les services diplomatiques ? Vous semblez vous passionner pour le sujet.

— À titre de Canadien, je pouvais entendre les décideurs du Royaume-Uni discuter entre eux, comme un enfant silencieux témoin des conversations des grandes personnes. En tant que Canadien français, on s'attendait à ce que j'aille chercher un verre d'eau quand l'un des grands hommes avait parlé jusqu'à s'érailler la voix. J'ai autant d'influence sur le cours des événements internationaux en discutant avec des amis dans le hall d'un cinéma de Montréal que j'en avais au Haut-Commissariat canadien à Londres. C'est-à-dire aucune. Alors je ne peux pas dire que je regrette mon passage là-bas.

Les deux autres protestèrent pour la forme, expliquant que les choses avaient changé depuis quelques années. Renaud Daigle ne jugea pas utile de rappeler que ses compatriotes de langue française comptaient toujours pour une quantité négligeable dans les officines du gouvernement canadien. Ce constat avait même été à l'origine des revendications les plus vives des jeunes nationalistes découragés de ne se trouver aucun emploi, au plus fort de la crise.

Les collègues nationalistes de Daigle, à l'Université de Montréal, braillaient volontiers sur leurs malheurs alors qu'ils se trouvaient entre eux. D'un autre côté, ils se montraient souvent pusillanimes, voire serviles, face aux Canadiens anglais. Notre homme, avec son accent *oxfordish*, son épitoge de l'Université Oxford et sa barrette de décorations militaires, affichait sa compétence et sa loyauté sans aucun atome de servilité. Aussi laissa-t-il ses éminents collègues des meilleures universités canadiennes se débattre avec l'unique conclusion à tirer de ses paroles : seul le racisme expliquait l'absence quasi totale des francophones dans l'administration fédérale.

La conversation porta sur des sujets anodins pendant quelques minutes encore, puis ils se séparèrent pour vaquer chacun à leurs occupations.

9

Des promoteurs optimistes avaient érigé le Théâtre Outremont dans la seconde moitié des années 1920. En 1932, aux abois, ils le mettaient en vente pour les deux tiers du prix de sa construction. Renaud Daigle, flairant la bonne occasion, décidait de s'en porter acquéreur. Sa réputation d'homme d'affaires avisé s'était déjà imposée à ce moment. Elle tenait à sa prudence de jeune père de famille. Dès 1927, l'économie nord-américaine avait connu des ratés. Pourtant, presque tous les investisseurs s'imaginaient que les cours de la Bourse ne pouvaient que monter sans fin. Quand les autres accumulaient des dividendes de quinze pour cent, lui transférait ses avoirs dans des placements à deux pour cent, bien en deçà de l'inflation. Quatre ans plus tard, alors que les prix s'effondraient, l'avocat fit des achats aux dépens d'hommes d'affaires souvent ruinés.

Depuis 1937, il achetait des actions dans la production d'aluminium – un métal « stratégique » – et d'armement. La menace de guerre les rendait déjà très rentables, l'éclatement du conflit les mènerait au paroxysme. De son côté, le Théâtre Outremont faisait office de petite poule aux œufs d'or : à une époque de terrible morosité, les Montréalais attendaient en file tous les soirs pour voir les comédies produites par Hollywood. Depuis peu, France-Film complétait l'offre de divertissements. Fernandel faisait les délices des Latins du nord avec son accent impayable et son interprétation des ineffables dadais. Le « T'as de beaux yeux, tu sais » de Jean Gabin se trouvait repris par tous les Montréalais en mal de séduction.

Un peu après dix-sept heures, Renaud et sa fille gravissaient l'escalier majestueux conduisant à la mezzanine. Rendus en haut, ils regagnèrent les locaux occupés par les bureaux administratifs, à gauche de la cabine de projection. Dans le premier, un homme encore jeune, haut de taille et corpulent, se penchait sur des registres.

— Bonjour, monsieur Émile. Maman est là ?

— Mademoiselle Nadja, quelle jolie personne vous devenez ! Bientôt, vous serez plus grande que moi. La patronne se trouve derrière cette porte.

Le « Merci » se perdit dans un bruit de course. Alors qu'elle criait « Maman, c'est moi », Renaud s'arrêta devant le bureau élégant pour demander :

— Les choses vont bien, monsieur Chiasson ?

— Très bien. Dans une heure il ne restera pas un fauteuil de libre, tout le monde mâchera son *pop-corn* en regardant Bette Davis donner la réplique à James Cagney. Rien de mieux que des brigands américains le vendredi soir.

— Et les bouclettes de Shirley Temple les samedis et les dimanches après-midi. Dommage, plus vieille je vous parie qu'elle sombrera dans l'oubli.

— Votre femme m'assure qu'avec Judy Garland, nous aurons des décennies de salles bien pleines, répondit l'assistant gérant pour le rassurer.

Virginie sortait de son bureau, remorquée par sa fille. La porte ouverte révélait une pièce joliment meublée, éclairée de petites fenêtres carrées donnant sur la rue Bernard. Nadja s'arrêta encore devant le pupitre du gros homme pour demander :

— Monsieur Émile, vous habitez toujours dans le cinéma ?

— Bien sûr. Quand tout le monde est parti, cela me fait la plus grande demeure de Montréal, avec deux mille fauteuils où m'asseoir.

— Et la possibilité de regarder des films toute la nuit ! déclara-t-elle, envieuse.

Deux ans plus tôt, après deux entrées par effraction en quelques semaines, l'employé avait proposé d'aménager un petit appartement de l'autre côté de la salle de projection, à droite. L'espace ne manquait pas et il se trouvait bien plus confortablement installé ici que dans les combles d'une maison voisine quittée avec joie. Pendant des mois, il s'était présenté auprès de ses amis comme le «fantôme du cinéma».

Virginie trouva une dizaine de recommandations à lui répéter, auxquelles le gros homme répondit chaque fois avec un «Oui, bien sûr» d'une voix égale. À la fin, elle céda à l'impatience de sa fille qui trépignait en lui tirant la main et abandonna les lieux à son assistant.

En descendant l'escalier, Renaud demanda:

— Tu lui donnes les mêmes directives tous les soirs avant de partir, ou cette fois tu fais un spécial parce que tu quittes dix minutes plus tôt que d'habitude?

— Je crois que je me révèle aussi insupportable tous les jours. En fait, je me suis retenue car j'avais des témoins.

La jeune femme gérait le cinéma depuis un peu plus de cinq ans, après avoir aidé son prédécesseur pendant deux ans. Plutôt que de la voir déprimer parce qu'elle ne concevait pas d'autres enfants, Renaud lui avait proposé la chose au moment de l'annonce de la retraite du vieil homme. Quand Nadja prit le chemin de l'école un matin de septembre, à trente ans sa mère se dirigeait vers le théâtre pour occuper son premier emploi régulier. Le propriétaire de l'établissement et la gérante n'avaient qu'à se féliciter de l'initiative.

Sa première action ce jour-là avait été d'engager un étudiant en rupture de collège et fâché avec sa famille, pour nettoyer les lieux en fin de soirée: Émile Chiasson. Maintenant, celui-ci pouvait la remplacer dans n'importe laquelle de ses fonctions.

Quand la petite famille rentra à la maison, trois heures plus tard, après un repas à la terrasse du *Café Pierre*, la longue journée commençait à peser sur Renaud. Au moment de s'engager dans l'avenue de l'Épée, il dut s'appuyer à un poteau de téléphone, pris d'une quinte de toux. La mère et la fille, dans le halo d'un réverbère, échangèrent un regard inquiet. En se remettant en route, Virginie saisit son bras et demanda :

— Dimanche, nous allons toujours à Sainte-Agathe ?

— Tu crois vraiment que c'est une bonne idée ? Je me vois mal habiter là-bas cet été, et toi à Montréal.

— Je te rejoindrai les fins de semaine, bien sûr.

— Et à compter de la fin des classes, je serai avec toi, ajouta Nadja, pendue à son autre main.

Ils continuèrent en silence jusqu'à la maison. Une fois passée la porte, la fillette étouffa un bâillement, s'enquit tout de suite auprès de Julietta, descendue pour vérifier qui entrait, de l'endroit où se cachait son chat. Alors qu'elle montait les marches quatre à quatre, Virginie utilisa son argument imparable :

— Tu ne trouves pas Nadja un peu pâle ? Le médecin m'assure que deux mois au grand air lui feront le plus grand bien. Elle devra travailler très fort à compter de septembre, dans sa nouvelle école.

Bien sûr, dans cette maison personne ne pouvait refuser quoi que ce soit à la gamine, son père moins que les autres.

— Si je vais là-bas, il faut que tu sois là toutes les fins de semaine, pendant deux jours, et pendant tout le mois de juillet.

— Je ne peux pas abandonner le cinéma si longtemps.

— Émile peut très bien prendre le relais.

— Il travaille déjà cinquante heures par semaine.

— Cela ne lui demandera pas plus de temps. Nous l'augmenterons. Voilà une éternité qu'il rêve d'automobile, il pourra enfin se payer sa petite Chevrolet.

Elle commençait à faiblir, l'entente se conclurait bientôt.

— Deux semaines en juillet.

— Trois. Pas un jour de moins.

— Entendu.

Un baiser scella le marché. Tout le monde gagnait, dans cette histoire. Alors que Virginie croyait que la santé de Nadja avait fait fléchir son mari, celui-ci arrivait à ramener l'horaire de sa femme à des proportions plus raisonnables. Restait maintenant à trouver une maison.

— Monsieur Daigle, monsieur, cria Julietta depuis la porte d'entrée de la maison, il y a quelqu'un au bout du fil pour vous.

En maugréant, l'avocat revint sur ses pas. Il en serait quitte pour retarder un peu ses errances dans les grands magasins de la rue Sainte-Catherine. Des publicités dans les journaux l'avaient convaincu que des appareils radio et des phonographes plus performants que les siens le rendraient plus heureux.

— Monsieur Daigle, émit la voix de Davidowicz au téléphone, je viens de parler avec Élise. Le directeur de la prison me laisse appeler de son bureau. Nous nous soumettons à vos arguments : fini le secret, tout le monde saura…

— Je suis satisfait de vous voir raisonnable. Vous vous adresserez à la police.

— J'aimerais que vous accompagniez Élise. Comme elle servira de témoin, c'est elle que l'enquêteur voudra entendre. Puis elle bénéficie de la liberté de ses mouvements, cela s'en trouvera plus facile.

— Dans ce cas, je devrai attendre qu'elle vienne à Montréal.

— Elle réside déjà à Montréal. Elle possède une clé de mon domicile, vous la trouverez là. Je lui ai demandé de vous attendre pour aller à la police.

Un certain malaise envahit Renaud. Sans se croire particulièrement soumis aux convenances, que la maîtresse habite dans la maison d'un homme soupçonné d'avoir tué sa femme le laissait perplexe. Dire que ces gens-là craignaient le scandale ! D'un autre côté, l'attachement d'Élise pour cet homme ne faisait aucun doute. La voie devenue libre, qu'elle réside dans son domicile ne causait pas de mal à la victime, mais cela blesserait sans doute sa famille.

— Je la rejoindrai et conviendrai avec elle de la suite des choses, accepta Renaud après une pause. Avec un peu de chance, le capitaine Tessier se trouvera à son bureau.

Quand la sonnerie du téléphone retentit dans la maison de la rue Davaar, Élise Trudel sursauta, un peu comme si quelqu'un l'avait surprise en flagrant délit d'indélicatesse. Il est vrai que d'avoir ouvert la penderie dans la chambre de Ruth Davidowicz, sa rivale maintenant à la morgue de Montréal, pour jeter pêle-mêle ses robes sur le lit en passant les commentaires les plus désobligeants sur l'absence de goût de leur propriétaire, jurait un peu avec son éducation reçue dans la Haute-Ville de Québec.

— Allô ?

— Élise, je viens de parler avec Renaud Daigle. Il va essayer de joindre le policier de la ville d'Outremont chargé de l'enquête, le capitaine Tessier. Si l'homme est là, il passera te prendre afin de te conduire au poste. Tu devras faire une confession générale.

— Si cet idiot avait orienté ses recherches du côté des nazis, ce ne serait pas nécessaire et je pourrais même conserver mon emploi !

— Mais il ne l'a pas fait. Si tu ne parles pas, je finirai au bout d'une corde.

L'impatience pointait dans la voix de son interlocuteur. Au ton employé, une seule réponse pouvait convenir :

— … Oui oui, je vais y aller.

La brève hésitation n'incitait pas le médecin à allonger la conversation. À peine avait-elle raccroché que le téléphone sonnait de nouveau. Cette fois, Renaud Daigle annonçait son arrivée prochaine.

Un instant après avoir raccroché le téléphone, l'avocat marchait vers la rue Davaar. La distance ne rendait pas l'usage de son véhicule nécessaire, de plus les quelques minutes lui permirent de réfléchir à la situation. À mi-chemin entre le trottoir et la maison, l'avocat vit la porte s'ouvrir sur Élise Trudel. Pâle, presque tremblante, visiblement très affectée par ce qui l'attendait, elle n'arrivait pas à se donner une contenance.

— Voulez-vous que l'on en parle un peu? Prendre du thé?

— Plus de thé! J'ai passé la nuit à en boire. Allons-y tout de suite. Quand ce sera terminé, j'utiliserai la médecine de mon père les jours d'inquiétude: deux ou trois grands verres de gin…

Après une courte pause, elle ajouta, gênée:

— Ne croyez pas que je fais cela souvent. Mais aujourd'hui…

— Je m'empresse de téléphoner à la police. Si Tessier est absent, nous devrons remettre à plus tard ce pénible moment.

L'officier se trouvait là, ils se dirigèrent vers l'hôtel de ville. Quelques minutes plus tard, Tessier les reçut dans une petite salle de réunion. Son minuscule bureau, poussiéreux et encombré, ne convenait pas à une dame. Après quelques échanges sur un ton emprunté, le capitaine demanda:

— Vous avez quelque chose à me dire au sujet de Davidowicz?

— … Au moment du meurtre, je me trouvais avec lui.

— Le dimanche, entre dix-sept et dix-neuf heures?

— Du samedi matin jusqu'au lundi suivant.

Le policier jeta un regard curieux à l'avocat, qui leva les sourcils pour indiquer son propre agacement devant une confession si tardive.

— À quel endroit?

— Sainte-Agathe le samedi, puis à l'hôtel Mount-Royal.

— Au moment du meurtre?

— Au restaurant *De Gascogne*.

De façon très studieuse, l'agent prenait des notes dans son carnet. Ses questions précises lui permirent de connaître le détail des déplacements du couple. Il poussa le sérieux jusqu'à demander où le médecin avait fait le plein lors de son périple jusqu'à Sainte-Agathe, la marque et la couleur du véhicule. Renaud devinait que l'enquêteur referait le même chemin, chercherait les personnes se souvenant de les avoir vus ensemble.

Quand sa soif d'informations fut étanchée, Élise Trudel paraissait à la fois soulagée et épuisée. Après l'avoir remerciée avec une gentillesse qui tranchait avec son air renfrogné habituel, Tessier murmura:

— Monsieur Daigle, vous m'accompagnez un moment dans mon bureau?

L'avocat acquiesça. Un instant plus tard, la porte fermée dans leur dos, l'homme retrouva son impatience pour déclarer:

— Pourquoi ne pas m'avoir dit cela depuis le début?

— Ils ne voulaient pas. Le scandale…

— Mais le scandale a été causé par leur silence. Si j'avais été au courant de cette histoire dès le lundi matin, je me serais précipité au restaurant, puis à l'hôtel, pour vérifier si des gens se souvenaient d'eux. Je ne l'aurais sans doute pas arrêté.

— Ces vérifications, vous pouvez toujours les effectuer.

— Je le ferai, bien sûr, mais plusieurs jours plus tard les souvenirs seront moins précis… Vous n'allez pas me demander de m'accompagner, tout de même?

Le ton du policier ne rendait possible qu'une seule réponse:

— Évidemment non. Vous êtes chargé de l'enquête.

— Mais des politiciens vous ont mis sur mon dos !

— Vous savez que ce genre de situation peut connaître des dérapages.

Un moment, l'enquêteur offrit un visage excédé, puis laissa échapper un long soupir. L'intervention suivante de son vis-à-vis n'améliora pas son humeur :

— Que va-t-il arriver à Davidowicz ? Il sera libéré ?

— En tant qu'avocat, vous ne pouvez pas être ignorant à ce point. La décision revient au Procureur général. Je vérifierai la véracité de l'histoire de la dame et remettrai mon rapport.

Bien sûr, le processus judiciaire devait suivre son cours. Son interlocuteur risqua encore :

— Dans quelques jours, je pourrai venir aux nouvelles ?

— Que je dise n'importe quoi, vous viendrez. Ce sera à vos risques et périls.

Par de mauvais chemins où le printemps avait laissé des ornières profondes, plus de deux heures séparaient Sainte-Agathe de Montréal. Le plus simple aurait été de prendre le train : l'aller-retour se serait effectué dans une voiture de première classe, en feuilletant des magazines et en admirant le paysage. Pourtant, Renaud préférait conduire sa grosse Packard 1937 pendant des heures.

Le premier souci, dès l'arrivée, fut de trouver un endroit où manger. Le petit village comptait plusieurs hôtels et des restaurants. Depuis une vingtaine d'années, le tourisme avait remplacé une agriculture peu rentable et le travail forestier. L'hiver précédent, plus de cent mille personnes étaient venues skier dans la région. Surtout, l'air frais revêtait des vertus thérapeutiques, des opportunistes en avaient fait une industrie. En plus d'un sanatorium, de nombreuses maisons privées recevaient des malades atteints de tuberculose, ou alors simplement désireuses de se refaire une santé dans ce climat vivifiant. Cela conférait de curieuses caractéristiques à l'architecture locale: les façades des résidences s'ornaient de balcons sur lesquels pouvaient prendre place des chaises longues, et d'immenses fenêtres laissaient entrer le soleil.

Une fois leur repas avalé dans le restaurant de l'hôtel Maurice, un vaste édifice confortable, Renaud s'engagea sur le Chemin-du-Tour-du-lac, jusqu'à un chalet spacieux au revêtement de planches horizontales. Une galerie contournait presque la bâtisse, assez grande pour recevoir une large compagnie sur des fauteuils Adirondacks, tous placés de façon à permettre de voir l'étendue d'eau. Les cadres des fenêtres peints en vert, les arbres où les bourgeons ne pointaient pas encore, procuraient à l'ensemble une allure sympathique.

Un homme les accueillit sur le pas de la porte, heureux de leur faire visiter les lieux. Ce notaire servait d'intermédiaire au propriétaire, à qui les misères de la crise pesaient au point de vouloir tirer un revenu de la location d'une résidence d'été. Au rez-de-chaussée, celle-ci comptait une cuisine bien équipée, une salle à dîner et une salle de séjour vastes, avec d'amples croisées donnant sur le lac. Les meubles vieillots, défraîchis, dataient de la décennie précédente. En plus d'une salle de bain complète, une dernière pièce offrait un espace de travail idéal, avec un large pupitre de chêne, une chaise recouverte d'un cuir usé, décoloré par endroits. Deux fauteuils de rotin permettaient d'y recevoir des visiteurs.

À l'étage se trouvaient quatre chambres et une autre salle de bain. Les matelas répandaient une légère odeur de moisi. Les fenêtres ouvertes toute une journée suffiraient à résoudre cette difficulté. En redescendant, Renaud expliqua au notaire:

— Si vous voulez nous excuser quelques minutes, je dois consulter ces dames.

— Je vais sortir…

— Non, non. Nous nous rendons un moment sur la galerie.

Un instant plus tard, assis sur trois chaises rapprochées les unes des autres, les yeux perdus dans le lac d'un bleu soutenu, l'avocat demanda :

— Alors, qu'en pensez-vous ?

— Georges aimerait certainement passer les vacances ici, risqua Nadja.

— Je comprends donc que ton chat voudra venir. Est-ce que tu seras prête à l'accompagner ?

— Oui, je viendrai avec lui.

Cette question réglée, Renaud interrogea son épouse du regard.

— Je serai là trois semaines. Au moins.

— Et toutes les fins de semaine ?

— Toutes les fins semaines.

— Tu te souviens que nous devons aller à New York en août ? Cela fera encore une longue absence.

— ... Je me rappelle, admit la jeune femme après une hésitation.

— Bon, après une décision aussi rapide, j'aurai du mal à convaincre ce type de baisser son prix. Tant pis.

En réalité, rentré dans la maison son chéquier à la main, il n'essaya même pas de négocier. Dix minutes plus tard, l'avocat revenait avec un bail d'une durée de deux mois, la préférence s'il décidait de rester deux mois de plus, et deux jeux de clés. Au moment de mettre le chèque dans sa poche, le notaire avait précisé :

— Si vous vouliez acheter, le propriétaire acceptera certainement de réduire son prix du montant que vous venez de me donner.

— Mais nous n'en sommes pas là, de beaucoup s'en faut.

Ensuite, la famille s'attarda tellement longtemps près du lac que la Packard ne revint à Montréal qu'une fois l'obscurité tombée.

10

Une secrétaire, rejointe au téléphone dès l'ouverture des bureaux, l'avait assuré que le doyen de la Faculté de médecine pourrait le recevoir en matinée. Après leur dernière rencontre, l'accueil menaçait d'être orageux.

Un peu fourbu par son expédition dans les Laurentides de la veille, Renaud Daigle se présenta tôt le lundi 29 mai, rue Saint-Denis, à l'Université de Montréal. Étienne Pouliot se trouvait dans un bureau poussiéreux, à peine plus grand que le sien. Derrière sa table de travail, après les salutations glaciales, le médecin attendit que son visiteur lui fasse part de l'objet de sa visite.

— Vendredi dernier, j'ai reçu Samuel Cohen à mon bureau.

Tout de suite, le visage de son interlocuteur perdit la plus infime trace d'aménité pour revêtir un air de défi.

— Un jeune homme charmant. Il m'a semblé très talentueux, enchaîna l'avocat.

— En fait, il a terminé premier de sa promotion. Je viens de regarder ses notes.

— Il m'a parlé de la petite difficulté où il se trouvait.

— … Je ne savais pas que les petites difficultés des internes en médecine préoccupaient les professeurs de droit.

Le ton était devenu tranchant.

— Je suis son représentant. Son avocat, si vous voulez. Il m'a demandé d'aplanir cette difficulté.

— Cela peut se réaliser très simplement : il n'a qu'à effectuer son stage à l'Hôpital juif, comme ses six camarades.

— Il semble préférer le continuer à l'Hôtel-Dieu, ce qui paraît convenir aussi à la direction de cet établissement.

— Si vous voulez mon avis, la religieuse qui administre cet hôpital a fait une curieuse interprétation de la condamnation du nazisme faite récemment par Mgr Gauthier. Celui-ci ne désirait certainement pas que nous livrions nos institutions aux étrangers.

Reprenant une initiative du pape, l'archevêque de Montréal avait condamné le Parti de l'Unité nationale, le regroupement « naziste », comme écrivaient les journalistes, dirigé par Adrien Arcand. L'avocat se priva de dire au doyen que cette religieuse lui paraissait au contraire bien sage. Elle pensait sans doute que si les autorités diocésaines avisaient la population de se tenir loin d'une association antisémite, cela signifiait aussi qu'il ne fallait pas afficher une attitude raciste.

— Puis de toute façon, les autres internes ont le droit de refuser de travailler avec lui, précisa le praticien.

— Mais chacun d'eux a un contrat avec l'hôpital.

— Que l'établissement les poursuive, alors. Je demeure certain que sœur Saint-Jean-l'Évangéliste trouvera plus sage d'annuler celui de Cohen. Si vous voulez rendre service à ce jeune homme, conseillez-lui d'oublier cette histoire. Les Juifs sont solidaires, on lui cherchera une place dans l'hôpital de sa communauté. Les Canadiens français de leur côté sont en train d'apprendre la solidarité. Protéger les emplois des leurs en est une manifestation. Je suis heureux que ces jeunes montrent l'exemple.

Renaud afficha un sourire en coin. Les internes avaient sans doute concocté leur projet dans le bureau même du doyen.

— Je comptais sur vous pour raisonner ces étudiants. Leur faire voir que leur intolérance ne leur servirait à rien. Son seul effet sera de priver les Canadiens français des services d'un excellent médecin. Vous venez de me dire qu'il était le premier de sa promotion.

— Ces jeunes ont tout à perdre, au contraire, face à cet étranger qui va leur voler leur clientèle. Les Juifs nous envahissent, ruinent les marchands de langue française, prennent les meilleures places dans les professions. Il est temps de se serrer les coudes pour les empêcher de nous piller encore plus.

— Si je comprends bien, vous n'éprouvez aucune envie de calmer les ardeurs racistes de ces jeunes gens. J'en suis à me demander si vous ne les inspirez pas.

Le médecin serra les poings, posés sur son pupitre. Il répondit, la voix voilée par la colère :

— S'il y avait un témoin, je vous poursuivrais pour diffamation.

— Je me rends compte que le droit n'est pas votre spécialité. Pour me faire condamner, vous devriez convaincre un juge que j'ai nui à votre réputation en vous traitant de raciste. Je n'aurais pas trop de peine à démontrer que vous inspirez ce petit mouvement de grève.

Le docteur Pouliot se leva d'un coup, avec dans les yeux une envie de frapper. Il se contenta de dire d'une voix blanche :

— Dehors, l'ami des Youpins. Je vais obtenir que vous ne reveniez plus jamais dans cette université.

— Je vous souhaite aussi une excellente journée.

Sur ces mots, en lui adressant son meilleur sourire, Renaud quitta les lieux.

— Sa menace de te faire perdre ton emploi te met dans un état pareil ?

Virginie affichait un petit sourire ironique. Renaud était venu directement au Théâtre Outremont en quittant le campus. La jeune femme avait fait peindre les murs de son bureau en blanc cassé. Des photographies, quelques vases contenant des fleurs fraîches pendant la belle saison, donnaient à la pièce une allure très féminine.

— Mais quand as-tu encaissé ta dernière paie de l'Université de Montréal ? demanda-t-elle, maintenant franchement amusée.

— En décembre.

— Nous sommes fin mai. Si tu consacrais à autre chose toutes les heures qui vont à l'enseignement, tu gagnerais combien de fois ce salaire que tu ne reçois même pas ? Trois fois, sans doute !

Incapable de faire face à ses obligations, l'Université de Montréal ne versait plus leur rémunération à ses professeurs. Le gouvernement de la province de Québec avait mis l'établissement en tutelle deux jours plus tôt pour confier à un comité la mission de le sauver d'une faillite pure et simple. Cela nécessiterait l'injection d'une fortune d'argent public.

Au dernier argument, l'avocat ne put s'empêcher de sourire. Au fond, il n'était venu que pour cela, se faire rassurer.

— Tout de même, tu sais que mon statut de professeur m'apporte des engagements ailleurs. Cela ressemble à du bénévolat pour me procurer une certaine notoriété.

— C'était vrai il y a douze ou treize ans, mais maintenant, cela ne doit plus te servir à grand-chose. Ta réputation est faite, pour le meilleur et pour le pire.

— Bon, bon, je me confesse : je n'ai pas d'autre raison de donner ce cours de droit constitutionnel que le plaisir que j'y trouve. Actuellement, juste en salaire tu rapportes beaucoup plus que moi au ménage.

— J'espère que ta nouvelle misère ne t'amènera pas à réduire mon traitement. Surtout, ne ramène pas ta mine inquiète à la maison. Nadja se préoccupe déjà assez des dangers que la crise fait peser sur nous, sans compter sa crainte de te voir aller faire la guerre en Europe. Affiche ton visage d'homme d'affaires prospère, ce que tu es d'ailleurs.

Bien sûr, mieux valait ne rien laisser paraître de ses inquiétudes. Ce fut tout à fait rasséréné qu'il quitta les lieux quelques minutes plus tard. Autant régler la vie de la princesse pour les huit années à venir : l'interminable cours classique durait tout ce temps. Et tant qu'à faire, assumer les responsabilités sociales qui accompagnaient sa prospérité.

La femme qui dirigeait le couvent Jésus-Marie portait le nom de sœur Saint-Lucien. Non seulement l'habitude de donner des patronymes pareils devait-elle faire oublier la personnalité des religieux ou des religieuses, mais encore les choisissait-on le plus ridicule possible. Cette femme de cinq ans sa cadette, qui en 1920 devait être bien jolie, il devait l'appeler mère Saint-Lucien !

— Bien sûr, précisait Renaud, s'il prend l'envie à ma fille de suivre des cours de musique, je paierai. Mais j'en doute. Ses premiers essais dans ce domaine ont été très décevants.

Derrière son bureau, la directrice esquissa un sourire qui lui dessina des joues rondes comme des pommes, encadrées par une cornette empesée.

— Je soupçonne qu'elle possède d'autres talents. Vous en parlez avec tant de fierté…

— Ce qui témoigne plus de mon attachement que de ses dons. Mais je ne veux pas inscrire une seule personne à votre couvent. Plutôt deux.

— Elle a une sœur ?

— Non. J'aimerais payer pour la formation d'une fillette que vous choisirez dans l'une de vos écoles primaires. Je tiens à ce que vous ne désigniez pas une gamine désireuse de devenir religieuse, et si cette jeune personne se décide pour cette vocation au cours de ses études, je cesserai de payer. Comprenons-nous bien, je veux aider quelqu'un dont les parents ne peuvent lui offrir la chance d'accéder à une carrière laïque.

La religieuse ne cilla pas devant ces exigences. L'homme enchaîna :

— Je suppose que vous saurez trouver une élève talentueuse et pauvre.

— Nos écoles en sont pleines !

Le visage de la femme exprima un grand dépit. La ville regorgeait de familles acculées à la faillite. En ce printemps de 1939, le chômage touchait quinze pour cent des travailleurs canadiens. Montréal en comptait plus que son lot.

— J'aimerais connaître le nom, l'adresse et les résultats scolaires de cette jeune personne, quand vous l'aurez choisie.

— Vous désirez qu'elle vous écrive ?

— Pas tout de suite en tout cas. Je détesterais qu'elle établisse le lien entre sa présence ici et moi. Sinon le fait de côtoyer Nadja la mettrait dans la gêne.

— C'est très généreux…

— S'il vous plaît, ne dites rien de plus. Je vous verse aujourd'hui l'avance demandée pour deux élèves. Vous lui donnerez accès à tous vos services.

En fait, parce que Renaud aurait trouvé naturel de payer des impôts pour rendre l'école accessible à tous les enfants talentueux, il voulait assumer sa petite part de la justice distributive. Chez les Jésuites, un garçon profiterait des mêmes avantages. Préparer le futur de deux inconnus faisait le plus grand bien à son ego.

Le lendemain matin, le 30 mai 1939, tous les journaux rendaient compte de la grève des internes de l'Hôtel-Dieu. Depuis toujours, Renaud parcourait tous les quotidiens, le samedi et le dimanche il ajoutait les hebdomadaires. *La Presse* se désolait de l'intolérance de ces jeunes gens qui menaçaient de rendre difficile l'accès à la profession médicale à un homme talentueux. *Le Devoir*, tout en évoquant l'obligation de tous les catholiques de traiter de façon généreuse les personnes subissant l'infortune d'appartenir à une autre religion que la vraie, félicitait au contraire les valeureux disciples d'Esculape qui se lançaient à la défense de leur « race ». Le journaliste rappelait même que les règlements municipaux permettaient aux établissements de santé de refuser les malades d'une autre confession que la leur, à moins d'une situation d'urgence. En fait, comme on regroupait les enfants et les enseignants dans les écoles selon leur appartenance religieuse, une partie des bonnes gens de Montréal semblait croire qu'il devait en aller de même des patients et des médecins.

— Bon, j'essaierai de parler à ces excités! marmonna l'avocat en terminant sa lecture. Mais cela ne donnera rien.

Où trouver des internes en grève? Le meilleur endroit demeurait sans doute dans les environs de l'Hôtel-Dieu. Inutile de déclencher un mouvement pareil sans multiplier les efforts pour se faire voir. Un peu avant midi, Renaud stationnait sa voiture dans la rue Saint-Urbain, à proximité du vieil hôpital. Il avait bien deviné: une dizaine de jeunes hommes vêtus d'un sarrau blanc faisaient le pied de grue près de l'entrée. Des passants s'arrêtaient parfois pour parler avec l'un ou l'autre. Il lui sembla reconnaître un journaliste de *La Presse* parmi les badauds. Son interlocuteur était un petit personnage portant des lunettes à monture métallique: le porte-parole de ses camarades. Autant attendre un moment pour s'adresser à lui.

Quand le scribouillard s'esquiva, l'avocat lui succéda:

— Puis-je échanger quelques mots avec vous?

— Et qui veut profiter de ce privilège?

L'interne, de près, trahissait une peau grasse, boutonneuse, des dents mal alignées et jaunies par la cigarette. Ses patients souhaiteraient garder quelque distance avec lui.

— Renaud Daigle.

— Ah! L'avocat du Youpin.

— ... Comme vous me connaissez déjà, vous accepterez de me dire votre nom.

— Certainement. André Blanchet, un nom chrétien.

L'interne en venait directement au cœur du sujet, sans tergiverser !

— Comme vous avez visiblement parlé au doyen Pouliot, puisque mon identité vous est familière, vous savez le motif de ma visite.

— Vous avez été embauché par ce Juif.

— Il s'appelle Samuel Cohen.

— …

Devant le visage surpris du jeune homme, l'avocat précisa :

— Il a un nom, c'est une personne : Samuel Cohen. Dire « ce Juif » n'est pas plus précis qu'utiliser « ce catholique » pour vous désigner. Pourquoi faites-vous cela ?

— La grève ? Nous défendons nos droits.

— Mais lequel de vos droits a été brimé ?

— Ce type nous vole nos emplois.

— Vos emplois ? Vous possédez des places dans cet hôpital ?

— Arrêtez de jouer à l'imbécile. C'est un établissement catholique. Cet étranger n'a rien à faire ici.

Parce qu'il avait élevé le ton, les autres internes s'étaient rapprochés. Un instant plus tard ils formaient un cercle intimidant autour de l'avocat. Comme les rats, ils préféraient agir en bandes, sans doute.

— Samuel Cohen est un citoyen britannique, tout comme vous et moi.

— Certainement pas. C'est un Juif.

— À sa façon de s'exprimer, je soupçonne même qu'il est né dans cette ville. Et en passant, pour votre culture, le mot « juif » désigne une appartenance religieuse, pas une nationalité.

— Nous ne laisserons plus ces métèques nous envahir, prendre notre commerce, nos emplois. Il est temps que les Canadiens français résistent à l'assimilation.

— L'assimilation ? Samuel Cohen parle un meilleur français que le vôtre !

Son interlocuteur lui jeta un regard mauvais, les autres murmurèrent dans son dos. Une voix peu amène prononça derrière lui :

— Déguerpissez. Ce ne sont pas vos affaires.

— Mais nous sommes sur la voie publique, répondit Renaud en tournant sur lui-même pour chercher des yeux celui qui venait d'ouvrir la bouche. Auriez-vous l'intention de m'empêcher de circuler à ma guise ?

— Mais non, monsieur l'avocat des Youpins, ricana André Blanchet. Vous pouvez même vous rendre à l'hôpital Notre-Dame parler aux collègues qui se sont mis en grève ce matin pour nous appuyer. Ou devant n'importe quel hôpital catholique de Montréal. Partout, les internes refusent de se laisser dépouiller encore plus des emplois qui leur reviennent de droit.

— Je vois, monsieur le raciste. Vous pouvez me dire qui vous inspire ces propos ? Le Parti de l'Unité nationale d'Adrien Arcand ? Le mouvement Jeune-Canada ? Les Jeunes Patriotes ? Ou alors un autre groupe de la même eau né au pied du monument Chénier ou devant les murs de la vieille prison Au-pied-du-courant ?

— Va te faire foutre, siffla Blanchet entre ses dents.

Le faible verni de savoir-vivre de son interlocuteur se fissurait. Mieux valait mettre fin à cet entretien avant de recevoir un mauvais coup. Renaud ne s'épargna tout de même pas le plaisir d'une petite saillie :

— Mais c'est une bonne idée, aller me faire foutre ! Toi, avec tes dents cariées et ton odeur, car je dois dire, l'haleine mêlée à la sueur, ouf...

L'avocat agita sa main devant son nez, pour chasser des effluves nauséabonds, avant de continuer :

— ... Tu en trouves, des personnes à foutre, comme tu l'exprimes si élégamment, où tu as épousé ta main droite jusqu'à la fin des temps ?

Sur ces mots, autant s'esquiver sans tarder...

Le poste de police d'Outremont se révéla à peine plus accueillant que la ligne de piquetage. Renaud y passa au milieu de l'après-midi. Dans l'embrasure de la porte du bureau du capitaine Tessier, il demanda :

— Je peux vous déranger un moment ?

— Ai-je vraiment le choix ?

De la main, le policier lui désigna la chaise devant lui.

— Alors, Élise Trudel vous a-t-elle dit la vérité ?

— J'ai trouvé des témoins pouvant confirmer l'essentiel de son histoire.

Ce n'était pas tout à fait la même chose, mais la justice devait s'en contenter. Après un soupir, il continua :

— Ils forment un couple peu discret. Dès la gare Windsor, un porteur m'a affirmé se rappeler d'un homme avec une kippa sur le crâne venu accueillir une grande Canadienne française aux cheveux bruns. Au restaurant, le cahier des réservations portait le nom de madame Trudel. Ils occupaient une table un peu à l'écart. La chambre d'hôtel a aussi été réservée par cette femme, mais le personnel se souvenait de son compagnon et le reconnaissait sur la photo que j'avais avec moi. En fait, tout le monde a identifié cette photo…

— Je présume qu'elle faisait les réservations par souci de discrétion, le nom de son amant étant connu du public.

— Je suppose aussi.

— Et maintenant, qu'arrive-t-il à Davidowicz ?

— Demain, je me paierai un petit voyage à Sainte-Agathe. Je retournerai partout une seconde fois, à la gare, au restaurant, à l'hôtel, pour trouver d'autres témoins. Jeudi, je serai en mesure de remettre mon rapport. Ensuite, je vous l'ai déjà dit…

— … Le Procureur décidera. Je sais. Merci infiniment.

À moins d'un événement imprévu, dans quelques jours le sort de l'un de ses clients juifs serait réglé. L'avocat craignait que ce ne soit pas le cas pour le second.

Le lendemain, tous les journaux faisaient état de la grève des internes de tous les hôpitaux catholiques de Montréal. Même les papiers reconnaissant son bon droit opinaient que Cohen, pour mettre fin à cette situation préjudiciable aux malades, ferait mieux de remettre sa démission. Quant aux feuilles nationalistes, elles ne trouvaient rien à redire de l'action des jeunes médecins. Au contraire, plaidaient-elles, ils donnaient l'exemple à leurs aînés plus pusillanimes dans ce domaine, afin de restaurer la dignité de la race canadienne-française. Quand arriverait le prochain numéro de *La Nation*, le petit hebdomadaire séparatiste publié à Québec par Paul Bouchard, Renaud y constaterait sans doute l'expression de l'antisémitisme le plus pur. Le premier qualificatif qui lui viendrait à l'esprit serait « allemand ».

Tout juste au moment d'émerger de l'océan de papier que la presse déversait sur son domicile, un coup de fil pria l'avocat de se présenter chez son doyen, pour discuter d'un « petit incident » survenu à l'Université. À onze heures, en approchant de son bureau, il comprit. Un clou avait été planté dans le linteau de la porte, sur lequel pendait une tête de porc. Celle-ci avait dégouliné sur le bois, laissant une traînée sanglante jusqu'au plancher. Une grande feuille de carton portait les mots « Daigle le Youpin », une étoile de David et quelques croix gammées.

Autant faire demi-tour et aller tout de suite chez son patron, un avocat assez en vue de la ville. Le vieil homme le reçut avec un « Vous avez vu ? » plutôt amusé.

— Assez difficile à manquer, comme décoration. Je comprends qu'on a jugé utile de tout laisser là afin que l'ensemble du campus soit au courant, plutôt que de faire ramasser cette... cochonnerie ce matin.

Bien sûr, quelqu'un de bien placé dans l'établissement tenait à ce que tout le personnel de l'édifice et les étudiants qui hantaient les parages pendant le trimestre d'été puissent profiter du petit spectacle. L'initiative pouvait émaner de n'importe qui : dans les comités de direction de toutes les sociétés nationalistes friandes d'antisémitisme se trouvaient les noms de plusieurs de ses éminents collègues. Certains venaient des sciences sociales, d'autres de médecine ou de droit. Même le modeste Institut pédagogique Saint-Georges contribuait à la fournée des sauveurs de la race qui jugeaient utile d'attaquer les Juifs pour souligner leur message.

— N'ayez crainte, ce sera enlevé sous peu. Je m'en suis occupé. Mais il y a plus grave, les représentants des associations étudiantes se sont rendus ici pour demander votre renvoi. Je crois que certains de leurs dirigeants ont rencontré Mgr Olivier Maurault, le recteur, pour le même objet.

— Si je comprends bien, il ne leur reste qu'à voir l'archevêque de Montréal.

Depuis sa conversation avec Virginie, Renaud commençait à se dire que le temps de son bénévolat à l'Université de Montréal prendrait peut-être fin bientôt. L'idée ne lui répugnait plus autant, mais s'il devait en arriver là, ce ne serait pas sans lutter.

— Si vous m'avez donné rendez-vous pour me demander ma démission, continua le professeur, c'est peine perdue. Je préférerai recevoir une lettre de congédiement. Et soyez certain que je ferai tout le bruit possible sur la situation et les circonstances y ayant conduit. Voilà douze ans que je suis ici…

— Voyons, il ne s'agit pas de cela !

Le doyen savait que la menace n'était pas vaine. Renvoyer un professeur dont personne n'avait mis la compétence en doute à la demande d'un petit quarteron de racistes, à une époque où l'Université de Montréal dépendait plus que jamais de la charité publique pour sa survie, aurait été bien imprudent. D'autant plus que ce personnage était proche du Parti libéral, qui pouvait se trouver de nouveau au pouvoir à Québec très bientôt.

— Je voulais simplement vous inviter à plus de prudence. Vous avez eu des mots avec le docteur Pouliot...

— C'est une façon de décrire notre échange. J'en garde un souvenir qui ferait un joli récit.

L'autre risqua un signe de la main, comme pour calmer l'humeur belliqueuse de son interlocuteur :

— Je sais que c'est un vieil imbécile, mais il a un ascendant sur ses collègues. Hier soir, sans doute au moment où de jeunes fous vous faisaient ce tour pendable...

— À sa demande...

Le doyen reprit son geste apaisant.

— Vous savez attirer vous-même le ressentiment des internes. Votre échange sur la rue Saint-Urbain, à ce qu'on m'a dit...

— ... Moi qui était venu à Montréal en pensant que l'on y vivait dans un certain anonymat, comparé à Québec.

Renaud se sentit rougir un peu. Mieux valait ne pas ajouter que cet interne malodorant n'avait pas volé de se faire dire ses quatre vérités.

— Comme j'essayais de vous l'expliquer, au moment où vos nouveaux amis plaçaient leur pièce de charcuterie sur votre porte, Pouliot tenait une réunion des médecins œuvrant dans les hôpitaux catholiques de la ville. La rumeur veut que ceux-ci se mettent en grève à leur tour lundi prochain.

— Diantre, tous les établissements paralysés ! Il possède ce pouvoir ?

— Il s'agit d'une petite coterie : tous ces médecins ont été formés ici. Et la plupart doivent penser que leurs collègues juifs leur font une trop forte concurrence. Tous les professionnels ont de la difficulté à gagner leur vie, depuis le début de la crise. Les malades se laissent mourir dans leur taudis sans consulter.

Boycotter des « étrangers » pour sauver les assises économiques de la race, une solution privilégiée par les lecteurs des périodiques nationalistes, se remémora Renaud.

— Je vous ai demandé de venir ici afin de vous convaincre de consentir un geste d'apaisement, pour calmer les esprits, continuait le doyen. Le mouvement pour obtenir la démission d'un interne juif pourrait se transformer en cabale contre vous.

Cela se pouvait bien. Ou plutôt, une cabale des nationalistes contre un libéral notoire. La petite politique partisane ne se trouvait jamais bien loin sous la surface, dans la province de Québec.

— Que voulez-vous dire, par un geste ?

— Un mot gentil à Pouliot, par exemple.

— À ce vieil idiot ? Jamais. Voyez-vous, je suis assez prospère pour me priver de mon emploi de professeur. En fait, mon épouse est en train de me convaincre que je deviendrais plus riche encore si je ne mettais pas autant de temps à enseigner des notions de droit à des esprits pas très éveillés. Pouvoir se passer sans mal d'un salaire que, de toute façon, je n'ai pas touché depuis cinq mois donne une liberté extraordinaire : celle de ne pas avoir besoin de m'avilir devant une personne que je méprise.

— Je ne suis pas vraiment surpris de votre réponse, répondit son interlocuteur avec un sourire. J'avais d'ailleurs averti le recteur que ce serait une perte de temps de vous demander cela.

L'histoire avait déjà été discutée en haut lieu, sans doute dès le moment où le professeur avait quitté le bureau de Pouliot le lundi précédent.

— Je suis mandaté pour vous réclamer un autre petit geste : convaincre Cohen de laisser tomber.

— Cela, je l'ai fait lors de ma première rencontre avec lui. Pas pour faire plaisir aux racistes, bien sûr, seulement pour lui épargner des frustrations. Mais ses arguments sont irréprochables, il a raison. J'abandonne à quiconque la veut la mission de lui faire entendre la déraison. Car cet individu est dans son droit, il est ignoble de lui demander d'abdiquer. Vous savez qu'il a terminé premier de sa promotion ?

— Là n'est pas la question. Cinq hôpitaux se retrouveront sans médecin lundi prochain.

— Ce dont Pouliot sera responsable, pas ce jeune homme. Si dans dix ans vous avez à consulter un praticien pour une maladie grave, choisirez-vous d'aller chez notre ineffable dirigeant de la Faculté de médecine, ou chez Cohen ?

La journée du doyen de la Faculté de droit ne serait pas facile...

— Je vois déjà un médecin juif. Comme nous imposons des quotas qui limitent la présence de ces étudiants dans nos murs, nous nous retrouvons avec les meilleurs d'entre eux.

— Surtout, les Canadiens français nous arrivent des collèges classiques à peu près incultes. Difficile pour eux de soutenir la compétition.

— En ce qui concerne les sciences, cela paraît évident.

Depuis dix ans, une vaste discussion avait cours sur les lacunes de l'enseignement scientifique dans les établissements secondaires dirigés par le clergé. Quelques améliorations insignifiantes avaient été consenties à ce sujet.

— Quant à moi, je ne circonscrirais pas le problème de leur inculture aux sciences. Rabâcher du latin d'église et apprendre par cœur les philosophes catholiques, cela ne fait pas une base bien solide, dans notre monde de plus en plus scientifique et technique.

— Mais vous avez évoqué devant moi votre intention d'inscrire votre fille aux humanités classiques ?

— Son choix.

La mine du doyen exprimait l'idée que les enfants ne devaient pas avoir voix au chapitre sur ces questions. Renaud choisit de mettre fin à la rencontre plutôt que de s'engager dans une nouvelle discussion sur l'éducation des jeunes adolescentes.

— Alors, je dois dire au recteur... relança le vieil homme.

— Que Cohen se trouve tout à fait dans son droit. L'hôpital n'a qu'à mettre fin à son engagement en lui offrant un dédommagement honnête. Quant à des excuses à Pouliot, mieux vaut ne pas écorcher les oreilles du digne prélat qui nous sert de recteur en lui répétant ce que j'en pense. Par gentillesse, je ne vous dirai même pas le fond de ma pensée à ce sujet. Mais vous trouverez certainement les mots pour l'en informer.

Le problème se régla de lui-même. En sortant de chez le doyen, Renaud se rendit chercher le concierge dans sa loge et exigea que celui-ci aille enlever sur le champ la tête de porc. L'homme obéit en maugréant : mais dans sa position il ne convenait pas de mettre en colère les professeurs. L'avocat se fit un devoir d'occuper son bureau pendant quelques heures, juste pour montrer que personne ne le chasserait des lieux. Au moment de partir, il vit une figure pâle se découper dans l'embrasure de la porte.

— Monsieur Daigle, je peux vous rencontrer ?

— Monsieur Cohen, je ne vous demande pas quel bon vent vous amène. Asseyez-vous, je vous prie.

— Je ne prendrai pas beaucoup de votre temps. Je voulais juste vous dire que j'abandonne. J'ai donné ma démission tout à l'heure.

Renaud demeura silencieux un instant, avant de prononcer :

— Je suis désolé d'entendre cela. Je comprends toutefois que votre situation devenait intenable. À tout le moins, vous dédommagera-t-on pour le contrat rompu ?

— Non, puisque c'est moi qui démissionne. On m'a même fait sentir que j'étais chanceux de ne pas être poursuivi pour bris de contrat.

— Les salauds. Ce n'est pas si simple. Nous pourrions les attaquer, de même que les internes…

Déjà, l'avocat enfourchait son cheval de bataille !

— Non, interrompit le jeune médecin d'une voix ferme. Réclamer de l'argent leur permettrait de dire que, comme tous les Juifs, je ne désirais que m'enrichir.

— ... Vous avez malheureusement raison. Que comptez-vous faire maintenant ?

— Il semble que je pourrai aller me spécialiser aux États-Unis, à New York. Je suppose que je resterai là-bas ensuite. Combien vous dois-je ?

Le jeune homme fit le geste de chercher son portefeuille dans sa poche.

— Rien, l'arrêta Renaud. Je vous suis redevable, plutôt. J'ai appris beaucoup avec cette histoire, sur moi-même et sur mes compatriotes. Ce sont eux les perdants, même s'ils n'ont rien eu à dire dans le déroulement de cette histoire. Ils se feront soigner pendant plus de trente ans par André Blanchet et ses semblables.

Après une dernière poignée de main, le jeune médecin disparut.

11

Le lendemain, 1er juin, un peu après l'heure du petit-déjeuner, le téléphone sonna au domicile de l'avenue de l'Épée. Renaud n'eut même pas le temps de répondre « Allô » qu'une voix prononça, à l'autre bout du fil :

— Monsieur Daigle, le directeur me laisse téléphoner de son bureau. Je suis libre de sortir.

Le premier moment de surprise passé, l'avocat reconnut Davidowicz.

— Pourriez-vous venir me chercher ? continua ce dernier après une pause. Je ne veux pas avoir affaire à un chauffeur de taxi curieux, qui s'empressera ensuite de contacter la presse.

— Si cela vous plaît de payer mon tarif d'avocat pour la course, j'accepte.

Environ une demi-heure plus tard, Arden Davidowicz l'attendait devant la grande porte du pénitencier de Bordeaux, sale et mal rasé. En une semaine, il avait perdu suffisamment de poids pour devoir tenir la ceinture de son pantalon afin de l'empêcher de tomber sur ses chevilles.

— Quel abominable hôtel ! Je ne vous le recommande pas du tout.

— Tout cela aurait été facile à éviter. Si vous aviez tout dit le premier jour…

— Je sais, je sais. Économisez votre salive, vous connaissez mes raisons.

— De mauvaises raisons.

Tout de même, l'avocat accepta de laisser le sujet de côté. Au moment de se stationner devant la porte du domicile de la rue Davaar, le médecin lui demanda d'entrer un instant. Ils n'avaient pas atteint le palier quand Élise Trudel ouvrit pour se précipiter dans les bras de son amant. Alors que Ruth Davidowicz gisait encore sur une civière à la morgue, cet exhibitionnisme déplut souverainement à Renaud. Cela frisait l'obscénité. Les funérailles avaient été remises jusqu'à la libération du suspect, tellement la famille se montrait optimiste sur l'issue de la situation.

Une fois dans la maison, plutôt que de les amener dans le séjour à l'étage, le médecin les invita à entrer dans son cabinet. Derrière le lourd bureau, il chercha son carnet de chèques tout en disant :

— Je demeure très reconnaissant de vos efforts. Après avoir effectué quelques vérifications, le capitaine Tessier a pu convaincre le Procureur de la province, enfin, l'employé de ce ministère chargé de ma triste affaire, qu'il n'y avait pas de quoi engager des poursuites contre moi. L'annonce de ma libération est venue à cinq heures ce matin.

— Merci d'avoir attendu jusqu'à neuf heures avant de me téléphoner.

— Ah ! Mais entre la nouvelle et l'accès à un téléphone, cela a été long. Remerciez plutôt la lenteur administrative… Combien ?

L'avocat évoqua un chiffre, le client l'écrivit et fit passer le morceau de papier de l'autre côté du bureau. Renaud l'empocha sans regarder. Spontanément, il avait pris l'une des chaises destinées aux patients et Élise, la seconde. Un moment, ils donnèrent l'impression d'un couple venu en consultation, écoutant un médecin antipathique énoncer un pronostic peu encourageant. L'argent reçu, Renaud ne voulait pas procurer à son client le plaisir de s'effacer trop vite de sa vie. Aussi se tourna-t-il vers sa voisine pour demander :

— Qu'allez-vous devenir maintenant ?

— Du jour où je me suis rendue voir la police avec vous, mon emploi aux côtés d'Ernest Lapointe se terminait, même s'il a la gentillesse de me payer jusqu'à la fin du mois.

— Pourtant, l'histoire se clôt plutôt bien.

— Le scandale…

— De peu d'envergure. Aucune accusation ne sera portée, finalement.

— Tout de même, mon patron demeure prudent. Toutefois, si je le désire, il me dénichera quelque chose.

Le contraire aurait étonné Renaud. Il se trouvait des milliers d'officines gouvernementales où caser une femme compétente. Lui demander comment tourneraient les choses sur le plan personnel aurait témoigné de la dernière indélicatesse. De toute façon, le simple fait de la voir si tôt dans la maison du nouveau veuf le renseignait à ce propos.

— Et vous, cher Docteur, pensez-vous demeurer député ?

— À court terme, certainement. J'aurai besoin de ce salaire pour vivre. Je crois que mes patients mettront un moment avant de revenir me consulter. Cependant, je ne passerai pas le cap d'une seconde élection, avec l'odeur de scandale qui va coller à moi. D'ici là, j'espère que la confiance des gens en mes qualités professionnelles sera restaurée.

— Vos collègues du gouvernement ne tenteront pas de vous pousser vers la porte avant le scrutin ?

— Ce serait donner l'impression qu'ils me croient coupable. Dans ce cas, ils admettraient avoir côtoyé un assassin. Je pense que tout le monde fera semblant de présumer que j'ai été victime d'un affreux hasard, tout en faisant en sorte que je ne puisse obtenir l'investiture dans ma circonscription lors du prochain rendez-vous électoral…

Le médecin marqua une pause, échangea un regard avec sa maîtresse avant d'enchaîner :

— À regret, je vous chasse. Je dois récupérer mon garçon. J'aurai de longues explications à lui donner, pour le rassurer tout à fait.

Enfin, depuis le début de cette histoire, quelqu'un se souciait de la seconde victime de ce meurtre : l'enfant. Devenu aussi inutile pour le suspect innocenté qu'un pansement pour un blessé guéri, l'avocat quitta les lieux, au grand soulagement du couple désireux de se retrouver.

— Comment se fait-il qu'aucun journal n'ait fait le lien entre le meurtre et les nazis? Ces policiers sont des incompétents.

Élise Trudel se tenait près de la fenêtre d'une chambre de l'étage, encore en peignoir. Les retrouvailles s'étaient révélées plutôt tièdes. Bien sûr, les événements dramatiques et plusieurs jours en prison ne devaient pas disposer un homme aux ébats torrides.

— Qu'ils enquêtent ou non dans cette direction, divulguer leurs intentions dans les médias ne les aiderait en rien.

La voix venait du lit. Le médecin venait de prendre sa seconde douche de la journée, il lui en faudrait encore une autre avant que les effluves du pénitencier de Bordeaux ne disparaissent tout à fait de son épiderme.

— Comment cela, qu'ils enquêtent ou non sur les nazis? Avec les lettres que j'ai transmises, ils ne peuvent pas négliger de le faire.

— Je ne suis pas certain que les autorités municipales, ou même le Bureau du Procureur général, aient envie de troubler la quiétude de ces bonnes gens en chemise noire.

La grande femme était venue s'asseoir sur le lit afin d'enfiler ses bas. De toute façon, rien n'indiquait qu'une nouvelle initiative de son compagnon rendrait nécessaire une tenue légère. Autant revenir au grand ménage commencé quelques jours plus tôt: lentement, tout ce qui témoignait du séjour de Ruth Davidowicz dans la maison quittait les lieux.

— Une bande de racistes! Mais nous pourrions leur forcer la main.

— ... Que veux-tu dire?

Arden commençait lui aussi à chercher ses vêtements dans la pièce.

— Je connais tous les journalistes du Québec. Je pourrais contacter l'un d'eux et lui parler de toutes ces lettres. Imagine les grands titres demain ! Tout le monde ne parlerait plus que de cela.

— Je te l'interdis absolument ! Dans les circonstances, ce serait la pire chose à faire.

— Au contraire. Mais nous pourrions nous y prendre mieux encore. La meilleure stratégie serait que tu organises une conférence de presse pour faire ressortir l'incurie des forces de police. Ainsi, elles devraient traquer tous les fascistes de la province, quitte à les déterrer sous les pierres du chemin.

— Et je te présenterai comment ? La consolatrice du nouveau veuf, ou sa maîtresse des quatre dernières années ?

— ... Tu n'aurais pas besoin d'évoquer notre relation ! Tu te présenterais simplement comme la victime d'un crime et exigerais que les policiers fassent leur travail.

Davidowicz secoua la tête, dépité, n'en croyant pas ses oreilles.

— Alors leur premier soin serait de divulguer le lieu où j'étais ce soir-là, pour se venger du coup d'épingle. Notre situation n'est plus un secret. Les journalistes ne se priveraient certainement pas d'agrémenter ce décès d'une histoire scabreuse. Ne tente rien du côté de la presse, même en exigeant la discrétion. Ce serait simplement braquer les projecteurs sur nous. Je suis hors de prison. Si quelqu'un me pose la question, je dirai que je comprends parfaitement les soupçons des policiers et les féliciterai pour leur beau travail. Dans quelques semaines, surtout avec la guerre qui nous menace, tout cela sera oublié.

Élise Trudel n'avait jamais été du genre à accepter les interdits : au contraire, toute sa vie ses efforts n'avaient visé qu'à les transgresser. Cependant, quelque chose dans le ton de son compagnon lui indiquait que le moment n'était plus aux défis. Sans un mot, elle finit de mettre ses vêtements et passa dans la chambre voisine. Rageuse, elle ne laisserait rien dans la commode de Ruth Davidowicz.

Le Faculty Club de l'Université McGill occupait une très jolie maison de pierres de la rue McTavish. Dans la salle à dîner ornée de boiseries sombres, les fenêtres se composaient d'une multitude de petits losanges de verre retenus ensemble par des tiges de plomb. Bien sûr, comme il se devait en territoire canadien anglais, la nourriture, infecte, se situait bien en deçà du cadre architectural.

— Vos dernières interventions publiques ne vous ont pas valu que des amis, dit l'avocat Fisher une fois les civilités épuisées.

— Je croyais le Parti libéral plutôt satisfait. Pas une mince affaire, cette commission Rowell-Sirois…

— Non, non, sur ce terrain, tout va pour le mieux. King vous voit comme l'un de ceux qui réaliseront le programme de son fameux livre…

— *Industry and Humanity* ? Je n'y ai rien compris. Mais de quoi parliez-vous exactement ?

— Votre défense du Juif opprimé.

— Cela se discute aussi à McGill ?

— Vous savez, je peux lire les journaux français.

L'avocat avait dit ces mots dans la langue de Molière, avec un accent passable. En voilà un qui pouvait aller plus loin que « Bon appétit », une performance exceptionnelle pour un habitant de l'ouest de l'île de Montréal.

— Justement, à ce sujet, avança Renaud avec une certaine timidité, vous croyez que le professeur McPherson mettra un jour ses projets de retraite à exécution ?

Un malaise passa entre eux.

— Vous voulez dire que cette histoire peut vous coûter votre poste ?

— Cela se pourrait bien. Certains de mes collègues étaient plutôt montés contre moi. Je tâte le terrain au sujet de mes grandes espérances. J'ai évoqué ma disponibilité devant le colonel Bovery, sans aucun succès. Toutefois, il se peut bien que les Canadiens français ne soient pas les bienvenus dans cette université.

— En général, les portes ne leur sont pas grandes ouvertes. Cependant, nous venons d'embaucher Stanley Brehaut Ryerson, un communiste notoire. Les esprits s'ouvrent un peu plus, vos compatriotes peuvent tenter leur chance. Surtout, vous vous situez dans une catégorie à part. Avec votre barrette de décorations militaires de la Grande Guerre et votre accent *oxfordish*, vous pourriez prétendre que le patronyme Daigle a été introduit au Royaume-Uni en 1066 avec Guillaume le Conquérant. Tout le monde ferait semblant de vous croire, surtout que nous trouvons des Eagle et des Dagle au Royaume-Uni.

Son hôte baissa la voix jusqu'à devenir presque inaudible.

— Mais ici aussi, les Juifs ne sont pas toujours les bienvenus.

— Vos quotas…

— Oui. On les laisse entrer au compte-gouttes, comme chez vous. L'antisémitisme se fait véhément en français, discret en anglais. Nos bienfaiteurs possèdent beaucoup d'argent. Un murmure dans des oreilles dociles leur permet d'empêcher un Israélite de devenir professeur, et les étudiants de cette confession de se multiplier.

— Et les Canadiens français qui prennent leur défense peuvent apparaître comme des indésirables…

Son interlocuteur lui adressa un demi-sourire, chipota un peu dans son assiette avant de continuer, toujours à voix basse :

— Si j'étais vous, je resterais discret. De mon côté, je ferai savoir qu'un constitutionnaliste de talent mais insatisfait se trouve dans l'établissement voisin. McPherson nous accordera la grâce de partir dans un an ou deux. À ce moment, si nous sommes en guerre, les amis des victimes de *Herr* Hitler seront peut-être devenus très désirables.

— Le mieux pour moi est de demeurer en poste jusque-là.

— En effet. Recruter un chômeur serait du plus mauvais effet.

Après cela, Renaud mangea d'un meilleur appétit. Jouir d'une position de repli allégeait sa situation.

— Maman n'effectuera pas le trajet avec nous ?

— Elle nous rejoindra demain après-midi. Elle a un rendez-vous en matinée.

Le premier accroc de Virginie à leur entente survenait dès leur première fin de semaine dans les Laurentides. Plutôt que de prendre place dans la voiture familiale pour se rendre à Sainte-Agathe, elle avait insisté pour remettre son arrivée au lendemain, avec la promesse que cela ne se reproduirait pas. Renaud ne s'en formalisait pas trop… si cela demeurait l'unique exception de la saison.

— Tu sais que dans trois semaines nous allons nous installer là-bas pour l'été, avec Julietta. Je ne voudrais pas te faire manger ma nourriture tous les jours.

— Et avec Georges. J'espère juste qu'il ne se perdra pas dans les bois. Il y a des bêtes.

Lors du retour, le jour où le chalet avait été loué, un grand événement était survenu dans la vie de la fillette : un ours noir, du bas-côté de la route, avait regardé passer l'automobile où elle avait pris place.

— Je ne pense pas qu'il voudra sortir de la maison.

Ce gros matou châtré ne chasserait jamais plus loin que son plat. Tous les mulots et les souris des Laurentides pouvaient dormir tranquilles.

— Mais d'ici là, tu devras travailler très fort, insista Renaud, avec les examens qui approchent.

— Je sais bien. En comptant les jours.

Comme tous les vendredis depuis la fin du semestre universitaire, l'avocat était allé chercher sa fille à la sortie de l'école. En attendant que Julietta ait terminé de se préparer, ils s'étaient arrêtés dans le parc situé entre les rues Bloomfield et Querbes, à un pâté de maisons au sud de la rue Bernard. Sur un banc, le père et la fille contemplaient un petit étang où s'ébattaient des canards. À ce moment de la semaine, les Juifs orthodoxes se pressaient d'effectuer leurs dernières courses avant le sabbat, engoncés dans des redingotes noires, coiffés d'un chapeau rond à la garniture de vison. Quatre d'entre eux passèrent dans l'allée devant eux.

— Je n'aime pas ces gens.

Renaud regarda sa fille un moment, avant de demander :

— Pourquoi cela ? Ils t'ont fait quelque chose ?

— Ce sont des Israélites. Ils ont tué Jésus.

— Qui t'enseigne des choses pareilles ?

— Les religieuses. C'est vrai. À Jérusalem.

Le premier contact des Québécois avec l'antisémitisme venait de là. Un livre comme *La Réponse de la race* trouvait des esprits déjà bien disposés. Elle avait levé les yeux vers lui, un peu inquiète, sentant qu'elle ne susciterait pas son approbation.

— Je sais. Il y a des années de cela, concéda-t-il.

— Mille neuf cent trente-neuf ans !

— Pas tout à fait. Jésus est mort à trente-trois ans. Tu dois soustraire.

— Mille neuf cent six.

Renaud n'allait pas lui expliquer que tant la date de la naissance du Christ que l'âge de celui-ci au moment de sa mort demeuraient des questions discutées par les historiens. Ces nuances viendraient plus tard.

— Tu sais, c'est plus de quarante fois mon âge.

La fillette ouvrit des yeux immenses. Déjà que son paternel lui paraissait très vieux, alors quarante fois plus ! Cela devenait astronomique.

— Cela signifie les arrière, arrière, arrière, et tu répètes le mot quarante fois, grands-pères de ces hommes ont tué Jésus. Si ton arrière, arrière, arrière-grand-père avait commis un crime, crois-tu que l'on devrait te détester pour cela ?

Pendant un long moment, Nadja soupesa la question.

— Non, je ne pense pas. Je ne suis pas responsable de ce qu'il a pu faire.

— Alors, tu ne peux pas en vouloir à ces hommes. Eux n'ont tué personne.

— … Peut-être.

Elle affichait les cheveux et les taches de rousseur de sa mère, l'entêtement de son père. Jamais cette fille ne se rallierait aussi rapidement à un point de vue, fût-ce celui de l'un des auteurs de ses jours.

— Il y a des gens qui te détestent, à cause d'eux.

Une quantité plutôt phénoménale de journaux entrait dans la maison de l'avenue de l'Épée. Impossible de contrôler ce qui passait sous les yeux d'une enfant curieuse. Quelques hebdomadaires nationalistes avaient conféré à Renaud le titre de « traître à la Race » dans la foulée de l'histoire de Cohen.

— Mais les Juifs ne sont pas responsables. Je suis venu en aide à l'un d'eux qui était traité injustement. Il s'agit de mon travail d'avocat. Cela a mis en colère des individus qui haïssent les Israélites.

Un autre moment de réflexion précéda une question inquiète :

— Je n'ai pas le droit de détester certaines gens ?

— Bien sûr que oui. Certains sont détestables. Toutefois, tu ne penses pas qu'il est ridicule d'abhorrer des personnes que tu ne connais pas, que tu n'as jamais vues ni entendues dire ou faire des choses mauvaises ?

— … Ils ont de drôles de façons de s'habiller.

— Comme les religieuses, ou les prêtres, ils croient que leur religion les oblige à se vêtir comme cela. Mais tous les Juifs ne le font pas.

La gamine se trouvait dans ses derniers retranchements. Elle plaida encore :

— Il y en a avec un petit chapeau sur la tête.

— Une kippa, un signe de leur appartenance religieuse. Comme toi, tu portes une croix au cou. D'autres ne portent absolument rien.

— Comme toi ?

— Comme moi. Nous allons rejoindre Julietta ?

Elle acquiesça, toujours songeuse. Main dans la main, ils remontèrent la rue Bloomfield sur une faible distance, jusqu'à l'extrémité nord du parc. Un prêtre petit de taille, arborant la calotte, interpella Renaud en déclarant :

— Cher collègue, je pense que nous sommes presque voisins.

— Monsieur le chanoine Groulx ! Bonsoir. En effet, j'ai entendu dire que vous veniez d'emménager sur cette rue.

— Oui, dans cette maison que vous voyez là-bas.

D'un geste, l'ecclésiastique désignait une majestueuse résidence de briques rouges sise à moins de deux cents pieds, sur la rue Bloomfield. L'avocat savait que des admirateurs de l'historien de la « race » canadienne-française s'étaient cotisés pour offrir au grand homme un logis à la hauteur de son rôle de guide national.

— Très belle. Vous possédez tout l'espace voulu pour élever une nombreuse famille, remarqua Renaud avec un sourire en coin. J'oubliais presque les convenances : je vous présente ma fille, Nadja.

La fillette tendit la main, en se disant « enchantée » de rencontrer monsieur le chanoine. Tout de même, les religieuses enseignaient les bonnes manières. Lionel Groulx serra la main de la gamine, lui adressa quelques paroles gentilles sans grande conviction, cherchant le moyen de répondre au coup d'épingle du père.

— Monsieur Daigle, je n'ai pas été sans remarquer que les gazettes ont eu pour vous quelques mots peu charitables, ces derniers temps.

— Seulement les gazettes qui font régulièrement l'apologie de vos ouvrages, et dans lesquelles vous avez publié abondamment. Je me console en me disant que ces publications n'atteignent qu'un tout petit tirage. J'en conclus que mes idées, assez semblables au fond à ce que l'on retrouve dans *La Presse*, sont aussi celles d'une large majorité des Canadiens français… Mais j'y songe justement, vous qui connaissez si bien les feuilles nationalistes, peut-être pouvez-vous me renseigner. Il y a quelques années, *L'Action nationale* publiait un texte franchement antisémite signé par Jacques Brassier. Je me demande qui se cachait sous ce pseudonyme, le patronyme de l'un des compagnons de Dollard des Ormeaux. J'y pense tout juste, comme Alonié de Lestres, un autre nom de plume utilisé il y a près de vingt ans. Le connaissez-vous ?

— … Quelque chose me dit que vous connaissez le ou les rédacteurs de ces deux travaux. Je m'excuse de vous abandonner, mais je dois aller lire mon bréviaire.

— Dommage, je vous aurais encore entretenu des écrivains timides, trop craintifs pour s'identifier, qui trouvent leurs pseudonymes dans le Montréal du dix-septième siècle en butte aux Iroquois, comme celui qui signe Lambert Closse. Son torchon, *La Réponse de la race*, se veut une réponse à Alioné de Lestres, l'auteur d'un texte appelé *L'Appel de la race*. Bonsoir, monsieur le Chanoine.

— Bonsoir, Mon…, commença la fillette.

Le prêtre avait brusquement tourné les talons, aussi Nadja se tut. Pendant un moment, pendue à la main de son père, elle regarda l'homme s'éloigner.

— Tu ne trouves pas que son costume ressemble beaucoup à celui des Juifs de tout à l'heure ? Même si cela ne mérite pas que tu le détestes, celui-là, tu peux penser que c'est un goujat : partir comme cela sans te saluer, sans même faire attention à ton bonsoir. Et maintenant, si nous ne nous pressons pas, Julietta va nous attendre sur le trottoir, assise sur ses chaudrons.

En réalité, tout le monde savait que Lionel Groulx avait publié un roman, *L'Appel de la race*, sous le pseudonyme d'Alonié de Lestres. Tous avaient conclu qu'il était aussi responsable de l'article antisémite de *L'Action nationale* intitulé « Pour qu'on vive. Politiciens et Juifs », signé par Jacques Brassier. Le chanoine avait pondu ces textes, l'avocat en était sûr. Et l'auteur de *La Réponse de la race* lui avait dédicacé son livre en affirmant répondre à *L'Appel*... Une jolie parenté intellectuelle, tout de même.

Même si le représentant de France-Film ne s'était pas attardé inutilement dans les locaux du Théâtre Outremont, Virginie devait presser le pas afin de passer chez elle prendre sa valise, et de là se rendre à la gare. Une minute suffit pour aller la chercher à l'étage, une autre encore pour téléphoner afin de demander qu'un taxi vienne la cueillir.

Le beau temps la convainquit d'attendre sur le perron, assise sur l'une des grandes chaises de bois. Elle en était à verrouiller la porte en sortant quand un bruit la fit se retourner. Un jeune prêtre tout souriant se tenait sur la dernière des trois marches donnant accès à la maison.

— Madame Daigle, comme je suis heureux de vous rencontrer enfin. Je suis venu à plusieurs reprises, sans jamais vous trouver au gîte.

— Voyez-vous, je travaille. Cela m'empêche de recevoir les personnes se présentant à l'improviste.

La jolie femme avait spontanément adapté son ton à celui, chargé de reproche, de l'ecclésiastique. Ce dernier, convaincu d'être l'interprète de la volonté de Dieu sur terre, n'allait certainement pas se troubler pour si peu.

— Justement, c'est un peu de votre travail dont je voulais vous parler.

Comme aucune réponse ne venait, le jeune abbé dut enchaîner :

— Je suis Armand Boies, vicaire de la paroisse Saint-Viateur d'Outremont. Votre paroisse… Vous m'invitez à entrer ?

— Je suis désolée, fit-elle avec un visage qui démentait ses paroles, j'attends un taxi. Le temps qu'il arrive, j'accepte de vous écouter.

Son interlocuteur déglutit, jeta un regard vers les grandes chaises toutes proches sans que son hôtesse ne pense à lui offrir de s'asseoir, puis se décida à continuer :

— Je veux en fait parler avec vous de votre situation familiale. Ici, en plein air, cela ne fait pas bien discret.

— À moins que l'un de nous deux ne commence à hurler, cela sera assez discret pour moi. En quoi ma situation familiale intéresse-t-elle le vicaire de Saint-Viateur ?

— … Vous n'avez qu'un seul enfant, je crois. Vous êtes jeune, visiblement en santé. Vous savez que l'Église condamne la contraception…

— Et vous venez chez moi me parler de cela !

L'expression de Virginie traduisait tout le mal qu'elle pensait de cette initiative. Son interlocuteur continuait avec son indélicatesse de brute :

— Je remplis mon devoir de pasteur. Utiliser la contraception, ou encore se livrer à des activités contre nature pour empêcher la famille, c'est bien sûr mettre en danger la race canadienne-française. C'est surtout agir contre la volonté de Dieu. En ayant recours à l'une ou l'autre de ces pratiques, vous vous méritez la damnation éternelle…

La jeune femme plissa les yeux et découvrit ses dents dans un sourire mauvais. Cet imbécile ensoutané venait de se faire une ennemie tenace.

— Mon cher petit abbé, bien que je considère que ce n'est pas vos affaires, je vous rassurerai tout de même. Mon mari et moi n'utilisons aucun moyen pour empêcher la famille, pour reprendre votre expression. Et le taxi que j'attends me permettra de le rejoindre. J'espère que nous allons baiser ce soir de la façon la plus naturelle du monde. Remarquez, nous

nous livrerons peut-être à des activités contre nature au début, quoiqu'à mes yeux, l'être le plus contre nature de nous deux, c'est vous, compte tenu du célibat dans lequel vous vous êtes engagé. Je me demande bien ce qu'il cache de turpitudes. Mais soyez certain que mes galipettes avec mon mari se termineront par l'épanchement de son sperme dans mon vagin, comme chez tous les animaux et les humains depuis les origines de la vie.

Cette femme le dépassait de toute une tête, car le vicaire se trouvait toujours dans l'escalier, gardait ses yeux verts rivés aux siens. La réponse, très nettement articulée pour qu'il n'en perde rien, l'allusion très explicite à la « chose », laissa l'abbé Boies pantois, les joues et le cou empourprés.

— Avez-vous d'autres considérations sur ma vie familiale à partager avec moi, fit-elle après un moment de silence, ou puis-je attendre cette voiture en paix ?

— ... Je suis heureux d'apprendre que vous respectez les enseignements de l'Église quant à la contraception. Tellement de gens limitent le nombre de leurs enfants pour des motifs tout à fait égoïstes, pour permettre à l'épouse de travailler, par exemple. Tout cela pour accumuler des richesses matérielles au détriment du salut éternel.

— Ce sera tout ?

— ... Ne pensez-vous pas que la charité chrétienne, en cette période de crise économique, devrait vous inciter à abandonner votre emploi afin de procurer du travail à un bon père de famille ? Dans la conjoncture actuelle, ils sont des milliers à souffrir du chômage. Certainement, compte tenu de la maison luxueuse où vous demeurez, ce travail n'est pas une nécessité.

Décidément, l'homme aimait s'exposer à la langue acérée des grandes rousses. Ce devait être sa perversion.

— Mais mon cher vicaire, comme vous placez la question du logement dans la conversation, vous-même habitez le logis le plus majestueux de la paroisse. Ne croyez-vous pas que la charité chrétienne devrait vous amener à quitter le presbytère de Saint-Viateur pour un appartement plus modeste ? Vous partagez un immense édifice avec un autre vieux garçon, le curé. Combien de bonnes familles canadiennes-françaises pourraient loger confortablement là-dedans, si vous étiez un peu plus charitable ? Certainement trois ou quatre.

De pourpre, l'ecclésiastique passa au pâle.

— Écoutez, enchaîna la jeune femme, je vois venir un taxi, cela doit être le mien. Je conclus un marché avec vous : le jour où vous abandonnerez votre château et les deux ou trois religieuses qui vous servent de domestiques au profit d'honnêtes travailleurs sans logis, je donnerai mon emploi à un chômeur. En attendant, allez vous confesser de votre propre égoïsme.

Le vicaire continuait de la regarder de ses grands yeux coléreux. L'émotion l'empêchait de la traiter de salope « qui brûlerait en enfer pour l'éternité ». Un moment, il éprouva la nostalgie du bon vieux temps des bûchers de sorcières, pour les femmes de cette espèce.

— Je devine, monsieur le vicaire, que vous vouliez encore me dire combien le cinéma représentait un danger pour le salut des bonnes âmes outremontoises. Renoncez, j'ai déjà entendu tout cela. Vous devriez me laisser passer, sinon je risque de ne pas baiser aujourd'hui, alors que je suis présentement très fertile.

Après une hésitation, il s'écarta pour céder le passage. Se trompait-il, ou le déhanchement de la jeune femme visait à l'aguicher ? Vraiment, quelle salope.

12

Bon Dieu, que c'était haut, un cheval ! Renaud se tenait à deux mains au pommeau de la selle. Pourtant, à l'écurie, on l'avait assuré qu'il ne risquait rien sur le dos de cet animal, voué à porter les vieilles dames et les avocats sujets au vertige.

— J'ai un beau cheval, n'est-ce pas ?

Devant lui, Nadja se tortillait sur sa monture, désireuse de voir tous les arbres, les arbustes, les pierres même qui bordaient le sentier. Puis quand la nature environnante lui laissait un moment de répit, elle se penchait sur l'encolure de la bête pour lui faire un câlin. Dans une heure, elle voudrait certainement ramener l'animal à la maison.

— Très beau. Tu ne crois pas que tu devrais rester bien assise sur ta selle, et regarder où tu vas ?

— Bah ! Le cheval connaît son chemin. Tu vois, c'est mieux que ton auto : toi, tu ne peux pas lâcher le volant sans te retrouver dans le décor.

Pour le lui prouver, elle levait les mains vers le ciel.

— Tout de même, tu devrais faire un peu attention.

Cette phrase, elle l'entendait tous les jours ! Heureusement, les mots glissaient dans son esprit comme l'eau coulait sur le dos d'un canard. Son « Oui, oui » distrait ne s'accompagnait d'aucun changement dans son comportement.

— Tu crois que l'on pourra revenir ? implora-t-elle après un moment.

— Toutes les semaines, si tu veux.

Les adieux déchirants entre la fillette et la monture se trouvaient retardés jusqu'en septembre. La scène n'en deviendrait que plus larmoyante. Elle émit une onomatopée joyeuse, fit une caresse un peu plus appuyée à son cheval.

— Je pourrai apporter l'appareil photo ?

— ... Oui, bien sûr.

Nadja présentait des joues rouges. Juin commençait par de belles journées ensoleillées, mais fraîches. Le plein air ferait sans doute le plus grand bien à une couventine résolue à terminer ses études primaires première de sa classe. Cela valait bien des heures d'inconfort, aux yeux du père poule.

Sur le quai de la gare de Sainte-Agathe-des-Monts, la grande rousse attira l'attention de quelques hommes. Ils furent déçus de voir la même en format réduit, pas encore sortie de l'enfance, mince au point d'être filiforme, se précipiter vers elle en criant :

— Maman, nous sommes allés faire de l'équitation !

Deux bras maternels se refermèrent sur elle, pour la soulever de terre et la couvrir de baisers. Personne, parmi les témoins de la scène, n'aurait pu deviner qu'elles s'étaient quittées un peu plus de vingt-quatre heures plus tôt, tant était grand le plaisir des retrouvailles.

— Papa m'a dit que nous irons toutes les semaines.

Renaud venait de les rejoindre. En serrant sa femme contre lui, il lui murmura à l'oreille :

— Damné canasson. J'ai les couilles en compote.

— Ne t'en fais pas, je béquerai bobo tout à l'heure.

Devant les yeux étonnés de son époux devant une offre pareille, elle ajouta d'une voix normale :

— Un ordre impératif du vicaire de notre paroisse... Bon, j'interprète un peu ses paroles, mais je suis tout de même fidèle au message. Je t'expliquerai.

— Dans ces conditions, je répéterai vraiment l'expérience toutes les semaines. Si c'est avec l'assentiment du curé en plus...

Nadja avait pris la main gauche de sa mère et Renaud, la droite. La maison ne se trouvait pas trop loin, sur le Chemin-Tour-du-Lac. À leur arrivée, Julietta sortit de la cuisine en s'essuyant les mains sur une serviette pour venir les saluer.

— Bonjour, fit la jeune femme. Mes deux garnements ne vous ont pas fait la vie trop difficile ?

— Pas du tout. En fait, je ne les ai pas vus de la journée, sauf ce matin. Le repas sera prêt dans une heure. Un rôti. Si vous le permettez, Nadja pourrait m'accompagner pour une promenade au bord du lac. Je n'ai encore rien vu des environs.

Une petite ruse pour laisser un moment d'intimité aux époux, comme s'ils avaient eu le temps de se languir l'un de l'autre depuis la veille.

— Ce serait une excellente idée, n'est-ce pas Nadja ? fit la mère en contemplant son mari, qui marchait les jambes un peu écartées.

Au moment de se présenter aux bureaux montréalais du Congrès juif canadien, Arden Davidowicz remarqua les regards inamicaux d'hommes qui, à peine deux semaines plus tôt, se seraient précipités vers lui afin de lui raconter leurs malheurs et de l'implorer d'utiliser toute son influence de député afin de les tirer du pétrin. Les suppliques les plus fréquentes concernaient des parents qu'ils souhaitaient faire sortir d'Europe.

Aujourd'hui, leurs regards n'auraient pas été différents s'il avait eu la peste. Dans les circonstances, mieux valait ne pas s'attarder dans la salle de réunion ou la bibliothèque, où des hommes discutaient avec animation de sujets politiques ou religieux.

Au premier coup sur la porte, un « Entrez » impatient vint du bureau du président de l'organisation. Un instant plus tard, Arden Davidowicz prenait place devant un bureau de chêne couvert de brûlures de cigarette. Toute la pièce, encombrée d'étagères ployant sous l'abondance de la documentation, rappelait que le Congrès devait, avec des ressources extrêmement limitées, venir en aide à de très nombreux Canadiens de religion juive, sans compter tous leurs coreligionnaires dispersés à travers le monde qui cherchaient un havre de paix.

— Monsieur Davidowicz, commença Samuel Bronfman, je vous offre mes plus sincères condoléances pour la perte que vous venez de subir.

— Je… je vous remercie beaucoup.

Le député retrouva la mine du veuf éploré, mais tout de suite la plus grande curiosité domina son expression. Le grand homme ne l'avait certainement pas dérangé pour lui dire cela en personne, un simple billet aurait suffi. Son interlocuteur ne le fit pas languir très longtemps :

— Puisque vous voilà libre, je suppose que la police a été satisfaite de votre alibi. Des rumeurs circulent sur les hypothèses que vous avez émises en ce qui a trait aux coupables de ce meurtre. Pouvez-vous me les répéter ?

— J'ai reçu de nombreuses lettres de menaces de la part d'antisémites. Je pense que l'un d'eux est passé à l'action.

— Je reçois aussi des lettres de ce genre. Mais comme vous le voyez, je suis toujours en parfaite santé. Et vous aussi, vous en conviendrez. De plus, vous recevez des menaces, mais c'est votre femme qui est tuée.

— Je crois que j'étais la cible : comme elle était seule à la maison, le tueur a sans doute voulu éliminer un témoin gênant. De plus, ces lettres étendaient parfois les menaces à ma femme et à mon fils.

Assassiner son épouse semblait un coup d'éclat bien douteux. Rien qui puisse avoir un effet politique positif pour les auteurs du crime.

— Vous avez ces missives ? questionna encore Bronfman.

— Non. Elles sont entre les mains de la police.

— Elles portaient des signatures ? insista encore le président du Congrès.

— Évidemment non. Ces gens-là demeurent trop lâches pour révéler leur identité.

— Alors comment savez-vous que les nazis les ont écrites ?

L'homme d'affaires avait des sources d'information dans tous les milieux : Davidowicz n'avait pas encore évoqué les nazis, seulement des antisémites. Le député réalisait combien les yeux de Bronfman pouvaient se faire inquisiteurs. L'homme fixait sur lui un regard d'acier : toute sa résolution semblait s'y concentrer. Après avoir essayé de le soutenir, le médecin affecta de s'intéresser aux photographies qui couvraient les parties des murs laissées libres par les étagères. La plupart montraient des personnages influents de la diaspora juive. Les autres concernaient les colonies établies en Palestine. Des Israélites tentaient de recréer dans ce territoire sous juridiction britannique, qui leur avait appartenu près de deux mille ans plus tôt, un « foyer national » où personne ne pourrait attenter à leur sécurité. Cela ne se faisait pas sans heurts : tous les jours ou presque les journaux évoquaient les affrontements violents entre colons juifs et habitants arabes. La référence la plus lugubre de l'été à ces événements paraîtrait bientôt dans *La Patrie*, le titre en serait « Une pluie de membres sanglants » : ceux de dix-huit Arabes réduits en pièces par une bombe.

— Comment savez-vous que ces lettres anonymes venaient des nazis ? insista Samuel Bronfman.

— Certaines portaient, en guise de signature, des mots comme « Un Casque d'acier », ou alors « Une chemise noire ».

— Des mots que vous et moi pourrions mettre au bas d'une feuille de papier ! Cela ne constitue pas une preuve. J'aimerais bien voir ces missives.

À une invitation de ce genre, venue d'un homme aussi puissant, Davidowicz ne pouvait opposer qu'une seule réponse :

— Peut-être pourriez-vous les obtenir du capitaine Tessier, du service de police d'Outremont. Je suppose que vous avez vos entrées à l'hôtel de ville.

Le financier lui adressa un sourire déçu avant de répondre :

— Malheureusement non. Au contraire, ce serait très mal vu : la solidarité des Youpins, même quand il s'agit d'un crime odieux, pour manipuler la justice. Quelqu'un d'autre a vu ces lettres ?

— Quelques collègues d'Ottawa à qui je les ai montrées. Et puis ma… ma maîtresse, bien sûr.

— Des témoignages d'inégale qualité. Personne d'autre ?

— Mon avocat, Renaud Daigle. Ma compagne – ce mot semblait bien moins obscène à Davidowicz que celui de maîtresse – lui a montré celles que j'avais reçues à mon bureau, au Parlement. C'est lui qui a trouvé celles qui avaient été postées à la maison et les a remises aux policiers.

Quelle initiative opportune, réfléchit le financier. Non seulement cet avocat et la maîtresse du député avaient conjugué leurs efforts pour sortir l'accusé de prison, mais ils avaient procuré aux policiers une piste à suivre. Les procureurs se montraient rarement aussi attentionnés pour les enquêteurs.

— Ce Renaud Daigle, qui est-il exactement ? s'enquit Bronfman.

— Un constitutionnaliste né à Québec, formé à Oxford, revenu après un séjour comme chargé de mission au Haut-Commissariat canadien à Londres. Aussi longtemps que le Parti libéral a été au pouvoir à Québec, il a rempli certains mandats pour le gouvernement provincial. Cela a été heureux pour lui, car les conservateurs au pouvoir à Ottawa ne lui auraient jamais donné un cent. Quand le gouvernement de Taschereau a été balayé par l'Union nationale de Maurice Duplessis en 1936, la chance lui souriait toujours. Les libéraux de King étaient revenus au gouvernement à Ottawa. Comme son ami Ernest Lapointe jouissait du statut de ministre de la Justice, Daigle pouvait profiter des largesses du gouvernement fédéral. Depuis trois ans, il remplit divers mandats pour la Commission royale d'enquête sur les relations entre le *dominion* et les provinces.

— Laquelle devrait conduire à la naissance d'une politique de sécurité sociale semblable à celles qui existent au Royaume-Uni, en Allemagne ou même aux États-Unis. Les journaux commencent à évoquer la création d'une médecine publique, accessible à tous.

Plutôt que des journaux, Davidowicz pensait que le financier tirait ses informations du cabinet lui-même, qui devait tâter le terrain auprès des grands capitalistes avant de s'aventurer dans des politiques sociales aussi avant-gardistes.

— Ce ne sera pas pour tout de suite, précisa le député, mais l'assurance-chômage formera sans doute la plate-forme libérale lors de l'élection prévue pour l'automne prochain.

— Mais quel curieux choix vous avez fait : un constitutionnaliste, aussi compétent et proche du Parti libéral soit-il, pour vous tirer d'affaire face à une accusation de meurtre. Si vous me l'aviez demandé, j'aurais pu non seulement vous recommander le meilleur criminaliste du pays, mais aussi le convaincre de vous faire un prix.

À ce sujet, Bronfman se révélait du même avis que l'avocat. Davidowicz jugea inutile de le préciser à son interlocuteur.

— C'est un vieil ami de ma compagne, qui se trouve être la secrétaire d'Ernest Lapointe. De plus, par le passé l'homme s'est occupé de quelques histoires retentissantes dont personne n'osait se charger. Et puis le hasard a voulu que juste la veille du meurtre je lui aie demandé de dire un mot à son ami ministre de la Justice au sujet des réfugiés du *Saint-Louis*. Sur le coup, dans l'excitation du moment, cela m'a semblé une bonne idée.

— Oh ! Elle n'était pas mauvaise, puisque vous voilà devant moi, libre. Tout de même, ce choix me paraît curieux, même si cet homme montre de la sympathie envers notre communauté.

Samuel Bronfman marqua une pause, puis il enchaîna en cherchant une liasse de documents sur une étagère pour la poser devant lui, prêt à passer à un autre sujet:

— Monsieur Davidowicz, je vous remercie d'avoir accepté de répondre à mes questions. Je comprends combien évoquer un sujet aussi délicat doit être difficile pour vous.

Ces derniers mots semblaient être un congédiement poli. Le médecin resta un moment interdit, les fesses posées sur le bout de sa chaise, puis il demanda:

— Que pensez-vous de l'idée de convoquer la presse afin de faire connaître les menaces que j'ai reçues? Visiblement, les policiers n'ont aucune intention d'enquêter du côté des associations fascistes. Quelques articles dans les grands journaux ne leur laisseraient plus le choix.

— Nous sommes dans une situation fort délicate: alors que les menaces viennent de tous les côtés, nous devons chercher de l'aide en faisant preuve de discrétion, afin de ne pas soulever l'opinion publique contre nous.

— Mais il y a eu un crime odieux. Au contraire, cela nous amènerait la sympathie de la population.

— Je ne peux pas vous forcer à suivre ma stratégie, bien sûr. Je demeure toutefois convaincu que la discrétion est de mise. Je vais m'occuper de votre affaire, car elle m'inquiète beaucoup. Mais ce sera à ma façon. Merci encore de votre franchise face à toutes mes questions.

Cette fois, insister aurait été du plus mauvais goût. Aussi Davidowicz s'esquiva après une poignée de main.

Les événements des deux ou trois dernières semaines avaient contraint Renaud à négliger ses affaires personnelles. Le lundi matin suivant, pendant des heures, les cours de la Bourse retinrent toute son attention. Au moment où il s'apprêtait à aller récupérer sa fille à la sortie des classes, la sonnette de la porte d'entrée retentit. Comme toujours, la vue d'un employé de la compagnie de télégraphe provoqua une contraction de ses intestins. Même si aucun de ses proches ne se trouvait à l'article de la mort, ce moyen de communication n'amenait que rarement de bonnes nouvelles. Son soulagement s'accompagna d'une grande surprise quand il lut: «*Monsieur Samuel Bronfman vous prie respectueusement de venir le rencontrer demain matin à neuf heures, aux bureaux de la compagnie Seagram.*»

Pourquoi diable le baron de la finance voulait-il le voir? Sa présence, il le devinait, était plutôt requise devant le président du Congrès juif canadien! Samuel Bronfman, à la tête d'un empire dont la production d'alcool demeurait la pierre angulaire, dirigeait cette association depuis le mois de mars 1939. Un peu auparavant, il avait accédé à la présidence du Comité pour les réfugiés de cette même société. L'homme d'affaires pouvait donner une nouvelle vitalité à cette organisation peuplée d'idéalistes dont l'action n'avait pas été très efficace jusque-là. Déjà, cette famille s'était dévouée pour sa communauté, puisque son frère Allan avait été à l'origine de la fondation de l'Hôpital général juif de Montréal.

À l'heure convenue, Renaud Daigle se présenta à l'entrée de Mallett House, une majestueuse maison de pierres brunes située sur Mountain Street, le siège social de la Seagram. Élégant, l'édifice avait été construit une quinzaine d'années plus tôt, à proximité de l'Université McGill. Dès son arrivée dans le hall, une secrétaire plutôt grande et athlétique l'accosta d'emblée en lui disant:

— Monsieur Daigle? Monsieur Bronfman vous attend.

Deux minutes plus tard, elle le faisait entrer dans une pièce aux boiseries finement sculptées. Devant un foyer d'énormes proportions, une table de bois précieux faisait office de bureau. Un homme chauve, haut de taille et plus très mince, au costume sombre, se leva pour venir à sa rencontre en lui tendant la main:

— Maître Daigle, je vous demande pardon de la façon cavalière dont je vous ai prié de venir me voir. Seule la situation m'a incité à ce manque de délicatesse.

— Je m'en remettrai, murmura l'avocat amusé de tant d'onctuosité. J'ai été plutôt intrigué par l'invitation.

— Veuillez prendre place, je vais essayer de soulever le voile sur ce mystère.

Du geste, Bronfman désigna un grand fauteuil recouvert de cuir.

— Je peux vous offrir quelque chose ?

— Il est un peu trop tôt pour l'un de vos excellents whiskies. Autant m'abstenir.

La secrétaire prit ces derniers mots pour un congédiement et s'esquiva. Le financier s'assit sur le siège voisin du sien, croisa les jambes, réunit ses deux mains devant lui et commença :

— Vous êtes intervenu auprès de monsieur Lapointe afin d'obtenir l'entrée des passagers du *Saint-Louis* au Canada. Nous, je veux dire le Congrès juif et moi, vous en sommes très reconnaissants.

— Sans aucun succès, j'en ai bien peur.

— Tout de même, vous avez pu montrer au politicien que tous les Canadiens français ne forment pas un bloc antisémite. Peut-être finira-t-il par conclure qu'un peu plus de générosité ne provoquerait pas une levée de boucliers.

Comment diable cet homme pouvait-il connaître aussi bien la teneur de sa conversation avec le ministre de la Justice ? Probablement parce qu'il avait dû vivre exactement la même un peu plus tôt.

— Mais un autre sujet m'a amené à vouloir vous parler, en lien avec le premier. Vous avez accepté de représenter Arden Davidowicz, aux prises avec cette malheureuse histoire, à la demande de ce dernier et de monsieur Lapointe.

Cette fois, Bronfman montrait qu'il possédait des sources d'information au sein du cabinet lui-même. Sans doute étaitce le cas pour tous les entrepreneurs de cette envergure.

— Je dois admettre que ce fut un peu à mon corps défendant.

— Cet homme vous semble-t-il innocent ?

— Son alibi paraît de béton. Le Procureur général a renoncé à porter des accusations contre lui.

— Vous ne répondez pas vraiment à ma question, et je comprends votre prudence. Aussi longtemps qu'un coupable n'aura pas été identifié, le doute subsistera à ce sujet. Davidowicz a déjà révélé à des amis qu'il craignait subir un jour une attaque de la part des nazis. Cela vous semble plausible ?

Son interlocuteur avait tout à fait raison. Le seul moyen de lever tous les soupçons serait de trouver le responsable. Cela permettrait en prime au politicien de poursuivre sa carrière, en suscitant un important capital de sympathie envers lui.

— Les menaces ont été formulées, j'ai vu des lettres. Néanmoins, je conserve un doute. Jamais les troupes d'Adrien Arcand ne se sont livrées à des actions violentes.

— Tout de même, quelques échauffourées ont eu lieu, remarqua Bronfman.

— Entre quelques coups de poing sur la gueule et une balle dans la tête d'une femme innocente, il y a un pas qui me semble démesuré.

Pendant un instant, l'homme d'affaires ferma les yeux, porta ses mains sous son menton, perdu dans ses réflexions. Quand il prit la parole à nouveau, ce fut avec une certaine lassitude :

— Moi aussi, cela me paraît improbable. Cependant, si le mouvement nazi local évolue dans cette direction, je voudrais figurer parmi les premiers à le savoir. Je suppose que vous n'avez aucune affinité avec ce milieu.

— Les nazis ? Aucune, et aucun désir d'en avoir un jour. Je ne suis pas assez athlétique pour eux, de toute façon.

L'homme d'affaires répondit par un sourire. Comme leurs homologues allemands, les nazis du Canada valorisaient les activités physiques et aimaient se montrer en culotte courte, la poitrine bombée, en plein air.

— Si Davidowicz a commis ce meurtre, j'espère que son alibi s'effritera et qu'il terminera sa vie en prison, ou au bout d'une corde, signifia Bronfman d'une voix ferme. Cependant, sa maîtresse peut témoigner de toutes ses allées et venues pendant une fin de semaine complète, selon ce que j'ai appris… Toutefois, si les craintes du député se révèlent fondées, je ne suis pas certain que les enquêteurs consentiront tous les efforts pour découvrir un coupable dans les milieux fascistes.

Ce que l'entrepreneur voulait dire, c'était que la popularité des idéologies de droite au Québec laissait supposer que des sympathisants devaient se trouver à tous les échelons de l'appareil judiciaire et policier.

— Je serais porté à faire confiance au constable chargé de l'enquête. Maintenant que la piste du mari disparaît, je présume qu'il orientera ses recherches de ce côté.

— Mais ses supérieurs risquent de le mettre très vite aux trousses d'un fraudeur ou d'un voleur d'automobile. L'affaire Davidowicz est terminée pour eux.

— J'en ai peur.

Bronfman posa ses mains bien à plat sur les accoudoirs de son fauteuil avant de proposer :

— Voudriez-vous enquêter dans cette direction ?

— … Je ne suis pas certain de vous comprendre.

— Accepteriez-vous de vérifier pour moi si les fascistes d'ici sont susceptibles de passer au terrorisme, comme les Européens qui les inspirent ?

Renaud ne cacha pas sa surprise. Après une pause, il fit remarquer :

— Vous vous trompez sur la personne. Je suis un avocat, je tâte un peu des affaires, je donne des cours de droit constitutionnel. Le travail de détective ne fait pas partie de la liste de mes compétences.

— Ce serait plutôt un travail d'analyse. Pour la détection proprement dite, je profite déjà d'un informateur sur le terrain. Cependant, je ne suis pas certain que celui-ci sache toujours tirer tout leur sens des informations recueillies.

— Vous voulez dire qu'un homme à vous a infiltré les milieux nazis ?

— Pour quelqu'un comme moi, l'ignorance serait très dangereuse. Voyez comment mes coreligionnaires se trouvent maintenant coincés dans le Reich allemand…

— … Alors que *Mein Kampf* a été publié en deux tomes, en 1925 et 1926. Personne n'est justifié là-bas de n'avoir rien pressenti.

— Exactement.

Bronfman lui adressa un petit sourire attristé. Ce mélange d'initiative audacieuse et de réflexion prudente expliquait sans doute les succès commerciaux de son hôte.

— Je ne comprends toujours pas ce que vous attendez de moi.

— Simplement, rencontrez l'un de mes employés, écoutez ce qu'il pourra vous raconter, éventuellement guidez sa curiosité, analysez les données recueillies et faites-m'en rapport. En un mot, venez me dire si d'après vous, oui ou non, les milieux fascistes sont susceptibles de déraper vers la violence. Et si en passant vous apprenez qui a tué Ruth Davidowicz…

— Je ne vois pas ce qui vous fait croire que je pourrai effectuer un travail semblable.

— Bien sûr, je vous paierai…

De la main, Renaud fit un geste pour indiquer son désintérêt de la question.

— Vous n'avez rien accepté de Cohen non plus, remarqua Bronfman. Tôt ou tard, vous pourrez vous présenter à lui et soumettre votre créance. Moi, je vous paierai, nous serons quittes à la fin de cette histoire. Tout de même, cela fait de vous un individu dangereux, cette propension à lever le nez sur une rémunération. Un esprit libre…

Ce diable d'homme savait aussi pour le jeune interne. Les nationalistes avaient peut-être raison de prêter une grande solidarité à la communauté juive. Des siècles d'expériences dramatiques expliquaient sans doute cette attitude. Alors que les secondes s'égrenaient, l'avocat en venait à penser que l'idée n'était pas si bête, après tout. L'interprétation des informations glanées dans les milieux fascistes exigeait une bonne connaissance de la société canadienne-française, pour différencier les coups de gueule qui n'iraient pas plus loin des véritables menaces, en même temps qu'une certaine distance vis-à-vis d'elle. Au fond, quelqu'un comme lui qui, devant ses concitoyens, ressentait souvent un sentiment d'inquiétante étrangeté. Même la gendarmerie royale à cheval — la *Royal Mounted Police* — ne devait pas posséder cette capacité d'analyse.

— À tout le moins, accepteriez-vous de rencontrer mon informateur ?

Pendant un moment, Renaud demeura silencieux, puis se laissa lentement gagner par la curiosité.

— Cela ne me fera pas de mal, une petite conversation.

— Je vous remercie.

Arrivé à ses fins, Bronfman paraissait prêt à se lever, disposé à se livrer à des tâches importantes dès que son visiteur viderait les lieux. Aussi l'avocat quitta son siège, s'inclina en disant « Monsieur » et se dirigea vers la porte. Avant de la lui ouvrir, son hôte dit encore :

— Très bientôt, vous serez invité à une rencontre discrète.

— J'espère simplement ne pas connaître le même sort que Mata Hari.

Cette femme, une danseuse sulfureuse, avait expié devant un peloton d'exécution le fait d'avoir espionné les Français au profit des Allemands pendant la Première Guerre mondiale.

13

Alors qu'il reprochait volontiers à sa femme de travailler de trop longues heures, Renaud se permettait tout de même de venir la retarder de temps en temps quand un sujet le préoccupait un peu trop. Le nouveau mandat reçu de l'industriel comptait dans la liste de ceux-ci. Le bureau de la gérante du Théâtre Outremont fournissait un cadre idéal à ces échanges.

— Tu as accepté de lui servir d'espion ? fit-elle, amusée par le récit de la rencontre de la matinée.

— Je suppose qu'interpréter les informations recueillies par un autre, c'est juste un peu plus noble que regarder soi-même par les trous de serrures.

— Ce genre de mandat devrait te faire riche… aussi riche que la famille Trudeau ?

Pendant des années un avocat, Charles-Émile Trudeau, avait représenté les Bronfman devant les tribunaux, à une époque où les lois sur la prohibition rendaient la vie difficile à un producteur d'alcool. Les honoraires et les bons conseils financiers de son employeur lui avaient profité. Au moment de liquider les pétroles Champlain, l'entreprise créée par l'avocat, le résultat de la transaction lui donna de quoi mener une existence de dilettante… pour lui et les générations à venir de sa famille. Si la mort, survenue en 1934, empêchait Charles-Émile d'en jouir, ses enfants le feraient. Un fils, Pierre, pourrait étudier et voyager longuement avant de devenir professeur de droit.

Renaud se chargeait de verser du thé dans de petites tasses de porcelaine blanche tout en répondant en riant :

— Je serais très surpris d'atteindre de tels sommets.

— Comment vas-tu faire ? Parcourir les rues à la recherche des nazis et leur demander s'ils ont tué Ruth Davidowicz ?

— Non, je te l'ai dit, Bronfman a quelqu'un dans leurs rangs.

— Il a son propre réseau d'espionnage ?

L'idée semblait tellement étrange à la jeune femme que l'ironie teintait sa voix.

— Il paraît que oui. Selon lui, le contraire serait très dangereux. Mieux vaut ne pas être le dernier à apprendre qu'il existe une conspiration contre les Juifs, quand on appartient à cette communauté.

— Surtout quand on a autant à perdre que lui. Comment vas-tu rejoindre cet informateur ?

Virginie buvait son thé à petite gorgée, songeuse. Depuis qu'elle connaissait Renaud, elle l'avait vu s'engager dans de nombreuses entreprises *don quichottesque*s, mu à la fois par un désir de justice et une insatiable curiosité.

— D'après ce que j'ai compris, quelqu'un me contactera.

— Sais-tu où, et quand ?

— Aucune idée.

D'abord, il ne se passa rien, tellement que Renaud pensa que Bronfman devait avoir changé d'idée. Puis, le jeudi, une lettre sans aucune trace de sa provenance lui fixait un rendez-vous au milieu de l'après-midi du jour suivant, à la cafétéria du grand magasin Dupuis Frères. L'établissement de plusieurs étages, dressé au coin des rues Berri et Sainte-Catherine, se présentait comme la maison de commerce des Canadiens français. L'idée semblait excellente : à cette heure du jour, la clientèle exclusivement féminine papotait au-dessus de tasses de thé ou de café et de petits gâteaux. L'avocat essaya de passer inaperçu derrière le numéro du matin de *La Presse*. Une tasse à portée de main, son chapeau de paille sur la chaise à côté de lui, il s'absorba dans la lecture pendant une demi-heure, au point de sursauter au moment d'entendre :

— Monsieur Daigle, je suppose ?

Renaud leva la tête pour voir devant lui un homme de taille moyenne, le visage émacié, des lèvres minces s'ouvrant sur des dents carnassières. Au vêtement, on devinait un ouvrier : une vareuse de toile bleue et une chemise à carreaux, des pantalons bruns. Les yeux gris immobiles, avec dans le regard une lueur inquiétante parfois, laissaient toutefois pressentir une occupation moins innocente.

— Oui c'est moi, monsieur...

— Alfred Côté fera très bien l'affaire, fit l'autre en tendant la main.

Machinalement, Renaud se leva à demi pour la serrer, indiquer d'un signe la chaise devant lui.

— Désolé pour le petit retard, mais je tenais à m'assurer que personne ne s'attachait à vos trousses.

— Vous... vous croyez que quelqu'un pourrait me surveiller ?

— Je ne sais pas, mais je préviens les mauvaises surprises. Mes relations habituelles se surprendraient de me voir avec un avocat d'Outremont qui se lance à la défense des internes juifs.

— Vous devez redoubler de précautions quand vous rencontrez votre employeur.

— J'aimerais que vous ne fassiez jamais allusion à cette personne. Le secret professionnel est pour moi plus vital qu'il ne le sera jamais pour aucun avocat.

Quelque chose dans le ton fit comprendre à Renaud que mieux valait ne jamais transgresser cette règle. Chercher à deviner dans quelles circonstances Bronfman avait recruté un pareil personnage, quel genre de service il avait pu lui rendre au fil des ans, occuperait de longues heures, sans jamais lui permettre de trouver quoi que ce soit.

— Entendu. Vous devez toutefois m'entretenir de vos découvertes. Vous êtes proche des milieux nazis ?

— Je suis membre du Parti de l'Unité nationale, à la tête des légionnaires.

L'homme assis devant Renaud faisait face au mur. Tout de même, sa voix devint un murmure. Quand une serveuse vint prendre sa commande, il se contenta d'un café. Ce ne fut qu'après que la jeune fille le lui ait apporté que l'avocat enchaîna :

— Je ne suis pas familier avec cette organisation. En quoi consistent ces légionnaires ?

— Nous sommes presque tous des vétérans de la Grande Guerre. Nous représentons le bras armé du Parti, en quelque sorte, inspiré à la fois des Sections d'assaut de Hitler et de la Légion étrangère en France.

— Il y a aussi les Casques d'acier.

— Un autre bras armé…

Côté eut un sourire cynique.

— Ces gens-là aiment se donner une allure virile, martiale. Les uniformes les plus sinistres, les marches, l'entraînement militaire, les séjours en forêt, entre hommes, tout cela pour réveiller en nous les valeurs guerrières de nos ancêtres de la Nouvelle-France. Alors, les corps paramilitaires se multiplient. Tout cela en calquant le plus possible ce qui se déroule en Allemagne.

— Fidèle à quel point, ce calque ? La violence…

— L'inquiétude de celui auquel vous avez fait allusion tout à l'heure. Jusqu'à maintenant, cela se limite à beaucoup de bruit.

— Personne d'assez fou pour tuer une femme ?

— Comme Ruth Davidowicz ? Improbable.

Du murmure, ils étaient passés au souffle à peine audible. Autour d'eux, les ménagères soupçonneraient peut-être un conciliabule amoureux.

— Pourquoi ne venez-vous pas les rencontrer ? continua l'informateur. Vous jugerez par vous-même si les assassins sont si nombreux parmi eux.

— Les visiter ?

— Nous recrutons. Si vous le désirez, demain je peux vous amener dans nos locaux. Ensuite, il y aura une petite fête dans une taverne.

— Normalement, la fin de semaine je dois me rendre dans les Laurentides.

Son vis-à-vis lui adressa un sourire moqueur avant de murmurer :

— Les travailleurs n'ont qu'une seule journée de congé, le dimanche. Et encore, bien des personnes n'en profitent même pas. Alors, nos rencontres ont lieu le samedi soir, monsieur l'avocat.

Une fois le mandat de Bronfman accepté, les obligations suivaient. Impossible de se dérober.

— J'irai. Où cela se passera-t-il ?

— Je viendrai vous chercher. J'espère que vous possédez des vêtements moins voyants ?

— Quelque chose de plus sombre ?

Alfred Côté laissa échapper un rire tout à fait silencieux avant de dire :

— Quelque chose de moins bourgeois prospère d'Outremont. Chez nous, les ouvriers, ou les chômeurs, sont les plus nombreux. Habillé comme vous l'êtes aujourd'hui, vous seriez visible comme un nez au milieu du visage.

— Je ne vois pas vraiment… J'ai sans doute des habits vieux de quelques années.

— Quand vous vous occupez de plomberie ou de jardinage, que portez-vous ?

Le regard de l'avocat indiqua que celui-ci n'effectuait ni plomberie, ni jardinage.

— Ça va, je m'en chargerai, consentit l'informateur. Tout de même, essayez de dénicher ce que vous possédez de plus démodé, de préférence des couleurs sombres. Je vous rejoindrai chez vous vers dix-sept heures.

— J'habite Outremont…

— … sur l'avenue de l'Épée, oui, je sais.

Bien sûr, avant d'entrer en contact avec lui, Alfred Côté avait pris ses informations. Peut-être même l'avait-il suivi un moment. Quelques instants plus tard, les deux hommes se quittaient sur une poignée de main.

Les railleries de Virginie ne lui laissèrent aucun répit. Après toutes ses remontrances au sujet de la nécessité de s'accorder des vacances, voilà qu'il se dérobait. De longues discussions lui permirent néanmoins de mettre ses deux femmes sur le train le samedi 10 juin, avec la promesse de venir les chercher à la gare le lendemain soir. Quand elle se rendit compte que Renaud ne voulait pas que les membres de sa famille soient en contact avec l'informateur de Bronfman, son épouse accepta de s'éloigner avec Nadja.

Laissé seul avec Julietta, l'avocat fouilla dans des malles à la recherche des vêtements les plus défraîchis qu'il possédait. En fait, ses plus mauvais habits dataient de deux ans à peine et ils auraient convenu à la plupart des circonstances. Le reste était allé à des œuvres de charité.

Heureusement, Alfred Côté cogna à la porte à l'heure dite, un grand sac de papier brun à la main. Après un bonjour, il expliqua en regardant son vis-à-vis des pieds à la tête :

— Je pense avoir trouvé ce qu'il vous faut à l'Armée du Salut. Ne vous inquiétez pas, on m'a assuré que le tout a été soigneusement désinfecté.

Ces mots eurent sur Renaud l'effet inverse. Pendant deux jours, il allait se gratter furieusement et demeurer persuadé de rester imprégné d'une odeur de crasse et de produits de nettoyage.

— Vous pouvez garder votre pantalon, mais voici une chemise et une veste. Votre prononciation fait un peu trop précieuse, et vous ne pourrez pas la changer assez pour convaincre qui que ce soit. Alors ce soir vous devenez un vendeur renvoyé de chez Woodhouse, une victime de la juiverie internationale.

Cette maison de commerce appartenait à des Juifs. Bien sûr, ses mains fines et sa façon de s'exprimer l'empêchaient de se fondre simplement parmi des travailleurs. S'identifier à un vendeur serait plus opportun. En mettant une chemise qui avait déjà été blanche, l'avocat remarqua :

— Vous-même ne faites pas tellement prolétaire.

— Je travaille depuis trois ans comme serveur dans une taverne. Moi aussi, il me faut une identité acceptable.

Après la chemise, Renaud endossa une veste de laine où les mites avaient laissé quelques petits trous sur une épaule. L'informateur le regarda un moment avant de conclure :

— Vous faites tout de même bien propre. Certains vont se demander si vous êtes à voile ou à vapeur. Remarquez, il paraît que ces mœurs sont populaires dans les Sections d'assaut d'Ernst Röhm. Vous ne déparerez pas l'ensemble.

— J'essaierai de me tenir le dos au mur…

L'autre ricana, insista pour se mettre tout de suite en route, en donnant une dernière directive :

— Si on vous pose la question, vous vous appelez Joseph Drolet, vous habitez dans une maison de chambre à Verdun, sur la rue Wellington. Avec un peu de chance, personne ne connaîtra trop bien ces parages. Et nous nous tutoyons.

Quelque chose disait à Renaud qu'un Joseph Drolet, grand, maigre, chômeur, une petite moustache sous le nez, vivait réellement sur la rue Wellington.

Alfred Côté avait laissé sa voiture, une vieille Ford crachotante, sur la rue Hutchison, pas trop loin de l'avenue de l'Épée. Le trajet jusqu'à la rue Marie-Anne, à proximité de l'intersection de la rue Papineau, ne prit que quelques minutes. Les deux hommes entrèrent bientôt dans un immeuble de briques brunâtres de deux étages. Au-dessus de la porte, un panneau apprit à Renaud qu'il s'agissait des locaux du journal *Le Combat national* et, à l'étage, ceux du Parti de l'Unité nationale.

À un planton en uniforme noir qui se trouvait assis derrière une table près de l'entrée, Alfred Côté présenta Joseph Drolet, « un homme que les Youpins ont envoyé au chômage ». Ce titre de gloire lui valut un « Bienvenu » distrait. Un moment plus tard, dans une petite salle servant à ranger de la documentation, l'avocat parcourait quelques brochures claironnant la nécessité de restaurer la grandeur de la race aryenne, menacée par les métèques de tous poils, principalement les Juifs. Ensuite, il put feuilleter les numéros des journaux *Le Goglu*, *Le Fasciste canadien*, et finalement *Le Combat national*. Les articles racistes affichaient une virulence inégalée dans ceux du *Devoir* ou de *L'Action catholique*. Les publicités surtout se distinguaient de celles des autres publications : la croix gammée figurait sur la plupart et des avocats, des dentistes et des propriétaires de commerce de diverses spécialités clamaient être de purs Aryens et n'accepter que des clients de la même race.

Deux heures plus tard, après avoir serré les mains d'une quinzaine de militants dans les locaux du Parti de l'Unité nationale, Joseph Drolet quittait les lieux avec une carte de membre en poche. Au sud de la rue Papineau, la Ford obliqua vers l'est sur la rue De Montigny. Au coin de Dufresne, une grande taverne laissait entrer des dizaines de personnes. Descendu de voiture, Alfred Côté enleva sa vareuse pour révéler à son compagnon sa chemise noire. Les pointes du col portaient de petites croix gammées argentées.

À l'intérieur du commerce, la fumée de cigarette prit immédiatement Renaud à la gorge. Cette odeur se mêlait à celles de la bière et de la sueur de trois cents hommes. Les deux camarades se trouvèrent assis à une table accueillant déjà une demi-douzaine de convives. Les présentations faites, Renaud assuma sans trop de mal son rôle de vendeur renvoyé de chez Woodhouse. Les autres nazis autour de la table partagèrent volontiers leurs histoires de mauvais emplois entrecoupés de périodes plus ou moins longues de chômage. Plusieurs des hommes réunis dans la grande salle devaient avoir connu les secours directs, les camps de travail réservés aux chômeurs célibataires, le porte-à-porte pour offrir de couper du bois ou pelleter de la neige en échange d'une boîte de conserve, les nuits à la belle étoile l'été, dans des refuges à trois ou quatre dans le même lit l'hiver, les soupes populaires et, pire, la main tendue pour demander la charité aux passants.

L'avocat n'apprenait rien là qu'il ne savait déjà. La crise touchait cruellement les Canadiens de toutes les origines, et les francophones avec une brutalité particulière. En cet été de 1939, un travailleur sur cinq demeurait encore privé de boulot au sein de cette communauté, alors que les journaux précisaient que la proportion était bien plus faible chez les anglophones, et microscopique chez les Juifs. Pourtant, jamais Renaud n'avait côtoyé d'aussi près les victimes des ratés du capitalisme. Sa compassion, réelle, se trouvait la plupart du temps totalement désincarnée, s'exprimant par des dons à des œuvres charitables. Alfred Côté arrivait à lui faire comprendre, sans prononcer un mot à ce sujet, que la plupart des membres du Parti de l'Unité nationale cherchaient une réponse à leur misère, un espoir en quelque sorte, que personne ne leur donnait ailleurs.

Après une heure à tousser, étranglé par la fumée de cigarette, Renaud incarnait si bien son rôle de chômeur menacé par la tuberculose que ses voisins se prenaient à penser qu'il faisait plus pitié qu'eux. Puis, une certaine commotion se produisit du côté de l'entrée. De l'une à l'autre, les personnes présentes murmuraient «le *Pontifex Maximus*». À son air intrigué, un homme à la carrure de forgeron vêtu d'un uniforme de légionnaire expliqua:

— Le *Pontifex Maximus*, le chef suprême, si tu préfères.

Le latin ne faisait pas défaut à Renaud, mais la surprise l'envahissait. Un instant plus tard, Adrien Arcand montait sur une table de l'autre côté de la salle. Il s'agissait d'un personnage brun de peau et de cheveux, les yeux noirs. Comment les défenseurs de la race aryenne pouvaient-ils si souvent marcher derrière des individus lui ressemblant si peu ?

— Camarades, camarades, cria le petit homme sanglé dans un uniforme noir décoré d'insignes argentés où dominaient les croix gammées et coiffé d'un béret noir incliné sur l'oreille droite, je suis heureux de venir vous saluer.

Dans la salle, des « Salut » goguenards rappelèrent à Renaud que les Canadiens français n'affichaient pas la discipline germanique. Cela expliquait sans doute que le fascisme à l'italienne ou à l'espagnole remportait chez eux plus de succès que le nazisme.

— Je vous invite à demeurer vigilants. Encore ces jours-ci, grâce à notre engagement, nous avons pu éviter que les Juifs nous volent un peu plus de nos emplois...

Sur ces mots, les voisins de Renaud lui adressèrent un regard chargé de pitié. Bien sûr, même si les passagers du *Saint-Louis* avaient repris la route de l'Europe, des Canadiens français se voyaient tout de même jetés à la rue.

— ... corrompre nos femmes et nos enfants avec leur immoralité, répandre le communisme, violer les religieuses, égorger les prêtres et, finalement, faire disparaître le christianisme de notre pays.

L'orateur faisait ici un curieux amalgame, très répandu pourtant. Ces crimes qu'il venait d'évoquer, les journaux québécois en chargeaient les républicains espagnols, soupçonnés de communisme. Comme les Juifs se voyaient accusés d'avoir créé – Karl Marx venait d'une famille allemande de religion juive – et de répandre cette idéologie, finalement, tous les Israélites finissaient par en assumer les crimes.

Pendant dix minutes, Arcand ressassa les mêmes thèmes sur un ton monocorde, puis quitta les lieux après un salut : le petit homme dressé bien droit claqua des talons et tendit le bras droit devant lui, orienté vers le haut, la main ouverte. Tous, dans la taverne, se dressèrent comme un seul homme et lui rendirent son salut, Renaud avec eux, en criant «*Pontifex*».

Dans les minutes suivantes, un peu partout dans la salle, de petits groupes entonnaient des chants patriotiques, repris aux autres tables. Les yeux pleins de larmes et la gorge irritée, l'avocat se tenait coi, buvait sa Labatt, profitait des silences pour échanger quelques mots avec ses voisins.

— Quel est le métier d'Adrien Arcand ? demanda-t-il à la première pause.

— Journaliste. À la grosse *Presse* des Israélites jusqu'en 1934.

Parce que *La Presse* avait eu un rédacteur de religion juive au tournant du siècle, diverses publications, dont *Le Devoir*, affirmaient qu'elle demeurait inféodée aux Juifs encore en 1939.

En 1934 le *Pontifex Maximus* avait fondé le Parti national social-chrétien, auquel le Canadian Nationalist Party de l'Ouest canadien s'était rallié. Quatre ans plus tard, les fascistes du Québec et de l'Ontario regroupaient leurs effectifs sous le nom du Parti de l'Unité nationale. L'association affichait des prétentions pancanadiennes et s'inspirait du mouvement British Union of Fascists dirigé par Oswald Mosley au Royaume-Uni. Au fond, cet homme rêvait, ou feignait de rêver tellement cela semblait irréalisable, à un empire britannique où la race supérieure, à laquelle par un curieux amalgame appartenaient les Canadiens français, régnerait sans partage sur les nations inférieures.

Tout cela, Renaud le connaissait mieux que ses interlocuteurs. Il se l'entendit toutefois expliquer par des individus que la bière rendait vaseux. Vers vingt-deux heures, après des regards appuyés, Alfred Côté se décida enfin à partir. Après les poignées de main distribuées à la ronde, l'avocat inspirait à pleins poumons l'air de la rue. Dans la Ford, il descendit la glace et inclina la tête vers l'extérieur. Dire que son épouse et sa fille dormaient toutes les fenêtres ouvertes à cinquante pieds du lac des Sables.

— Les nazis, les voilà, déclara Alfred Côté après avoir démarré. Ce ne sont pas des tueurs de femmes.

— Combien sont-ils, au total ?

— Moins de mille membres en règle.

— Les journaux ont parlé de quatre-vingt mille hommes armés…

— … une véritable cinquième colonne au service de Mussolini ou Hitler, capable de renverser le gouvernement canadien. Des conneries, oui.

Bien sûr, une fois faite la part du sensationnalisme de la presse, alimenté par la menace de guerre, les effectifs devaient être bien plus modestes.

— Parmi ce millier, personne qui aurait pu avoir envie de tuer un politicien juif ? Un homme susceptible de se rabattre sur l'épouse parce que le premier ne se trouvait pas à la maison, ou simplement pour ne pas être reconnu.

Côté hésita un instant, songeur, avant de convenir :

— Cela, impossible de le savoir. Cependant, je ne crois pas que les dirigeants de l'association aient pu commander une action de ce genre.

— Vous ne croyez pas, ou vous êtes sûr que c'est impossible ?

— … Comment pourrais-je être certain ? Je suis l'un de ces dirigeants, à titre de commandant des légionnaires. Je n'ai jamais rien entendu à ce sujet. Toutefois, je ne me trouve pas toujours dans les locaux du Parti, je ne suis pas témoin de toutes les conversations.

— Si le Parti de l'Unité nationale prenait cette direction, cela se passerait en secret, opposa Renaud.

— Mais pour avoir un impact, ce genre d'action doit être revendiqué.

Bien sûr, c'était la difficulté de cette hypothèse. Impossible de faire preuve de discrétion pour marquer les imaginations par la violence !

Pendant tout le trajet vers Outremont, l'informateur avait zigzagué dans les rues de Montréal, les yeux fixés sur son rétroviseur, afin de s'assurer de n'avoir personne derrière lui. Quelques minutes plus tard, Renaud prenait une première douche pour se débarrasser de toutes les odeurs recueillies pendant la soirée.

Personne ne peut prétendre qu'une séparation d'un peu plus de vingt-quatre heures soit bien cruelle. Pourtant, quand Renaud cueillit les deux rouquines à la gare, Nadja lui fit une fête. Un moment plus tard, alors qu'il démarrait la voiture, la gamine lui expliquait depuis la banquette arrière :

— Hier soir, comme maman était seule, j'ai partagé son lit. Comme cela, elle n'a pas eu peur.

— C'était une gentille attention de ta part, répondit son père en adressant un regard amusé à sa femme, assise près de lui, à l'avant.

Alors que le récit détaillé de la journée précédente se continuait, Renaud s'était engagé vers le sud, puis vers l'ouest, pour regagner Outremont. Au moment où il s'arrêta devant un feu rouge, le babillage provenant de la banquette arrière s'arrêta un moment, puis Nadja reprit d'une voix préoccupée :

— Tu as vu tous ces hommes, près de l'église ? Pourtant, ce n'est pas l'heure des vêpres.

Sur le côté de la grande bâtisse de pierres grises, une centaine d'hommes faisaient la file, devant une porte à l'arrière donnant vraisemblablement dans la sacristie.

— Ces hommes attendent sans doute pour la soupe, répondit l'avocat en engageant la première vitesse alors que son pied pressait la pédale d'embrayage.

— Tu veux dire que ce sont des chômeurs trop pauvres pour s'acheter à manger ?

— Probablement. Des personnes leur offrent un repas. Mais tu sais déjà tout cela.

Alors que l'automobile avançait à nouveau, la fillette se retourna pour continuer de regarder ces hommes par la lunette arrière. Bien sûr, ce genre de scène ne se produisait pas à Outremont. Si les paroisses de cette ville faisaient leur part pour soulager la misère, cela n'allait pas jusqu'à tolérer la présence de plusieurs dizaines de miséreux sur les pelouses bien entretenues des fabriques.

— Est-ce que nous les aidons ?

Le « nous » désignait la famille Daigle. La bonne humeur de la gamine faisait place à une sourde inquiétude. Depuis quelques jours les journaux avaient évoqué la faillite de Montréal. Des femmes désespérées assiégeaient les hôtels de ville partout dans la province afin de réclamer de l'aide, alors que les gouvernements provincial et fédéral se faisaient tirer l'oreille pour apporter leur contribution.

— Oui Nadja, nous les aidons, expliqua Virginie en se tournant à demi afin de voir les yeux de sa fille.

— Mais ce n'est pas suffisant, puisque tous ces hommes sont encore obligés d'aller à la soupe populaire.

— Tu as raison. Il faut espérer que les choses iront bientôt un peu mieux.

Encore une fois, Georges Minou aurait droit à de longues confidences sur les difficultés économiques au moment où la gamine irait au lit. Depuis des années, elle déversait ses inquiétudes dans ses oreilles poilues avant de pouvoir s'endormir. Quant à l'animal, il ne s'en portait pas plus mal, somnolant tout son saoul pendant un bon dix-huit heures tous les jours !

L'hon. M. Duplessis à l'aide de Montréal

LA PROVINCE CONSENT $125,000 POUR PAYER LES SECOURS DIRECTS

Grâce à l'intervention du premier ministre de la province, l'hon. M. Duplessis, les chômeurs de Montréal recevront leurs secours directs, lundi matin, comme à l'ordinaire, et la ville continuera à payer ses fonctionnaires.

À 1 heure, hier après-midi, à la suite d'un caucus de près de deux heures, le maire convoquait les journalistes pour les informer que l'hon. M. Duplessis avait avisé les banques qu'il leur ferait parvenir, pour lundi matin, un chèque de $125,000, montant requis pour le paiement des secours directs, la semaine prochaine.
Les banques feront parvenir un égal montant à la ville de Montréal, dès lundi, et le paiement des secours se fera régulièrement.
Sans cette intervention, les chômeurs n'auraient pas eu à manger, la semaine prochaine.

La Patrie, *dimanche le 11 juin 1939.*

14

Arcand la fausse couche se fait démolir à Québec

DES CHEMISES BLEUES BRUTALISENT UN JEUNE OUVRIER ET DÉCLENCHENT LA BAGARRE.

Mais Arcand a toujours sur le marché un nouveau « rackett ». Obsession ! Il a le goût inné de la pitrerie et du cabotinage. Obsession ! Ce professeur de racisme qui n'est ni blond, ni dolichocéphale, ni Aryen, mais a l'air d'un Juif d'après la couleur noire de ses cheveux, qui a l'œil mobile et inquiet du Juif, possède aussi comme le Juif le goût de l'argent et le sens inné du « rackett ». On le voit toujours dans le sillage des financiers, même étrangers. Il déclare sans broncher qu'il fera tout, prendra n'importe quel moyen pour réussir. Le pontifesse est un clown nietzchéen qui vit au-delà du bien et du mal. Et nous savons depuis longtemps que pour lui l'argent n'a pas d'odeur. Obsession !

La Nation, *23 juin 1939*[3].

Les locaux du Parti de l'Unité nationale, sur la rue Marie-Anne, comprenaient quelques salles de réunion, des bureaux où des classeurs contenaient les dossiers d'un millier de

---

3. À l'été de 1939, le petit journal publié par Paul Bouchard avait abandonné les insultes et les arguments fascistes, afin d'éviter les poursuites. Depuis qu'on l'accusait de recevoir de l'argent de l'Allemagne nazie, il attaquait Adrien Arcand à toutes les occasions pour se démarquer de ce mouvement idéologique. À ce moment, il s'affichait comme « séparatiste » et sympathique au crédit social et à son grand défenseur canadien, le premier ministre de l'Alberta William Aberhart.

membres et une abondante documentation. Dans la plus grande pièce, une demi-douzaine d'hommes en chemises noires semblaient voués à rendre l'air opaque avec la fumée de leurs cigarettes. Dans un coin, un buste d'Adolf Hitler au visage renfrogné paraissait surveiller les délibérations. Derrière lui, un drapeau nazi présentant une croix gammée noire sur un cercle blanc, au centre d'un rectangle de tissu rouge, donnait à l'ensemble une allure à la fois dramatique et morbide. Sur les murs, les photos de Mussolini et Franco complétaient la décoration.

Adrien Arcand venait de terminer sa présentation des résultats de la dernière tournée de recrutement. Le discours optimiste cadrait mal avec certains faits rapportés dans les journaux. Lors d'une assemblée publique à Québec, des chemises noires s'étaient permis de bousculer un enfant curieux. Les ouvriers du quartier Saint-Roch avaient donné aux émules des Sections d'assaut un petit aperçu des usages en société, soulignant leurs paroles de quelques taloches.

Alfred Côté commença par s'éclaircir la gorge avant de demander :

— *Pontifex Maximus*, une rumeur un peu troublante circule actuellement à Montréal, y compris parmi nos hommes. À propos du meurtre de Ruth Davidowicz…

— Quelle sorte de rumeur ? Je n'ai rien entendu.

Son visage disait pourtant tout à fait le contraire.

— Qu'elle aurait été tuée par l'un de nos membres…

— … C'est ridicule. Il faudrait poursuivre devant les tribunaux les personnes qui répètent des histoires pareilles.

L'informateur de Bronfman se sentit conforté dans sa première impression : Adrien Arcand n'entendait pas parler de cela pour la première fois.

— Comme je le disais, il s'agit d'une rumeur. Des clients de la taverne prennent des airs de conspirateurs pour me demander « Est-il vrai que… » Bien sûr, avec mon rôle à la tête des légionnaires, ils s'imaginent que je sais tout.

— Je ne suis même pas surpris que les Juifs répandent une histoire comme celle-là. Elle leur permet de jeter le discrédit sur nous, de nous salir, comme si nous étions un ramassis de voyous. Si cela se trouve, ils ont tué cette femme juste pour nous faire porter le chapeau ensuite. Au fond, depuis Moïse, cela les connaît, les sacrifices humains.

Alors que le chef disait ces mots, Alfred Côté soumettait les autres personnes présentes dans la pièce à un examen discret. Tous ces hommes semblaient plutôt ennuyés que ce sujet vienne sur le tapis, aucun n'offrait un visage marqué par la culpabilité…

— Je pourrai rétorquer qu'aucun militant du Parti de l'Unité nationale n'a trempé dans cette entreprise ?

— Bien sûr, c'est ce qu'il faut répondre. Personne n'a collaboré à ça. Seuls des traîtres à notre cause peuvent reprendre des histoires pareilles, pour nous nuire.

— Vous ne croyez pas possible qu'un membre, ou un sympathisant, ait pu poser ce geste ? Une initiative individuelle.

— Cela, comment pourrais-je le savoir ? Des centaines de milliers de personnes partagent nos idées. Le Parti ne peut pas être tenu responsable de tous les dégénérés qui pensent qu'exécuter une femme dans sa maison peut aider à régler le problème de la juiverie internationale.

En disant ces mots, Arcand fixait chacun de ses lieutenants dans les yeux, à tour de rôle. À tout le moins, chacun comprenait que tous devraient répéter cette explication. Pendant quelques jours encore, au risque de soulever les soupçons, l'informateur poserait la question à tous les chefs de section. À la fin il aurait la conviction qu'aucune personne dotée d'une once d'autorité au sein du Parti de l'Unité nationale n'avait ordonné l'exécution de Ruth Davidowicz. Qu'un dégénéré, pour reprendre les mots du *Pontifex Maximus*, se soit senti investi d'une mission de ce genre, impossible de le savoir.

La soirée passée dans une taverne au milieu de la fine fleur du nazisme montréalais avait laissé Renaud bien songeur. Le jeudi 15 juin, une fois sa femme et sa fille parties de la maison, il chercha au fond d'un placard sa chemise et sa veste de prolétaire pour les revêtir à nouveau. L'homme trouva ensuite une paire de lunettes vieille de quelques années et enroula un bout de ruban adhésif sur la pièce de la monture de corne qui reliait les deux lentilles. Chacun croirait qu'elle était cassée et réparée de cette façon. Après avoir dépeigné soigneusement ses cheveux, l'avocat s'empressa de sortir devant une Julietta interdite. Si la domestique l'avait vu chercher les amoncellements de poussière tout le long du chemin vers la rue du Parc, afin de souiller ses chaussures, sans doute aurait-elle téléphoné à Virginie pour la prier de faire venir les infirmiers de l'asile d'aliénés Saint-Jean-de-Dieu.

Visiter les quartiers les plus défavorisés de la ville forçait Renaud à s'identifier un peu mieux à la masse des laissés-pour-compte. Ceux-ci le regarderaient comme l'un des leurs, plutôt que comme un bourgeois curieux de leur misère.

Un tramway lui permit d'effectuer tout le trajet jusqu'à la rue Sainte-Catherine, un autre le conduisit à Verdun. Sur la rue Wellington, l'avocat put constater que l'adresse sur sa carte de membre du Parti de l'Unité nationale correspondait à une très modeste maison de chambre. Pendant quelques minutes, il parcourut les rues Ethel, Gertrude, Evelyn, Verdun, Joseph et Claude, jusqu'à s'imprégner de la morosité régnant dans ce quartier ouvrier. Les édifices de briques sombres, hauts de deux ou trois étages, ressemblaient le plus souvent à des boîtes d'allumettes. Les portes d'entrée donnaient directement sur le trottoir. Ici, les enfants pouvaient sans doute atteindre l'âge de raison sans jamais avoir aperçu un brin d'herbe. Même un jour de classe, des garçons, rarement des fillettes, dépenaillés erraient dans les rues. Crasseux, les membres et le visage souvent galeux, le sourire de ces jeunes affichait une abondance de caries et une infinie tristesse.

Dans cette partie de l'île de Montréal, une proportion effarante des gamins devait mourir avant l'âge d'un an. Les survivants ne pouvaient se considérer comme sortis d'affaire ensuite. Toutes les maladies infectieuses, dont la plus terrible, la tuberculose, devaient accomplir encore d'horribles ravages. Résolu à poursuivre son exploration vers l'est, Renaud Daigle décida de suivre la rue Wellington jusqu'à longer les ateliers du Canadien National de Pointe-Saint-Charles. Il parcourait là le plus vieux quartier industriel de Montréal, délimité au sud par les quais sur le fleuve Saint-Laurent, au nord-est par le canal Lachine. Les très nombreux bâtiments manufacturiers portaient invariablement un panneau avec les mots *No employment*. Non seulement les Canadiens français subissaient le chômage, mais chaque jour ces écriteaux leur rappelaient que l'économie de leur pays échappait à peu près totalement à leur contrôle.

Sur les trottoirs, malgré l'absence de tout espoir, des hommes dans la force de l'âge marchaient d'une entreprise à l'autre pour se faire répéter partout que personne n'avait besoin d'eux. Vingt pour cent des francophones du Québec se trouvaient sans emploi, plus de deux fois plus que chez les anglophones. Bien sûr, ils étaient aussi, et de très loin, les gens les moins scolarisés, condamnés à effectuer les tâches ne demandant aucune compétence, aucune connaissance. La majorité de ses compatriotes rendaient les étrangers, les envahisseurs de 1760 ou les nouveaux venus tirés des ghettos d'Europe, responsables de leurs malheurs. Renaud aurait voulu que les élites canadiennes-françaises, les porteurs de soutane en premier, se retrouvent au banc des accusés d'un véritable tribunal populaire. Ces personnes tenaient le réseau scolaire dans un état de sous-développement insupportable. Pour une génération encore, férus de catéchisme et ignorants de tout le reste, les Canadiens français demeureraient les personnes les plus faiblement scolarisées du monde occidental !

De la rue Wellington, l'avocat passa à la rue Craig. Les manufactures cédaient la place aux maisons de commerce, mais l'incessante parade des chômeurs ne ralentissait pas. Le soleil de plomb avait complété son déguisement. Sa sueur ranimait les odeurs accumulées dans ses vêtements d'emprunt, ses cheveux mouillés lui collaient au crâne. À midi, un banc du carré Viger lui permit de se reposer un peu. Encore une fois, la présence de très nombreux hommes témoignait de la morosité de l'économie. Cela augmentait la visibilité des policiers : ceux-ci devaient prévenir l'éclatement de tout désordre.

Alors que Renaud Daigle, sa veste bien pliée sur le bras afin de profiter de la légère brise pour assécher ses aisselles, s'épongeait le front avec son mouchoir, un individu vint prendre place à côté de lui. Dans la jeune trentaine, le veston de laine qu'il avait sur le dos s'ornait de quelques accrocs : un vestige de jours meilleurs, ou alors un don d'une société charitable. Dans une main, le chômeur tenait une boîte de conserve, il cherchait dans ses poches avec l'autre. Après un moment, il en extirpa un ouvre-boîtes.

— C'est complètement ridicule, murmura-t-il entre ses dents.

— Pardon ?

— Une boîte de conserve. Il y a des gens qui se promènent avec une boîte de conserve pour la donner aux porteurs.

Devant les yeux interrogateurs de Renaud, l'homme dut se résoudre à expliquer :

— Nous sommes une vingtaine à venir tous les jours à la gare Viger afin de porter les valises des voyageurs de leur voiture jusqu'au train. Dans l'autre sens, les Nègres nous font la guerre : c'est leur territoire.

La station Viger se trouvait au sud du parc, juste de l'autre côté de la rue Craig. L'avocat comprenait l'allusion : depuis le siècle dernier, les compagnies ferroviaires embauchaient des Noirs comme porteurs ou pour faire le service dans les wagons de passagers. Bien naturellement, ces personnes devaient tout tenter pour empêcher les chômeurs de porter les valises à leur place.

— Il y a des types qui partent de chez eux le matin avec une boîte de conserve dans leur poche quand ils viennent prendre le train, continuait son interlocuteur. Plutôt que de recevoir une pièce de monnaie, je me retrouve avec cette boîte de fèves au lard Clark.

— Il ne voulait pas que tu boives son aumône.

Sans réfléchir, l'avocat passait tout naturellement au tutoiement prolétarien. Les journaux revenaient souvent sur la nécessité de donner des secours directs en nature, ou alors sous la forme de « bons » échangeables contre des produits de première nécessité. Ces précautions reposaient sur la conviction que tous les pauvres souffraient de tares morales : avec quelques sous dans leur poche, ils souhaiteraient se saouler au lieu de nourrir leur famille.

— Je sais. Tu peux me dire en quoi cela dérangerait ce gros cochon, que je prenne son dix cents pour aller boire une bière ? Quand on vit dans la merde, faut-il absolument être privé de tous les moyens d'évasion ?

Cet homme avait eu la chance d'acquérir un petit morceau d'éducation, pensa Renaud, ou alors l'inactivité lui avait laissé le loisir de réfléchir un peu sur la condition humaine. Tout en parlant, il avait ouvert sa boîte de conserve, relevé le couvercle au rebord tranchant comme un rasoir, et pêché une cuillère dans l'une de ses poches. Ce n'était certainement pas la première fois que quelqu'un le payait en nature.

— Tu en veux ? offrit-il en lui tendant le contenant.

— Non... non merci. Je sors de la soupe...

Catholiques, protestants et juifs multipliaient les missions destinées à donner une soupe fumante aux sans-emploi. La plupart des sacristies d'église, des temples et plusieurs synagogues voyaient des files d'attente se former à l'heure des repas.

— Au moins, tu as mangé chaud.

Après quelques cuillerées enfournées prestement, le chômeur demanda :

— Tu as perdu ton emploi il y a longtemps ?

— Trois mois. J'étais vendeur chez Woodhouse. Des Juifs…

Autant répéter le même mensonge : cela réduisait les risques d'être pris en défaut.

— Sans doute qu'ils ont donné ta place à l'un des leurs. Contrairement aux Canadiens français, ces gens-là se tiennent entre eux.

Sa voix ne trahissait pas la moindre agressivité. Pourtant, il reprenait l'un des arguments sans cesse ressassé par les antisémites : tous ces métèques se protégeaient les uns les autres.

— Et toi, il y a longtemps ?

— Oui et non. Depuis cinq ans, j'ai tout essayé, de la vente d'almanachs de porte en porte au travail de bûcheron dans les chantiers. Je suis nul dans le commerce, un manche de hache me met irrémédiablement les mains en sang. Jusqu'à il y a deux semaines, je faisais des livraisons à bicyclette.

L'avocat n'osa pas lui demander s'il avait des compétences particulières à faire valoir auprès d'un employeur. Alors que son compagnon terminait le contenu de sa boîte de conserve, ils échangèrent quelques mots encore. Puis Renaud se leva, laissa tomber un « Bonne chance » sans conviction et entreprit de revenir sur ses pas par la rue Craig, jusqu'au coin du boulevard Saint-Laurent, pour remonter ensuite vers le nord.

Sur la grande artère qui divisait la ville en deux, avec l'ouest anglophone d'un côté, l'est francophone de l'autre, les débits de boisson et les salles de spectacles louches voisinaient les commerces plus légitimes. En plein après-midi, malgré l'animation les lieux paraissaient sûrs. En pleine nuit, une faune de mauvais garçons et de femmes de petite vertu devait cohabiter avec des hommes à la recherche de plaisirs plus ou moins licites. Jusqu'à la rue Sainte-Catherine, et même un peu plus haut, Renaud se trouvait au milieu du *Red Light*. Au nord de la rue Sherbrooke, il s'agissait de l'univers besogneux d'humbles commerces et des ateliers de confection de vêtements. Là habitaient les Juifs, assez nombreux. De modestes magasins affichaient en yiddish et offraient une alimentation cachère et des bagels aux consommateurs.

Si le Parti de l'Unité nationale arrivait à ses fins, tôt ou tard des militants viendraient défoncer ces vitrines, assommer les hommes portant des caftans et des cheveux en papillotes et violer les femmes. Quand le bouc émissaire était si bien montré du doigt, fallait-il longtemps pour susciter une Nuit de cristal comme celle du mois de novembre dernier en Allemagne ? Les habitants de ce pays n'étaient certainement pas les seuls au monde à se révéler susceptibles de commettre ce genre d'excès.

Après un long voyage déprimant, pendant lequel l'opérateur radio était demeuré sans cesse avec son casque d'écoute sur les oreilles, dans l'espoir qu'un pays voudrait bien recevoir la cargaison humaine du Saint-Louis, *le paquebot attacha ses amarres au quai d'Amsterdam. À ce moment, malgré leurs yeux rougis par les larmes, Myriam Bernstein et Rebecca Goldberg ne sanglotaient plus. À dix ans, elles présentaient toutes les deux le visage de vieilles femmes ayant enfin compris que la mort devenait inéluctable.*

Si l'enfer de l'errance prenait fin, les Juifs se trouvant sur le navire ne purent descendre qu'au compte-gouttes, entre le 16 et le 20 juin, au gré des négociations menées par le comité des passagers. Finalement, un peu plus de deux cents personnes purent rester aux Pays-Bas, le reste se partageant en nombres à peu près égaux entre la Belgique, la France et le Royaume-Uni. Les deux fillettes héritèrent de cette destination.

Une fois l'an, les Canadiens français de la région de Montréal se massaient le long des principales rues de la ville afin de voir quelle image leurs élites nationales se faisaient de leur identité. Quoique Renaud Daigle trouvât franchement ringarde la parade organisée par la Société Saint-Jean-Baptiste, parfois il s'était senti obligé d'y assister. D'autres fois, sa présence tenait un peu de la provocation, comme ce samedi du 24 juin 1939.

En tant que professeur éminent de la Faculté de droit de l'Université de Montréal, l'avocat se retrouva en début de soirée sur une large estrade de bois dressée devant le Cercle universitaire. Celle-ci accueillait un brillant aréopage dont les éléments les mieux auréolés de prestige portaient une soutane. Son excellence Mgr Deschamps, évêque auxiliaire de l'archidiocèse de Montréal et Mgr Olivier Maurault, recteur de l'Université de Montréal, représentaient le sommet de la pyramide sociale. Malade, l'archevêque en titre ne pouvait plus honorer de sa présence un événement de ce genre. Il y avait encore Maître Arthur Vallée, président du Cercle universitaire, le révérend Alphonse de Grandpré, l'abbé Henri Robillard, professeur de sciences, Joseph Dansereau, président de la Société Saint-Jean-Baptiste, et son prédécesseur, J.-V. Desaulniers… et bien sûr l'historien national, le chanoine Lionel Groulx.

Si presque tous adressaient à Renaud un regard peu amène, ce dernier, peu rancunier ou alors curieux d'avoir de ses nouvelles après leur dernier échange, vint à sa rencontre en arborant un visage amusé, pour lui dire :

— Cher collègue, je me surprends de vous voir ici. Il est de notoriété publique que votre cœur ne bat pas à l'unisson de celui de notre petit peuple.

— Mais Dieu seul est en mesure de sonder les cœurs et les reins des êtres humains. Votre affirmation demeure un peu présomptueuse, à moins que le Très Haut vous murmure des confidences à l'oreille, comme à Jeanne D'Arc. Aussi je suppose que vous accepterez bien de me laisser le bénéfice du doute.

Le sourire de l'ecclésiastique s'estompa à moitié.

— Oh ! Je suis certainement à l'abri du jugement téméraire. Vous êtes donc sensible au thème de la parade de cette année ?

— « Le Canada est resté fidèle » ? Bien sûr. J'ai hâte de voir à quoi nous sommes restés fidèles… ou plus précisément à quoi certains d'entre nous veulent inciter notre bon peuple à rester fidèle. Plus tard cet été, je compte bien aller découvrir l'exposition internationale de New York, dont le sujet est « Le monde de demain ». Un pays tourné vers le passé, son voisin tourné vers l'avenir…

— Aucune nation ne peut croître en se coupant de ses racines, remarqua le chanoine.

— Cette métaphore forestière explique sans doute pourquoi certains d'entre nous sont de souche, d'autres pas. Comme vous êtes un spécialiste du passé, je veux vous croire. J'entends déjà les flonflons de la parade, je vais rejoindre ma chaise, au dernier rang.

À l'arrière de la grande plate-forme de bois, derrière les notables, de simples professeurs pouvaient prendre place. Sous un ciel incertain, Renaud se joignit à ses collègues. Un jeune homme juste à côté de lui écrivait furieusement dans son carnet. L'avocat s'arracha les yeux pour lire comment le scribouillard du *Petit Journal* rendait compte de la réaction des spectateurs autour de lui. Aussi put-il apprendre que les personnes sur l'estrade d'honneur applaudissaient « vigoureusement et souvent avec un enthousiasme délirant des chars allégoriques évoquant les plus beaux jours de notre glorieux passé ». Cette opinion, tous ne la partageaient certainement pas.

Le lendemain, dans cet hebdomadaire, Renaud reconnaîtrait toutes les notes prises par son voisin, dont l'allusion aux « applaudissements frénétiques » de la foule à l'arrivée du char louant « Nos missionnaires jusqu'aux confins de l'Amérique », un don de la société France-Film. Le petit homme qui offrait à Virginie les productions de Pagnol et proposait Jean Gabin et Fernandel à l'adulation des Canadiens français, ne ménageait pas ses efforts. Suivaient dans l'ordre la voiture vouée à «Nos sœurs missionnaires en Orient», une offrande du Canadien Pacifique, et «L'école de rang», un présent du gouvernement provincial.

— Bien sûr, murmura Renaud entre ses dents. Un premier ministre comme Maurice Duplessis ne peut que rendre hommage à ces milliers de temples dédiés à cultiver notre ignorance nationale. C'est elle qui l'a amené au pouvoir…

— Pardon? fit le journaliste à ses côtés, un jeune homme de vingt ans à peine.

— Je m'excuse, une habitude de vieillard: je parle tout seul. Je m'extasiais pour le prochain char, «L'université».

Devant eux, une autre voiture venait de s'arrêter un moment. Une construction en carton-pâte évoquait le majestueux bâtiment universitaire à moitié érigé sur le flanc du mont Royal. Sur l'estrade, les professeurs, dont la moitié portait une soutane, adressaient de grands gestes aux figurants qui personnifiaient les élites du Québec de demain.

Assez curieusement, des maisons d'affaires farouchement anglo-protestantes, comme le Canadien Pacifique, mettaient de l'argent dans les chars allégoriques chargés d'alimenter l'engouement des Canadiens français pour l'Église catholique et ses dirigeants. Sans doute y trouvaient-elles leur compte. La croix et l'autel satisfaits par ces premiers hommages, le char suivant variait les *stimuli*, allant du goupillon au sabre, puis à la charrue. «Le chevalier de Lévis à Sainte-Foye», «L'amour du sol», «Nos aïeux venaient de France», «Nos aïeules, filles du Roi» se succédèrent, la dernière voiture étant commanditée par le Canadien National. Le grand magasin Dupuis Frères rompit un peu le délire historique avec un char intitulé «Vive la Canadienne. Vole mon cœur vole», un clin d'œil aux ménagères qui faisaient la richesse de cette entreprise.

Entre ces voitures chargées de figurants et de décors en carton-pâte dont la magie tenait moins au talent des artisans qu'à la pénombre complice qui s'étendait sur la ville, diverses fanfares devaient égayer les spectateurs à grands renforts de cuivres et de grosses caisses. La plupart du temps, elles se composaient d'élèves d'académies ou de collèges, les plus exotiques venant de Trois-Rivières ou de Shawinigan. Certaines mettaient en vedette les aptitudes de groupes de travailleurs. Voir les jeunes délinquants de l'école de réforme Mont-Saint-Antoine précéder immédiatement le corps de clairons des policiers de Montréal fit sourire l'avocat. En d'autres lieux, ces garçons avaient dû amener les constables à s'essouffler à force de courir après eux.

Le clou de la parade fut bien sûr le char de saint Jean-Baptiste, cette année-là « d'une conception nouvelle et purement abstraite », nota le journaliste près de Renaud. Pourtant, comme d'habitude, les mères de famille s'extasieraient sur un garçonnet blond et frisé, à l'allure très féminine, et leurs enfants sur un agneau tremblant...

Vingt minutes plus tard, après que les notables eurent quitté l'estrade, les humbles professeurs descendaient à leur tour un escalier plutôt raide. Le chanoine Groulx s'était attardé un peu auprès d'officiers de la Société Saint-Jean-Baptiste, aussi Renaud s'effaça pour le laisser passer devant lui.

— Alors monsieur Daigle, content de votre soirée ?

— Le simple fait d'avoir vu un gamin affublé d'une peau de mouton se tortiller sur un char allégorique parce qu'il se mourait d'aller pisser m'a rempli d'aise.

— Mais si je ne me trompe, vous venez de me servir là une boutade formulée par le journaliste Olivar Asselin au début du siècle.

— Vous m'avez percé à jour. Mes mots d'esprit ne sont pas tous de moi.

Arrivés au bas de l'escalier, les deux hommes s'étaient rangés afin de laisser passer leurs compagnons.

— Monsieur le Chanoine, si vous désirez rentrer chez vous, je peux vous reconduire.

— C'est gentil à vous, mais je crains d'abuser.

— Pas du tout, ce serait un plaisir. Comme vous me l'avez déjà fait remarquer vous-même, nous sommes voisins.

— Dans ce cas, je veux bien profiter de votre voiture, si vous avez l'obligeance de m'attendre un moment, le temps que je serre quelques mains.

— Bien sûr.

Pendant de longues minutes, l'ecclésiastique alla de l'un à l'autre, échangeant un mot ici et là. Pour toutes les personnes sachant lire, il faisait figure de vedette, de maître à penser, de gourou en fait, un peu comme Gandhi à l'autre bout du monde. Cela dura suffisamment longtemps pour que Renaud regrette son offre. Puis, il put enfin guider son compagnon jusqu'à sa voiture garée pas trop loin, dans une rue tranquille. Galamment, il ouvrit la portière à l'ecclésiastique, affichant la déférence habituelle des Canadiens français pour tous ceux qui portaient la robe.

Alors que la voiture roulait vers Outremont, le chanoine demanda avec une certaine ironie dans la voix:

— Et puis, cette parade vous a-t-elle rappelé ce à quoi il convenait de rester fidèle?

— À nos glorieux ancêtres, plus grands que nature, qui sont venus construire un bout de France sur notre petit coin d'Amérique. À une race bénie de Dieu, qui essaime maintenant sur toute la terre pour amener les peuplades arriérées et barbares à la connaissance de la vraie religion. À des aïeuls qui nous ont laissé un héritage de courage, d'abnégation, de vertu, lequel s'est transmis à nous de génération en génération. Cela fait de nous une nation élue.

— Une excellente réponse. Comment se fait-il qu'au timbre de votre voix, je ne me sente pas du tout rassuré? demanda son compagnon, amusé.

— Je ne crois pas que vous apprécieriez entendre ce que je pense vraiment.

— Dites toujours, nous verrons bien.

— Je vous ai expliqué ce que la Société Saint-Jean-Baptiste, et tous les autres Canadiens français d'élite, veulent communiquer à notre bon peuple. Cette représentation de la nation, essentiellement raciale et catholique, conduit directement nos compatriotes au racisme. Un peu mieux informé que les masses populaires, j'ai plutôt constaté qu'une peuplade ignorante et crédule se voyait exposée à une mise en scène de son passé qui ne vise qu'à assurer la pérennité du pouvoir d'une petite minorité qui aime les privilèges que lui confère son statut. Cette minorité condamne la population à obtenir la plus anémique éducation qui se puisse imaginer et concocte un passé de fantaisie qui alimente des conceptions politiques dangereuses.

En disant cela, Renaud avait en mémoire un homme encore jeune qui transportait les valises des autres pour recevoir l'aumône d'une boîte de fèves au lard Clark. Le chanoine Groulx eut la sagesse de ne pas demander quelle était cette élite vouée à garder tout un peuple dans l'ignorance. Ce fut en silence qu'ils terminèrent le trajet jusqu'à la rue Bloomfield. Après de brefs souhaits de bonne nuit, les deux collègues se séparèrent sans regret.

15

Le lendemain matin, Renaud Daigle se leva tôt pour terminer ses malles. À neuf heures, après un petit-déjeuner copieux, toute la maisonnée montait dans la Packard pour prendre la route de Sainte-Agathe. Les fins de semaine précédentes représentaient en quelque sorte un entraînement, mais cette fois les choses devenaient sérieuses: lui, Nadja et Julietta ne reviendraient vraiment à Montréal qu'au début de septembre. Virginie, quant à elle, partagerait son temps entre les deux domiciles. D'un côté, Émile Chiasson avait promis à sa patronne de lui tenir compagnie quand elle s'ennuierait. De l'autre, discrètement, l'avocat était allé rencontrer le gros assistant pour lui demander expressément de s'assurer que tout se passait bien pour sa femme. Bien sûr, rien ne s'opposait à ce qu'il confie son épouse à un colosse homosexuel…

Dans le village des Laurentides, la vie de la petite famille finirait par obéir à une nouvelle routine. Les balades à cheval se dérouleraient les lundis et vendredis. Pour le reste, le père se plongerait aussi souvent que possible dans d'arides livres de droit, pour n'en sortir que pour s'occuper de ses nombreux investissements. Bien sûr, cela quand il ne parcourrait pas la campagne à pied ou en voiture avec sa fille, un appareil photo Leica accroché au cou. Ou qu'il ne se briserait pas les mains sur des rames pour mener sa progéniture dans tous les coins du lac des Sables. Lorsque cette étendue d'eau ne recèlerait plus de secrets pour eux, les explorateurs jetteraient leur dévolu sur celles des villages voisins. De retour de ces expéditions, le père et la fille s'occuperaient de développer les clichés pour faire des agrandissements des meilleurs. En fait, l'avocat ne travaillerait pas tellement…

Quant à Nadja, ses expéditions seraient interrompues par de longs moments où, étendue dans un grand hamac accroché à deux arbres près de la rive du lac, son chat affalé en travers du ventre, elle ferait alterner les rêveries et la lecture de tous les ouvrages qui auraient passé la censure parentale. Après une heure avec les pauvres victimes du Vésuve du roman *Les Derniers Jours de Pompéi*, le gros livre posé contre son flanc, Nadja tira sur une corde pour imprimer un mouvement de balancier à son hamac. Encore un instant, puis ce serait la sieste… Son projet fut suspendu par une mélodie venue de l'autre côté de la haie.

Sans faire de bruit, elle s'approcha du terrain du chalet voisin. Un espace entre les cèdres lui permit d'apercevoir une fillette à quelques pieds, un violon coincé sous le menton. Pendant un long moment, elle demeura là à écouter une composition de Mendelssohn, convenablement interprétée compte tenu de l'âge de la musicienne. À la fin de la pièce, elle dit doucement :

— C'est très beau, et tu joues très bien.

De l'autre côté de la haie, la gamine sursauta, chercha l'ouverture dans les arbustes afin de voir qui lui parlait. Ce ne fut que lorsqu'elle eut localisé la tête rousse qu'elle répondit :

— Merci, c'est gentil.

Son accent trahissait son origine européenne. Ses cheveux noirs attachés sur la nuque lui donnaient un air plutôt sérieux, un peu plus vieux que ses douze ans.

— Mais je ne joue pas très bien. Je devrais y consacrer des heures pour devenir vraiment bonne.

— C'est très bien, je t'assure. Enfin, beaucoup mieux que les sons que je suis arrivée à faire sortir d'un instrument de musique. Tellement que je me suis découragée et j'ai arrêté, ajouta-t-elle en riant. Je me nomme Nadja Daigle.

— C'est un prénom russe.

— Cela se peut bien. Quand ma mère était enceinte, elle se passionnait pour le roman *Nadja*, d'André Breton. J'ai eu de la chance qu'elle ne lise pas *Frankenstein*...

La petite voisine rigola franchement, puis confia:

— Je m'appelle Frania Bielfeld. Fran.

Elle jeta un œil sur le chalet de ses parents, revint à la fillette derrière la haie, marqua à peine une hésitation avant de déclarer:

— Tu souhaites venir prendre une limonade?

— ... Oui, oui, je veux bien.

— Il y a un trou un peu plus loin, dans la haie.

— Je dois d'abord dire à mon père où je serai.

— Dans ce cas, autant passer par-devant. Je t'ouvrirai.

Quelques minutes plus tard, Renaud acceptait avec joie que sa fille aille chez les voisins. Avec une camarade de son âge, Nadja ne compterait pas que sur lui pour la tenir occupée...

— Tu veux dire que l'espion de Bronfman a pu te joindre ici?

Virginie venait tout juste de mettre les pieds dans le chalet du Chemin-du-Tour-du-Lac. Renaud lui tendait une lettre arrivée la veille: «Si vous voulez assister à une petite manifestation fasciste, Adrien Arcand fera un discours à Saint-Faustin le premier juillet. Je vous rejoindrai devant l'hôtel Laurentien à dix-huit heures. N'oubliez pas de mettre vos plus beaux habits.»

— Comme j'avais laissé mes coordonnées à son patron, qui est aussi le mien, je te le rappelle, la chose s'explique facilement.

— Tu veux te rendre là-bas?

— Pourquoi pas? Cela me permettra peut-être d'en apprendre un peu plus.

Sa femme lui adressa un regard sceptique, puis avec un ton sentencieux lui servit un avertissement :

— Ne va pas attraper un méchant coup. Et puis ces beaux habits, c'est le contenu du sac qui sent mauvais ?

— Il paraît qu'affublé comme un avocat, je ne passerais pas inaperçu.

— Tu sembles bien entiché de ton travail d'espion.

Sans doute avait-elle raison. Le petit aperçu des talents d'orateur d'Adrien Arcand, dans la taverne montréalaise, lui donnait envie d'en voir un peu plus. Tous les deux se trouvaient sur la grande galerie faisant face au lac, un verre de thé glacé à portée de la main.

— Tu as rencontré la nouvelle amie de notre fille ? demanda-t-elle, curieuse.

— Fran ? Bien sûr. Elles passent sans cesse d'une maison à l'autre. Une gamine gentille, plutôt timide.

— Et ses parents ?

— Bielfeld possède un commerce de vêtements sur la rue Sainte-Catherine. Tu vois, eux vivent une situation inverse à la nôtre. Monsieur en ville, madame à la campagne.

— Mais tu sais bien que nous ne formons pas un couple comme les autres…

Un bruit de porte claquée leur parvint du devant de la maison, puis Nadja fit bientôt irruption sur la galerie, tirant par la main sa camarade.

— Maman, je te présente mon amie Fran…

— Bonjour, madame.

— Bonjour. Viens te joindre à nous un moment. Nadja, veux-tu aller chercher quelque chose à boire pour vous deux ?

La rousse se précipita alors que la brune s'asseyait du bout des fesses sur une chaise Adirondack. Virginie fit tout son possible pour la mettre à l'aise. Au moment où Nadja apportait deux Coca-Cola, Fran répondait de bonne grâce aux questions en souriant. Encore quelques minutes et le naturel lui reviendrait…

Nous réclamons une enquête royale
À propos des activités du Parti national-socialiste d'Adrien Arcand

La Nation, *11 mai 1939.*

La louche épopée du cabotin Arcand
Grand Goglu, Führer, Pontifex Maximus du Parti national-socialiste canadien

La Nation, *19 mai 1939.*

La propagande naziste d'Arcand coûte très cher
Aucun des chefs nationalistes du Québec, Paul Gouin, Philippe Hamel, par exemple, ne pourrait se la permettre. Où Arcand prend-il ses fonds, les sommes considérables que lui coûte chaque assemblée ? Ses plus intimes partisans n'ont jamais pu le savoir

La Nation, *19 mai 1939.*

Les insultes de la presse de Londres prouvent enfin le rôle louche d'Arcand et la complicité du parti conservateur

La Nation, *1er juin 1939.*

À l'heure dite, sans doute au plus grand étonnement des vacanciers qui le reconnaissaient malgré son accoutrement de prolétaire, Renaud faisait le pied de grue devant l'hôtel Laurentien. Après quelques minutes, la Ford tourna le coin de la rue la plus proche. Au moment d'y monter, son allure lui valut un commentaire :

— Excellent, le ruban sur la monture des lunettes.

Sans tarder, Alfred Côté démarra afin de se diriger vers Saint-Faustin, à une demi-heure environ de Sainte-Agathe. À mi-chemin, l'informateur s'arrêta à un petit restaurant érigé en bordure de la route. Les deux hommes mangèrent un hamburger dans le véhicule. Après s'être essuyé la bouche avec une serviette de papier, il raconta son échange avec Arcand et ses principaux lieutenants.

— Croyez-vous que l'on peut faire confiance à leurs dénégations ? demanda Renaud, sceptique.

— Arcand avait bien entendu parler de rumeurs reliant le Parti de l'Unité nationale et la mort de Ruth Davidowicz, ce qui semblait l'embêter au plus haut point. Cela peut nuire au recrutement…

— Ou favoriser celui des plus radicaux.

— Ils ne sont pas les plus nombreux. Avec une histoire pareille, il perdra dix membres potentiels pour en gagner un. Déjà, la menace de guerre avec l'Allemagne inquiète des sympathisants. Si on ajoute à cela l'interdiction de réunion dans les parcs et les marchés publics que Montréal vient de décréter contre nous, le Parti de l'Unité national connaîtra sans doute une certaine défaveur.

Bien sûr, pour obtenir un appui populaire, mieux valait présenter une certaine respectabilité. Toutefois les nazis ne désiraient habituellement pas arriver au pouvoir par des voies démocratiques. Même si Adolf Hitler avait utilisé ce chemin, il n'avait pas tardé à adopter des mesures énergiques pour ne plus s'exposer à l'incertitude des urnes.

— Mais qu'espère ce type, exactement ? Parvenir au gouvernement par la force, quand les légionnaires et les chemises noires deviendront assez puissants ?

— Honnêtement, après trois ans près d'eux, je ne sais pas trop ce qu'il cherche. À l'entendre, bientôt les Canadiens comprendront qu'il est le grand homme, le chef que tout le monde appelle de ses vœux. Ce jour-là, il accédera à la tête du pays, porté par la volonté populaire, en quelque sorte.

— Vous croyez à cela ? Franco ne s'est pas retrouvé au pouvoir par la résolution du peuple, mais grâce à l'armée. Sans compter qu'on ne peut pas imaginer les anglophones trouver leur *Führer* chez les Canadiens français. Ce gars-là est fédéraliste, mais j'ai du mal à l'imaginer ralliant tout le monde autour de lui, comme l'a fait Wilfrid Laurier.

Alfred Côté fit un signe de dénégation avant de répondre:

— Je ne dis pas que je le crois. Je vous explique tout simplement ce qu'Arcand affirme, ou laisse sous-entendre. Je ne suis même pas certain qu'il donne foi à ses propres fadaises.

— Alors, que pensez-vous? insista Renaud.

— Vous savez, il y a des gens qui préfèrent être premiers dans un trou comme Saint-Faustin plutôt que de se retrouver second à Montréal. Arcand n'allait nulle part à *La Presse*. Il ne comptait pour rien au sein du Parti conservateur...

— Et il est le premier au Parti de l'Unité nationale. Mais ce véhicule ne le conduira pas au pouvoir. Je suppose que même les habitants de Saint-Faustin ne voudraient pas de lui comme maire.

Alfred Côté avait repris la route. Comme ils risquaient d'arriver longtemps avant le début de l'assemblée, prévue pour vingt heures, il roulait lentement, les glaces baissées, une bouteille de Coca-Cola à la main.

— Mais mille militants l'appellent *Pontifex Maximus*. Une ou deux fois par semaine, quelques centaines, parfois quelques milliers de personnes l'acclament lors de réunions publiques. Il est le premier quelque part.

— Tout de même, c'est un bien petit mouvement. Aucune ambition plus grandiose?

— Comme se retrouver au pouvoir une fois que l'Empire britannique sera devenu nazi, avec Mosley à sa tête? Bien sûr il l'évoque, mais il n'est pas assez bête pour y croire.

L'avocat prit la dernière gorgée de sa boisson gazeuse avant de demander encore:

— Lui et les autres grosses légumes du Parti vivent richement?

— Plutôt bien, mais tout de même plus modestement que vous, répondit l'autre, de l'ironie dans la voix.

— Mais mon argent ne me vient pas des cotisations des membres d'un parti nazi. Car je présume que l'organisation entretient le « pontifesse ».

Des politiciens fédéraux avaient affirmé que Paul Bouchard, l'éditeur du journal d'extrême droite *La Nation*, acceptait des subsides de l'Allemagne nazie. Depuis, celui-ci se défendait en attaquant le Parti de l'Unité nationale et son chef, qu'il présentait invariablement comme le « pontifesse ». Au fond, le scribouillard de Québec tentait de se disculper des accusations portées contre lui en chargeant à son tour le journaliste de Montréal.

— Il touche un salaire à titre de chef du parti, un autre en tant que rédacteur du journal *Le Combat national*. Quelques autres personnes gagnent aussi leur vie grâce au parti.

— L'argent vient de la vente du périodique et des brochures antisémites ?

— Non, ces opérations se révèlent déficitaires. Je ne prends pas trop au sérieux les affirmations relatives à un tirage de quatre-vingt mille copies. Puis vous savez, les marchands ne paient pas bien cher pour les publicités où ils affirment ne recevoir que des Aryens dans leur commerce.

— Les cotisations des membres, alors ?

— Ceux-ci sont pauvres et peu nombreux.

Renaud se lassait de devoir soutirer chaque information de son compagnon. Sa voix trahit une certaine impatience quand il demanda :

— Alors dites-moi d'où provient l'argent !

— ... La réponse n'est pas si simple. Je connais un médecin qui contribue généreusement. Vous allez d'ailleurs voir cet homme ce soir. Mais puise-t-il vraiment dans sa poche, ou ses largesses viennent-elles de mystérieux donateurs ? Je ne le sais pas.

— Certains prétendent que le Parti conservateur alimente les coffres d'Arcand.

— J'ai entendu aussi cette rumeur, et même le chiffre de 50 000 $. Mais pourquoi ferait-il cela ? Le Parti de l'Unité nationale ne prend certainement pas ses militants chez les libéraux. Il me semblerait autrement plus productif pour les conservateurs de supporter l'Union nationale.

— Ce que le Parti conservateur réalise assurément, convint l'avocat.

Comme le Parti conservateur du Canada recevait peu de sympathie au Québec, la meilleure stratégie qui s'offrait à lui était sans doute de contribuer financièrement à toutes les entreprises susceptibles de gruger les appuis du Parti libéral. Cela allait des mouvements nationalistes jusqu'à l'organisation dirigée par Maurice Duplessis. Toutefois, de là à soutenir les nazis, il y avait un gouffre.

— Un financement venu d'Allemagne, alors? insista Renaud.

— Cette rumeur-là aussi, je l'ai entendue. Je ne peux cependant pas vous dire si elle est fondée.

En fait, cet informateur-là ne semblait pas posséder beaucoup d'informations! Sans doute vaudrait-il la peine d'aborder le sujet avec Samuel Bronfman: cet homme devait pouvoir suivre le trajet de l'argent mieux que quiconque.

Vers dix-neuf heures trente, Alfred Côté stationnait sa voiture dans une petite rue discrète en périphérie du village. Déjà vêtu de son uniforme noir, il se dirigea d'un pas rapide vers la salle paroissiale. Renaud quant à lui prendrait son temps et arriverait tout juste au moment où commencerait le premier discours. Comme cela, il risquait peu de se trahir par des conversations avec d'autres spectateurs.

Alors que Nadja et Fran s'amusaient à se faire peur dans une petite embarcation à peu de distance de la rive du lac, Virginie se laissait bercer dans le hamac. Comme sa fille quelques jours plus tôt, elle perçut un bruit derrière la haie, chercha l'ouverture dans les buissons jusqu'à découvrir sa voisine assise sur une chaise Adirondack, un livre à la main.

— Madame Bielfeld, je présume, dit-elle assez fort pour être entendue.

Dans la cour à côté, une femme pas très grande, les cheveux bruns coupés assez courts comme le voulait la mode, la mi-trentaine, sursauta au son de sa voix, puis se leva pour s'avancer vers elle.

— Je m'excuse de vous déranger. Je voulais juste me présenter. Virginie Daigle, la mère de Nadja.

Sur ces mots, elle tendit la main au-dessus de la haie.

— Myra Bielfeld, la mère de Frania.

— Je crois que ma fille vous a un peu envahie ces derniers jours. N'hésitez pas à lui dire de revenir à la maison si elle exagère.

— Mais non, ne vous inquiétez pas. Je suis plutôt heureuse que Fran ait trouvé quelqu'un de son âge avec qui jouer. De mon côté, je me demandais si ma Fran ne dérangeait pas votre mari dans son travail.

— Je pense que c'est tout à fait le contraire. Au lieu de devoir occuper Nadja à lui seul, il profite d'un répit.

La grande rousse adressa un sourire à sa voisine, comme pour appuyer sa conviction que les hommes ne s'y entendaient pas très bien pour distraire les enfants. Le silence s'installa entre elles, que la jeune femme rompit en disant :

— Vous voulez boire quelque chose avec moi ? Un thé, un café ?

— Ce serait avec plaisir, mais mon mari devrait arriver d'une minute à l'autre. Il quitte Montréal dès la fermeture du magasin le samedi, et il se retrouve ici affamé.

— Donc, ce sera pour une prochaine fois ?

— D'accord, avec plaisir.

Toutes deux retournèrent à leur siège respectif, rassurées sur leur sort de leur fillette si les relations de bon voisinage se poursuivaient tout l'été.

La salle paroissiale ne payait pas de mine. Il s'agissait d'une bâtisse longue et étroite à un étage, construite de bois et recouverte d'un papier brique brunâtre. Devant la porte, quelques membres des chemises noires se tenaient bien droits, une torche fumante à la main. Les personnes présentes comprenaient l'allusion aux messes nazies de Nuremberg, dont les actualités filmées rendaient compte fidèlement depuis quelques années.

Renaud paya les cinquante cents du droit d'entrée, comme les autres personnes présentes, des ouvriers, des cultivateurs et quelques employés au revenu visiblement modeste, compte tenu de leur accoutrement. Les journaux prétendraient, les jours suivants, que deux mille personnes assistaient à la rencontre : une nette exagération, jamais cette bicoque n'aurait pu recevoir une foule pareille. Il se retrouva à l'arrière d'une salle décorée pour l'événement. Sur tous les murs pendaient de longues bandes de tissu rouge frappées d'une croix gammée noire sur fond blanc. Tout autour de la pièce, de petits drapeaux reprenaient le même thème. Malgré les couleurs criardes, l'ensemble prenait une allure plutôt lugubre.

Sur une estrade basse, encadré par une demi-douzaine de légionnaires qui tendaient le bras devant eux en un salut solennel, Adrien Arcand se tenait bien droit, comme un enfant désireux de se donner un pouce supplémentaire en se raidissant le dos.

— Camarades, camarades, en venant dans votre belle région des Laurentides, je pensais trouver le bon air, les lacs limpides, les rivières vives. Et puis tout ce que je regarde est sale, crasseux, malodorant. Vous avez laissé les étrangers souiller votre région.

Dans la salle, un murmure de colère parcourut l'assistance. L'orateur jouissait maintenant de toute l'attention des personnes présentes.

— Les Juifs ont envahi les Laurentides. Ils se répandent partout. Voyez les synagogues avec des rabbins qui égorgent des poulets, les colonies de vacances pour leur progéniture qui s'enroule des couettes de cheveux autour des oreilles. Ils achètent des hôtels, des pensions. Autour du lac des Sables, à Sainte-Agathe, ils mettent la main sur les plus vieilles et les plus grandes maisons. Pensez-vous que les chrétiens continueront de venir passer leur congé parmi ces métèques qui empestent l'ail ? Demain, il n'y aura plus que des Israélites dans la région, et les Canadiens français leur serviront de domestiques. Mais ne vous bercez pas d'illusion : après demain, ils vous chasseront de leurs domiciles, de leurs hôtels, de leurs restaurants, pour vous remplacer par les leurs. Les Juifs se montrent solidaires, contrairement à nous ! Des navires entiers des leurs se déverseront sur nos côtes. Bientôt minoritaires dans notre pays, nous n'aurons plus qu'à aller vivre aux États-Unis, où nous devrons disputer les plus mauvais emplois aux Nègres !

Renaud Daigle surveillait les réactions des spectateurs. Ceux-ci s'entre-regardaient, hochaient de la tête en signe d'assentiment. Plusieurs d'entre eux prendraient sans doute leur carte de membre du Parti de l'Unité nationale à la fin de la soirée. Dans les minutes qui suivirent, Adrien Arcand devint plus précis encore dans ses accusations, rappelant l'emplacement des colonies de vacances, des synagogues, désignant des notables Canadiens français qui avaient vendu leur propriété à des Juifs. Aussi l'avocat entendit nommer son voisin Bielfeld.

— Surtout, enchaînait Arcand, ne vous laissez pas tromper par les Israélites. Si vous grattez un peu le nom d'un Anglais, vous trouverez peut-être un métèque. Par exemple, des Green sont en réalité des Greenberg ou des Grunwald, des Cowan sont des Cohen, des Rose sont des Rosenberg ou des Rosenzweig. La loi devrait les forcer à ne pas se cacher sous un faux nom, pour que nous sachions qui éviter. Certains apprennent notre langue, mais ce n'est que pour obtenir notre argent. Un Juif ne s'assimile jamais, il demeure un Juif sous ses différents déguisements, sans jamais se détourner de son but ultime : vous asservir.

Un peu plus tard, Adrien Arcand terminait son discours pour inviter le docteur Lalonde à lui succéder sur l'estrade. Autant le premier orateur ne ménageait pas les efforts pour paraître près du peuple, autant le médecin, vêtu d'un costume de lin blanc, se donnait des airs vaguement aristocratiques.

— Notre *Pontifex Maximus* vient de vous présenter le problème : ces Israélites qui, à peine débarqués au Canada, accaparent les meilleures places, achètent les plus belles demeures. Les solutions sont faciles à mettre en œuvre. Nous n'avons qu'à regarder du côté de l'Allemagne pour trouver notre inspiration. Les Juifs prennent les excellents emplois ? Nous pouvons leur interdire de pratiquer la médecine ou le droit. Ils réduisent les commerçants chrétiens à la faillite ? Nous n'avons qu'à les empêcher de posséder des maisons d'affaires. Ou encore, les forcer au dépôt de bilan en cessant d'aller chez eux. Ils menacent de s'approprier tout notre patrimoine ? Il ne faudrait qu'une petite réglementation pour leur défendre de détenir des biens immobiliers. Toutes les lois que je viens d'évoquer, Adolf Hitler les a adoptées dans le grand Reich allemand. Bien sûr, nos politiciens se révèlent des lâches achetés par les Juifs. Aussi laissez tomber les vieilles prostituées des partis traditionnels pour appuyer le Parti de l'Unité nationale. Avec un vrai chef à votre tête, ce sera la fin de la dictature de la juiverie internationale, des trusts qu'ils dirigent. Comme en Allemagne, nous connaîtrons l'éradication du chômage et de la misère.

Pendant de longues minutes, le médecin poussa encore plus loin sa revue des lois racistes de Nuremberg, allant de la prohibition des mariages entre les Aryens et les Juifs à l'interdiction pour ces derniers d'occuper un poste dans la fonction publique ou l'enseignement. Après une heure, l'Allemagne prenait aux yeux des auditeurs l'allure d'un paradis du plein-emploi où chaque travailleur avait accès à la voiture du peuple, la Volkswagen !

Dans un épais brouillard de fumée de cigarette, les personnes présentes hochaient la tête, échangeaient des murmures approbateurs. Alors que depuis dix ans ils subissaient la misère à cause de la crise, les solutions se trouvaient à portée de main, toutes simples. Il ne manquait qu'un chef assez courageux pour les mettre en application.

À vingt-deux heures, après deux autres discours, la soirée prit fin. Ou plutôt, si la moitié des spectateurs s'égaillaient dans la nuit, les autres s'attardaient auprès des tables sur lesquelles on avait disposé les journaux et les brochures du Parti de l'Unité nationale. Toutes les personnes vêtues d'une chemise noire devaient faire mousser la vente, convaincre ces curieux de payer leur cotisation afin de joindre l'organisation nazie. Alfred Côté ne pouvait échapper à cette corvée. Renaud aurait mieux fait de regagner la Ford, garée à l'extrémité du village. Plutôt, inquisiteur, il circulait parmi les badauds, écoutait les conversations entre ces hommes et les chemises noires en se faisant le plus discret possible. Mal lui en prit, car après quelques minutes il entendit derrière lui :

— Mais je vous reconnais !

L'avocat se retourna lentement pour se retrouver face à face avec André Blanchet, le jeune interne boutonneux avec qui il avait eu maille à partir devant l'entrée de l'Hôtel-Dieu.

— Pardon, articula-t-il, hésitant. Vous me connaissez ?

— Bien sûr. Le professeur Daigle, l'ami des Juifs. Avec votre déguisement, j'ai eu un peu de mal à vous replacer, mais maintenant, au son de votre voix, impossible de me tromper.

Son accoutrement lui permettait de passer pour un travailleur aux yeux d'inconnus, sans le rendre méconnaissable toutefois. Blanchet se trouvait avec quelques camarades de son âge, tous vêtus d'une blouse blanche. Sans doute l'étudiant travaillait-il dans un hôtel de la région la fin de semaine, pour assurer sa subsistance, car son statut d'interne ne devait pas lui permettre de regarnir ses goussets.

— Vous savez qui est cet homme, venu vous espionner ? s'exclama-t-il à haute voix pour que tous les témoins entendent. Renaud Daigle. Celui qui a défendu Cohen, il y a quelques semaines.

Le regard de l'avocat allait des chemises noires au jeune interne, qui retrouvait toute la colère que lui avait inspirée son intervention, quelques semaines plus tôt. Visiblement, l'occasion de régler ses comptes le réjouissait. Il faisait mine d'enlever sa veste tout en continuant :

— Cette fois, nous viderons la question, et je ne doute pas que les camarades se fassent un plaisir de vous dire ce qu'ils pensent des amis des Juifs.

Derrière leur table, les chemises noires se consultaient des yeux, certains hommes amorçaient le geste de se lever en s'assouplissant les jointures. Renaud jeta un coup d'œil vers l'arrière. La porte se trouvait tout au fond, jamais il ne l'atteindrait avant qu'on lui mette la main dessus.

— Pas de ça ici, clama une voix un peu plus loin.

Alfred Côté s'avançait, autoritaire. Il ordonna à ses militants :

— Vous autres, vous avez un travail à effectuer. Continuez.

Les chemises noires reprirent leur chaise, plongèrent le nez dans la documentation posée devant eux, cherchèrent des badauds susceptibles de vouloir se détourner d'une bagarre pour revenir à leur littérature.

— Mais ce type, c'est Renaud Daigle. Il défend les Israélites.

— Nous tenons une activité politique. Tout le monde est bienvenu, même les Juifs, ou leurs amis…

— Si vous êtes trop lâche, je m'en occuperai…

Ces mots valurent à l'interne un regard mauvais. Il comprit son erreur, déglutit.

— S'il y a une bagarre ici, je la commencerai moi-même, et je la terminerai, croyez-moi, menaça Côté. Le Conseil municipal nous a chargés de maintenir l'ordre. Si vous ne vous calmez pas immédiatement, je vais vous sortir d'ici.

Le ton ne tolérait aucun commentaire. André Blanchet consulta ses amis du regard, constata qu'aucun d'entre eux ne risquerait de recevoir un mauvais coup pour venir à son aide.

— Si notre cause vous intéresse, continua la chemise noire plus amène, suivez-moi, je vous expliquerai comment devenir membre. Et si ce monsieur se trouve vraiment là pour espionner, il découvrira sans doute un taxi pour retourner chez lui. Il y en a près de la station.

Renaud ne se le fit pas dire deux fois et sortit de la salle paroissiale. Pendant tout le trajet jusqu'à la gare, il eut la vague impression d'être poursuivi. Sa crainte s'estompa quand une grosse Chevrolet conduite par un homme jovial le ramena à Sainte-Agathe.

16

— Comme cela, ton petit interne favori profite aussi du bon air des Laurentides.

À son retour à la maison, le premier soin de Renaud avait été de prendre un bain chaud. Virginie était venue le rejoindre et, assise sur la chaise placée près de la baignoire, elle avait écouté son récit des événements.

— Oui. Les internes touchent une rémunération plutôt symbolique. Je suppose qu'un emploi dans un hôtel de la région l'aide à faire face à ses obligations. Plusieurs étudiants finissent leur séjour à l'université lourdement endettés.

Savonné à fond et bien rincé – l'odeur de son habit d'espion lui paraissait laisser une impression tenace –, Renaud s'était levé du bain pour prendre place sur le tapis destiné à protéger le plancher de toute l'eau qui s'égouttait sous lui. Alors qu'il s'étirait afin de prendre une serviette sur l'une des barres fixées au mur, Virginie murmura un « Laisse, je vais m'en occuper » puis, à genoux devant lui, elle commença par lui essuyer les pieds pour remonter ensuite sur les jambes, les cuisses…

Comme chaque fois qu'elle faisait l'inventaire des charmes de son conjoint, elle s'attarda un moment sur la longue déchirure d'un bon sept ou huit pouces qu'un *shrapnell* avait laissé dans la chair de la cuisse. Du bout de ses doigts, elle parcourut le tissu cicatriciel d'un mauvais rose. Ensuite, délicatement, la jeune femme assécha les couilles et le sexe, lui demanda de se retourner un moment, s'occupa des fesses, du dos. Du côté droit subsistait un creux dans la chair, le point d'entrée d'une balle. Sur le devant, le projectile en sortant avait laissé une autre cicatrice à l'allure malsaine. Avec une respiration parfois un peu sifflante et une toux tenace, c'était là les souvenirs de guerre de Renaud, accumulés en 1916-1917 lors d'un séjour pourtant plutôt court sur le front.

— Tourne !

La serviette épongea la poitrine de Renaud. Une autre cicatrice lui décorait la chair, une longue estafilade qui lui coupait un mamelon. Celle-là datait de 1925, à l'époque où, nouvellement de retour à Québec, l'homme se livrait pour la première fois à une enquête sur les turpitudes de ses compatriotes.

— Je suppose que je ne peux rien te dire pour te convaincre de laisser à des professionnels les entreprises d'espionnage ? demanda la jeune femme en parcourant de l'index la longue coupure.

— À tout le moins, je ne fraierai plus du côté des nazis. Cela deviendrait trop dangereux, maintenant que j'ai été identifié.

— Dans ce cas, je dois me contenter du petit morceau de sagesse qui t'habite encore.

Elle se pencha et inclina la tête pour embrasser le mamelon meurtri, l'agaça de la langue. L'estafilade leur rappelait les circonstances de leur rencontre. Quand elle se redressa, ses propres mamelons pointaient sous la légère robe de nuit.

*Les coups de canons éclataient, si rapprochés que le bruit ressemblait à un roulement continu. Les obus pleuvaient tout autour de la longue tranchée, une interminable coupure dans le sol, de six pieds de profondeur et de moins trois de large. Chacun des soldats du régiment de l'*Oxfordshire *baissait la tête. À cent pieds de l'endroit où Renaud se tenait accroupi au milieu de son peloton, un projectile tomba sur la tranchée, pulvérisant dix hommes sous* *l'impact, en tuant au moins vingt autres avec les éclats de métal qui avait volé en tous sens.*

Un autre obus s'abattit à dix pieds devant l'endroit de la tranchée où il se trouvait, soulevant des tonnes de boue écœurante, un mélange de terre gorgée d'eau et de sang et de chairs en putréfaction. Depuis deux ans, des milliers d'hommes étaient morts dans la plaine dévastée, leurs corps se mêlant au sol sans cesse malaxé par les bombardements. Sous ses yeux, le jeune lieutenant voyait d'ailleurs des morceaux d'os et des rats crevés pointant dans la bouillie couvrant ses bottes.

Puis vinrent les bruits stridents des sifflets, le cri sans cesse répété :

— Ils arrivent. Soyez prêts, ils arrivent !

Les barrages d'obus annonçaient toujours une attaque. En fait, la pluie de métal ne servait qu'à forcer l'ennemi à se terrer dans des trous alors que les assaillants parcouraient la plus grande partie possible du no man's land. *S'ils avançaient trop vite, ou si les artilleurs avaient du mal à ajuster leur tir, eux aussi risquaient d'être pulvérisés.*

— À vos armes, vite, hurla Renaud au moment de se redresser.

Cette fois, les canonniers ennemis avaient bien fait leur travail. La plaine torturée se couvrait d'une multitude d'hommes en uniformes gris. Le son lourd des mitrailleuses se faisait entendre, ouvrant des brèches dans la muraille de poitrines. Puis les artilleurs britanniques se mirent de la partie aussi, redessinant le paysage sous les yeux du lieutenant.

— Tirez, tirez. Ne les laissez pas approcher.

Un revolver à la main, Renaud courait derrière la ligne kaki de ses hommes. Chacun appuyait les coudes dans la boue écœurante, déchargeant sa .303 Lee Enfield sur la ligne des uniformes gris, actionnant le verrou, tirant à nouveau. Les soldats ne retrouvaient la sécurité relative du fond de la tranchée que pour recharger leurs armes, ou alors pour crever.

Personne ne visait vraiment dans ce genre d'attaque : la terreur ne leur aurait pas permis de le faire, de toute façon. Tout au plus pointait-on son arme vers la ligne ennemie pour la décharger au plus vite. Mais malgré toutes les balles gaspillées, la pluie de plomb d'un feu nourri multipliait les victimes. Lors d'une attaque de ce genre, huit assaillants sur dix se retrouvaient hors de combat. De ce nombre, deux ou trois étaient tués, les autres blessés.

L'effort des défenseurs ne suffisait pas. Des Allemands atteignaient maintenant leur trou, déchargeaient leur Mauser dans la poitrine de leurs adversaires, sautaient dans la boue en hurlant, perçaient le corps des Anglais de leur baïonnette. Les hurlements assourdissaient Renaud, sans compter le son de son revolver. Un, deux, trois assaillants s'écroulèrent devant lui, avant que le quatrième ne lui enfonce sa lame d'acier entre les côtes.

Le visage de son adversaire près du sien, Renaud fixait ses grands yeux bleus, ses cheveux blonds visibles sous les bords du casque d'acier. Pas celui couvert de tissu et surmonté d'une pointe ridicule porté en 1916, mais le casque tombant bas sur le cou, d'un acier bien lisse, des armées du Reich allemand de 1939. Puis cet homme portait une croix gammée au bras, deux lettres, des « S » stylisés, en forme d'éclairs, sur les pointes du col.

La scène se dissolvait devant les yeux d'un Renaud vieillissant qui faisait maintenant ses quarante-cinq ans, dont la gorge n'émettait plus qu'un râle sifflant. Du paysage lunaire de la Flandre, il se retrouvait sous la forêt d'épinettes des Laurentides. Le nazi abandonna son Mauser fiché dans sa poitrine, sortit son pistolet, se précipita vers une maison entourée d'une longue galerie encombrée de chaises Adirondack. Il ouvrit la porte, monta comme en glissant au-dessus des marches jusqu'à l'étage, posa la main sur la poignée de la porte de la chambre de Nadja…

— Non !

Couvert de sueur, Renaud s'était dressé à demi dans son lit. Sa poitrine se soulevait douloureusement, de façon irrégulière, émettant un sifflement à chaque respiration. Près de lui, éveillée en sursaut, Virginie cherchait le bouton de la lampe, sur la table de chevet. Puis dans la lumière tamisée, elle passa les bras autour de la poitrine de son mari en disant :

— Là, là, calme-toi. Je suis tout près.

Tout de même, Renaud ne retrouva une respiration à peu près normale que lentement, le temps de réaliser où il se trouvait vraiment. À la fin, il s'étendit à nouveau, ferma les yeux alors que sa femme lui caressait la poitrine en lui murmurant doucement à l'oreille les mêmes mots qu'elle utilisait avec Nadja les nuits de grande terreur enfantine.

— Bon Dieu ! glissa l'homme après un moment. Il me faut un grand verre de whisky.

— Ce qui ne t'aidera certainement pas à te rendormir. Il y a plusieurs mois que tes cauchemars n'étaient pas revenus…

Depuis vingt-trois ans, certaines nuits l'homme revivait sa guerre. Bien sûr, cela se produisait moins souvent que tout de suite après sa démobilisation. Mais jamais la paix ne lui reviendrait tout à fait.

— Tu as encore une fois reçu la visite de ton soldat ?

Ses pires cauchemars mettaient en scène un jeune militaire, l'un de ses hommes abandonné blessé dans le *no man's land*. À la fin, Renaud l'avait abattu pour mettre fin à ses souffrances… et pour empêcher les membres de son peloton de se faire tuer l'un après l'autre en essayant de lui venir en aide.

— Non. Le rêve a commencé en 1916, avec une attaque allemande. La routine, quoi…

L'effort pour adopter un ton léger avorta. L'homme poussa un grand soupir avant de continuer :

— Mais il s'est terminé ici, à Sainte-Agathe, avec un nazi qui pénétrait dans la chambre de Nadja…

— Oh ! Mon Dieu…

Virginie resta un moment interdite, chercha ses mots, puis continua :

— La situation actuelle t'inquiète à ce point ?

— Oui, car je connais la réalité dont j'ai peur : envoyer des innocents à la mort, aussi irrémédiablement que si je tirais moi-même sur eux.

Après cela, inutile de chercher des paroles susceptibles de ramener la sérénité. Aussi la jeune femme resta coite, se contentant de continuer à caresser une poitrine toujours un peu haletante. Au bout d'un moment, l'homme ajouta encore :

— Car c'est bien cela le pire. Je sais très bien de quel enfer il s'agit, pourtant je désire absolument que le Canada s'engage dans la guerre. Mes étudiants pas toujours entichés de droit constitutionnel, ceux de mon ineffable collègue Pouliot, qui a réussi à convaincre certains jeunes que les Juifs représentaient la plus grande menace pour la race canadienne-française, sont les candidats idéals pour devenir de petits lieutenants. Exactement ce qui m'est arrivé. Je souhaite les envoyer sur les champs de bataille.

L'homme marqua une pause, reprit son souffle avant de continuer son discours murmuré :

— Certains ne reviendront pas du tout. D'autres seront estropiés, les plus chanceux feront les mêmes cauchemars que moi dans vingt ou vingt-cinq ans. Certaines nuits, je me demande lesquels seront les plus mal lotis, entre les morts et les survivants. Je connais toute l'horreur que je leur souhaite, mais je demeure certain qu'il est de leur devoir d'être humain de se soumettre à cela. Mais moi, j'échapperai à leur misère…

— Tu as déjà fait ta part… l'interrompit sa femme. Si tu as toujours l'intention d'aller chercher un whisky, remonte avec un généreux porto pour moi.

Renaud quitta le lit, chercha un peignoir afin de se rendre décent.

— En passant, je vais vérifier si mon cri n'a pas réveillé Nadja. Dans l'affirmative, Georges Minou ne suffira peut-être pas à la rassurer.

— Dans ce cas, utilise un plateau et apporte-lui un verre de lait chaud. Avec un petit coin dans le lit conjugal, cela devrait suffire à la rassurer…

Finalement, le cauchemar qui avait tenu le père et la mère éveillés une partie de la nuit était passé totalement inaperçu de la fillette. Si Julietta avait entendu, elle n'en laissa absolument rien paraître au moment de préparer le petit-déjeuner. De toute façon, le sommeil souvent troublé de son patron ne faisait aucun mystère pour elle.

Pour Nadja, l'activité précédant le sommeil retenait plutôt son attention.

— Papa, où es-tu allé hier soir?

— À une assemblée politique, du côté de Saint-Faustin.

— Avec les vêtements que tu portais au moment de sortir, je croyais que tu devais effectuer un travail très salissant.

— Dans une certaine mesure, c'était le cas. Toutefois, c'était ma dernière corvée de ce genre... au moins pour un long moment.

Au-dessus de son verre de jus d'orange, un regard de Virginie lui signifia qu'elle espérait le voir s'en tenir à cette nouvelle résolution et cesser ses gamineries d'espion amateur.

Après avoir sacrifié à l'obligation de la messe, la petite famille discuta du repas dominical. Même avec la présence d'une domestique se tirant très bien d'affaire dans une cuisine, la famille Daigle se retrouvait très régulièrement au restaurant le dimanche midi. En plus du plaisir que ses membres y trouvaient, cela permettait à Julietta de prendre congé. En offrant de nouvelles tables à découvrir, le séjour à Sainte-Agathe n'avait réduit en rien l'inclination de ses patrons pour les excursions culinaires.

L'hôtel Laurentien se dressait sur plusieurs étages, en face du lac des Sables. La salle à manger s'ouvrait sur de grandes fenêtres, la proximité de l'étendue d'eau procurait aux convives une certaine fraîcheur. Tous les trois avaient disposé leurs chaises pour faire face à l'extérieur, tournant le dos aux autres convives. Dans la pièce, les conversations se déroulaient le plus souvent en anglais : le luxe de la villégiature échappait encore à la plupart des francophones.

Derrière eux, une voix familière prononça :

— Monsieur et madame Daigle, je vois que nous avons eu la même idée.

Le trio se retourna pour apercevoir une autre famille semblable à la leur, celle-là avec un petit garçon pour compléter le triangle. Renaud se leva comme le lui demandait la bienséance, serra la main d'Arden Davidowicz, puis d'Élise Trudel. Virginie put s'exécuter en restant assise sur sa chaise.

— Je ne vous dérangerai pas longtemps, continua Davidowicz une fois les civilités échangées. Je voulais juste vous remercier encore de vos bons services. J'ai peur d'avoir été impoli, la dernière fois que nous nous sommes vus.

Cela paraissait un euphémisme à l'avocat : son client lui avait semblé bien pressé de signer le chèque qui mettait fin à leur relation pour lui faire quitter prestement la maison de la rue Davaar.

— Ce n'est rien. J'ai deviné que ce jour-là vous rêviez de prendre une douche au plus vite.

— Je vous remercie de votre compréhension.

Le médecin marqua une pause, fit mine de regarder autour de lui avant d'ajouter :

— C'est une pitié que les tables soient si petites, impossible de vous inviter à vous joindre à nous. Je vous souhaite le meilleur appétit.

Le ton de sa voix, et surtout le visage d'Élise Trudel toute raide à ses côtés, indiquaient que la taille des tables faisait plutôt figure de bénédiction. Personne parmi eux ne rêvait d'un dîner à six. Après les salutations, les Davidowicz se retrouvèrent à l'autre extrémité de la salle à manger.

— Cet homme est déjà venu chez nous, à Montréal, observa Nadja.

— C'est vrai. En mai. Il m'avait demandé d'exécuter un travail pour lui.

— C'est lui que tu as défendu. On l'accusait d'avoir tué sa femme.

Si Renaud aimait jouer au détective, ou à l'espion, sa fille menaçait de devenir redoutable sur ce terrain. Rien n'échappait à ses yeux de photographe.

— Nadja, ma chérie, intervint Virginie, tu sais qu'il vaut mieux éviter certains sujets de conversation à table. La religion, la politique et les assassinats.

— Jamais les religieuses n'ont ajouté les assassinats à la liste.

— Crois-moi, je suis certaine que si tu le leur demandais, elles seraient d'accord avec moi.

Si sa mère l'affirmait, la fillette voulait l'admettre. La prohibition du sujet de conversation ne réduisait en rien son intérêt, bien au contraire. De sa chaise, elle avait la meilleure vue des trois sur la famille Davidowicz. Son regard allait vers eux régulièrement. À la fin, elle n'y tint plus et murmura :

— La dame brune, elle regarde souvent par ici.

— Et je suppose qu'elle dit à ses compagnons : la petite rouquine, elle regarde souvent par ici, remarqua Virginie.

— Non, je suis discrète. Elle ne s'en aperçoit pas. Je suis habile pour observer « par en dessous ».

— Tu ne trouves pas que cela fait un peu hypocrite ?

— En fait, elle ne peut pas me repérer, car c'est toi qu'elle fixe, maman.

Les yeux du couple se croisèrent, puis la mère tenta :

— Elle doit contempler la fenêtre. Tu vois toutes les jolies petites embarcations à voile sur le lac ?

— Non, je t'assure, elle te regarde, et aussi papa.

Observatrice et têtue ! Les parents se consultèrent encore du regard, puis Renaud risqua :

— Tout de même, cesse de les examiner. C'est très impoli de fixer les gens de cette façon.

Bien sûr, une gamine de douze ans ne pouvait passer outre à une injonction de l'auteur de ses jours. Afin de ne pas en rester sur un ordre de ce genre, l'avocat expliqua :

— Tu sais, c'est bien possible qu'Élise regarde dans notre direction. Je la connais depuis 1925, deux ans avant ta naissance.

— À cette date, tu revenais d'Angleterre ?

La biographie de son père représentait un objet de curiosité inextinguible. À ses yeux, onze ans en Angleterre paraissaient aussi exotiques que tous les voyages de Marco Polo en Chine.

— C'est vrai. À ce moment, nous avons collaboré pour la première fois à l'élection d'Ernest Lapointe, et depuis ce temps, elle travaille pour lui à Ottawa. Je l'ai vue à quelques reprises lors de mes visites au Parlement.

— Quand tu l'as connue, elle est tombée amoureuse de toi ?

Cette fois, les parents échangèrent des regards un peu désespérés. Ils profitaient sans doute de leur dernier été de paix : déjà insatiable au sujet des relations entre homme et femme, dans un an la gamine deviendrait une masse d'hormones déchaînées.

— Mais non, voyons. Où vas-tu chercher cela ?

— Dans sa façon de te regarder.

Seule l'arrivée du dessert, une glace, parvint à détourner l'attention de Nadja. Pendant une heure les Davidowicz semblèrent glisser totalement hors de son univers. Au moment de sortir, Renaud leur adressa un petit salut de la tête. Sentencieuse, Nadja déclara une fois sur le trottoir :

— Maintenant, cette femme est l'épouse du médecin. Il faut longtemps avant qu'un homme devenu veuf puisse se remarier ?

— Je ne pense pas qu'il existe une limite de temps dans ce domaine.

— En tout cas, cela ne fait pas plus de quelques semaines qu'elle est morte. Si Georges Minou disparaissait, je ne le remplacerais pas aussi vite.

Virginie adressa un sourire entendu à Renaud. Dans une année, peut-être moins, la fillette aurait compris que certaines personnes substituaient dans leur cœur un mari ou une épouse toujours bien vivant. À cet égard, le gros matou châtré avait la chance d'être tombé sur une maîtresse très fidèle.

— Tu sais que pour un homme qui me harcèle pour que je prenne des vacances, tu ne donnes pas le bon exemple.

Virginie était venue le rejoindre sur la galerie à l'arrière de la maison, où son époux buvait une bière à petites gorgées en parcourant à nouveau *Un homme et son péché*, pour lui annoncer l'arrivée d'un visiteur. Le roman de Claude-Henri Grignon, truculent, dessinait un portrait des habitants des Laurentides bien différent de celui des estivants. Cela lui donnait envie de revisiter Sainte-Adèle, l'habitat des protagonistes du roman.

— Mais ce n'est pas du travail. Tout au plus, une visite de courtoisie. Il a dit ce qu'il me voulait?

— Sans doute parler de politique. Quoi d'autre?

Renaud regagna l'entrée principale, où un homme de trois ans plus jeune que lui, grand, les cheveux bruns, une moustache sous le nez, l'attendait: Paul Gouin.

— Je suis tout à fait désolé de vous déranger comme cela un dimanche, mais je me trouvais à Sainte-Agathe, quelqu'un m'a dit que vous y passiez l'été.

— Ce n'est rien, je n'avais aucune intention d'aller aux vêpres... Je peux vous offrir quelque chose à boire?

— Non, non, je ne serai pas longtemps, de toute façon.

— Suivez-moi dans mon bureau.

L'avocat le conduisit jusqu'à la petite pièce où trônait un lourd bureau de chêne, prit place derrière après avoir désigné une chaise de rotin à son visiteur.

— Je voulais discuter un peu de politique.

— Curieusement, je ne suis pas vraiment surpris! rétorqua l'hôte avec un petit sourire narquois.

Cette répartie risquait peu de mettre Paul Gouin à l'aise. Il se déplaça sur sa chaise, comme pour trouver une meilleure posture, puis déclara :

— Vous savez que nous aurons vraisemblablement des élections provinciales cet automne.

— Pourtant, les dernières datent de 1936. Selon la Constitution, le premier ministre n'a pas à les déclencher avant 1941.

— ... Vous savez sans doute que l'Union nationale se trouve dans une situation délicate. Le support offert aux municipalités aux prises avec le chômage vide les caisses de l'État. Les libéraux fédéraux font en sorte que la province éprouve du mal à emprunter. Seule une réélection confirmerait la légitimité de Duplessis et lui permettrait de sortir de l'impasse.

La stratégie d'Ernest Lapointe alarmait sûrement le premier ministre. La province devait verser plus de 100 000 $ par semaine à la seule Ville de Montréal afin que les chômeurs aient droit aux secours directs. L'opération, répétée pour toutes les municipalités, devait être ruineuse.

— Et la probabilité des élections cet automne me vaut l'heureuse surprise de votre visite ?

Renaud avait le chic pour mettre un visiteur mal à l'aise, si l'envie lui en prenait. Son interlocuteur changea de position et plongea :

— Vous avez déjà pensé à briguer les suffrages ?

— Quel avocat n'a pas eu cette tentation un jour ? Mais en toute franchise, quand l'idée me vient, je prends deux aspirines et je retourne me coucher. Cela passe habituellement très vite.

— Pourtant, tout le monde connaît votre intérêt pour la politique.

— Celui-ci ne va pas jusqu'à avoir envie de mentir sur les *hustings* pour aller ensuite m'ennuyer à l'Assemblée.

À tourner autour du pot, Paul Gouin n'arrivait qu'à faire durer une expérience désagréable. Aussi résolut-il d'abréger les choses.

— Nous avions pensé que vous voudriez peut-être vous porter candidat.

— Pour l'Action libérale nationale ?

— … Oui.

Paul Gouin, fils du premier ministre Lomer Gouin, avait créé ce parti politique en juin 1934 afin de rallier des libéraux insatisfaits des mesures adoptées par le premier ministre Louis-Alexandre Taschereau dans le contexte de la crise. Un an plus tard, la nouvelle organisation fusionnait avec le Parti conservateur dirigé par Maurice Duplessis afin de ne pas diviser les votes des opposants au Parti libéral provincial. Si en 1935 ce ne fut pas suffisant pour emporter les élections, dès l'année suivante, un autre rendez-vous électoral permit à l'Union nationale de prendre le pouvoir.

Dans toute cette opération, son visiteur avait démontré qu'il n'avait pas hérité des habiletés politiques de son père. Faire équipe avec Maurice Duplessis, c'était un peu comme former un duo avec un renard et un poulet : l'un a nécessairement le dessus sur l'autre. Une fois au pouvoir, le nouveau premier ministre avait su se débarrasser des « alliancistes » et gouverner à sa guise.

— Je sais bien que vous avez été porté à la tête de votre petit parti l'an dernier, rappela l'avocat. L'organisation est moribonde. Vous dirigez un groupuscule à Montréal, le dentiste Philippe Hamel un autre à Québec. Vous ne ferez élire personne.

— … Avec une bonne équipe, nous pourrons redresser la situation.

— Même si vous y arriviez, le seul résultat serait de gruger des appuis aux libéraux. En conséquence, Maurice Duplessis se retrouverait au pouvoir, pour le plus grand malheur du Québec. Alors mon vote ira certainement au Parti libéral. Son chef, Adélard Godbout, s'est engagé à régler deux questions qui me tiennent à cœur : l'obligation pour les parents d'envoyer leurs enfants à l'école, qui a été accordée dès 1871 en Ontario alors que nous attendons toujours, et le droit de vote des femmes. Aussi longtemps que l'Union nationale sera au pouvoir, la province demeurera la plus rétrograde du Canada.

Paul Gouin poussa un soupir, se leva de sa chaise en déclarant :

— Je ferai tout pour vous donner tort.

— Nous jugerons aux résultats.

Quelques instants plus tard, Renaud retrouva sa bière devenue tiède et son roman.

— Qu'est-ce qu'il te voulait ? demanda Virginie en levant les yeux de son propre roman.

— Me demander de me présenter aux prochaines élections provinciales.

— Pour l'Alliance ? Que lui as-tu répondu ?

— De se trouver un autre pigeon. En des termes à peine plus polis que ceux-là.

17

La rencontre fortuite de la veille avec le nouveau couple Davidowicz avait laissé Renaud plutôt songeur. Bien sûr, les avatars de la vie conjugale de ses contemporains ne le surprenaient plus, mais ces deux-là faisaient fi de tous les usages en s'affichant de la sorte en public. Manifestement, le médecin renonçait à tous ses espoirs politiques. Tout le monde comprendrait que s'il refaisait sa vie alors que le cadavre de son épouse demeurait encore chaud, c'était parce que son contrat de mariage avait été auparavant bien écorné.

Après déjeuner, le lundi matin l'avocat avait reconduit sa femme à la gare en compagnie de sa fille. Au moment de lui faire la bise, celle-ci lui glissa à l'oreille :

— C'est entendu, plus de jeu d'espion ?

Bien sûr, son assentiment d'un mouvement de tête ne signifiait pas qu'il projetait d'obtempérer tout à fait. Au moment où il revenait au chalet, le téléphone se mit à sonner. Au bout du fil, Alfred Côté demanda :

— On peut se voir un instant ? Je rentre à Montréal ce matin.

— ... À quel endroit ?

— En fait, je suis déjà à Sainte-Agathe. Retrouvez-moi sur la rive du lac, juste à côté de l'entreprise de location de canots.

Quelques minutes plus tard, après avoir confié sa fille à Julietta, Renaud marchait sur le rivage, son chapeau de paille sur la tête, ses petites lunettes teintées de vert sur le nez. À tout le moins, dorénavant il ne s'affublerait plus d'un déguisement. Côté, sur un banc, trompait son ennui en parcourant un journal.

— Je me suis rendu compte l'autre soir que vous n'aviez pas que des amis. Ce jeune médecin m'en a raconté beaucoup sur votre rencontre en face de l'hôpital. Il a même évoqué une histoire de tête de cochon, mais je ne suis pas certain d'avoir bien compris ce passage.

— Je me doutais qu'il était là-dessous, répondit son interlocuteur, peu désireux d'ajouter des détails sur cette histoire. Il vous fera une bonne recrue.

— J'ai eu un mal de chien à le convaincre qu'en ne lui permettant pas de vous casser la gueule, au fond je servais notre cause. Finalement, il a pris une carte de membre.

Malgré le ton léger qu'il affichait, Alfred Côté paraissait soucieux. Il expliqua après une pause :

— Ce qui me préoccupe surtout, c'est qu'une chemise noire se souvienne que je vous ai amené dans les locaux du Parti. Si quelqu'un établit le lien…

— Vous pourrez simplement dire que j'ai abusé de votre bonne foi.

— Je dirige les légionnaires, fit l'autre en se tournant à demi pour le regarder. Je suis chargé d'assurer la sécurité de l'organisation. Ma bonne foi n'est pas censée être abusée par un professeur de l'Université de Montréal qui a retenu l'attention des journaux pour avoir défendu un interne juif.

L'informateur marqua une pause, puis ajouta, dépité :

— J'ai peur que cette histoire ne fasse éclater ma couverture.

— Désolé.

Après un moment, l'autre continua, déjà plus enjoué :

— Au pire, Bronfman utilisera mes talents d'une autre façon. Disons que trois ans comme serveur dans une taverne, c'est plutôt long. Cependant, il faudra une éternité pour infiltrer une nouvelle personne, cela au moment où les événements s'accélèrent.

— Vous ne risquez pas de connaître des ennuis... physiques avec le Parti de l'Unité nationale ?

— Non, pas vraiment. Même si vous paraissez en douter, il ne s'agit pas d'une organisation très violente. Croyez-moi, j'ai vu pire.

Un instant, Renaud se remémora les histoires qui circulaient sur les opérations commerciales des Bronfman, au moment où la prohibition de la vente de l'alcool affligeait les États-Unis. Si seulement un dixième de celles-ci étaient véridiques, Alfred Côté, en admettant que ce fût son vrai nom, devait en effet trouver Adrien Arcand plutôt inoffensif.

— J'en conclus donc que nous nous voyons pour la dernière fois ? Je peux en profiter pour vous soutirer quelques informations ?

— Dites toujours.

— Remarquable personnage, le docteur Lalonde. Un véritable médecin ?

— Bien sûr. Il possède un cabinet à Montréal.

— Il attire une bonne clientèle ?

Encore une fois, Renaud se surprenait à devoir arracher les renseignements de son compagnon. La fin de leurs relations ne provoquerait chez lui aucune nostalgie.

— Une très bonne clientèle, semble-t-il... En fait, continua l'informateur en voyant l'impatience sur le visage de l'avocat, la rumeur veut qu'il opère très discrètement des jeunes personnes de familles respectables qui se sont mises dans l'embarras.

— Ou, plus simplement exprimé, vous me dites qu'il pratique des avortements.

— C'est un faiseur d'ange, comme écrivent les journaux. Ce n'est pas parce que ces gamines sont élevées au couvent...

— Cette rumeur est fondée ? l'interrompit son compagnon.

Renaud ne ressentait aucune envie de discuter des mœurs sexuelles des couventines.

— Il semble bien.

— Et ce commerce le rend riche ?

— Assez pour qu'il organise de grandes réceptions sur l'île du Diable, et dépense une petite fortune pour soutenir le Parti de l'Unité nationale.

— L'île du Diable ? se surprit l'avocat.

— Un îlot à l'ouest de Montréal, sur lequel il s'est fait construire une villa. Vous aimeriez : des meubles de chêne avec des croix gammées sculptées en bas-relief à même le bois. Cependant, l'argent ne représente pas le seul avantage…

L'informateur marqua une nouvelle pause, ce qui eut pour effet d'impatienter son interlocuteur.

— Que voulez-vous dire ?

— Quand ce type procède à l'une de ses opérations sur une poulette, il se donne un pouvoir considérable sur tout l'entourage de celle-ci.

— Ce qui lui permet de se livrer au chantage ?

Pour une famille bien en vue d'Outremont, la grossesse d'une jeune fille entraînait la ruine de la réputation, celle de la personne qui avait commis l'imprudence de s'abandonner à des privautés sans prendre toutes les « précautions » requises, et aussi celle de tous ses proches. Pour que le médecin avorteur garde le silence, peut-être fallait-il gonfler les honoraires jusqu'à des proportions gargantuesques.

— Oui, admit l'informateur, et pas seulement pour de l'argent. Imaginez un ministre à Québec ou à Ottawa, ou alors un échevin à Montréal, obligé de peser de toute son influence pour obtenir une loi ou un règlement favorable aux intérêts du praticien.

— Ou à ceux du Parti de l'Unité nationale.

— Comme vous le savez sans doute, notre organisation n'a jamais vraiment été embêtée par les pouvoirs publics.

Bien sûr, ce personnage pouvait représenter une menace pour les personnes se trouvant au gouvernement. Renaud se devrait d'orienter ses recherches dans cette nouvelle direction.

— Monsieur Daigle, si je veux arriver au travail à l'heure avec ma vieille guimbarde, je ferais mieux de me mettre en route tout de suite.

— Monsieur Côté, je vous remercie et vous souhaite le bonjour.

Aucun des deux ne se sentait particulièrement triste de mettre fin à leur collaboration.

Au moment de quitter la maison, moins d'une heure plus tôt, les lieux étaient très calmes, Nadja parcourant les bandes dessinées du *Petit Journal* acheté la veille. En ouvrant la porte, Renaud entendit un miaulement rauque et des rires un peu sadiques, lui sembla-t-il, de deux gamines.

— Que se passe-t-il ici ? demanda-t-il depuis l'entrée.

— Nous essayons de mettre des vêtements de poupée à Georges, répondit Nadja le plus naturellement du monde.

« Pauvre bête, si elles se mettent à deux contre elle ! » pensa-t-il. Jamais la gamine n'aurait frappé son matou, elle le manipulait toujours doucement, mais elle n'avait pas renoncé à son projet de lui faire jouer le rôle d'une peluche docile.

— Cela te dirait de venir manger un hamburger ?

— Oui, avec Fran.

L'avocat vit un chat effrayé grimper l'escalier d'une traite, une robe de poupée encore coincée au milieu du corps. « Tu pourrais dire merci ! », grommela l'homme entre ses dents à l'intention de la bête. Quand les fillettes arrivèrent dans l'entrée, il continua cette fois à haute voix :

— Entendu, si sa mère est d'accord, je me réjouirai de sortir avec les deux plus jolies filles de Sainte-Agathe.

Plus pâle de teint, Fran aurait sans doute rougi un peu. Du même âge que Nadja, ses hormones avaient pris une petite longueur d'avance. Que les hommes, et pour elle le terme désignait les mâles de dix ans et plus, la trouvent jolie prenait depuis peu une importance nouvelle.

Un peu plus tard, Renaud Daigle frappait à la porte de la maison voisine et demandait le plus sérieusement du monde à la femme venue lui ouvrir :

— Madame Bielfeld, m'autorisez-vous à amener mademoiselle votre fille chez Belson, sur la rue Saint-Vincent, manger un hamburger… Je ne sais pas si c'est kascher.

— Comme nous y allons régulièrement, je présume que ça l'est. Vous êtes certain que cela ne vous ennuie pas ?

— Pas le moins du monde. Et puis cela me permet de sauver la dignité d'un chat.

— … Pour un motif comme celui-là, fit-elle, amusée, je m'en voudrais de refuser.

Le restaurant de la rue Saint-Vincent, tenu par un Belson arrivé de Montréal quelques années plus tôt, offrait des hamburgers et des hot-dogs aux jeunes de la petite ville, sans se soucier qu'ils fussent Aryens ou Juifs. Cet individu aussi figurait parmi les ennemis d'Adrien Arcand. Pourtant, il servait la clientèle de toutes les races avec la plus grande jovialité.

Renaud et ses compagnes recevaient tout juste leur repas quand Élise Trudel passa la porte, accompagnée du fils Davidowicz, Solomon. Elle ne pouvait faire autrement que de venir les saluer, l'homme ne pouvait éviter de lui demander de se joindre à eux. Entre gens bien élevés, les choses se déroulaient ainsi. Comme elle semblait hésiter, il insista :

— Vous le voyez, cette grande banquette peut très bien vous accueillir, alors que je crains qu'il n'y ait pas d'autre table libre.

C'était vrai. Le trio occupait un large banc en forme de fer à cheval, la place ne manquait pas.

— Si vous êtes certain que je ne vous dérange pas…

La femme s'assit d'un côté de la table avec Renaud, les deux fillettes se tassèrent un peu pour que le garçon se joigne à elles. Le propriétaire des lieux vint en vitesse prendre les commandes supplémentaires, s'esquiva ensuite. Convaincu que sa fille tendait ses antennes pour ne rien manquer, l'avocat demanda :

— Comment vont les choses pour vous, depuis les… événements ?

— Je profite de l'été. Quand le mauvais temps reviendra, j'accepterai sans doute l'offre de Lapointe et trouverai à m'employer pour le gouvernement fédéral, à Montréal de préférence.

— Je suppose que votre… compagnon ne se représentera pas.

— Maintenant, je doute qu'il obtienne dix pour cent des voix.

« Bien sûr, songea son interlocuteur, en s'exhibant avec sa maîtresse comme il le fait, il a ruiné toutes ses chances. »

Élise rompit le silence installé entre eux en regardant Nadja :

— Vous avez une très jolie fille, tout le portrait de sa mère. Puis elle enchaîna en s'adressant directement à la fillette : Tu as quel âge ?

— Douze ans, madame.

— Oh ! fit-elle, tu es déjà grande.

La femme se tourna à demi pour faire face à Renaud et continua :

— Ainsi, le jour où vous me recommandiez, sur le balcon de la maison paternelle, de quitter Québec pour accepter de travailler pour Ernest Lapointe, vous étiez sur le point de vous marier.

Très précisément, lors de cette conversation, alors que l'homme décidait d'épouser une rousse très jeune et très désespérée, il voulait convaincre cette femme de chercher dans la politique un substitut à l'engagement amoureux qu'il lui refusait. Pour tous les deux, le souvenir de cette journée demeurait très vif.

— En fait, je me suis marié dans les jours suivants.

— La chose avait fait un certain bruit. Une fille venue on ne savait d'où, que personne ne se souvenait d'avoir vu. Nous nous demandions tous où vous aviez bien pu la trouver.

— Certainement pas dans le lit d'un autre, en tout cas.

Renaud avait dit cela tout en conservant son sourire, signifiant à son interlocutrice que personne ne manquerait de délicatesse envers son épouse devant lui. Élise ne perdit pas le sien, mais essuya durement le coup, cela se lut dans son regard. De l'autre côté de la table, Nadja enregistrait tout, Fran comprenait plus qu'elle n'aurait dû. Ce fut après avoir retenu quels sujets éviter qu'elle reprit, d'une voix très faible :

— Mon père est mort un peu plus d'un an plus tard. Il n'a jamais récupéré.

Bien sûr, le sous-entendu se voulait accusateur : si Renaud ne s'était pas mêlé alors de tirer au clair une malheureuse affaire de meurtre, le politicien québécois, ministre dans le cabinet provincial, n'aurait sans doute pas subi un infarctus. Sortant des rapports empesés qu'ils avaient entretenus jusque-là, Élise tenait à vider un vieux contentieux, même si le lieu et le moment n'étaient pas des plus propices.

— Il arrive parfois que les imprudences des fils nuisent à la quiétude des pères. À ce sujet, que devient votre frère Henri ?

— Oh ! Je vous disais en 1926 qu'il souhaitait continuer ses études aux États-Unis, pour ensuite devenir riche. Il a pu réaliser son premier objectif… Quant au second objectif, le chargé d'affaires de papa n'était pas très clairvoyant.

Elle tenait vraiment à régler ses comptes. Aussi elle enchaîna après une brève pause :

— Nous avons perdu la majeure partie de nos épargnes au moment du krach de 1929. Quant à vous, il paraît que la crise vous a été profitable ?

— Vous savez, je ne possédais pas plus d'informations que les autres investisseurs. Le marché ne peut pas monter sans cesse. Le tout est de prévoir les coups, de retirer ses billes au moment opportun. Mais outre le sort de la fortune familiale, qu'est-il advenu du projet de votre frère de s'enrichir ?

— Il a eu moins de succès que vous. Tout de même, il fait partie d'un cabinet d'avocat important de Boston. Sa femme, devenue énorme après ses grossesses nombreuses, passe sa vie à répéter toutes les rumeurs qui circulent dans la communauté irlandaise de cette ville.

La très jolie Helen, avec laquelle Renaud s'était langui de partager des privautés, devenue grosse ! L'arrivée du repas commandé par Élise et le jeune Davidowicz autorisa chacun à s'agiter les mâchoires pour une autre raison que se dire des méchancetés à mots couverts. Les enfants purent échanger quelques paroles, tout en gardant une oreille tournée vers les adultes. Finalement, la femme reprit le sujet des récriminations d'une voix plus sereine :

— Honnêtement, malgré la crise, mon frère Henri a réussi à se tirer d'affaire assez bien. Cela lui a permis d'aider ma mère et mes deux frères alors que nos finances étaient au plus mal.

— Ces deux-là aussi sont devenus avocats ?

— C'est une tare familiale. Ils sont respectivement sortis de l'université en 1932 et en 1934. Même le Parti libéral n'a pas pu leur mettre le pied à l'étrier. Ils se trouvaient au mauvais endroit au mauvais moment.

En effet, la conjoncture s'était révélée funeste mais en plus, aucun parti politique ne se serait forcé à venir en aide aux garçons plutôt médiocres d'un politicien décédé depuis des années. Les morts ne rendaient pas de service, mieux valait garder les largesses du gouvernement pour les vivants.

— Tout de même, ils arrivent à se tirer d'affaire.

Les avocats ne se trouvaient pas en assez grand nombre au Québec pour que Renaud ne sache pas ce qu'il advenait des frères Trudel, les fils d'un ministre démissionnaire du cabinet provincial mort en 1927. Ils plaidaient des causes minables, des chicanes de clôture entre cultivateurs aux mauvais garçons des quartiers mal famés de la capitale à sortir du pétrin.

Trahissant l'effort que cela lui coûtait, par la suite Élise s'intéressa aux trois enfants devant elle. Ses questions sur le parcours scolaire des fillettes sonnaient faux, leurs réponses gardaient quelque chose de studieux. Quant au fils d'Arden Davidowicz, le visage fermé, il jouait avec sa nourriture, sans avaler plus d'une bouchée ou deux. Visiblement, la mort brutale de sa mère l'avait plongé dans une tristesse profonde, et les attentions plutôt froides de celle qui s'imposait comme sa belle-mère ne le ramenait pas à une attitude plus sereine. Seules les jeunes filles arrivaient à tirer de lui des phrases complètes.

— Tu dois manger plus que cela, sinon tu vas te rendre malade, prononça Élise, menacée par la crise de nerfs.

— C'est une *shiksa*, murmura l'enfant à l'intention de Fran.

Alors que la fillette réprimait un rire nerveux, la femme articula en rougissant de colère :

— Parle français. C'est très mal élevé d'utiliser une langue que personne ne comprend.

Renaud jugea préférable de se retenir de préciser que Frania paraissait avoir tout à fait compris ! Le repas s'étira encore sur une vingtaine de minutes, puis Élise déclara d'une voix lassée :

— Nous devons rentrer, Solomon fait toujours une sieste à cette heure-ci. Merci beaucoup de l'invitation, ce fut agréable. Mesdemoiselles.

D'un signe de tête, elle salua les fillettes, qui répondirent par un « Au revoir, madame », lancé à l'unisson. Quelques instants plus tard, Élise Trudel passait la porte en poussant devant elle un garçon plus malheureux que jamais.

— Eh bien, mesdemoiselles, je m'excuse ! J'ai eu une très mauvaise idée de l'inviter à se joindre à nous.

— Elle a l'air sévère, commenta Nadja.

— C'est vrai. Quand je l'ai connue, elle n'était pas comme cela.

Pourtant, au moment de le dire, l'homme se rappela que cela n'était pas exactement la vérité. Déjà alors, elle n'affichait pas beaucoup d'humour, et son ambition froide avait amené Renaud à préférer une union moins conventionnelle.

— Tu es beaucoup mieux avec maman, commenta encore la gamine.

— Jeune fille, bien que vous ayez tout à fait raison, attendez encore quelques années avant de juger le mariage de vos parents. Bon, et maintenant que la méchante sorcière est partie, vous voulez une glace ?

Comme cet homme-là savait parler aux demoiselles de douze ans !

Sur le chemin du retour vers le chalet, Renaud demanda à Fran :

— Quand ce garçon, Solomon, a utilisé un mot en hébreu, tu as compris ?

— Ce n'était pas de l'hébreu, mais du yiddish.

— Qu'est-ce qu'il a dit ?

— Ma mère ne veut pas que je répète des termes comme cela. Juste de savoir que je les connais, elle serait fâchée.

Dans ce cas, mieux valait ne pas insister. Aussi se tourna-t-il vers Nadja pour demander :

— Cela t'embêterait beaucoup si je rentrais à Montréal pour un jour ou deux… ou trois ?

— Tu t'ennuies de maman ?

— Voyons, elle est partie ce matin. Je serai heureux de la voir, mais je ne m'ennuie pas déjà. Je voudrais aller régler des petites choses. Cela te chagrinerait ?

— Julietta pourra s'occuper de moi. Puis je pourrais peut-être dormir chez Fran.

L'idée de coucher l'une chez l'autre circulait depuis quelques jours.

— Tu sais bien que la mère de Fran doit t'inviter.

Quelques minutes plus tard, le trio arriva à la maison Bielfeld. La petite brune assaillit tout de suite sa mère avec un argument imparable :

— Maman, Nadja peut venir dormir chez nous ce soir ? Elle sera seule, monsieur Daigle doit aller à Montréal.

La jeune femme échangea un regard amusé avec son visiteur et déclara :

— Que dirais-tu d'amener ton amie jouer juste assez loin pour ne rien entendre de notre conversation ?

Alors que les fillettes obtempéraient, Renaud fit remarquer :

— Elle ferait une excellente avocate : tout de suite l'argument choc. Mais soyez à l'aise, Julietta saurait très bien s'occuper d'elle.

— Je serai heureuse d'inviter Nadja, si cela vous agrée.

— Cela ne vous dérangera pas trop ?

— Pas du tout. Elles vont babiller une partie de la nuit, alors elles se lèveront plus tard demain pour compenser.

— Je vous remercie pour elle...

Renaud marqua une pause, puis risqua :

— J'ai entendu quelqu'un utiliser le mot *shiksa* devant moi, pendant le dîner. Vous pouvez me dire ce dont il s'agit ?

L'autre hésita, commença par avancer :

— Je ne sais pas si je dois. C'est plutôt... vulgaire.

— Il y a des termes de ce genre en anglais et en français, et je les connais tous. Vous ne me choquerez jamais.

— C'est une attaque contre les chrétiens...

— J'en ai déjà entendu. Contre les Juifs, aussi.

Elle lui adressa un sourire timide, osa enfin :

— Si vous insistez. Le mot *shiksa* est utilisé pour désigner une femme chrétienne qui fréquente ou qui se marie avec un Israélite. Le terme est très négatif.

— Comme prostituée, ou traînée ?

— Comme salope, plutôt. Plus précisément, cela réfère à une chienne en chaleur.

— Je vois, *bitch*, en anglais.

Renaud afficha son meilleur sourire, puis continua :

— Merci. Je vais avertir Julietta de mon départ, donner un coup de fil et préparer un sac de voyage. Si vous apercevez ma fille, pouvez-vous lui demander de venir me saluer avant mon départ ?

— Bien sûr. Je serais surprise que toutes les deux ne se trouvent pas à portée de voix, malgré ce que j'ai dit.

Quelques minutes plus tard, une Nadja plutôt enchantée de pouvoir découcher faisait la bise à son père et lui souhaitait bon voyage.

18

Renaud alla cueillir une épouse fort surprise à la sortie du Théâtre Outremont. Face aux explications vaseuses qu'il donna sur sa présence à Montréal, la jeune femme jugea préférable de ne pas souligner que pas plus tard que la veille, l'homme s'était engagé à ne plus jouer à l'espion. Plutôt que de gâcher un excellent petit souper à la terrasse du *Café Pierre*, puis une soirée où ils profiteraient seuls de toute la maison, elle fit semblant de trouver très intéressante la distinction qu'établissait son mari entre les termes espionnage, analyse et détection.

Car si l'avocat décidait que l'affaire Davidowicz méritait d'être relancée, un irréprochable travail de détective lui paraissait nécessaire. À tout le moins, il convenait de ne pas se muer lui-même en fin limier : il n'en possédait ni le talent ni le loisir. Le meilleur à Montréal s'appelait Georges Farah, mais plusieurs ne le connaissaient que sous le nom de Lajoie, une traduction littérale de son patronyme.

Né à Damas en Syrie en 1876, l'adolescent se présentait déjà comme Georges Farah-Lajoie dès ses études dans un collège français de Jérusalem. À son arrivée à Montréal en 1900, ce nom lui permit de s'intégrer plus facilement à la communauté. Deux ans plus tard, il épousait une Canadienne française, puis à l'âge de trente ans, après divers petits métiers, cet homme entrait au service de police. En 1910, il recevait le titre de détective. Déjà à ce moment, des affaires complexes, résolues promptement, lui avaient valu une excellente réputation, des articles flatteurs dans les journaux et la crainte des criminels.

Les choses allaient se gâter en 1922 alors que le détective arrêtait l'abbé Adélard Delorme, soupçonné d'avoir tué son propre frère, Raoul. Pendant qu'une partie de l'opinion publique se convainquait de la culpabilité du prêtre, riche et arrogant, l'autre vouait aux gémonies l'étranger venu salir le clergé canadien-français. Pour eux, le Lajoie s'effaçait devant le Farah à la consonance païenne… Cela, d'autant plus que le policier n'avait pas le triomphe modeste : il publia un petit livre intitulé *L'Affaire Delorme*, afin de révéler les péripéties de l'enquête.

La population se déchira à propos de cette histoire. Les preuves « scientifiques » ne firent cependant pas le poids face au souci de protéger l'image de l'institution cléricale : le bon abbé fut déclaré innocent lors de son troisième procès. Heureusement, à l'archevêché de Montréal on eut le bon sens de lui faire vivre ensuite une carrière des plus discrètes.

Bien sûr, une enquête irréprochable repoussée du revers de la main par un jury trop respectueux de l'habit ecclésiastique n'avait pas laissé intacte la réputation de Farah-Lajoie. Une maladresse impardonnable fit le reste. Candidat à un poste d'échevin dans le quartier Ville-Marie, l'homme fit campagne en 1927 en proposant une réorganisation de tout le service de police de la ville. C'était se mettre à dos ses supérieurs. Après sa défaite électorale, ceux-ci le démettaient de ses fonctions. Deux ans d'efforts ne lui permirent pas de réintégrer son emploi. Lors d'un examen médical, on le déclara inapte. À compter de 1929, le détective déchu commença à réclamer une pension de 330 $ par an, pour ses vingt années de carrière, en vain. Avec sept enfants sur les bras, alors que la crise s'amorçait, cet homme dut offrir ses services comme détective privé pour assurer sa subsistance et celle des siens.

Le 4 juillet au matin, Farah-Lajoie rencontrait Renaud Daigle dans un petit restaurant, le *Thémis*, situé à deux pas du Palais de justice, rue Saint-Jacques. À ce moment, le sort de l'ancien policier s'était amélioré un peu : le représentant du Procureur général à Montréal l'avait recruté à titre d'« agent spécial ». Ainsi, avant de décider de porter des accusations contre un individu, ce fonctionnaire pouvait demander un complément d'enquête.

L'homme qui s'était glissé devant Renaud, de l'autre côté de la table étroite, ne semblait plus que l'ombre de lui-même. Les cheveux et la moustache blanchis par l'âge, Farah-Lajoie présentait un visage fatigué, émacié.

— Monsieur Daigle, commença-t-il par dire, votre coup de téléphone d'hier après-midi m'a ramené en mémoire les petites affaires que vous m'avez confiées dans le passé. De bons souvenirs, bien que je me sois parfois senti hors de mon élément naturel.

— Eh bien, je me propose de faire appel de nouveau à vos services. Mais dans le cadre de vos fonctions actuelles, pouvez-vous encore jouer au détective privé ?

— La minuscule rémunération que me verse le bureau du Procureur général me fait croire que je ne suis pas payé pour un travail à temps plein. Je suppose que j'ai le droit de consacrer mes loisirs à de fidèles clients. Et puis l'été les criminels font relâche, de toute façon.

Cela n'était pas tout à fait vrai, le climat chaud et humide qui s'appesantissait sur Montréal semblait propice aux crimes passionnels. Mais le vieil homme ne pouvait tout simplement pas se permettre le luxe de laisser passer un gain supplémentaire.

— Vous vous rappelez certainement le meurtre de Ruth Davidowicz ?

— Bien sûr. Une arrestation, le suspect relâché, puis plus rien.

— Le médecin possédait un alibi inattaquable, précisa Renaud.

— J'espère bien, puisqu'il a été libéré. Autrement, les bonnes gens de Montréal pourraient croire que son statut de député lui a valu un traitement de faveur. Mais, chose étrange, les journaux n'ont jamais précisé la nature de cet alibi.

Les yeux du détective indiquaient que lui-même comptait parmi les bonnes gens un peu sceptiques.

— Une histoire de mœurs…

Succinctement, l'avocat présenta les faits, tels qu'il les connaissait, et son rôle dans l'affaire. Après ce récit, le policier fit observer:

— Mais si vous me parlez de cela aujourd'hui, c'est que l'hypothèse du meurtre commis par un nazi vous laisse vous-même un peu perplexe.

— Aussi longtemps que le crime reste impuni, de nombreuses personnes demeureront perplexes, moi y compris. Dans ce cas-là, les soupçons se portent vers le mari.

— Votre client. Mais vous venez de me dire que son alibi a été confirmé par la police.

L'avocat leva les yeux vers le ciel comme un instituteur un peu désespéré par le comportement excessif d'un enfant avant d'expliquer:

— Ce dernier profite sans vergogne de son nouveau statut de veuf, s'affichant au bras de sa maîtresse.

— Ce qui peut blesser les âmes vertueuses, j'en conviens… Mais ce n'est pas un crime. Son alibi prouve son innocence… à moins que vous me cachiez des choses, ajouta l'enquêteur, une pointe de soupçon dans la voix.

— Accepteriez-vous de refaire l'enquête policière d'abord, juste pour nous assurer que l'alibi demeure aussi solide qu'il semble l'être, et pour explorer le meurtre politique ensuite?

Farah-Lajoie accueillit la proposition avec un sourire. Comme dans le bon vieux temps, pour la dernière fois de sa vie peut-être, se livrer à une chasse au coupable ne pouvait que le faire saliver.

— Je commencerai donc avec cet alibi, car plus le temps passe, plus il deviendra difficile de dénicher des témoins.

— Oui, mais cela ne donnera sans doute rien. Si le capitaine Tessier avait eu à redire à ce sujet, Davidowicz ne se promènerait pas avec une femme à son bras. La piste des fascistes me paraît la plus prometteuse. Dans toutes les lettres de menaces reçues, il doit bien se trouver celle du coupable.

— Vous avez vu ces missives ?

Une nouvelle fois, un soupçon : cet homme ne prenait rien pour acquis, même l'évidence méritait d'être vérifiée à plus d'une reprise.

— Oui. Certaines se révèlent très explicites.

— Qui vous y a donné accès ? Tessier ?

— Non. Élise Trudel, la maîtresse. C'est moi qui ai remis les plis arrivés à Ottawa au capitaine. Il se trouvait devant moi quand j'ai mis la main sur ceux qui avaient été adressés à son domicile.

L'ancien policier ricana, prit une gorgée de son café avant de dire :

— Très serviable, cette dame. Elle vous donne une piste pour découvrir les vrais coupables, tout en fournissant l'alibi qui va tirer son amant d'affaire.

— … Bien sûr, si on regarde les choses de cette façon… Mais ce n'est pas si simple. Ces menaces existaient des années avant le meurtre. Dans la conjoncture actuelle, un esprit dérangé a pu se sentir investi d'une mission.

L'empressement de Renaud devenait suspect, lui aussi. Il s'en rendit compte tout de suite devant la mine amusée de son vis-à-vis.

— Moi, je ne fais que commenter ce que je vois, expliqua son interlocuteur, souriant : une femme qui fournit à la fois l'alibi et la piste d'un nouveau suspect, par malheur insaisissable. Mais bien sûr, le capitaine Tessier a effectué toutes les vérifications…

— Je sais, je sais, admit l'avocat. Écoutez, c'est justement pour obtenir un regard neuf, sans idée préconçue, que je veux votre avis. Ces lettres de menaces existent, et depuis dix jours, j'ai jeté un œil sur les nazis. L'indice me paraît sérieux.

— Mais revenons à la dame. Vous la connaissez, assez pour avoir des préjugés favorables.

— … Oui, je la connais.

— Ce qui ne signifie pas nécessairement qu'elle vous ment, bien sûr.

Vraiment, le vieux détective commençait à se délecter de l'affaire.

— Passons aux missives intimidantes, concéda-t-il enfin. Je ne doute pas que votre politicien juif en reçoive. Moi-même, modeste fonctionnaire de police, j'en ai récolté quand je me suis mêlé de chercher un assassin dans les rangs de notre clergé. Pourtant, personne n'a essayé de me tuer, ou de tuer mon épouse.

— Mais vos adversaires ne se retrouvaient pas dans un parti politique voué à répandre la haine raciale. Et pour rester dans le même ordre d'idée, pourriez-vous me dire un mot du docteur Lalonde ? demanda Renaud.

Le policier chercha un moment dans sa mémoire, puis son regard s'éclaira :

— Oh ! Dans le temps, vos relations étaient plus recherchées, vous vous limitiez à la jeune fille accusée d'avoir assassiné son père. Maintenant, vous côtoyez la lie.

— Il est si mauvais ?

— À mes yeux, oui. Mais je vais tout de même y regarder de plus près avant de vous en dire plus long. Je peux vous rendre des comptes…

— Jeudi ?

Farah-Lajoie émit un petit sifflement. Bien sûr, il jouissait de certains loisirs, mais n'empêche…

— Je réfléchirai à ce que je peux faire dans un laps de temps si court. Vous savez, des semaines ont passé, et le capitaine Tessier ne m'aidera pas avec plaisir.

Cela, se dit Renaud, était même un euphémisme. Le policier d'Outremont serait certainement vexé de voir son travail remis en question.

— Donc, nous nous rencontrerons de nouveau ici jeudi, le 6 juillet, continua Farah-Lajoie, à la même heure. Une simple curiosité : qui me paiera dans cette affaire ?

— Il s'agit d'un bienfaiteur anonyme qui ne sait pas encore qu'il couvrira cette dépense.

— Riche, puissant et en politique ?

Curieux, le policier levait des sourcils étonnés :

— Riche et puissant, mais pas réellement en politique. Enfin, pas au sens où nous l'entendons habituellement. Ne pensez pas à quelqu'un du cabinet fédéral.

— Ah ! Pourtant, cela doit titiller certains ministres. Vous évoquez une personne riche, dans ce cas, la facture sera un peu salée. Quand cela vient de votre poche, je me fais violence. Si vous n'avez rien à ajouter, je me mets tout de suite au travail. Jeudi, c'est après-demain !

Le policier se leva et, après un salut, s'éloigna d'un pas vif. Renaud resta longuement assis devant son mauvais café, feuilletant un numéro du journal *Le Canada*, un périodique voué à chanter les louanges du Parti libéral. Un moment il eut envie d'attendre la pause du midi, alors que les avocats envahiraient l'endroit, heureux de s'absenter du Palais de justice pendant une heure. Le souvenir que tous ces gens-là fumaient le fit renoncer à ce projet. Apprendre les dernières nouvelles des prétoires ne valait pas une quinte de toux interminable.

Bien sûr, le capitaine Tessier ne pouvait que recevoir comme un affront le fait qu'une personne se propose de refaire son enquête après lui. Il avait dû travailler avec un avocat qui regardait par-dessus son épaule. Maintenant, un détective à la retraite lui demandait d'avoir accès non seulement au rapport qui était allé au Procureur général, mais aussi aux notes prises au fil de ses démarches.

Pourtant, l'accueil ne se révéla pas mauvais. D'abord, avoir affaire au policier le plus respecté que Montréal ait connu, mis à pied pour avoir proposé d'organiser le service d'enquête sur des bases rationnelles, cela ne se comparait pas aux interventions habituelles de politiciens désireux d'user de leur influence. Ensuite, comment en vouloir à un homme qui, depuis l'embrasure de la porte de son bureau, avait simplement déclaré en guise d'introduction :

— Capitaine Tessier, je vous invite à dîner. Nous allons nous régaler, Maître Renaud Daigle réglera la facture.

Dix minutes plus tard, les deux compagnons commençaient par boire un verre de vin blanc à la terrasse du *Café Pierre*, sur la rue Bernard. Sous leurs yeux, la bouteille suait à grosses gouttes dans un sceau rempli de glace.

— Moi qui pensais en avoir fini avec cette histoire. Ce gars devrait être content, son client est sorti de son cachot, bougonnait le policier.

— Sauf que tous ses voisins, ses collègues, peuvent conserver leurs doutes. Aussi longtemps que personne n'est condamné, le conjoint demeure le coupable parfait.

— Tout de même, demeurer le suspect dans une belle maison de la rue Davaar, cela vaut mieux que la prison. Il devrait se considérer comme chanceux, et ne plus faire de bruit.

Très clairement, le policier continuait de croire en la culpabilité du mari. Farah-Lajoie se dit qu'en conséquence, son collègue n'avait consenti aucun effort du côté des milieux fascistes.

— Entre vous et moi, que pensez-vous de son alibi ? demanda-t-il.

— Solide. Meilleur que ceux dont on se contente habituellement. Quelqu'un l'a vu à tous les endroits où il prétend avoir été, dans les douze heures précédant et suivant le meurtre.

— Alors, pourquoi je ne lis pas sur votre visage le plaisir d'avoir sorti un innocent des griffes de la justice ?

Il y avait juste assez d'ironie dans la voix du détective pour piquer la sensibilité de son compagnon. Celui-ci attendit d'avoir reçu le premier service, une salade d'endives bien fraîches, avant de répondre :

— Tellement solide, cet alibi, que cela devient louche. Deux choses me chicotent. D'abord, avoir eu cet avocat sur le dos. Déjà, ça sent l'intervention politique.

— Ne lui en veuillez pas trop. J'ai travaillé quelques fois pour lui, il a la justice à cœur. La preuve, je suis là aujourd'hui.

— Peut-être, concéda Tessier. Mais vous y croyez, vous, à cet homme qui, la menace de l'échafaud sous les yeux, se retrouve en prison plutôt que de nous parler, entre hommes, de sa maîtresse ? D'habitude, ces types s'en vantent. À la place, il est demeuré plusieurs jours à Bordeaux.

— Ah ! Vous savez, ces personnes venues d'ailleurs, elles ne sont pas comme nous.

L'humour, dans la remarque d'un individu né en Syrie et éduqué à Jérusalem, échappa totalement à Tessier, qui acquiesça de la tête. L'ex-détective revint à la charge après une pause :

— Vous disiez qu'une seconde chose vous dérangeait, dans cette affaire. Laquelle ?

— … Ne vous moquez pas de moi, commença le capitaine. Vous y croyez, vous, au sixième sens de l'enquêteur ?

Le premier mouvement de Farah-Lajoie aurait été de dire « non » en riant franchement. Comme cela aurait été fort peu diplomatique, il proposa plutôt :

— Je ne décrirais pas cela comme un sixième sens, mais j'admets que notre cerveau enregistre des indices, sans que nous n'en soyons conscients. Alors, il se forme chez nous une certitude que nous ne savons pas expliquer à autrui.

— C'est exactement cela !

Le vieux détective, devant le soulagement de son jeune collègue, n'osa pas continuer sa pensée. Les convictions irrationnelles lui paraissaient s'ériger sur les préjugés, plutôt que sur des informations discrètes, comme ceux du jury qui avait conclu à l'innocence de l'abbé Delorme en 1924. Ces gens croyaient que les prêtres étaient tous des hommes de bien. De la même façon, Tessier prétendait que toutes les épouses assassinées étaient les victimes de leur mari. Bien au contraire, pour Farah-Lajoie, une enquête devait s'effectuer avec la certitude qu'absolument tout le monde dans l'affaire pouvait être coupable, même les suspects les plus improbables.

— Ce gars-là me semble responsable du crime, même si les serveurs du restaurant *De Gascogne* m'ont affirmé se souvenir de l'avoir vu le soir du meurtre. Paraît qu'un type portant une kippa et s'exprimant dans un bon français, cela se remarque.

— Et la dame ? Ils la reconnaissaient aussi ?

— Une brune assez jolie, se souvenaient-ils. Je n'avais pas sa photo avec moi, mais de toute façon le cahier de réservations indiquait Élise Trudel. Elle avait téléphoné deux ou trois jours plus tôt.

— Avec ce que vous venez de me dire, moi aussi, à la place du Procureur général, je l'aurais libéré.

Le capitaine Tessier laissa échapper un soupir, se consacra à sa salade pendant un moment. En attendant le service suivant, Farah-Lajoie revint à la charge avec la seconde piste, en prenant bien soin de ménager la susceptibilité de son interlocuteur :

— Votre directeur ne vous a pas demandé d'enquêter sur les menaces des fascistes ? Les fameuses lettres dont on m'a parlé les désignent comme des suspects.

— Ces gens-là gueulent leurs menaces sur toutes les tribunes, rien de surprenant à ce que certains les écrivent aussi. S'il fallait regarder de près chacune de ces déclarations, nous ne ferions plus que cela.

— Vous pourriez me confier ces lettres ?

— ... Je suppose que oui. De toute façon, si Davidowicz me les avait demandées, je les lui aurais remises. Elles demeurent sa propriété...

Tessier n'aurait pas pu signifier de façon plus limpide que pour le service de police d'Outremont, l'affaire Davidowicz était close, au point de désirer se défaire de pièces à conviction.

— Mais elles ne vous serviront à rien, continuait le policier. Les moins agressives portent la signature de gens respectables, souvent des prêtres ou des élus. Les autres sont anonymes, parfois écrites à la machine. Impossible de les relier à leurs auteurs.

— Tout de même, j'aimerais y jeter un coup d'œil. Et du côté du voisinage de la victime, personne n'a rien remarqué ?

Le second service venait d'arriver devant eux, une truite fraîche accompagnée d'un peu de riz. Encore une fois, le policier se permit de prendre quelques bouchées en faisant mine de parcourir son carnet de notes avant de répondre :

— Rien. Mais vous savez, un calibre .22, cela ne fait pas de bruit. Personne n'a rien entendu.

— Aucun va-et-vient ? Aucun étranger dans la rue, ou la ruelle, le jour du crime ou les jours précédents ?

— Ce sont des rues tranquilles, nous tenons à l'œil les gens qui n'ont rien à y faire. Comme le meurtre a été commis un dimanche, à peu près à l'heure du souper, plus personne ne se trouvait sur les perrons ou dans les cours. En fait, de tous les voisins, seule une veuve dans la résidence d'à côté a aperçu une visiteuse.

Cette fois, l'enquêteur privé ne put dissimuler sa surprise :

— Une visiteuse, à l'heure du crime ?

— Enfin, une femme qui devait vendre quelque chose, ou alors quêter. Elle n'a fait qu'entrer et sortir. Dix minutes peut-être.

— Et elle est allée chez les voisins ? Une vendeuse ou une quêteuse ne se serait pas limitée à seulement un domicile.

Le capitaine Tessier afficha un certain trouble, comme un gamin prit en défaut. Il affirma avec une assurance qui sonnait faux :

— Sauf si elle vendait, ou quêtait, exclusivement auprès des Juifs. Leurs résidences sont faciles à identifier, avec le petit machin qu'ils accrochent au cadre de la porte.

— Vous n'avez pas pensé que le meurtrier, ou la meurtrière, ne s'était arrêté qu'à une seule maison, et n'avait besoin que de rentrer et sortir pour accomplir la besogne ? Un coup de feu, cela ne prend pas de temps.

— Mais le coupable est un homme !

Cela aussi tenait sans doute au sixième sens du capitaine Tessier. À voix basse il décrivit les mutilations sexuelles sur le cadavre, avant de conclure, convaincu :

— Aucune femme ne ferait subir une chose pareille à une autre femme.

— … Alors un homme habillé en femme ?

Pour la première fois, la certitude du policier semblait ébranlée. Le repas se termina sur des échanges plus anodins. Ensuite, Farah-Lajoie raccompagna son invité jusqu'à son bureau, obtint sans trop de mal la liasse de lettres de menace contre la promesse de la remettre en mains propres à l'avocat d'Arden Davidowicz.

Tant qu'à se trouver à Outremont, autant effectuer tout de suite une petite vérification. Le docteur Davidowicz occupait une belle grande maison jumelée, au recouvrement de briques, sur la rue Davaar. Les deux portes d'entrée se situaient à moins de vingt pieds l'une de l'autre. Celle de gauche donnait sur le domicile du suspect. Farah-Lajoie se dirigea plutôt à droite.

— Certainement, rien n'échappe à cette femme, se dit-il au moment d'appuyer sur la sonnette.

En effet, le rideau de la fenêtre s'ouvrant sur la rue avait bougé un peu. L'huis s'entrouvrit sur une minuscule vieille dame aux cheveux gris souris avant même que la sonnerie n'eût cessé dans la maison.

— Oui, que voulez-vous ? demanda-t-elle dans la fente d'un pouce.

— Monsieur Lajoie, détective. J'aimerais vous parler du meurtre survenu à côté.

Avec certaines personnes, l'enquêteur savait amputer son patronyme et n'utiliser que la traduction de celui-ci. Cela lui valait parfois un meilleur accueil.

— Oh ! prononça-t-elle, les yeux pétillants d'excitation en ouvrant la porte un peu plus grande. Je croyais que la police avait délaissé les recherches.

— Dans ce genre d'affaire, nous n'abandonnons jamais. Est-ce que je peux entrer ?

— ... Oui, oui, bien sûr.

Elle s'effaça pour le laisser pénétrer dans un petit hall, puis lui fit signe de passer dans une pièce sur la droite, un salon aux meubles recouverts de peluche. Toute la maison embaumait l'encaustique et le renfermé. Quelque part une horloge égrenait les secondes. Farah-Lajoie accepta de s'asseoir dans un fauteuil, mais refusa toutes les offres de thé, de café ou de biscuits. Son « Jamais pendant le service » rassura son hôtesse sur son sérieux.

Celle-ci prit place sur son siège habituel, le seul qui fut usé dans la pièce, donnant sur une grande fenêtre. Le voile léger empêchait quiconque à l'extérieur de voir à l'intérieur, à moins que l'obscurité ne soit tombée et la lampe électrique, allumée. Cependant, l'occupante de ce siège ne ratait rien de ce qui se passait sur le trottoir, mais aussi dans l'allée pavée conduisant à la porte de chacune des entrées jumelles.

— Madame, je voulais entendre votre témoignage. Vous avez vu une femme se présenter chez vos voisins le jour du meurtre...

— C'était plutôt en début de soirée.

— ... En effet, c'est ce que je vois ici, se reprit l'enquêteur en feuilletant de petites fiches. Aux environs de dix-huit heures trente. Il faisait encore clair, à cette heure-là ?

— Oui, bien sûr. À ce moment de l'année, en mai, le soleil n'est pas couché.

Déjà, Farah-Lajoie se dit que ce témoin-là méritait qu'on l'écoute attentivement.

— Pouvez-vous me la décrire à nouveau ?

— Si vous voulez. Les cheveux bruns, mi-longs, une personne de bonne taille. Sa robe fleurie et son imperméable semblaient un peu bon marché, et plutôt voyants.

— Elle était grande ?

— Pour une femme, oui. Plus grande que vous, je pense.

Cela réduisait l'échantillon à moins de dix pour cent de la population féminine de la province.

— Si elle était si élancée, vous ne croyez pas qu'il pouvait s'agir d'un homme déguisé en femme ?

— Oh ! Je n'avais pas envisagé cela.

Son interlocutrice ferma les yeux à demi, comme pour revoir le film des événements.

— Honnêtement, je ne pense pas. La démarche, les traits, je suppose qu'il s'agissait d'une femme, conclut-elle.

— Avait-elle quelque chose de distinctif? À part les vêtements, je veux dire.

— Je ne comprends pas…

— Une cicatrice, un boitement, n'importe quoi qui permettrait de l'identifier.

— Non, rien.

À en croire cette dame, Ruth Davidowicz devait donc avoir été assassinée par une femme, ou par un travesti. Farah-Lajoie ne doutait pas qu'un homme soigneusement déguisé puisse tromper la vigilance de son témoin, quoi qu'elle en pense.

— Aucune autre personne ne s'est présentée chez les voisins ce soir-là ?

— Pas à la porte d'en avant.

Comme l'enquêteur gardait les yeux rivés sur elle, la vieille voisine admit sur le ton de la confession :

— J'espérais la visite de mon garçon, alors je suis restée devant la fenêtre toute la journée. Mais il ne vient jamais.

Bien sûr, le « toute la journée » devait être amputé des pauses pipi, et d'éventuels moments d'assoupissement. Mais quelque chose disait au détective que son interlocutrice ne devait pas rater grand-chose de la vie de ses voisins. Au moment où il fit mine de se lever pour partir, elle lui en donna la preuve :

— Monsieur le policier, vous ne pouvez rien faire de cette femme ?

— La visiteuse ?

— Non, non, l'autre. Une grande brune qui s'est installée à côté quelques jours après le meurtre, alors que le lit de la pauvre Davidowicz se trouvait encore chaud. Cela ne se fait pas. Enfin, cela ne se fait pas à Outremont. Ils ne sont certainement pas mariés. Même les Juifs n'acceptent pas une situation aussi scandaleuse.

— Malheureusement, cela tombe sous le couvert de la religion, pas des services de sécurité.

Le regard de la vieille dame lui indiqua tout le mal qu'elle pensait de la séparation de l'Église et de l'État. Si la police ne pouvait pas imposer la vertu aux gens, demeurait-elle vraiment utile ?

— Vous connaissez le nom de cette femme ?

— Non... Je crois avoir entendu le veuf l'appeler Élise.

— Vous pouvez me la décrire ?

— Une grande brune, mince, déliée.

— La même qui a effectué la visite le jour du meurtre ?

— Non, pas du tout, protesta la vieille dame.

Pourtant, l'idée valait d'être soupesée. Après un moment de réflexion, elle continua :

— Cette... traînée est de grandeur identique, mais plus mince, élancée, les cheveux plus courts. Puis ce n'est pas la même classe sociale. Si elle porte souvent les mêmes vêtements, ceux-ci sont toujours d'excellente qualité. Elle possède une élégance naturelle. Tenez, je parierais quelqu'un qui a déjà eu de l'argent, devenu pauvre ensuite. Elle essaie de maintenir le rang qui était le sien. Avec la crise, plusieurs personnes se sont retrouvées dans cette situation.

Cette vieille dame solitaire, négligée par son enfant, affichait une faculté d'observation redoutable, ce qui en aurait fait une policière autrement plus compétente que le capitaine

Tessier et son sixième sens. Au moment où il mettait la main sur la poignée de la porte, prêt à sortir, elle demanda encore :

— Et le petit garçon ? Vous ne pouvez rien faire pour lui ?

— Quel petit garçon ?

— Le fils Davidowicz. Depuis que cette femme est là, il a l'air bien malheureux.

— Elle le maltraite ? Des coups ? Des insultes ?

— Non, mais je suis certaine qu'il aimerait recevoir des taloches, si elles venaient parfois avec un mot gentil, ou une caresse. Elle demeure de glace.

— Malheureusement, à moins de sévices précis, les services sociaux ne peuvent rien.

La vieille dame secoua la tête, referma la porte sur lui en murmurant :

— Les lois sont curieusement faites.

19

Le jeudi suivant, Farah-Lajoie se trouvait assis à la même table du restaurant *Thémis*, située un peu à l'écart. En attendant son employeur, il parcourait les lettres de menace. Déjà il avait opéré un premier classement, les plaçant en piles distinctes d'après la signature, ou la catégorie quand celle-ci faisait défaut : par exemple les membres du clergé, les chemises noires, les légionnaires, les Casques d'acier.

— Cela donne quelque chose ? demanda Renaud en prenant place devant lui.

— Pas encore, mais je n'ai pas fini. À la fin, je les classerai selon la graphie utilisée, ou le type de papier.

— La graphie ?

— Bien sûr. Certains correspondants ont été éduqués en Europe, cela se voit tout de suite à leur façon de tracer les lettres.

— Oh ! Je vous crois sur parole ! répondit son interlocuteur en levant les mains, comme pour montrer son opposition à l'idée de recevoir un cours complet de criminalistique.

Le vieil enquêteur réfréna son enthousiasme pédagogique, sachant bien que tôt ou tard son employeur s'intéresserait à ses méthodes d'enquête.

— Alors, vous avez appris quelque chose ?

— Oui. Le meurtre a vraisemblablement été commis par une femme, où un homme déguisé en femme.

— Une femme !...

À compter de cet instant, l'intérêt de l'avocat ne faiblirait plus, aussi longtemps que durerait le rapport de son enquêteur. Après que celui-ci eut présenté un compte rendu de sa visite à la vieille voisine, Renaud suggéra :

— Mais une personne peut s'être introduite par l'arrière, sans que cette dame ne s'en rende compte. Il y a certainement une porte ouvrant sur la cour.

— Laquelle est clôturée. Il serait bien improbable que Ruth Davidowicz ait laissé entrer quelqu'un ayant sauté la barrière pour frapper à la porte donnant sur la cuisine. Et personne n'a forcé cette entrée. Cela autorise une seule possibilité : une visiteuse s'est pointée vers dix-huit heures trente et a quitté dix minutes plus tard.

— Vous disiez que cela pourrait être un travesti ?

— Ou une grande dame. La voisine penche pour cette dernière hypothèse.

Renaud demeura songeur un moment. Cette nouvelle donnée ruinait en entier sa vision de l'affaire.

— Comment retrouver la trace de cette personne ? Cela semble contredire totalement la piste des nazis : je n'ai jamais aperçu de femmes parmi eux.

— Mais vous n'en verriez pas dans la plupart des organisations politiques, ce qui ne veut pas dire qu'il ne s'y trouve pas des militantes convaincues.

— Comment entendez-vous orienter vos recherches, maintenant ?

— Vous ne considérez pas que dans toute cette histoire, il y a une grande absente : la victime !

L'avocat adressa un regard étonné à son vis-à-vis, comme s'il ne suivait plus.

— La plupart du temps, les policiers cherchent à connaître le mort. Cela permet tout de suite de savoir qui lui en voulait, et pourquoi. Pour une femme, la réponse habituelle est le mari, ou l'amoureux. Ici, comme nous commençons par éliminer l'époux visiblement pas très éploré, il faut regarder la victime autrement que comme un accessoire de théâtre.

— Ce qui signifie ?

— Que je vais tenter de rencontrer la famille de la dame. Peut-être trouverai-je là une piste tout à fait nouvelle.

Renaud Daigle acquiesça d'un signe de tête, comprenant bien que cela ferait apparaître l'affaire sous un autre jour, puis il relança la conversation :

— Avez-vous recueilli des informations sur le docteur Lalonde ?

— Lui ? J'aurais pu vous en donner dès mardi, mais j'ai mis la journée d'hier à me rafraîchir la mémoire. Le personnage est tout de même connu des services de police.

Comme la dernière fois, les deux hommes avaient commandé un café qu'ils ne termineraient pas. Le vieux détective étendait devant lui des petites fiches couvertes d'informations griffonnées à la hâte.

— Le docteur Paul-André Lalonde a été traduit en justice il y a deux ans : une jeune fille confiée à ses soins est morte lors d'une intervention chirurgicale qui ressemblait fort à un avortement. L'homme a plaidé que la patiente lui était arrivée déjà charcutée, qu'il avait tout fait pour la sauver, en vain.

— Cela se tenait comme histoire : une gamine malchanceuse se retrouve enceinte, elle déniche une avorteuse qui lui rentre des aiguilles à tricoter dans le ventre. La patiente se sent mal, accourt chez le médecin qui ne peut lui venir en aide.

— À vous entendre, on dirait que vous avez défendu ce praticien. Le juge s'est montré tout disposé à avaler ce conte. La difficulté, voyez-vous, c'est que la rumeur tenace qui circulait chez les constables voulait que le magistrat ait eu lui-même une fille assez généreuse de sa personne, qui avait utilisé les bons services de ce docteur.

Bien sûr, cela se pouvait très bien. Surtout, Renaud croyait que les policiers pouvaient inventer bien des histoires pour se moquer des riches et des puissants… dont les juges faisaient partie. Aussi préféra-t-il commenter prudemment :

— Ce type de légende circule partout. Cela ne constitue pas une preuve. Je n'y ferais pas beaucoup confiance.

— Mais moi non plus. Tout de même, j'ai assisté au procès. Vous savez, dans ce genre d'événements, il est assez rare que le suspect affiche plus d'assurance que le juge. Cette fois-là, c'était bien le cas.

L'avocat se souvenait de l'allure arrogante du médecin. N'empêche, se trouver au banc des accusés pour un crime aussi grave aurait dû lui inspirer un minimum de modestie.

— Alors comment interprétez-vous ce retournement de situation ?

— Si Lalonde se spécialise, comme le veut la rumeur, dans les avortements des jeunes femmes de bonne famille, tout le monde devait s'inquiéter que celui-ci rende public son carnet de rendez-vous. Même l'avocat de la couronne.

— Pourquoi celui-ci aurait-il porté les accusations ? insista Renaud.

— La fille était morte dans des circonstances très louches, il y a eu autopsie. Celle-ci a démontré qu'un avortement venait tout juste d'avoir lieu. Je présume que le Procureur général n'avait pas d'autre choix.

Évidemment, un peu comme dans le cas de Davidowicz, s'abstenir d'intenter des poursuites aurait paru très suspect. Quitte à ce qu'un avocat de la couronne pousse l'affaire mollement, et que le juge se montre tout disposé à croire aux arguments de la défense.

— La rumeur de la clientèle nantie vous semble-t-elle crédible ?

— Ce que les pauvres trouvent dans les arrières cuisines crasseuses aux mains de ménagères ne possédant aucune notion d'anatomie, les riches l'obtiennent chez des docteurs soucieux de rendre service.

— Ce qui donne un pouvoir considérable au toubib, sous forme de chantage, admit l'avocat.

— Vous connaissez déjà ce personnage, remarqua Farah-Lajoie, vous m'avez mis sur sa piste. Son train de vie me paraît très confortable, même pour un médecin : celui-là touche de très bons honoraires.

— Et le chantage que Lalonde pourrait exercer s'étendrait peut-être à la sphère politique, avec pour objectif de protéger les nazis.

C'était exactement la prétention d'Alfred Côté, tout à fait plausible.

— Là, confessa l'enquêteur en riant, vous en savez plus que moi. Cependant, j'ai tout de même exploré un peu de ce côté. Le docteur Lalonde semble un drôle de zigoto. Du côté de Valleyfield, le Parti de l'Unité nationale paraît bien populaire. Le médecin y possède un îlot sur le fleuve, que les villageois de Sainte-Barbe, la paroisse sur la rive à proximité, nomment l'île du Diable. La rumeur publique veut que les avortements se déroulent souvent à cet endroit. Remarquez, c'est habile : les clients doivent se garer au village, traverser à bord d'une chaloupe. Impossible d'organiser discrètement une visite de la police.

— Un monsieur très prudent, avec un sens développé du mélodrame, commenta Renaud. Et cette île ne sert certainement pas qu'à abriter des avortements clandestins.

— La rumeur, toujours elle, veut que le docteur Lalonde y concocte des orgies. À tout le moins, des hommes et des femmes s'y rendent, les badauds entendent de la musique depuis la terre ferme.

— Et quelle nouvelle surprise renferme l'antre de ce médecin ?

Comme Renaud avait observé que le détective n'avait pas épuisé sa pile de petites fiches, il savait qu'il aurait droit à une autre confidence.

— Hier, je suis allé me promener avec un canot à moteur du côté de cette île. J'accumule mes reçus, n'ayez crainte. J'ai vu un drapeau nazi à un mât, au-dessus de la cime des arbres. Il y a aussi une antenne : cet homme s'intéresse à la radio à ondes courtes.

— Je parie que la rumeur fait de lui un espion.

— Oui. L'île servirait à organiser des rassemblements fascistes. La chemise noire, le béret et la culotte aux genoux y sont de mise.

— Et les meubles de chêne portent des croix gammées sculptées à même le bois, suggéra l'avocat.

Renaud reprenait mot à mot les renseignements entendus d'Alfred Côté. L'enquêteur adressa un sourire entendu à son vis-à-vis avant d'ajouter :

— Vous possédez donc deux sources d'informations, dont vous pouvez croiser les renseignements. Je n'ai pas vu ces meubles, bien sûr, mais le garçon qui effectue les livraisons pour le compte du magasin général de Sainte-Barbe m'en a fait une description admirative.

Farah-Lajoie en avait terminé de ses fiches. Renaud tira de sa poche son chéquier, octroya tout de suite un bon montant à l'enquêteur et attendit que celui-ci lui remette un reçu.

— Maintenant, vous vous consacrez aux antécédents de Ruth Davidowicz ?

— Oui, et aussi à ceux du veuf joyeux. Si cela se trouve, nous serons peut-être tous les deux très étonnés du résultat de cette enquête. Mais le Procureur général m'a donné un mandat. Pendant les jours à venir, je vais délaisser un peu votre affaire.

Quelques minutes plus tard, les deux hommes se serraient la main devant la porte du restaurant, avant de se séparer.

Le vendredi, 7 juillet, en fin d'après-midi, Renaud rentrait à Sainte-Agathe en compagnie de Virginie. Comme celle-ci abandonnait le cinéma pour les trois prochaines semaines, elle fit vivre au préalable une journée d'enfer à son assistant, répétant cent fois au moins chacune de ses innombrables recommandations. Finalement, la jeune femme ne quitta les lieux qu'après la promesse ferme d'Émile Chiasson de lui téléphoner le lundi suivant. Ne serait-ce que pour la voir enfin partir, le gros homme s'y engagea « sur son honneur » !

Deux heures plus tard, la voiture se garait sous les arbres, sur le côté de la résidence secondaire. Si Nadja n'épargna pas ses parents avec ses câlins, Renaud eut droit à une remontrance bien sentie :

— Tu ne devais pas t'absenter si longtemps !

— J'ai eu des engagements à respecter.

— Mais tu avais promis que nous ferions de l'équitation les lundis et les vendredis !

— Je m'excuse. Crois-tu que si nous y allons tous les jours de la semaine prochaine, tu pourras me pardonner ?

— Peut-être…

Néanmoins, dans les minutes suivantes le père indigne apprit que la voisine, madame Bielfeld, avait payé de sa personne et amené les deux fillettes effectuer une balade à cheval pas plus tard que le matin même ! Soudainement bien moins rongé de remords, il se résolut tout de même à respecter sa nouvelle promesse.

Grâce à la rubrique nécrologique de la *Montreal Gazette*, Georges Farah-Lajoie n'avait eu aucun mal à dénicher le nom de jeune fille de l'épouse Davidowicz, Ruth Grabowski. Ce nom en poche, le bottin téléphonique lui permit de localiser son père. Un premier coup de fil à la maison lui apprit que celui-ci, Josef, se trouvait à l'atelier de confection de manteaux de fourrures Canadian Visons, sur la rue Concord, à deux pas de l'intersection de Bleury.

L'atelier du fourreur occupait le troisième étage d'un édifice industriel paré de briques. Des entreprises du secteur du vêtement, de la fabrication de la lingerie fine à celle des paletots, s'y côtoyaient. La porte d'entrée donnait sur un immense espace sans cloisons. La moitié de celui-ci s'encombrait de longues tables sur lesquelles des hommes taillaient des peaux avec des gestes étonnamment vifs, compte tenu de la précision de leur travail et la valeur du matériau. De l'autre côté, des machines à coudre permettaient à des femmes d'assembler les manteaux. Au premier coup d'œil, l'enquêteur constata que tout un monde d'Européens de l'Est trouvait là une maigre subsistance. La majorité des employés arboraient la kippa, la plupart affichaient aussi le *tallit katan*, une pièce de tissu carrée ou rectangulaire portant des franges. Sans doute les ouvrières partageaient-elles la même origine que leurs confrères. Il fallait une grande dose d'ignorance coupable pour affirmer que tous les Juifs dominaient l'univers de la finance ou du commerce !

— Josef Grabowski ? demanda le détective à une personne passant à sa portée les bras pleins de peaux de loutre.

— Là-bas, dans la cage transparente.

Tout au fond de la pièce, un réduit logeait la direction de l'entreprise. Les murs donnant sur les travailleurs se composaient d'une multitude de carreaux de verre : patrons et ouvriers pouvaient se surveiller mutuellement. Farah-Lajoie frappa à la porte assez violemment pour couvrir le vacarme ambiant. Un petit homme gris de poils, les sourcils étonnamment touffus et broussailleux, vint lui ouvrir. Après s'être présenté, il continua :

— Monsieur Grabowski, j'aimerais vous entretenir un moment de votre fille, Ruth.

Son vis-à-vis le regarda d'un air chargé de tristesse, avant de lui dire dans un anglais au très lourd accent :

— Pourquoi ? De toute façon, cet individu se promène en liberté.

— … De qui parlez-vous ?

— Davidowicz. Ils l'ont libéré.

L'entrepreneur ne doutait pas le moins de monde de la culpabilité du médecin. Bien que ce fut peine perdue, l'enquêteur jugea bon de remarquer :

— Au moment du meurtre, son époux se trouvait ailleurs. Des témoins ont pu le confirmer.

Le vieil homme lui adressa un signe de dénégation. Inutile d'insister, ce type ne raisonnait pas avec sa douleur. Comme le petit bureau ne comptait qu'une chaise et une table encombrée d'une quantité considérable de paperasse, tous deux demeuraient debout près de la paroi vitrée. Aussi Farah-Lajoie en vint tout de suite au sujet de sa visite :

— Comment se portait le mariage de votre fille ?

— Mal.

— Pourtant, vous l'avez approuvé.

Une ombre passa sur le visage du fourreur. Après une brève hésitation, il se défendit :

— À cette époque, l'hypocrite était tout de miel. Avec des amis nous nous étions cotisés pour lui payer des études de médecine à McGill, puis un stage de perfectionnement en France et en Suisse. Il se montrait sous son meilleur jour, un bon Juif, enfin, un Juif plutôt libéral, comme il convenait pour quelqu'un ayant étudié et voyagé. Tout de même, jamais un rendez-vous manqué à la synagogue, le plus grand respect pour les anciens…

— Vous dites lui avoir permis d'étudier ?

— Pas moi seul. Mais son père avait du mal avec son entreprise, à cinq ou six nous lui sommes venus en aide. Il se distinguait à l'école depuis le début, nous pensions que ce serait l'ambassadeur parfait auprès des chrétiens. Un homme talentueux, cultivé, raffiné, maîtrisant déjà l'anglais et le français.

— Quand a-t-il connu votre fille ?

— À son retour de Suisse, en 1931.

Le vieux travailleur expliqua que la différence d'âge entre les deux ne leur avait pas permis de se rencontrer auparavant en classe ou dans les associations israélites.

— Ce fut le coup de foudre ?

— Non. Mais il se montrait poli, attentionné. Cela a semblé une bonne idée, à son père et à moi. Comme le Congrès juif pensait à lui comme à un candidat capable de rallier aussi des suffrages chez les chrétiens pour les élections de 1935, il valait mieux qu'il se présente devant les électeurs marié, bien établi.

— Un mariage arrangé ?

L'autre le regarda d'un œil mauvais, avant de convenir tout de même :

— Oui, si vous voulez.

— Les choses se sont détériorées rapidement ?

— En tout cas, dès la campagne électorale, avec un enfant de pas tout à fait deux ans, il paraissait très soucieux d'obtenir l'appui des électrices. Après son élection, il a commencé tout de suite à passer des fins de semaine à Ottawa, ou alors dans son chalet de Sainte-Agathe. Avec la *shiksa*... Vous savez qu'elle s'est installée dans la maison de ma fille dans les jours qui ont suivi sa mort ?

Cela ne méritait pas de réponse. Farah-Lajoie préféra demander plutôt :

— Comment Ruth vivait-elle cette situation ?

— Comme une bonne juive. Elle se réfugiait dans l'espoir que le sens du devoir ramènerait son époux dans sa couche, et auprès de son fils.

— Elle n'a pas pensé à le quitter ?

— Pourquoi ? Parce que son mari s'était entiché d'une traînée ?

Bien sûr, cela ne représentait pas une motivation suffisante. Les conjointes de toutes les communautés religieuses ne remettaient pas en question leur situation pour un motif aussi futile.

— Et lui, pourquoi n'a-t-il pas simplement demandé le divorce, pour vivre avec l'autre femme ?

— Oh ! Pour une raison très simple. Vous voyez cette centaine de personnes ?

Le vieux fourreur désignait d'un doigt noueux les travailleurs qui s'agitaient dans son atelier. L'enquêteur se retourna à demi pour les regarder, puis ses yeux revinrent vers son interlocuteur.

— J'ai été très injuste avec eux. Je les ai payés moins cher que ne valait leur travail afin de donner une grande maison à ma fille, à Outremont, en guise de dot. Un cadeau de mariage, si vous préférez. Comme cela son mari, l'un des médecins les plus compétents de Montréal et futur candidat du Parti libéral, pourrait poser comme un bourgeois prospère. S'il avait voulu divorcer, ma fille aurait pu mettre ses valises sur le trottoir et garder le domicile. Veuf, il peut y loger cette putain.

En plus de donner libre cours à sa passion pour une grande brune, Davidowicz trouvait donc un avantage matériel au décès de sa femme.

— Monsieur Grabowski, dans un tout autre ordre d'idée, pourriez-vous me dire si Ruth avait des ennemis, des personnes ayant eu un motif de souhaiter sa mort ?

Son vis-à-vis lui jeta un regard incrédule, passa sa main droite dans ses cheveux avant de déclarer, la voix chargée de lassitude :

— Allez-vous-en. Quittez cet atelier et n'y remettez plus les pieds.

Un instant plus tard, le vieil homme se trouvait à nouveau derrière la petite table et s'absorbait dans les commandes et les factures. Farah-Lajoie abandonna les lieux comme on le lui avait demandé.

La même rubrique nécrologique avait aussi procuré à l'enquêteur le prénom du père d'Arden Davidowicz. Une fois encore, un simple coup de fil lui permit de localiser son lieu de travail, un atelier de couture minuscule situé dans un immeuble branlant de la rue Hôtel-de-Ville, un peu au sud de l'intersection de la rue Rachel.

Dans une pièce au second étage, une demi-douzaine de couturières penchées sur des machines industrielles répétaient inlassablement des gestes vifs et saccadés. En face d'elles, un peu comme un professeur devant une petite classe, un homme d'au moins soixante-cinq ans se livrait à la même occupation. Debout devant de lui, Farah-Lajoie demanda :

— Monsieur Davidowicz, je peux vous poser quelques questions ?

— Vous pouvez. Comme vous ne paierez pas le loyer de ce trou à rat, de mon côté je vais continuer de travailler.

— Vous ne préférez pas un endroit plus discret ?

— À moins que vous ne passiez au yiddish ou à l'anglais, personne dans cette salle ne comprendra quoi que ce soit.

L'homme prenait une pièce de vêtement dans un panier, une chemise de nuit, effectuait une seule couture sur le côté de celle-ci, avant de la jeter dans une grande boîte de carton. Le travail à la chaîne appliqué à la lingerie féminine.

— Pouvez-vous me dire ce que vous pensiez de votre belle-fille, Ruth ?

— ... Une bonne petite juive, docile et ennuyante.

Le couturier s'exprimait dans un français impeccable. Son fils, scolarisé en anglais dans des écoles protestantes, comme tous les autres « non catholiques » de la province en vertu de la loi québécoise, tenait sans doute de son père sa connaissance de la langue de la majorité.

— Votre garçon partageait votre opinion sur elle, puisqu'il la trompait.

En guise de réponse, son vis-à-vis leva sur lui un regard mauvais, puis se concentra à nouveau sur son travail.

— Le mieux serait que vous alliez lui demander ce qu'il pensait d'elle.

— Ne craignez rien, si l'occasion se présente, je le ferai. Dans les circonstances, je présume que le souci de conserver la jouissance de sa belle maison à Outremont justifiait le fait qu'il demeurait avec elle malgré tout.

— Vous pourriez être poursuivi pour diffamation, avec des paroles semblables. À moins que les policiers puissent insulter les Juifs impunément, dans ce pays.

— À propos de votre fils, épargnez-moi les violons sur le racisme.

À l'époque où il était policier, Farah-Lajoie aurait fait conduire cet homme au poste de police. Après quelques heures d'attente dans un milieu hostile, il se serait montré plus conciliant. Un détective privé ne jouissait d'aucun pouvoir de ce genre.

— Quand votre garçon s'absentait pour rejoindre sa nouvelle conquête, je crois que vous aviez l'habitude de garder votre petit-fils avec vous ?

— Cela me permettait de l'amener à la synagogue, de lui apprendre la religion de ses pères.

La voix du vieil homme était devenue chevrotante à cette évocation. Pour lui, la négligence de son fils à cet égard prenait l'allure d'une trahison des siens.

— Est-ce encore le cas maintenant qu'il peut vivre sa passion au grand jour ?

— Non. Êtes-vous vraiment venu ici pour me parler de mes relations avec mon petit-fils ?

Au fond, l'enquêteur ne savait pas précisément pourquoi il se trouvait là, au-delà de son désir de connaître un peu mieux le contexte dans lequel avait vécu la victime, afin de découvrir des motifs qui auraient pu conduire à son assassinat.

— À part Arden, avez-vous d'autres enfants ?

Pendant un long moment, l'homme se concentra sur sa machine à coudre. En entendant la dernière question, un faux mouvement lui avait fait casser le fil. À la fin il répondit :

— Je n'ai pas d'autres enfants. Maintenant, je vous en prie, laissez-moi.

Farah-Lajoie hésita un instant, puis obtempéra. Cet homme pleurait désormais sur son propre sort : non seulement son fils trahissait sa communauté en s'entichant d'une chrétienne, mais son petit-fils échappait sans doute à tout enseignement religieux.

Au moment de descendre l'escalier, l'ex-détective se retrouva sur les talons d'une vieille dame au visage émacié, les cheveux en filasse, cassants, d'un gris sale. Quand ils atteignirent le trottoir, elle se retourna pour lui déclarer, les yeux dans les siens, en anglais :

— Le patron vous a menti.

— Que voulez-vous dire ?

— J'étais allée fumer une cigarette. Mon vice… En revenant, je vous ai entendus.

Plus précisément, elle avait écouté la fin de la conversation depuis l'escalier, hors de la vue de Davidowicz. Son sourire révélait des dents réduites à l'état de chicots, brunies à la fois par les caries et sa mauvaise habitude.

— La fin de l'échange, précisa-t-elle encore.

— Vous comprenez le français ?

— Assez bien. À force d'entendre parler cette langue, il faut faire exprès pour ne rien déchiffrer.

À son âge, elle l'entendait peut-être depuis cinquante ans. La suite de la conversation révélerait son niveau de compréhension. Farah-Lajoie demanda :

— Que voulez-vous dire, par mensonge ?

— De son point de vue, il ne ment pas. Tout de même, en affirmant ne pas avoir d'autre enfant, il donne la version qui l'arrange le mieux. Le 21 mai dernier, il a chanté le *kaddish* pour sa fille Myriam.

— Le *kaddish* ?

— La prière rituelle pour les morts. Une petite cérémonie pour laquelle il faut réunir dix Juifs, afin qu'ils récitent cette prière.

Cette femme comprenait peut-être le français, mais elle ne s'exprimait pas très clairement. Le père Davidowicz n'avait pas menti, un seul enfant lui restait. Après lui avoir expliqué ce point de vue, ce fut pour s'entendre répondre :

— Mais elle n'est pas vraiment décédée.

— Je ne vous comprends pas.

— Elle est mariée à un Français ! Épouser des chrétiens est défendu chez les juifs. Alors un an jour pour jour après le mariage, le bonhomme a chanté le *kaddish*. À ses yeux comme à ceux de tous ses copains, elle est morte. Donc s'il ne vous a pas menti, il n'a pas dit non plus la vérité.

— Vous avez déclaré que cette femme s'appelle Myriam ?

— Oui. Maintenant, elle porte le nom de son mari, Laliberté. Drôle de situation tout de même, morte d'un côté, libre de l'autre.

Son interlocutrice n'approuvait sans doute pas tout à fait l'habitude de sa communauté de couper les ponts et de tenir pour mortes les filles ayant commis le crime d'épouser un chrétien. Après avoir remercié la vieille ouvrière, le détective se résolut à consacrer le reste de sa journée au service du Procureur général.

20

Quand, au début de la semaine suivante, le téléphone se fit entendre chez les Daigle en fin d'après-midi, plusieurs sonneries retentirent avant qu'un Renaud à l'entrejambe mis à rude épreuve par les sessions d'équitation quotidiennes ne rejoigne l'appareil.

À l'autre bout du fil, Farah-Lajoie commença par un compte rendu rapide de sa visite à l'atelier de Josef Grabowski, qu'il conclut en précisant :

— Nous savons pourquoi un décès prématuré représente un avantage sur une procédure de divorce. La dot généreuse apportée par l'épouse, sous la forme du domicile conjugal bourgeois, serait demeurée dans le patrimoine de la dame, comme le veut la tradition de la communauté juive. Maintenant, le tout revient au joyeux veuf.

— Vous vous souvenez, le monsieur possède un alibi, plaida l'avocat.

Celui-ci se trouvait très mal à l'aise de discuter d'un sujet pareil en utilisant un moyen de communication aussi peu privé : à chacune des extrémités du fil, une téléphoniste pouvait très bien tendre l'oreille.

— Je sais. Mais convenez avec moi que cela demeure un décès opportun. Sur tous les tableaux, votre client sort gagnant. Un divorce lui aurait coûté une maison et des électeurs. Pour ces derniers, je comprends que sa façon de s'afficher sera du plus mauvais effet, mais tout de même…

— Et cette dame n'avait aucun autre ennemi ?

— Craignant Dieu et vivant dans l'ombre de son homme, il semble que non. Son paternel paraît très convaincu à ce sujet : il m'a chassé de son atelier quand j'ai évoqué la question. Comme vous le devinez, je ne peux extirper les confidences.

— Cette piste vous a donc conduit nulle part jusqu'à présent. Les amis d'Arcand ?

Pour ne pas troubler la quiétude de la standardiste de Sainte-Agathe, Renaud avait préféré éviter le mot « nazi ».

— Je continue d'examiner les lettres, sans plus de succès. Mais j'ai aussi trouvé une autre bizarrerie dans ce dossier. Vous saviez que les juifs célébraient les funérailles de leurs filles, si elles épousaient un chrétien ?

— Chez les catholiques, il est interdit de marier un « infidèle ». Passer outre, c'est la mort de l'âme.

— Oui, l'Église excommunie la fautive. Mais ses parents ne publient pas un avis de décès dans les journaux, et ils ne récitent pas pour elle la prière des morts.

— À votre place, précisa Renaud, je ne parierais pas que cela n'est jamais arrivé, avec toutes nos grenouilles de bénitier. Mais je conviens que ce n'est pas l'usage. Pourquoi me raconter cela ? Vous donnez dans l'ethnographie religieuse, maintenant ?

— Simplement parce qu'Arden Davidowicz a une sœur, Myriam. Elle a épousé un Canadien français du nom de Laliberté. Le jour où Ruth Davidowicz a été assassinée, son beau-père soulignait la date anniversaire du mariage de sa fille en chantant le *kaddish*, la prière des morts.

L'enquêteur expliqua en quoi la cérémonie consistait. Les deux enfants de cette famille se trouvaient en rupture avec leur communauté d'origine pour avoir voulu se rapprocher de la majorité. Bien sûr, cela tenait sans doute largement au charme personnel d'une Élise Trudel et d'un certain Laliberté. Mais le désir de cesser d'être des éternels « étrangers » à Montréal, pour se fondre dans le grand « nous » Canadien français – ou Canadien anglais : la plupart des transfuges joignaient plutôt les rangs de cette communauté – avait sûrement pesé sur les inclinations amoureuses.

— Cela signifie que cette jeune femme a dû se convertir au catholicisme pour avoir droit à une cérémonie religieuse, conclut Renaud. À moins que son époux ait consenti à un mariage civil, ce qui entraîne habituellement un véritable ostracisme chez les Canadiens français. Dans cette dernière éventualité, cela signifierait que les deux membres du couple se trouvent exclus de leur groupement d'origine. Toutefois, je ne comprends pas le lien avec notre enquête.

— Si j'étais le capitaine Tessier, je vous expliquerais que mon sixième sens me dit qu'il y a un rapport entre ces événements. Le frère voit sa femme assassinée alors qu'il se complaît avec sa maîtresse catholique ; le jour même, le père chante le *kaddish* pour sa fille convertie au catholicisme exactement un an plus tôt. Curieux hasard.

De tout cela, Renaud retint surtout du ton de son interlocuteur que la notion de sixième sens lui paraissait être une hérésie, à une époque où l'on parlait de plus en plus de « police scientifique ».

— Une simple coïncidence… risqua-t-il.

— Que j'aimerais tout de même examiner de plus près, en rencontrant cette Myriam. Est-ce que ce sera à mes frais, ou payé par votre riche commanditaire ?

La question fit sourire Renaud. Bronfman possédait assurément les moyens d'assouvir la curiosité d'un vieux détective d'origine syrienne. Déjà, un chèque couvrant les premières dépenses engagées était arrivé par la poste la semaine précédente.

— À ses frais, bien sûr, si cela doit prouver que votre sixième sens vous a bien guidé.

— À moins que ce soit mon intuition masculine. Sachez cependant que ce sera sans doute assez cher. Combien de Laliberté figurent dans le bottin téléphonique, selon vous ?

— Pas la moindre idée, mais si vous me posez la question, je devine qu'ils sont nombreux.

— Très précisément soixante-quatre, juste à Montréal. Le pire, c'est que ce type n'a peut-être pas le téléphone.

— Alors bonne chasse.

Après avoir raccroché le combiné, Renaud marcha avec précaution jusqu'à son fauteuil. Ou il arriverait à la fin de l'été aussi bon cavalier que John Wayne, ou alors il finirait ses jours en prison pour avoir assassiné un canasson. La vedette des westerns *Red River Range*, *Stagecoach*, *The Night Riders* et *The Three Texas Steers* avait drainé une belle proportion des adolescents de la municipalité vers le Théâtre Outremont depuis le début de cette année 1939.

Finalement, les choses n'avaient pas été si difficiles. Connaissant la date du mariage de Myriam Davidowicz, le vieux détective avait cherché dans les journaux de l'année précédente un entrefilet faisant référence à l'événement dans les « Notes sociales », une adaptation prolétarienne du « Carnet mondain ». Aussi apprit-il que l'époux se prénommait Armand et qu'il travaillait comme « acheteur » chez Dupuis Frères. Ainsi, les chemises de nuit vendues trente-neuf cents par la grande maison de commerce canadienne-française étaient produites dans un minuscule atelier de la rue Hôtel-de-Ville où tout le personnel était juif. Quelle ironie pour un grand magasin qui cherchait le patronage des francophones et des catholiques dans les pages de *L'Action nationale* et qui réservait un salon à l'usage exclusif des ecclésiastiques dans son établissement !

Bien sûr, la fonction de l'époux permettait d'imaginer comment la relation avait pu naître entre les jeunes gens : au moment de se rendre à l'atelier pour passer une commande, Armand Laliberté avait pu fraterniser avec une couturière prénommée Myriam. Peut-être même celle-ci se voyait-elle confier les négociations avec certains clients, si elle était jeune et jolie. Le charme de l'un et de l'autre avait fait le reste...

L'employé de Dupuis Frères et sa nouvelle conjointe occupaient un logement au second étage d'un immeuble qui en comptait trois, sur la rue Saint-Hubert, un peu au nord de la rue Sainte-Catherine. Quand Farah-Lajoie frappa à la porte dans la matinée du 18 juillet, une femme tout juste dans la vingtaine vint lui ouvrir. De taille moyenne, les cheveux noirs, les lèvres pleines, les yeux d'un gris très foncé, à sa vue l'enquêteur comprit tout de suite pourquoi un Canadien français avait pu s'enticher d'elle.

— Madame, je m'appelle Georges Farah-Lajoie, détective. J'enquête sur le meurtre de Ruth Davidowicz.

— … Je ne sais rien à ce sujet.

— Puis-je tout de même entrer pour vous poser quelques questions ? On ne sait jamais, un infime détail pourrait faire progresser l'enquête.

Ce fut tout à fait à son corps défendant que la jeune femme s'effaça pour ouvrir la porte toute grande. Pour la première fois, l'enquêteur remarqua son ventre proéminent. Un petit Laliberté se trouvait en route depuis quelques mois.

Dans l'appartement, Myriam Davidowicz lui indiqua un salon modestement meublé. La maison Dupuis Frères n'avait pas la réputation de bien payer ses employés, des membres de la Confédération des travailleurs catholiques du Canada, mais elle leur consentait une réduction sur les achats effectués chez elle. Rien ne devait venir d'un autre commerce, dans ce domicile. L'ancien policier prit place sur le fauteuil désigné par son hôtesse, celle-ci s'installa juste en face de lui sur un petit canapé fleuri.

— Pouvez-vous me dire comment était votre belle-sœur ?

— … J'ignore ce que vous voulez apprendre.

— Simplement quel genre de personne elle était.

L'autre se mordit la lèvre inférieure, le regard perdu dans les motifs ornant la moquette. Sans lever les yeux, elle commença :

— Comme l'eau : incolore, inodore et sans saveur. Exactement ce que l'on désire d'une bonne petite juive. Vous savez, il faut accepter d'épouser l'homme que la famille a trouvé.

Mais un mari peut nous répudier à sa guise en fournissant un *get*, un avis écrit nous rendant notre liberté d'en dénicher un nouveau. Alors, Ruth convenait parfaitement au rôle attendu d'elle.

— Votre frère partageait votre opinion sur son épouse, puisqu'il cherchait consolation ailleurs.

Encore une fois, Myriam Davidowicz marqua une pause, se demandant comment répondre. En femme solidaire de la conjointe trompée, ou en sœur compréhensive pour les accrocs de son frère au contrat de mariage ?

— Au fond, dans ce mariage, il a dû sentir qu'on lui avait forcé la main. Cette union plaisait à tout le monde : les deux pères, le rabbin, les associations juives qui voyaient là un moyen d'aider la carrière d'Arden. Et je suppose que dans le ghetto de Cracovie, tous les deux auraient pu être heureux. Mais la vie à Montréal, son statut de député, la clientèle diversifiée et distinguée de son cabinet de médecin lui ont fait le même effet qu'une vitrine remplie de jouets sur un enfant pauvre. Pourquoi se contenter d'une compagne dont l'existence s'écoulait entre les fêtes religieuses, les deux semaines d'impureté chaque mois, le bain rituel ensuite pour redevenir digne de la couche du conjoint ?

— Ce dont vous vouliez aussi vous éloigner par votre propre mariage ?

Pour toute réponse, la jeune femme garda les yeux scrupuleusement rivés au sol.

— Comment Ruth Davidowicz vivait-elle cette situation d'épouse délaissée ? tenta Farah-Lajoie pour relancer la conversation.

— Mal, je suppose, en s'affichant dans sa famille avec des airs d'agneau sacrificiel.

— Pensez-vous qu'elle désirait divorcer ?

Le sujet intéressait visiblement son interlocutrice, puisqu'elle prit une grande respiration avant de se lancer :

— Comment voulez-vous que je le sache ? Nous nous voyions peu, je faisais trop brebis galeuse pour elle. Mais les bonnes juives ne divorcent pas. En fait, le concept de divorce traduit difficilement ce qui se passe chez nous. Les hommes répudient leur conjointe, c'est-à-dire qu'ils leur permettent de se remettre sur le marché du mariage et d'attendre que la famille trouve le prochain volontaire. Les raisons peuvent être très diverses, d'un repas mal préparé à la rencontre d'une candidate plus jolie. Mais aucune femme ne peut prendre une initiative de ce genre, à moins de pouvoir présenter la preuve d'avoir été victime de mauvais traitements. À demi-morte, peut-être qu'une femme pourrait se séparer de son époux tortionnaire sans être mise au ban de la société. Mais Ruth ne possédait, pour tout motif de plainte, que les absences d'Arden.

— Chez les catholiques aussi, les femmes ont peu de liberté dans ce domaine. Vous n'avez pas beaucoup gagné au change.

— Les catholiques jouissent de moins de droits que les hommes, mais plus que les juives, croyez-moi. Aucun chrétien ne peut répudier sa conjointe. Cela fait une différence considérable.

— Je veux bien vous croire.

Syrien ayant grandi à Jérusalem, Farah-Lajoie admettait d'autant plus facilement son point de vue qu'elle ne lui avait rien appris qu'il ne savait déjà.

— Mais tous les Israélites ne subissent pas ces règles dans toute leur rigueur. La plupart les adaptent au lieu et au temps où ils vivent.

— Bien sûr, certains ne sont juifs que quelques heures le samedi, d'autres pas du tout. Mais d'autres portent des redingotes qui étaient à la mode dans la Pologne du dix-huitième siècle. Comme il y a des catholiques plus rigides que d'autres. Ruth venait d'un milieu plutôt orthodoxe. Peut-être à cause de l'âge et de la peur de la mort, le père d'Arden a découvert le charme de la rigidité un peu tard dans la vie.

— Votre père.

— Je n'ai plus de père.

Elle avait dit cela d'une voix blanche, les yeux toujours fixés au sol.

— Je l'ai interrogé la semaine dernière, précisa l'enquêteur tout doucement.

— L'homme que vous avez rencontré a célébré mes funérailles et a annoncé mon décès dans les pages de la *Montreal Gazette*, de façon à ce que plus personne de la communauté juive ne m'adresse la parole. Je suis orpheline.

D'un autre côté, la famille Laliberté devait tenir cette femme nouvellement baptisée comme suspecte. Les catholiques ne se distinguaient pas toujours par leur ouverture. La manie de la généalogie, pour retrouver les racines les plus lointaines, avait pour conséquence que tous les immigrants arrivés au Canada après 1660 passaient presque pour des nouveaux venus, étrangers à la « race ». Armand Laliberté se devait d'être particulièrement attentionné, sinon cette personne se trouverait bien isolée.

— Vous n'entretenez donc plus de relation avec votre père. Qu'en est-il avec votre frère Arden ?

— … Nous nous rencontrons parfois. Une solidarité de proscrits, sans doute.

— À quelle fréquence ?

— …

— Toutes les semaines ? Tous les mois ?

— Moins que cela. Tous les deux, trois mois.

Son hésitation à ce sujet intriguait l'enquêteur. Il enchaîna :

— Vous allez chez lui ?

— Ne soyez pas ridicule. Pas avec elle.

— Elle ? Ruth ? Élise ?

— … Les deux.

— Alors, il vient ici ?

Devant l'insistance de l'enquêteur, la jeune femme consentit enfin à se livrer un peu plus après un silence :

— Non, nous allons au restaurant. Il enlève sa kippa, nous parlons français. Nous ressemblons à un couple d'Européens. Personne ne nous jette des regards insistants.

— Quand l'avez-vous vu pour la dernière fois ?

— En mai… Non, en juin.

Farah-Lajoie n'apprendrait plus rien de vraiment utile de cette femme. Alors, autant la soulager de sa présence, afin qu'elle puisse abandonner sa contemplation têtue de la moquette.

La voisine de Davidowicz, sur la rue Davaar, demeurait toujours aussi attentive à ce qui se passait dans son quartier. À peine le vieux détective s'était-il engagé dans l'allée conduisant à l'entrée qu'un mouvement agita le rideau du salon. Quand la porte s'ouvrit, son index n'avait pas encore atteint le bouton de la sonnette.

— Monsieur Lajoie, vous avez du nouveau ?

— Seulement une petite question qui me turlupine. La dame qui est venue à côté, le jour du meurtre, avez-vous remarqué si elle se trouvait enceinte ?

— … En tout cas, si elle l'était, ce n'était pas de beaucoup de mois.

— Je ne suis pas un expert en la matière… mais quatre ou cinq, je pense.

Mentalement, il avait retranché huit semaines au ventre de Myriam Davidowicz.

— Elle portait des vêtements amples. C'est possible, mais je ne saurais l'affirmer.

— Vous m'avez déclaré qu'elle était élancée. Croyez-vous qu'elle m'allait à la bouche ?

— J'ai dit qu'elle était aussi grande que vous. Cela signifie cinq pouces plus haut que votre bouche.

— Vous en êtes sûre ? Parfois, avec la distance…

— Certaine.

Cette vieille dame affichait sa certitude. Cependant, l'ex-détective se demandait si elle pouvait apprécier la grandeur d'une personne sans aucun repère pour la mettre en perspective. Ses années d'enquêteur au sein du service de police de Montréal lui avaient enseigné que dix témoins ayant aperçu la même personne fournissaient dix évaluations différentes de sa taille. Néanmoins, pour l'instant, Farah-Lajoie résolut de placer le nom de Myriam Davidowicz un peu plus bas sur la liste de ses suspects. Pendant un moment, elle en avait pris la tête.

— Vous savez s'il y a quelqu'un à côté ?

— Le médecin est là et il reçoit des patients. Mais il n'en vient pas beaucoup. Ou ils ont peur de lui maintenant, ou ils sont en vacances.

— Il est seul ?

— La femme et le garçon sont absents depuis un bon moment. J'ai appris qu'il possédait un chalet à Sainte-Agathe. Lui part les samedis après-midi, pour revenir le mardi, parfois le mercredi.

— Je vous remercie. Je vais le voir.

Arden Davidowicz trahit un moment d'inquiétude quand Farah-Lajoie se présenta à lui comme un agent spécial, puis l'invita à le suivre dans son bureau.

— Tout de même, précisa le médecin, je vais laisser la porte ouverte, dans l'éventualité d'une visite. La réceptionniste est en congé.

La salle d'attente se trouvait vide, l'ex-policier ne prenait la place d'aucun patient. Davidowicz s'assit derrière son bureau, les mains posées sur le buvard, alors que son interlocuteur occupait l'une des chaises réservées aux clients.

— Monsieur Farah, il me semble que vous avez quitté le service de police de Montréal depuis très longtemps. Auriez-vous repris du service ?

— En quelque sorte. Comme je vous le disais, je suis agent spécial. Je travaille pour le représentant du Procureur général à Montréal. Celui-ci me confie des mandats à un rythme que j'aimerais plus soutenu.

Avec ce député, mieux valait se donner un rôle officiel et souhaiter que jamais son interlocuteur ne se rende compte qu'il répondait aux questions d'un détective privé engagé par son propre avocat.

— Alors, je vous écoute.

— Comme vous vous en doutez peut-être, le service de police d'Outremont ne jouit guère du personnel compétent pour se livrer à une enquête auprès des groupes politiques de droite. La Police provinciale ne peut pas se targuer d'une bien grande expérience non plus. Leur chef, le lieutenant-colonel Piuze, vient tout juste de prendre ses premières initiatives dans la chasse aux communistes, en vertu de la *Loi du cadenas*. Mais les fascistes ne se trouvent pas dans sa mire. Surtout, un souci de discrétion, compte tenu de votre statut, a incité le Procureur à me confier le mandat d'y regarder d'un peu plus près.

Ce gros mensonge risquait tout de même de passer inaperçu. Comme Maurice Duplessis, chef de l'Union nationale, occupait à la fois le poste de premier ministre provincial et de Procureur général du Québec, un député libéral au Parlement d'Ottawa ne téléphonerait pas au « chef » pour lui demander des comptes.

— La collection de lettres de menaces que vous avez reçues se trouve à mon bureau. Quelques-unes sont très explicites, enchaîna l'ex-policier.

— C'est le moins que l'on puisse dire.

— Pouvez-vous me dire si certains de leurs auteurs se sont manifestés de vive voix ?

— Face à face ? Non, ces gens-là sont trop lâches. Mais leurs journaux me semblent limpides quant à leurs intentions.

Le médecin paraissait plutôt soulagé de la tournure que prenait l'interrogatoire.

— Ces journaux se montrent menaçants pour les Juifs en général, mais je n'y ai jamais vu le projet d'assassiner les épouses des députés de cette communauté… Vous ne pouvez pas relier ces lettres à des personnes précises ? Je veux dire celles qui sont anonymes. Celles qui sont signées expriment peut-être un point de vue détestable, mais sans y aller de véritables menaces de mort.

— Tout de même, quand une missive porte en guise de signature « un Casque d'acier », ou « une chemise noire », cela vous donne une piste, non ?

— Pas vraiment. N'importe qui peut mettre ces mots au bas d'une feuille. Cela ne signifie pas que tel est bien le cas.

Derrière son bureau, Davidowicz afficha un mouvement d'impatience. Sa voix monta d'un cran au moment de dire :

— Je dois comprendre que vous n'effectuerez pas une descente chez ces gens-là ? À quoi servez-vous ?

— Monsieur le député, vous devriez savoir que c'est le rôle du Parlement de préparer des lois, celui du Procureur d'engager des poursuites. Celui de la police se limite à enquêter pour vérifier si un crime a été commis, ou s'il existe des motifs raisonnables de croire que c'est le cas. Quand vous et vos camarades d'Ottawa aurez adopté une législation rendant illégal le Parti de l'Unité nationale et toutes ses organisations satellites, nous la ferons respecter. D'ici là, ce n'est pas parce qu'un imbécile écrit « Casque d'acier » au bas d'une lettre que nous allons brimer le droit d'association de ces gens-là.

— Nous en arriverons certainement à une loi de ce genre, au moment où la guerre sera imminente.

— Ce jour-là, la police interviendra. En attendant, vous m'affirmez ne pas pouvoir me signaler le moindre incident impliquant une personne ou un groupe, d'où je pourrais partir pour enquêter ?

Un moment, Davidowicz sembla vouloir ajouter quelque chose, se reprit, admit finalement :

— Si j'excepte des accrochages plutôt anodins, des insultes, des remarques méprisantes, des individus qui me proposent de retourner d'où je viens, je n'ai pas été l'objet de menaces formulées de vive voix.

Mollement, l'air de ne plus y croire, Georges Farah-Lajoie posa encore quelques questions, puis à la fin il se leva en disant :

— Docteur, je vous remercie, je ne volerai pas plus de temps à vos patients.

Son hôte le reconduisit jusqu'à la porte, le quitta en prononçant un « Faites-moi savoir s'il y a du nouveau » peu convaincant. Une fois son visiteur à l'extérieur, Davidowicz dut appuyer une épaule contre le mur pour prendre de grandes inspirations. Maintenant, mieux valait téléphoner sans tarder à Myriam pour la rassurer. Tout à l'heure, au bout du fil, elle paraissait terriblement inquiète.

21

Parfois, Renaud Daigle se faisait la réflexion que les trop jeunes filles ne devraient pas lire n'importe quoi. Peut-être même devrait-il songer à interdire la presse quotidienne à toutes les personnes de la maisonnée âgées de moins de vingt ans. Cette pulsion vers la censure tenait au fait que depuis le matin, Nadja ne ratait pas une occasion de lui dire :

— Tu sais, cela ne s'est jamais produit dans le monde. Je vais m'en souvenir toute ma vie.

Après avoir entendu l'argument pour la centième fois de la journée, cette fois au-dessus du repas du soir, l'homme adressa un regard un peu lassé à sa femme. Cette dernière lui répondit d'un sourire ironique, certaine que son conjoint ne résisterait pas bien longtemps encore à des assauts pareils.

— Mais tu ne connais personne parmi ces gens-là, tenta-t-il.

— Ce n'est pas grave. Dans la foule, personne ne s'en apercevra.

— Les journaux affirment que seuls les membres de l'association de la Jeunesse ouvrière catholique, et les invités des mariés bien sûr, pourront entrer.

— Voyons, fais le calcul : trois mille invités, quinze mille membres. Le stade peut contenir trente mille personnes. Cela laisse douze mille places !

Nouveau regard éploré du père vers sa douce moitié, qui s'en tenait à sa résolution de ne pas s'en mêler.

— Tu sais, si tu décides de faire des études de droit, spécialise-toi dans les litiges. Tu as les aptitudes requises…

La sonnerie du téléphone interrompit les commentaires paternels. Comme Virginie s'inquiétait fort de son cinéma, elle se précipita vers le bureau où se trouvait l'appareil. Après un moment, elle revint dans la salle à manger en disant :

— C'est pour toi. Une jeune femme à l'accent européen. Allemand peut-être.

Renaud lui adressa un regard plutôt surpris. À l'autre bout du fil, la voix de femme répondit à son « J'écoute » en disant :

— Monsieur Daigle, je vous mets en communication avec monsieur Bronfman.

Après un cliquetis métallique dans l'appareil, l'homme d'affaires commença par de plates excuses :

— Je suis désolé de vous déranger à cette heure-ci, monsieur Daigle, mais je veux vérifier quelque chose. Quand avez-vous eu des nouvelles de mon ... informateur pour la dernière fois ?

— ... Alfred Côté ?

— Si vous voulez le désigner ainsi.

— Lundi de la semaine dernière. Le 3 juillet, si je me souviens bien.

À l'autre bout du fil, un long silence fit suite à cette information, comme si son interlocuteur avait posé la main sur le combiné pour parler à quelqu'un. Puis Bronfman intervint à nouveau :

— Depuis lors, personne ne semble avoir entendu parler de lui. J'aimerais vous voir. Si vous voulez, je peux me rendre à Sainte-Agathe.

— Si notre rencontre peut attendre un peu, tout semble indiquer que je devrai regagner Montréal ce week-end. Que diriez-vous de samedi, vers les sept heures ? Comme cela, je pourrai au moins profiter de la journée ici.

— Très bien. Cela me donne à peu près deux jours pour retourner toutes les pierres afin de retrouver mon homme.

Quand Renaud revint à la table, ce fut pour annoncer à sa fille :

— C'est bon, je cède à tes arguments : nous irons à ce mariage de masse.

Une exclamation de joie marqua la défaite paternelle. Pour se consoler, l'homme profita tout de même d'une étreinte qui le laissa dépeigné et de deux grosses bises sur la joue.

— Je pense que ce coup de fil a dû aussi peser dans la balance, remarqua Virginie en posant des yeux inquisiteurs sur son compagnon.

— La jeune dame au téléphone, c'était la blonde et plantureuse secrétaire de Samuel Bronfman. Mon client était prêt à venir me voir ici. Je me suis dit que je me ferai payer le trajet jusqu'à lui… et jusqu'au second congrès de la Jeunesse ouvrière catholique.

— Plantureuse, cela signifie avec de gros seins ? demanda la gamine de l'autre côté de la table.

Comment priver cette enfant d'une occasion d'améliorer son vocabulaire ? Aussi Renaud consentit :

— Je crois que ta définition décrit très bien le concept de plantureux. En tout cas, elle s'applique bien à la dame en question. Elle a un peu l'allure de Jean Harlow.

— Oh ! répondit Nadja, impressionnée.

Bien sûr, Virginie n'allait pas laisser la conversation dériver vers les charmes de la secrétaire inconnue :

— Qu'est-ce qui te vaut cette interruption de tes vacances ?

— Je ne comprends pas trop. Il s'inquiète de l'absence de quelqu'un, mais je ne vois pas en quoi je pourrai l'aider.

La jeune femme s'interdit de poursuivre sur ce sujet afin de ne pas alarmer sa fille avec ses propres inquiétudes. De toute façon, cette dernière, tout à la planification de son expédition montréalaise, demanda :

— Est-ce que je peux inviter Fran à venir avec nous ?

— Bien sûr, mais elle ne sera sans doute pas intéressée.

— … Comment cela ? Ce sera amusant.

— Peut-être. Mais pour une petite fille juive, se trouver au milieu d'une messe catholique, entourée de trente mille personnes, ce n'est sans doute pas très rassurant.

Le « Oh ! » de la gamine exprimait à la fois la surprise et la déception. Déjà, l'expédition revêtait un peu moins de séduction à ses yeux.

Un peu plus tard, dans le salon, face aux grandes fenêtres qui donnaient sur le lac, un verre de porto à la main, Renaud précisa à sa femme :

— Si tu préfères rester ici, ce n'est pas un problème. Je peux bien conduire seul ma fille au plus grand mariage collectif jamais célébré dans le monde.

— Mais je ne te laisserai pas sans surveillance dans la même ville qu'une secrétaire plantureuse ressemblant à Jean Harlow.

En disant cela, la jeune femme, assise à l'autre bout du canapé, lui poussait la cuisse du bout du pied.

— Ce n'est rien à côté de ma femme faite comme Katharine Hepburn. Mais je soupçonne que tu as un autre motif que cette saine inquiétude pour nous accompagner.

— Je ne me rendrai pas au stade Delorimier. J'irai plutôt vérifier si le Théâtre Outremont se trouve toujours sur ses fondations.

— Pauvre Émile.

Un moment plus tard, Virginie avait quitté son bout du canapé pour se rapprocher de lui. Aucun nuage n'obscurcissait le ciel, la pleine lune transformait le lac des Sables en un miroir argenté.

Au moment où il sonna à la porte de l'immeuble de la compagnie Seagram, sur la rue Mountain, la grande secrétaire blonde vint l'accueillir. Elle disparut après avoir ouvert la porte du bureau de Samuel Bronfman. L'homme d'affaires désigna à son visiteur l'un des fauteuils près de l'âtre, lui servit un whisky avant de s'asseoir sur le siège voisin.

— Depuis jeudi dernier, avez-vous eu des nouvelles d'Alfred Côté ? commença Renaud. Enfin, il s'est présenté à moi sous cette identité. Je dois dire que votre coup de fil m'a laissé assez inquiet.

— Une identité qui en vaut bien une autre. Sous ce nom, il a été serveur dans une taverne et membre du Parti de l'Unité nationale. Non, je n'ai pas eu de nouvelles de lui. Tous les mercredis, il trouvait moyen de me faire rapport. Il m'a d'abord fait faux bond le 5 juillet, puis à nouveau le 12. Lors de votre dernière rencontre, notre homme ne vous a pas laissé entendre qu'il voulait changer de carrière ?

L'avocat prit une gorgée de la boisson ambrée, la fit tourner dans sa bouche tout en essayant de se remémorer dans ses moindres détails sa conversation avec le désagréable informateur.

— Pas de façon très explicite. Cependant, Côté considérait qu'un incident dont je suis malheureusement la cause avait brûlé sa couverture auprès des nazis. Il a même précisé qu'il ne serait pas fâché de venir vous demander une autre affectation.

— Vous pouvez m'en dire plus sur cet incident ?

Un peu mal à l'aise, Renaud Daigle fit le récit de la soirée passée à entendre les discours d'Adrien Arcand et de ses sbires, puis le petit esclandre l'opposant à André Blanchet.

— Comme ce sale petit interne m'a désigné devant toutes les chemises noires présentes comme étant un espion à la solde des Juifs, conclut l'avocat, Côté considérait que plus personne ne lui ferait confiance au sein du parti. Voyez-vous, en quelque sorte il avait agi comme mon parrain auprès de l'association.

— Je vois. Vous avez joué de malchance. Impossible pour vous de prévoir que l'interne antisémite de Montréal arrondissait ses fins de mois en travaillant dans un hôtel des Laurentides.

Ce fut au tour de Bronfman de se perdre dans ses pensées. À la fin, le financier déclara :

— Admettons que ses camarades l'aient mal reçu quand il s'est à nouveau trouvé en leur présence. Cela ne pouvait que l'inciter à se précipiter à son rendez-vous avec moi afin que je lui donne un nouveau travail. Un homme avec des compétences comme les siennes peut se rendre utile de diverses manières.

— Vous... Vous ne pensez pas que les nazis ont pu le faire disparaître parce qu'il a trahi leur confiance ? Une fois que j'étais identifié, Côté a dû apparaître comme mon complice.

Bronfman ferma les yeux un moment, puis admit :

— Bien sûr, nous ne pouvons écarter cette hypothèse. Mais depuis trois ans mon informateur m'a présenté le Parti de l'Unité nationale comme un ramassis d'opportunistes ou de pauvres gens à la recherche d'explications faciles à leurs malheurs et de solutions pour les en sortir trop simplistes pour être réalistes. À ses yeux, même les déclarations racistes n'étaient pas à prendre comme une bien grande menace, l'immense majorité des Canadiens français ne ressentant aucune haine particulière à notre égard.

— Au sujet de votre dernière affirmation, j'aurais tendance à partager son avis. Mais il ne faut que quelques extrémistes pour commettre des horreurs. Déjà, Ruth Davidowicz...

— Monsieur Daigle, je sais cela. Nous y reviendrons dans un moment. Pour poursuivre avec notre premier sujet, Alfred Côté m'a toujours semblé être un homme capable de se défendre. J'ai du mal à croire que ces bouffons aient pu le faire disparaître, comme vous dites.

Évidemment, le financier connaissait l'homme, il pouvait juger de ses ressources face à l'adversité. Renaud demanda bientôt :

— Qu'entendez-vous faire maintenant ?

— Mon possible pour retrouver mon employé. Je ne suis pas le seul à pouvoir recourir à des enquêteurs privés, quand c'est nécessaire.

Samuel Bronfman avait dit ces derniers mots en adressant un sourire entendu à son interlocuteur. Ce dernier avait demandé et obtenu une avance de fonds significative afin de se rembourser des frais relatifs à l'enquête de Farah-Lajoie.

— Pouvez-vous me dire quels progrès vous avez réalisés de votre côté ? demanda-t-il après une pause.

— Rien de concluant encore. Comme à vous, Alfred Côté m'a affirmé que les membres du Parti de l'Unité nationale ne présentaient pas un bien grand danger. Il trouvait ridicule que je les soupçonne d'avoir exécuté une femme dans son salon. J'ai donc demandé à une personne fiable d'examiner à nouveau toute l'affaire.

— Vous avez confiance en cet enquêteur ?

— Personne à Montréal ne pourrait faire mieux que lui. Alors s'il n'arrive pas à découvrir la vérité, nous devrons en faire notre deuil.

Les deux verres de whisky vidés, le sujet de conversation épuisé, les deux hommes se séparèrent sur une poignée de main.

Le 16 juillet, dès sept heures et demie du matin, sous les yeux d'une petite foule, pas moins de cent six couples arrivaient l'un après l'autre à la cathédrale Marie-Reine-du-Monde, un très prétentieux modèle réduit de la basilique Saint-Pierre de Rome. À huit heures, Mgr Deschamps commençait la célébration de la messe dans un édifice bondé de curieux. La célébration terminée, les futurs mariés marchèrent sous un soleil radieux jusqu'à l'hôtel Windsor, où les attendait un copieux petit-déjeuner. Ensuite, sous l'œil attentif du révérend père Henri Roy, oblat de Marie-Immaculée, l'aumônier de la Jeunesse ouvrière catholique, chacun signait les registres d'état civil. Pour une fois, la bénédiction suivrait les formalités.

Dans le domicile des Daigle, sur l'avenue de l'Épée, Nadja se regardait encore une fois dans la glace de l'entrée. La robe blanche décorée de vert tombait bien, les gants de dentelles et les souliers blancs de cuir verni convenaient tout à fait pour la messe, quoique celle-ci devait se dérouler dans un stade de baseball.

— Maman, crois-tu que je doive mettre un chapeau ? Cela aura lieu en plein air, pas dans une église.

— Justement, parce que c'est en plein air, tu porteras un chapeau, avec de larges bords en plus. Et même ce petit châle de gaze si joli pour te protéger les bras.

— Mais il fera au moins quatre-vingt-quinze degrés aujourd'hui ! protesta la gamine.

— Et un soleil de plomb. Comme je ne veux pas te voir revenir brûlée au troisième degré, tu vas te couvrir. Et ton père devra répondre du moindre petit dommage à ta peau d'albâtre.

L'avocat arrivait à son tour dans l'entrée de la maison. Des mariages ouvriers, même célébrés à la centaine, regroupaient des personnes aux moyens modestes. Afin de ne pas trop attirer l'attention, Renaud avait cherché ses vêtements les plus anciens – sans toutefois se résoudre à endosser ceux qui avaient servi à son travail d'espion. Malgré tout, un panama et des lunettes teintées de vert s'imposaient absolument, malgré leur allure ostentatoire, avec ce soleil.

— Tu es certaine que tu ne veux pas nous accompagner ? insista encore une fois Nadja auprès de sa mère. C'est une occasion unique, cela ne se reproduira plus à Montréal.

— Ma belle, tu sais que tes arguments et tes grands yeux gris peuvent convaincre un papa gâteau, mais pas une marâtre comme moi. Alors, rien de ce que tu diras ne m'amènera à passer une grande journée au soleil pour voir le mariage de gens que je ne connais pas.

— Tu n'es pas une marâtre, tu as juste hâte d'aller au cinéma, conclut la fillette en ouvrant la porte pour sortir.

Derrière elle, Renaud s'arrêta auprès de sa femme pour lui faire la bise et demander :

— Tu vas entrer dans le cinéma en cachette et aller espionner le travail d'Émile alors que celui-ci dort encore ?

Comme chaque soir où le dernier film se terminait passé onze heures, l'assistant gérant commençait sa journée de travail tard l'après-midi et la finissait à la nuit tombée. Sans doute ronflait-il encore.

— Ce n'est pas moi, l'espion de la famille. Je lui ai téléphoné vendredi dernier afin de l'inviter à partager un repas à la terrasse du *Café Pierre*. Tu verras même l'addition dans ma note de frais.

Après un dernier baiser, Renaud rejoignit sa fille qui l'attendait sur le trottoir.

Pour le second congrès de la Jeunesse ouvrière catholique (J.O.C.), des milliers de personnes avaient envahi la ville. Pendant deux jours, des jeunes des deux sexes de toute la province, et même de partout au Canada français et des États de la Nouvelle-Angleterre, où les émigrants originaires du Québec avaient été nombreux à s'établir depuis un siècle, se livraient à l'étude des encycliques pontificales relatives à la question sociale. Tous ces gens, réunis au parc Lafontaine tôt le matin, convergeaient vers le mariage de masse à pied, bannières religieuses et patriotiques au vent. La circulation automobile se trouvait totalement paralysée sur leur parcours.

Après un long trajet dans des tramways bondés, à dix heures trente, le père et la fille versaient les soixante-quinze cents requis pour entrer dans le stade Delorimier. Pour ce prix prohibitif tous deux trouvèrent des sièges fort éloignés du terrain. Le seul avantage de leur position résidait en un petit coin d'ombre, le soleil se trouvant derrière les superstructures de l'édifice. En fait, les simples spectateurs comme eux devaient se contenter des places restantes. Les invités des mariés, au nombre de plus de trois mille cinq cents finalement, avaient eu préséance : des chaises avaient été ajoutées sur la pelouse. Certains couples en avaient moins de trente, d'autres, heureusement peu nombreux, trois cents. Les congressistes venaient tout de suite après, dans les premières rangées des estrades.

— Une chance que je t'ai fait penser à apporter les jumelles, sinon tu ne verrais rien de notre perchoir, remarqua Renaud. Tu sais, nous aurions pu rester à Sainte-Agathe et regarder les photographies demain matin dans *La Patrie*, ou mieux dans *Le Journal illustré*. Puis il y aura encore les actualités cinématographiques.

— Ce ne serait pas la même chose, tu le sais bien.

Cette détermination à assister à ce mariage rassurait tout de même Renaud. Elle marquait certainement la fin des fantasmes de vie religieuse de sa fille.

— Tu me prêteras l'appareil photo ?

Le père portait son Leica en bandoulière depuis le matin.

— À cette distance, ce sera peine perdue.

— Je descendrai jusqu'en bas pour me mêler aux photographes.

L'événement avait attiré une foule de journalistes et de photographes des quatre coins de la province. À ceux qui représentaient la presse périodique, il fallait ajouter encore ceux que les familles des mariés avaient retenus pour immortaliser l'événement dans leurs albums. Des hommes des actualités filmées s'agitaient autour de lourdes caméras posées sur le losange du terrain de baseball. Nadja pourrait bientôt contempler ces images dans n'importe quel cinéma, après les dessins animés et juste avant le film principal.

Un peu avant onze heures, les couples commencèrent à entrer dans le stade, sous les applaudissements frénétiques de la foule. Alors qu'ils accédaient au terrain, les futurs mariés recevaient un crucifix d'ébène, leurs compagnes un chapelet d'argent. Des prêtres amenaient chacun des couples derrière une paire de prie-dieu disposés sur le losange. Un prêtre et un servant de messe allaient officier en face d'eux. En fait, les cérémonies étaient individuelles, avec chacune un ecclésiastique différent, mais menées simultanément, avec un maître de jeu, le père Émile Legeault, un religieux féru de théâtre, responsable de la troupe Les Compagnons de Saint-Laurent.

L'archevêque coadjuteur de Montréal, Mgr Gauthier, commença le tout par une allocution touchante:

— Le mariage chrétien, sanctifié par la présence de Jésus aux noces de Cana, nous rappelle l'union sacrée du Christ et de la Sainte Église catholique…

Dans les minutes suivantes, le prélat s'attarda encore sur les devoirs de soumission de l'épouse envers l'époux, comme l'Église se trouvait soumise à la volonté de Dieu. Quand le prélat s'arrêta, le père Legeault donna le signal de procéder aux mariages proprement dits. Mgr Gauthier quitta la large estrade pour rejoindre l'un des couples et les unir: l'histoire retiendrait leurs noms, Henri et Thérèse Séguin. Une fois les vœux prononcés, le père Roy célébra la messe, deux jocistes à ses côtés. La chorale de la Jeunesse ouvrière catholique entonnait les cantiques.

Quant à Nadja, elle avait mis son projet à exécution. Au moment où Mgr Gauthier amorçait son allocution, elle était descendue jusqu'au niveau du terrain pour s'approcher de la pelouse, l'appareil photo dans les mains. Alors que deux hommes venaient la rejoindre, des responsables du service d'ordre de la J.O.C. à en juger par leur brassard, elle leur adressa quelques mots, désignant du doigt l'un des couples. Un moment plus tard, ce fut escortée par l'un de ces gardiens de l'ordre qu'elle se retrouva très près de l'un des prie-dieu.

— Quelle petite… femme elle est devenue, murmura son père en surveillant la scène avec ses jumelles.

« Renarde » lui était d'abord venu à l'esprit. La messe se terminait quand la gamine revint auprès de son paternel en arborant un sourire victorieux.

— Moi qui m'inquiétais de ta timidité, fit-il, je constate que tu as front de politicien, ou de journaliste, ce qui est pire. Comment diable as-tu convaincu les responsables de la sécurité de te laisser passer?

— Je leur ai dit que ma cousine Gertrude se mariait, et que le photographe qu'elle avait engagé ne s'était pas présenté ce matin.

— C'est pour cela qu'il y en a un qui t'a ouvert le chemin jusqu'à ce prie-dieu ?

Désormais, Renaud regarderait sa fille différemment. Ses grands yeux et son sourire timide devenaient des armes redoutables dont elle apprenait vite le maniement.

— Et maintenant, nous prenons l'autobus pour aller sur l'île Sainte-Hélène ? fit la minaude.

22

Bien sûr, après s'être rendu jusqu'au stade Delorimier, Renaud ne pouvait en rester là. Ce grand événement, sans égal dans le monde, il n'en priverait pas sa gamine. Les journaux soutenaient vraiment que la chose était inédite. Seule l'Italie catholique et fasciste avait réalisé une performance du même genre : les mariés s'étaient unis dans leur paroisse respective, puis les pouvoirs publics avaient fourni les moyens de transport pour leur permettre de converger vers Rome pour une cérémonie politique. Au Québec, les seules forces de l'Église permettaient de faire mieux.

Le repas de noce prévu pour trois mille cinq cents convives se déroulerait sous une grande tente érigée sur l'île Sainte-Hélène. De très nombreux autobus devaient permettre de transporter tout le monde. La priorité était accordée aux invités des mariés, puis aux jocistes. Après avoir fait le pied de grue pendant plus d'une demi-heure, le père regarda sa fille et offrit :

— Pourquoi ne pas aller à pied ? Je crois que nous arriverons plus vite que ces véhicules.

— Par le pont Jacques-Cartier ?

— Bien sûr, nous allons vers une île !

Le sens de la question de Nadja ne concernait pas la géographie : le tablier de ce pont se trouvait diablement haut.

Au milieu d'une foule se déplaçant lentement, tous deux se mirent en route vers la rue Papineau, descendirent l'artère vers le sud et s'engagèrent sur le trottoir suspendu à gauche du pont. Après une heure, ils dépassèrent un long cortège de voitures neuves, toutes de marque General Motors. Elles avançaient moins vite que les piétons parce que des milliers de personnes avaient emprunté la rue, plutôt que les trottoirs.

— Papa, ce sont les mariés. Passe-moi l'appareil photo.

Pendant quelques minutes, elle mitrailla les voitures, se méritant des saluts amusés des nouveaux couples. Au moment de remettre le Leica à son père, elle fit la remarque :

— Curieux tout de même, ils possèdent tous une voiture flambant neuve.

— Elle ne leur appartient pas. Les concessionnaires automobiles de toute la région ont mis ces véhicules, avec un chauffeur, à la disposition des couples pour la journée.

— C'est très gentil.

Renaud se rangea le long de la balustrade, chercha dans sa poche un mouchoir afin d'éponger son front, dégoulinant sous son couvre-chef. Le soleil tapait fort sur le pont. Heureusement, à cette hauteur, le vent apportait un certain soulagement. Le papa poule profitait de la pause pour chercher la première rougeur suspecte sur la peau de sa rouquine.

— C'est gentil, mais ce n'est pas seulement de la gentillesse. Demain, des gens voudront acheter l'une de ces voitures juste parce qu'elle a servi à ce mariage. Les actualités filmées montreront des scènes de cette journée dans tous les cinémas d'Amérique du Nord.

Ils arrivèrent enfin à la section du pont Jacques-Cartier où une bretelle donnait accès à l'île-Saint-Hélène. Le premier soin de Renaud fut de trouver de quoi boire, car tous deux suaient à profusion. D'ailleurs, le service ambulancier Saint-Jean devait multiplier les interventions auprès des personnes victimes de coups de chaleur.

Nadja assista à l'arrivée des cent six voitures des jeunes mariés l'appareil photo rivé à l'œil. La gamine put même croquer en photo un véhicule découvert chargé de plusieurs dizaines de gâteaux de noce. Le long trajet sous le soleil depuis Montréal lui enlevait toutefois toute envie d'y goûter. Des pâtissiers les avaient offerts gratuitement. Même le grand magasin Dupuis Frères s'était mis de la partie en donnant une boîte de chocolat de marque Madeleine de deux livres à chacun des couples… Surtout, le commerce avait obtenu que les journaux fassent état de sa générosité.

Une fois la curiosité de sa fille satisfaite, tous deux cherchèrent une buvette où manger un morceau. Ensuite, après avoir marché un peu dans l'île sous le couvert des arbres, Renaud proposa :

— Nous pourrions prendre le traversier pour rentrer à Montréal.

— D'accord, mais nous retournerons au stade ce soir.

Le ton ne tolérait pas de réplique. En pensant au moment où, très vieux, il attendrait patiemment la visite de son seul enfant lors des interminables dimanches après-midi, Renaud consentit :

— Nous serons au stade à huit heures.

Cette journée figurerait désormais sur l'ardoise de Nadja. Son père réclamerait certainement son dû dans trente ans.

À l'heure dite, le couple père fille occupait à nouveau un siège dans les dernières rangées du stade Delorimier. Au moins, tous deux avaient pu prendre une douche et se changer. Le spectacle qui les attendait présentait un curieux amalgame de religion et de politique, comme il arrivait souvent au Québec.

Dans un premier temps, le père Émile Legeault lut un télégramme de William Lyon Mackenzie King. Le premier ministre commençait par s'excuser de ne pouvoir être là en personne, puis enchaînait sur des vœux de bonheur aux jeunes couples. Le maître de cérémonie poursuivit en invitant un homme politique, très présent celui-là, le maire Camillien Houde, à prendre la parole.

Nadja trouva la meilleure parade à son discours assommant : elle somnola sans vergogne, la tête appuyée sur l'épaule de son père. Une journée passée au soleil la laissait sans force. Aussi, malgré des applaudissements nourris tout autour, elle rata le brillant exposé.

Quand le politicien s'éloigna comme à regret des micros, le père Henri Roy lui succéda, plaçant sa péroraison sur le registre religieux. Depuis vingt ans le clergé se désolait de la détérioration des mœurs dans la belle province. Les grands coupables de cette dégénérescence morale étaient les États-Unis, leur matérialisme, les moyens de communication de masse sous lesquels ployaient leurs ouailles.

— Nous voulons des jeunes à l'âme nette, des jeunes qui, à vingt ans, n'auront pas goûté à toutes les turpitudes du vice et de l'immoralité. Nous voulons des jeunes purs, des jeunes forts, capables des tâches qui les attendent demain.

À un ecclésiastique en succéda un autre, le père Émile Legeault. Renaud secoua légèrement Nadja en lui murmurant : « Tu vas rater le spectacle ». Elle lui répondit avec un « Oui, oui » vaseux, se redressa pour voir les mille cinq cents « comédiens » s'agiter devant les spectateurs. Le thème de la célébration était « Le monde du travail », avec des tableaux intitulés « Cité, c'est toi que nous bâtissons » et « De vrais foyers », entre autres. Des moyens techniques importants se trouvaient mis en œuvre : une grue, une foreuse à diamants, des pierres factices que les comédiens devaient assembler sur le terrain de baseball. Tous les corps de métier trouvaient à s'exprimer sur l'immense pelouse, des garçons d'ascenseur aux charpentiers. Les jeux de lumières, les « rideaux » sonores, tout cela rappelait les grandes messes nazies en l'honneur du travail manuel… Nuremberg n'avait-il pas vu des bataillons d'hommes et de femmes, une pelle sur l'épaule, communiquer aux spectateurs une mystique de l'effort ? Peut-être les angoisses de Renaud le conduisaient-elles à voir partout le délire de l'Ordre nouveau. Car dans la grande enceinte, personne ne criait *Zig heil*, ou même *Pontifex maximus* à la vue de cette mise en scène, mais plutôt « Nous louons le Seigneur ». À la fin, cela devenait une clameur obsédante.

Toute l'ambiguïté du Québec se trouvait exprimée là: l'Église catholique comme principal agent de pacification sociale, des ouvriers invités à se tuer au travail pour sanctifier Dieu et se mériter le salut éternel. À la fin, tous ces gens devenaient des ouvriers soumis, sobres, disciplinés, que les employeurs pouvaient pressurer à satiété.

Malgré les «Nous louons le Seigneur» tonitruants, après cinq minutes la tête lourde de Nadja était revenue se poser contre son épaule. À la fin, Renaud la secoua en lui disant, assez fort pour couvrir le vacarme:

— Tu dors. Nous allons rentrer.

La gamine devait être absolument exténuée, car elle ne protesta même pas. Avec son père la tenant aux épaules et la poussant devant lui comme un automate, elle regagna l'escalier, atteignit l'une des sorties. Les premiers à partir, ils trouvèrent sans mal un taxi. Vingt minutes plus tard, Renaud dut secouer de nouveau la fillette pour la faire descendre et la mener à la maison. L'homme ne fut pas sans remarquer devant sa porte une énorme voiture, une Cadillac noire. Derrière le volant, un chauffeur coiffé d'une casquette attendait patiemment.

— Mon Dieu, un voisin vient de réaliser une bonne affaire, pour se permettre une limousine avec un chauffeur, se dit-il en enfonçant la clé dans la serrure de la porte d'entrée.

À peine ce mouvement avait-il été esquissé que l'huis s'ouvrit. Virginie, visiblement préoccupée, murmura dans un souffle:

— Samuel Bronfman attend depuis une heure dans ton bureau. Comme nous avons rapidement épuisé les sujets de conversation, je l'ai abandonné après un moment avec un bon livre et un verre de porto.

— Bronfman? Que fait-il ici?

— Ça, toi seul pourrait me le dire.

Comme Nadja chancelait entre eux, la jeune femme la prit par le bras pour la conduire à l'étage. Renaud, intrigué, passa dans son bureau. Samuel Bronfman se leva comme un ressort en disant :

— Je suis désolé de vous envahir ainsi. Je voulais vous attendre dans la voiture, mais votre femme a insisté…

Hors de son univers habituel, le financier affichait une pointe de timidité.

— Elle a bien fait. Mais qu'est-ce qui me vaut une visite aussi inattendue ?

— Mon informateur. Il lui est arrivé quelque chose. Vous pouvez m'accompagner ?

— Je vais dire un mot à ma femme, et je reviens.

Virginie avait écouté en écarquillant les yeux, puis l'avait laissé partir en affichant la mine la plus inquiète. Un moment plus tard, l'avocat roulait dans la grande Cadillac, assis aux côtés de Samuel Bronfman. En apprenant qu'ils se dirigeaient vers la morgue de la rue Saint-Vincent, le « Qu'est-il arrivé ? » qui lui brûlait la langue devenait inutile. Cette histoire prenait une tournure soudainement inquiétante.

Une fois arrivé à destination, le chauffeur descendit pour leur ouvrir la portière et il entra le premier dans le laboratoire médico-légal. L'homme affichait une carrure d'athlète, quelques cicatrices sur le visage et un nez épaté par les nombreux coups reçus. Bien plus, Renaud crut remarquer une bosse sous son aisselle gauche : une arme. Ce gars-là faisait office de garde du corps.

Dans l'immeuble, le trio fut accueilli par un gardien de nuit émacié, aux yeux inquiets. Le chauffeur lui glissa un billet au creux de la main en ordonnant :

— Surveillez l'entrée, nous ne voulons pas être dérangés. Où se trouve notre client ?

— La porte numéro quatre.

Lors de sa première visite avec le capitaine Tessier, peu après la mort de Ruth Davidowicz, l'avocat n'avait pas remarqué que dans la pièce qui servait de morgue, chacune des portes métalliques portait un petit numéro. Le garde du corps ouvrit l'une d'elle, tira la civière jusqu'au milieu de la pièce. D'un geste vif, le drap vola. Un corps nu s'offrait à leurs regards. Une grande incision en forme de « Y » lui décorait la poitrine et le ventre.

— Depuis quelques jours, nous avons parcouru toutes les morgues de la ville, indiqua Bronfman. Aujourd'hui, quelqu'un l'a trouvé. J'avais indiqué à mes hommes cette cicatrice en forme d'étoile, sur l'épaule droite, comme marque distinctive.

— Vous avez accès aux morgues ? questionna Renaud.

— Les fonctionnaires touchent des salaires misérables. Un dollar ou deux nous permettent d'ouvrir bien des portes.

Sous leurs yeux, Alfred Côté offrait des traits enflés, des chairs d'une couleur grisâtre, malsaine. Il était circoncis. Se pouvait-il qu'un Juif ait réussi à infiltrer les nazis montréalais ? Après tout, les hommes maigres et bruns de poil abondaient chez les Canadiens français.

— De quoi est-il mort ?

— Le médecin affirme que c'est une noyade. Il favorise l'hypothèse de l'accident. Comme le cadavre ne portait aucun papier d'identité, notre visite fut très opportune : je me chargerai des funérailles. Dès lundi prochain, il serait allé à la fosse commune.

— Regardez ses mains, observa l'avocat en se penchant un peu. La peau est déchirée, puis il y a des hématomes sur les avant-bras.

Cela pouvait être des marques laissées par une bagarre, ou le résultat de la poigne de personnes qui lui avaient tenu la tête sous l'eau.

— Toujours d'après le médecin légiste, cela semble être le résultat de ses efforts pour se sauver. S'accrocher à une planche, à une bouée, quelque chose du genre. À Sainte-Agathe, vous échappez sans doute à la canicule qui pèse sur Montréal. La température a provoqué une réelle hécatombe, vous savez.

— Je lis les journaux.

Partout à travers l'Amérique du Nord, une chaleur accablante amenait les gens à chercher les plans d'eau afin de se rafraîchir. Comme une minorité de Canadiens français savaient nager, que les piscines publiques ne suffisaient pas à la demande, les lacs, les rivières et le fleuve faisaient des victimes tous les jours.

— Tout de même, je trouve difficile d'imaginer votre dur à cuire vaincu par l'onde, un jour de beau temps. Où le corps a-t-il été trouvé ?

— Dans le fleuve, à la hauteur de Repentigny. Allons-nous-en, nous n'avons plus rien à faire ici.

Le chauffeur replaça le drap sur le cadavre, poussa la civière derrière la petite porte métallique. Samuel Bronfman attendit patiemment, puis emboîta le pas à son garde du corps jusqu'à la porte d'entrée. Après un dernier salut au gardien de nuit malingre, le trio s'engouffra dans la Cadillac.

— Je me sens responsable de cette mort, commença Renaud. Je suppose que ses camarades chemises noires lui ont fait payer ce prix pour m'avoir introduit parmi eux.

— Voyons, tout ce qu'il a fait, c'est vous permettre de prendre une carte de membre sous un faux nom et vous conduire à deux assemblées publiques d'Arcand. Rien qui mérite une exécution.

— Mais ceci a pu les amener à vérifier son identité, pour découvrir qu'il était à votre service.

Bronfman se renfrogna un moment, perdu dans ses pensées. Puis il confia :

— Nous utilisions un millier de précautions pour empêcher quelqu'un de faire le lien entre nous. Cependant, ces derniers jours, la petite recherche à laquelle nous nous sommes livrés pour retrouver sa trace a permis de mesurer l'esprit d'entreprise de Côté, et son imprudence. Son emploi de serveur, et son amitié avec des garçons très peu recommandables dans la mouvance d'Arcand, lui ont permis de toucher au commerce de la drogue, à la prostitution, au recel… Cet informateur multipliait les occasions de se faire des ennemis. S'il a vraiment été assassiné, rien ne prouve que ce soit à cause de son travail pour moi.

— Vous avez appris tout cela depuis que vous vous êtes lancé à sa recherche ?

— La police le connaissait bien : un officier nous a fait partager tous les soupçons qui pesaient sur lui. De plus, j'ai des relations dans divers milieux. Produire de l'alcool amène à connaître l'industrie des plaisirs.

L'apparente légèreté du financier ne trompait pas Renaud. Bien sûr, croire que Côté avait été victime de mauvais garçons était plus rassurant. Cependant, le Parti de l'Unité nationale venait peut-être de démontrer sa résolution à sacrifier des vies pour assurer sa protection. Se pouvait-il que Ruth Davidowicz ait été la première victime ?

— Vous avez vu, murmura l'avocat, j'ai une famille. L'un de vos informateurs est mort. Je ne tiens pas à être le prochain sur le tableau de chasse. Ou ma femme, ou ma fille…

— Dois-je prendre vos paroles comme une démission ?

— … Je continue de me préoccuper de l'assassinat de Ruth Davidowicz. Mon détective semble croire que l'enquête a été bâclée. Mais je n'ai aucune intention de m'approcher à nouveau des grandes manifestations du Parti de l'Unité nationale. Un mauvais coup est trop vite attrapé. De toute façon, à moins que vous ne fassiez la preuve que Côté a été éliminé par des complices ou des concurrents dans ses entreprises criminelles, vous savez maintenant que les nazis sont prêts à recourir à l'assassinat.

— Même si c'était le cas, l'affaire Ruth Davidowicz se situe sur un autre registre. Considérablement plus inquiétant. Je compte encore sur vous pour tirer cela au clair.

Le chauffeur stationna devant la maison de l'avenue de l'Épée. Après une poignée de main, Renaud Daigle descendit prestement. Bien qu'il fût plus de minuit, toutes les lumières du rez-de-chaussée demeuraient allumées.

Comme si les événements de la soirée se répétaient, Virginie ouvrit encore une fois la porte avant que son mari ait le temps de tourner la clé dans la serrure. Vraisemblablement, elle s'était tenue près d'une fenêtre afin de surveiller son arrivée.

— Que se passe-t-il ? demanda la jeune femme d'entrée de jeu.

— Un employé de Bronfman s'est noyé. L'informateur qui se trouvait au sein du Parti de l'Unité nationale.

— Oh ! Le type avec lequel tu es allé à Saint-Faustin.

D'inquiet, le visage de son épouse devint effrayé. Déjà, les activités de Renaud lui paraissaient dangereuses. Maintenant, elle ne pourrait plus tolérer ses initiatives. Pendant un long moment, il dut lui expliquer les diverses hypothèses pouvant expliquer ce décès, de l'accident pur et simple au règlement de compte dans le milieu interlope.

— Bronfman ne croit pas que le Parti de l'Unité nationale soit responsable, conclut-il.

Un plus profond scepticisme marquait le visage de la jeune femme. De son ton le plus sérieux, Virginie demanda :

— Tu vas me jurer de ne plus approcher ces fous ! Tu as une fille…

— J'ai dit exactement la même chose à mon employeur.

— Ce n'est pas à toi de combattre les nazis tout seul, continua-t-elle. Il y a un service de police…

— Je ne fréquenterai plus le Parti de l'Unité nationale. Je vais simplement essayer de tirer au clair l'affaire Davidowicz. Cela ne peut pas rester impuni.

Incrédule, la jeune femme jugea que l'heure n'était pas propice à une longue discussion. Elle commença par faire le tour de toutes les pièces afin de fermer les lumières. Au moment de monter, Renaud demanda à voix basse :

— Nadja t'a-t-elle raconté sa magnifique soirée ?

— Non. J'ai même dû lui enlever sa robe moi-même tellement elle était épuisée. Je suppose que demain j'aurai droit à un récit détaillé.

— J'en doute. Elle a eu la sagesse de commencer à dormir au moment de l'inoubliable discours de Camillien Houde. Si je ne l'avais pas secouée pour la ramener, je parie qu'elle dormirait encore toute seule dans un stade vide.

Dans la chambre, alors qu'ils se dévêtaient, l'avocat demanda encore :

— Au souper, je me suis fait violence pour ne pas te demander des nouvelles du Théâtre Outremont. Tu as bien mangé avec Émile Chiasson ce midi ?

— Oui. Je suis même allée passer une partie de l'après-midi au cinéma. Cette journée m'a permis d'apprendre que j'étais devenue totalement inutile. Depuis une semaine, les films ont été projetés à l'heure, la salle a été nettoyée, et les salaires payés. Tout le monde semble bien disposé à l'égard d'Émile. Mes vacances pourraient se prolonger indéfiniment sans que cela porte à conséquence. Et dans ce cas, tu devrais cesser de me payer un salaire…

Le dépit marquait sa voix. Étendue sur les couvertures, elle regardait Renaud avec la même mine piteuse que sa fille adoptait pour faire fléchir son père.

— Tu sais bien que ce n'est pas vrai. Émile s'occupait déjà des employés du cinéma, au sujet des tâches quotidiennes. Tu t'occupais de la gestion générale.

— Et maintenant, mon assistant paie les factures et s'occupe de la comptabilité. D'après ce que j'ai vu, il se tire très bien d'affaire.

— Dans deux semaines, tu reprendras ton travail, et lui le sien.

— Mais maintenant, la preuve est faite qu'il n'a pas besoin de moi.

— Serais-tu en train de me présenter ta démission ?

Virginie fit une parfaite imitation du visage qu'il avait présenté à Bronfman un peu plus tôt dans la soirée quand celui-ci lui avait fait la même question, puis s'empressa de répondre :

— Non, non, pas du tout. Mais quand Émile retrouvera son emploi de subalterne, ce ne sera pas facile pour lui. Sans compter qu'il voudra peut-être aller voir ailleurs afin d'avoir les coudées franches. Cela lui plaît sans doute, de ne plus avoir de patronne.

— Si jamais cela se produit, ce sera la meilleure démonstration de ta compétence. Car ce gigantesque collégien fâché avec tout le monde savait tout juste passer le balai et récurer les cabinets, au moment où tu l'as pris sous ton aile.

— Les choses ne pourront peut-être pas revenir exactement comme elles étaient auparavant, affirma-t-elle encore.

— Dans ce cas, nous les réaménagerons.

Tous deux s'étendirent sur le couvre-lit en prenant bien soin de ne pas se toucher. Dans la chaleur moite, tout rapprochement devenait désagréable. Aucun ne tenait à couvrir l'autre de sa sueur dans des ébats amoureux. En fait, la brise fraîche du Lac des Sables leur manquait déjà.

Une bonne heure plus tard, insomniaque, Virginie murmura :

— Quand nous rentrerons à Sainte-Agathe demain, prend ton revolver avec toi. On ne sait jamais…

Cette demande traduisait bien son état d'âme devant la tournure que prenaient les événements.

23

Une semaine plus tard, le dimanche 23 juillet, comme chaque semaine, la famille Daigle se retrouva dans la petite église de Sainte-Agathe où dominaient les bleus et les blancs soulignés d'ors pour entendre la messe. L'endroit se révélait bondé, à cause des estivants. Parce qu'ils ne «possédaient» pas leur propre banc, le plus souvent le trio se réfugiait à l'arrière, ce qui n'était certainement pas plus mal pour Renaud.

Mgr Jean-Baptiste Bazinet, prélat domestique et curé de la paroisse, se chargea de sortir tout à fait notre homme de sa somnolence. Juché en haut de la chaire pour le sermon, il commença de sa voix onctueuse:

— Mes très chers frères, mes très chères sœurs, je ne reconnais plus Sainte-Agathe. Tout le territoire a été envahi par les Juifs. Voyez autour de vous sur la rue: des hommes affublés de costumes ridicules, les cheveux et la barbe longs et sales. Ils ne parlent ni anglais ni français, se promènent en groupe, bloquant le passage aux voitures dans les rues, aux piétons sur les trottoirs. Si vous tentez de vous faufiler, ils vous regardent avec mépris, comme si vous étiez les immigrants et eux les maîtres des lieux. Déjà, ils sont les propriétaires des plus belles maisons aux abords du lac. Ils achètent de grandes surfaces de terrain où, littéralement, ils forment des tribus, comme les Sauvages de l'ancien temps.

Dans des termes à peine moins grossiers, Renaud croyait réentendre le discours prononcé à Saint-Faustin par Adrien Arcand, un peu plus de trois semaines plus tôt. Visiblement, les idées du *Pontifex Maximus* trouvaient un terreau propice chez cet ecclésiastique, comme si ce dernier entendait troquer un pontife pour un autre.

— Vous les voyez aussi fonder des colonies de vacances pour leurs enfants. Ils ont inauguré un cinéma où ils présentent des films américains produits à Hollywood par d'autres Juifs. Ils ouvrent de petits restaurants où nos jeunes vont manger une mauvaise nourriture et écouter de la musique de Nègres et d'Israélites américains. Leurs femmes se pavanent dans nos rues avec des pantalons si serrés que les coutures menacent de céder. Leurs chemisiers découvrent totalement les bras, la moitié du poitrail. Sur les plages, elles se promènent à demi-nues. Non seulement elles sont objets de scandale pour nos garçons, mais nos filles souhaitent imiter leurs tenues immodestes…

— Papa, je veux sortir, prononça Nadja assez fort pour que les personnes occupant les bancs voisins puissent entendre.

Absorbé par le sermon, Renaud n'avait pas fait attention. La gamine serrait les poings, toute raide, pâle de colère.

— Bien sûr. Moi aussi j'en ai assez de cet imbécile.

Avec ostentation, l'avocat quitta son siège et, sa femme et sa fille sur les talons, se dirigea vers la grande porte à l'arrière du temple. Des dizaines de personnes se retournèrent sur eux, mais personne d'autre ne déserta les lieux. Les centaines de paroissiens et de villégiateurs ne trouvaient pas à redire contre le fait qu'un prêtre profite de la chaire pour se livrer à un discours raciste. Sans doute ne voulaient-ils pas mettre en jeu le salut de leur âme en écourtant leur obligation dominicale. Le bon évêque en avait presque fini de sa péroraison. La petite famille rata seulement ses recommandations au conseil municipal d'adopter des règlements pour mettre fin à l'invasion, et à ses ouailles de prendre les choses en main afin de procéder à un « nettoyage ethnique ».

— Ce prêtre a le droit de prononcer des paroles semblables ? demanda Nadja, une fois dehors.

— Le droit, certainement, il est libre. Cependant, je ne crois pas que cela soit bien. Il profite de son influence pour enseigner la haine.

La fillette marchait la tête basse au moment de rejoindre le Chemin-du-Tour-du-Lac, cherchant des cailloux à faire voler à coups de pied. Son père jugea l'occasion inopportune pour lui dire de ménager un peu le cuir fraîchement verni de ses chaussures.

— Moi aussi je porte des pantalons. Tu penses que c'est immoral ?

— Crois-tu vraiment que ton pantalon est moins décent qu'une robe avec laquelle tu montrerais ta culotte à tout le monde en jouant ?

— Oh papa !

— Mais tu sais que la spécialiste des vêtements féminins, c'est ta mère. Alors, je lui laisse le soin de décider de ce qui est convenable ou pas.

Une longue discussion sur la mode féminine, imposée par des hommes pour priver toutes les femmes de leur liberté de mouvement, au jeu ou au travail, viendrait plus tard, dans quelques années. Des Américaines proposaient déjà une mode plus pratique, alors que les curés du Québec s'ennuyaient du temps où les femmes se cachaient de la cheville aux cheveux et, incapables de bouger, faisaient potiches dans les salons. En attendant un retour aux jours bénis du bon vieux temps, ils traitaient, à mots à peine couverts, de garces celles qui exposaient un peu leur épiderme.

Ce ne fut qu'au moment où ils atteignirent la maison que Nadja en arriva à son principal sujet de préoccupation :

— Fran est juive.

— Oui, convint son père d'une voix douce.

— Pour cette raison, tous ces gens la détestent.

— Viens t'asseoir derrière, maman va nous préparer quelque chose à boire.

Virginie le regarda un peu de travers, mais accepta de se voir reléguée au travail domestique. Elle risquait de rater l'exposé de sagesse politique de son escogriffe de mari qui, à son âge, plutôt que de se soucier de sa prostate, risquait sa vie à jouer à l'espion et au détective.

— Clairement, ce curé la déteste, commença Renaud quand ils eurent rejoint les chaises Adirondack. Toutefois, je ne crois pas qu'il faille conclure cela de toutes les personnes présentes à la messe. La plupart ne la connaissent pas, ils ne connaissent aucun Israélite, tout simplement. Tu te rappelles de notre conversation dans le parc, à Outremont ?

La fillette resta muette un moment, puis confessa enfin :

— J'étais comme eux...

— Maintenant, tu sais que tu peux apprécier certains Juifs, comme Fran et ses parents, et des milliers d'autres sans doute. Et détester ce curé, et aussi des Juifs ou des protestants tout aussi... détestables.

L'avocat songea que dorénavant il pourrait plus facilement manquer la messe dominicale sans provoquer une commotion chez sa fille. Pendant des années, elle s'était sérieusement inquiétée du salut de l'âme de son paternel et, sur les conseils des saintes religieuses qui lui faisaient la classe, avait prié pour le voir réintégrer sincèrement la communauté des fidèles.

— Mais son rôle est d'inculquer ce qui est bien. Un prêtre...

— Ce n'est qu'une personne. Son habit ne le rend pas plus sage. Tu écoutes, tu réfléchis, tu discutes, tu consultes même à propos de ce que les gens t'enseignent, et tu te crées une opinion à toi, tout simplement. Tu donnes ta confiance seulement à ceux que tu en juges dignes.

Virginie revint avec des verres de thé glacé tout juste pour entendre son mari changer de ton et conclure :

— Mais pourquoi laisser cet imbécile gâcher notre dimanche ? Le mieux que nous puissions faire, c'est chasser ces sottises de notre esprit. Comme nous avons quitté la messe un peu plus tôt aujourd'hui, nous pourrons chercher un restaurant plus loin.

La perspective d'une longue balade en auto, sous les arbres et très souvent sur des routes longeant des lacs, ramena un sourire sur son visage.

— Dans un autre ordre d'idée, reprit Renaud après une pause, nous devons signifier à notre propriétaire si nous souhaitons garder la maison deux mois de plus. Notre entente se terminera dans un peu plus de deux semaines.

— … Sommes-nous obligés de répondre tout de suite ? questionna sa femme.

— Pas vraiment. Le propriétaire doit nous donner la priorité. S'il reçoit une autre offre, il nous demandera si nous entendons rester.

— Nadja, que dirais-tu si nous attendions de voir la suite des événements, avant de décider ? Jusqu'à dimanche prochain, ou même le suivant ?

La gamine acquiesça aux paroles de sa mère d'un signe de tête.

Le lendemain, Georges Farah-Lajoie téléphonait à Sainte-Agathe pour solliciter un rendez-vous avec Renaud. Celui-ci, pour s'éviter une séance d'équitation, se montra tout à fait disponible. Aussi s'entendirent-ils pour se rencontrer dès mardi, vingt-quatre heures plus tard, pour un repas au restaurant de Belson, sur la rue Saint-Vincent.

Quand ils se retrouvèrent assis de part et d'autre d'une banquette, l'enquêteur demanda, goguenard :

— Vous recevez les journaux de la grande ville, dans votre petit village ?

— Bien sûr, sauf que je trouve ceux du matin au milieu de la matinée et ceux de la veille au soir, comme *La Patrie*, en pleine nuit.

— Alors, vous avez vu que votre curé vous a rendus célèbres. *La Presse*, *Le Devoir*, *Le Canada* commentent son sermon de dimanche dernier, parfois en première page.

D'un coup, Mgr Bazinet propulsait Sainte-Agathe au-devant de la scène dans la bataille de la « race » pour conserver son territoire.

— Je les lirai tout à l'heure, mais je peux déjà vous dire que *Le Devoir* ne doit pas y trouver trop à redire. Les deux autres périodiques sous-entendent sans doute que notre pasteur a abusé de l'encens, ou du vin de messe.

— Ce ne sont pas exactement leurs termes, mais vous rendez bien leur point de vue.

— Vous n'avez certainement pas effectué tout ce trajet par de mauvais chemins pour commenter notre presse périodique.

L'avocat avait dit cela avec le sourire. Tout de suite son vis-à-vis chercha dans la poche de son veston une pile de ses petites fiches.

— Jamais je n'abuserais ainsi de votre portefeuille... ou de celui du généreux inconnu qui m'emploie par votre intermédiaire. Je voulais vous entretenir de deux femmes. Je commencerai par Myriam Davidowicz, devenue par son baptême et son mariage Marie Laliberté, épouse du bel Armand.

Pendant quelques minutes, Farah-Lajoie rendit compte de son entrevue avec la jeune sœur du suspect. En guise de conclusion, il déclara :

— Pendant tout notre échange elle a soigneusement évité que mon regard ne croise le sien. Je suis convaincu qu'elle a menti.

— Peut-être est-elle simplement timide.

— Elle est timide, mais il y a plus. J'ai procédé à des centaines d'enquêtes dans ma vie, je sais bien qui veut me duper. Je suis retourné visiter la voisine de la rue Davaar. Celle-ci m'a encore répété que la personne qu'elle a vue était aussi grande que moi. La fille Davidowicz me vient à peu près à la bouche. Tout de même, notre informatrice se trouvait à un bon quinze pieds, plus probablement vingt, de la porte voisine. Alors la semaine dernière j'ai consacré tous mes loisirs à attendre à la porte de l'appartement du couple Laliberté pour prendre un portrait de la dame. Comme cela, j'en aurai le cœur net.

— Mais pour une photo de ce genre, il faut un appareil très performant, et un téléobjectif long comme le canon d'une carabine. Même moi, je n'ose pas m'en acheter un, de peur que ma femme m'accuse de dilapider le patrimoine familial.

— Et moi je devrais hypothéquer ma maison pour me payer un jouet pareil. C'est pour cela que j'en ai emprunté un au service de police de la Ville de Montréal.

Cela signifiait que plus de douze ans après avoir été jeté dehors, cet homme y trouvait toujours des amis fidèles.

— Et cette photo, vous l'avez?

— Bien sûr.

— La vieille l'a reconnue?

— Je ne suis pas encore allé la lui montrer. Voyez-vous, il me manque une autre photographie. Je ne veux pas multiplier les visites à cette voisine, bien que je pense constituer sa seule distraction. Croyez-vous que madame Trudel soit aussi grande que moi?

Renaud Daigle resta un moment interdit, puis admit d'un ton hésitant:

— Oui, je crois. Cependant, je ne saisis pas le rapport.

— Pourtant, vous devriez le voir. Actuellement, nous pouvons relier trois femmes à Arden Davidowicz. La première est morte. La seconde me semble détester avec une certaine véhémence tout ce que la première incarnait. La troisième profite de sa mort.

— Mais cela n'a aucun sens. D'abord, Élise se trouvait avec son amant…

— Cela me trouble un peu, pas vous? Élise Trudel procure un alibi à Davidowicz, Davidowicz lui sert d'alibi. Si les deux sont de mèche, cela ne pèse pas bien lourd.

Après un nouveau moment d'hésitation, l'avocat offrit encore:

— Mais les employés du restaurant *De Gascogne* les ont vus…

— Ils ont aperçu un homme et une femme, mais n'ont identifié que celui-ci grâce à une photographie. Le portrait que j'entends montrer à la voisine me servira aussi avec les serveurs de ce restaurant. Vous savez, je compatis avec le capitaine Tessier qui a dû enquêter avec vous dans vos pattes. Mais ce gars-là ne devrait pas s'occuper de meurtres, cela le dépasse visiblement. Ma petite démarche avec les photos, quel que soit le résultat, semblera très discutable, plus de deux mois après les événements. Quelques jours après l'assassinat, elle aurait été imparable. Tessier ne l'a pas effectuée. Il ne s'est même pas rendu compte que le suspect avait une sœur !

Pendant cet exposé, Renaud avait eu du mal à demeurer silencieux. À la première pause, il déclara :

— Je connais cette dame depuis 1925. C'est une personne très bien. Je ne peux concevoir que vous la soupçonniez.

— Alors, limitez-vous à votre métier d'avocat. Votre sympathie vous aveugle. Comme vous m'avez confié un mandat, vous pouvez toujours me le retirer.

Un moment troublé, Renaud s'absorba dans son hamburger, avala une bouchée avant de convenir :

— Faites votre travail sans tenir compte de mes états d'âme.

— Dans ce cas, je dois en apprendre un peu plus sur vos relations avec cette femme.

Renaud acquiesça, attendit la première question alors que c'était à l'enquêteur de manger un peu.

— Elle a été votre maîtresse ?

— Non, bien sûr que non.

— Cela arrive parfois, y compris dans votre monde, prononça l'ex-policier avec un demi-sourire.

— En fait, je n'ai même pas essayé.

— Ce qui, de son point de vue à elle, est sûrement considéré comme un affront impardonnable.

Renaud arrêta sa mastication, la reprit en indiquant de la tête qu'il comprenait. Ne rien avoir tenté exprimait son peu d'estime pour ses charmes, à une époque où il cherchait son plaisir dans les bordels.

— J'ai travaillé avec elle à l'élection d'Ernest Lapointe. Dès le début, elle me voyait comme le meilleur parti possible, et toute sa famille avec elle, consentit l'avocat après avoir dégluti.

En 1925, Renaud avait vécu une situation un peu analogue à celle d'Arden Davidowicz en 1931. De retour d'Europe, chacun s'était retrouvé face à une jeune femme pour qui la famille cherchait le prétendant parfait. L'un était allé découvrir une épouse dans un endroit inattendu, l'autre avait accepté une union qui le mettait professionnellement en selle.

— Elle était amoureuse de vous ? insista Farah-Lajoie.

— Oui, sous des dehors froids...

— Et vous n'avez pas répondu à ses avances !

— Non, j'avais déjà rencontré Virginie... dans un endroit peu recommandable... Je lui ai dit de se trouver un emploi pour passer le temps et je suis allé publier les bans en quittant le perron de son père.

— Vous savez vous faire des amis... Mais dans les circonstances, comment se fait-il que vous soyez devenu l'avocat de son amant ?

Avec un malaise croissant, l'avocat raconta la visite d'Arden Davidowicz à son domicile de l'avenue de l'Épée, puis l'appel d'Élise Trudel à son hôtel, le jour où le médecin avait été arrêté. Ce fut pourtant son interlocuteur qui formula la raison de son inconfort :

— Vous n'étiez pas simplement l'avocat dans cette histoire, mais plutôt un des acteurs du drame. La difficulté, c'est que vous ne savez pas quel rôle vous y avez joué.

Comment ajouter quelque chose après cela ? Pendant de longues minutes, les deux hommes se consacrèrent aux hamburgers et aux frites posés devant eux. Ils en arrivaient au thé et à la tarte aux pommes quand Farah-Lajoie prit une grande enveloppe brune qui attendait près de lui sur la banquette.

— Il y a un peu plus de deux semaines, je vous ai parlé de mon analyse des lettres de menace. J'ai continué à les classer, selon la graphie, la qualité et les types de papier, l'organisation de référence… par exemple les Casques d'acier ou les chemises noires, précisa-t-il en guise de réponse au regard interrogateur de son compagnon. J'ai dû effectuer quarante classements différents sans rien voir de particulier. Puis le quarante et unième m'a intrigué.

— Cette fois d'après le poids des feuillets ? ironisa Renaud, amusé.

— Non, ce classement-là n'avait rien donné. J'ai simplement pris les lettres dactylographiées pour les regrouper en fonction de la marque de la dactylo.

— Pardon ?

— Même quand la police est la même, les machines à écrire de marques diverses utilisent des jeux de caractères distincts. Bien sûr il faut une bonne loupe, mais les particularités de chacune sont visibles. Et alors que je regardais cinq ou six missives tapées avec un appareil de fabrication identique, une Smith Corona ou une Underwood, par exemple, je me suis rendu compte que trois d'entre elles venaient de la même machine.

Pendant que son vis-à-vis écarquillait les yeux, Farah-Lajoie plaça sur la table trois feuilles de papier, une vert pâle, une blanc crème et la troisième blanc ivoire. Renaud vit que sur chacune d'entre elles les lettres « t », comme dans « tuer » ou dans « truie », se trouvaient soulignées d'un trait fin de crayon, effectué avec une règle. Cela permettait de remarquer tout de suite que celles-ci se situaient une fraction de millimètre trop haut sur la ligne.

— Voyez tous les « t ». L'auteur de ces missives a voulu donner l'impression qu'elles venaient de trois personnes différentes, en changeant la couleur du papier, mais aussi les signatures : Casque d'acier, Une chemise noire, Les chemises noires.

— L'auteur aime varier les papiers. Moi-même…

— La lettre « t » représente une signature, exactement comme les stries sur une balle autorisent à la relier à un revolver parmi tous les autres.

Un médecin légiste montréalais, Wildrid Derome, s'était mérité une petite réputation internationale en prônant des méthodes d'enquête « scientifiques ». Farah-Lajoie avait collaboré avec lui lors de ses affaires les plus retentissantes.

— Cela peut être dû à un problème sur une ligne de montage chez Smith Corona, ou chez Underwood.

— Vous feriez un bon avocat de la défense, le taquina l'ancien policier. Vous connaissant déjà, je me suis donc attaché à chercher une deuxième signature. Regardez la seconde boucle, dans les « m ». Je vous passe ma loupe.

Le vieil enquêteur se promenait vraiment avec une loupe dans la poche intérieure de son veston. Renaud se plut à imaginer qu'il se trouvait devant une incarnation de Sherlock Holmes, alors que plus prosaïquement Farah-Lajoie l'avait prise avec lui en sachant que ce moment de la conversation viendrait.

Le verre grossissant lui permit de constater une très fine dentelure dans les « m » des trois lettres.

— Je ne suis pas statisticien, mais je veux bien parier que des caractéristiques de ce genre sur deux machines, cela devient moins probable encore que la foudre frappant deux fois au même endroit.

— Ce qui signifierait qu'un plaisantin désireux d'effrayer Davidowicz a voulu multiplier par trois ses menaces : papier différent, signature distincte. Peut-être a-t-il aussi envoyé des lettres manuscrites…

— Mais je suis à peu près certain qu'il l'a fait !

L'ex-policier sortit deux plis supplémentaires de sa grande enveloppe pour les mettre sur la table à côté des autres.

— Les papiers sont encore dissemblables, mais si vous les lisez, vous verrez des ressemblances de style, même si l'auteur a pris la précaution de décupler les erreurs de français à dessein : le même mot orthographié correctement parfois, avec des fautes les autres fois. La graphie est si maladroite, carrée ou cursive, qu'elle semble truquée. Pour arriver à ce résultat, personnellement j'utiliserais ma main gauche.

Renaud consacra quelques minutes à parcourir les cinq missives posées devant lui. Quand il releva la tête, ce fut pour dire :

— Toutes expriment des menaces de mort très explicites...

— Et ?... le titilla l'enquêteur.

— Elles étendent ces menaces à sa famille.

— Plus précisément à sa conjointe. L'enfant n'est évoqué que dans l'une d'entre elles. Ces missives viennent d'une seule personne, mais l'auteur a souhaité donner l'impression que plusieurs individus en voulaient non seulement à Davidowicz, mais aussi à sa femme. De plus, ces cinq lettres, bien qu'elles ne portent pas de date, paraissent assez récentes, comparées aux autres. Elles se trouvaient sur le dessus des liasses, mais ce détail peut tenir aux nombreuses manipulations qu'elles ont subies.

L'ex-policier prit le temps de terminer sa tarte aux pommes, puis son thé, avant de conclure :

— Je crois que depuis le début de cette affaire, la cible était l'épouse. L'auteur de ces lettres a fait le coup.

— ... Mais comment reliez-vous cela à Élise Trudel.

— Oh ! Il me semble que vous êtes déjà vous-même en train d'y réfléchir. Je ne voudrais pas polluer vos hypothèses avec les miennes.

Après une pause encore plus longue que les autres, Renaud murmura :

— Vous demeurerez longtemps à Sainte-Agathe ?

— Le temps de prendre au moins une bonne photo d'Élise Trudel. Je me chercherai donc une chambre dans une petite pension pas trop chère.

— Et votre emploi avec le Procureur général ?

— L'heureux fonctionnaire se trouve en vacances à Old Orchard. Je suis tout à vous... pour quelques jours !

Les deux hommes en avaient fini de leur repas. L'avocat ramassa les deux additions et, au moment de les régler à Belson, il expliqua encore :

— J'avais imaginé demeurer tout l'été ici, mais avec les derniers événements, je crois que je vais écourter mon séjour et me reposer de nos amis fascistes du côté de New York.

— Une longue absence ?

— Une semaine, deux si je peux louer un appartement. J'aimerais passer du temps à l'exposition universelle. Mais justement à cause de cet événement, se loger posera peut-être un problème.

Quand ils furent tous les deux sur le trottoir de la rue Saint-Vincent, Renaud évoqua le sort d'Alfred Côté, puis conclut :

— Soyez très prudent. Cette enquête me paraît devenir dangereuse.

— Je ne crois pas que les nazis aient été mêlés au meurtre de Ruth Davidowicz. Toutefois, je garderai les deux yeux bien ouverts. J'aurai tiré cette affaire au clair bientôt. Je vous ferai rapport à votre retour de New York. Mais si d'ici là je dois engager des frais ?

— J'avertirai mon bienfaiteur de s'enquérir de vos besoins.

L'enquêteur grimaça un demi-sourire avant de déclarer :

— Si je comprends bien, vous ne me donnez pas son nom. Je n'irai pas gratter à sa porte, je sais me conduire.

— J'en suis absolument certain. Toutefois, j'ignore si cet homme souhaite se faire connaître ou non. Je lui en laisse donc l'initiative ...

Alors qu'ils se quittaient, Farah-Lajoie se retourna après avoir parcouru quelques pieds pour lui crier :

— Tout de même, faites attention. Vos fréquentations semblent devenir dangereuses.

24

Sœur Saint-Crépinien connaissait une vie de domestique plus douce qu'elle n'avait jamais espéré : le curé Jean-Baptiste Bazinet et son vicaire, Jean-Baptiste Charland, gardaient leurs mains pour eux et ils n'élevaient jamais la voix contre elle. Un rien l'habillait : ce rien était constitué d'une longue robe brune et d'une coiffe qui cachait ses trop grandes oreilles et ses cheveux ternes. Avec les restes de leur table, elle se nourrissait mieux que la plupart de ses concitoyens et sa petite chambre, au dernier étage du grand presbytère de Sainte-Agathe-des-Monts, offrait plus de confort que tous ses logis antérieurs.

Toutefois, son travail réservait son lot de surprises. Un peu après le repas du midi, alors que les deux ecclésiastiques repus somnolaient dans de grands fauteuils sur la véranda, la sonnerie de l'entrée résonna dans la grande bâtisse vide. Sœur Saint-Crépinien découvrit sur le pas de la porte un curieux bonhomme un peu hirsute, offrant au regard une longue barbe et des cheveux broussailleux et gris. Par cette chaleur, son long manteau noir devait être insupportable. Sur le devant, la religieuse voyait pendre une pièce de tissu d'un blanc grisâtre au rebord décoré d'une bande bleue. Des franges lui battaient les cuisses.

Le rastaquouère n'enleva même pas son couvre-chef à large rebord au moment de demander d'une voix rocailleuse, dans un mauvais français :

— J'aimerais parler à Mgr Bazinet.

— … Je vais aller voir s'il peut vous recevoir.

Un moment plus tard, sur la véranda, Sœur Saint-Crépinien prononça timidement :

— Monseigneur… Monseigneur…

— … Oui, ma sœur ?

L'homme sortit lentement de sa torpeur, chercha un moment sur sa tête afin de vérifier si sa curieuse petite coiffe noire s'était déplacée pendant sa sieste, récupéra sur le plancher le bréviaire qui lui avait glissé des mains.

— Un visiteur pour vous. Un Juif, je pense.

— Un Juif, ici ?

Sur la seconde chaise transatlantique, l'abbé Charland n'ouvrit qu'un œil et constatant que son patron ne semblait pas vouloir lui confier la tâche d'accueillir l'intrus, le referma.

— C'est bon, demandez-lui de patienter dans mon bureau.

Soucieux de se montrer sous son meilleur jour, le représentant de l'Église de Rome passa par le cabinet de toilette, plaça ses mèches de cheveux avant de bien aligner sa calotte, s'assura qu'aucun vestige de son dernier repas ne subsiste à la commissure de ses lèvres. Rassuré sur la dignité et la prestance de sa mise, le prélat domestique troussa sa longue robe noire pour pisser longuement. Le jet avait des hoquets. Quelle pitié, être le représentant du seul vrai Dieu sur terre et souffrir d'une prostate récalcitrante.

Son visiteur patientait sur une grande chaise de chêne dotée d'accoudoirs, placée devant un bureau si volumineux qu'il aurait pu rendre jaloux un ministre… ou un archevêque. Pour passer le temps, l'homme jetait un regard distrait sur les titres des livres de piété contenus dans une petite bibliothèque à sa gauche. Quand le prêtre arriva, l'homme se leva et prononça de sa voix la plus onctueuse :

— Monsieur le curé, je vous remercie de bien vouloir me recevoir comme cela, à l'improviste. Je m'appelle Harry Stern. Je suis rabbin à Montréal.

Sur ces mots, le visiteur tendit la main, que Mgr Bazinet serra sans conviction. Il passa derrière son pupitre en disant :

— Mais asseyez-vous, je vous en prie. Vous êtes de Montréal. Je suppose que vous comptez parmi les estivants attirés par notre belle région.

— En effet. La température est étouffante en ville, je suis heureux de pouvoir m'évader ici.

— Qu'est-ce qui me vaut le plaisir de votre visite? Je présume que vous n'entendez pas discuter avec moi du mérite de nos religions respectives.

— Non... répondit le rabbin un peu désarçonné par l'entrée en matière. Votre sermon de dimanche dernier a créé une certaine commotion parmi les membres de ma communauté.

Mgr Bazinet affecta la surprise, puis sur un ton conciliant tenta:

— Pourtant, vous auriez dû vous attendre à ce que votre invasion de notre territoire suscite tôt ou tard une réaction.

— ... Notre invasion? Je ne comprends pas...

— Voyons, vous savez certainement que la ville compte moins de quatre mille habitants chrétiens, et un bon deux mille israélites. Pensez-vous que nous allons gentiment attendre que vous représentiez les deux tiers de la population? Présentement, dès qu'une propriété est mise en vente, il se présente dix acheteurs juifs pour un seul chrétien.

Le visiteur resta un moment interdit, puis opposa:

— Mais nous sommes libres d'acheter et de vendre. D'ailleurs, si les acheteurs sont si nombreux, cela profite aux vendeurs. Depuis des années que les prix sont déprimés...

— Vous savez bien que c'est faux. Au contraire, les chrétiens ne veulent plus acheter ici, tellement l'invasion de vos coreligionnaires leur répugne. En vérité, c'est à vil prix que vous achetez notre patrimoine, car vous vous concertez pour ne pas renchérir entre vous.

Le rabbin avait le choix entre s'engager dans une vaine discussion sur l'état du marché immobilier à Sainte-Agathe, ou alors en venir au véritable motif de sa visite. La dernière éventualité prévalut:

— Je suis venu vous demander de ne plus utiliser les mots blessants de dimanche dernier à notre égard. Cela peut conduire à des excès regrettables.

— Quand je parle à l'église, c'est pour communiquer à mes fidèles la parole de Dieu.

— En accusant les Juifs d'être sans morale, immodestes…

— Aussi, ce n'est certainement pas à vous de censurer mes paroles.

Le ton de Mgr Bazinet ne tolérait pas de réplique. Le rabbin Stern demeura un moment silencieux, reprit d'une voix qu'il souhaita la plus conciliante possible :

— Si je comprends bien, nous nous exposons à de nouvelles attaques, même si cela risque de conduire à des persécutions ?

— Les Canadiens français montrent enfin le désir de cesser d'être des victimes dépossédées de leur propre pays. Je continuerai de me faire l'interprète de mon Dieu, de mon Église et de mon peuple. Ce que je dis dans mon temple ne vous regarde en rien, mais si vous êtes curieux, vous pouvez toujours venir m'écouter dimanche prochain.

Un nouveau silence fit suite à ces paroles, puis le visiteur se leva de son siège en disant :

— Je vous remercie encore d'avoir accepté de me rencontrer. Je vous souhaite une bonne journée.

Mgr Bazinet se leva lui aussi, fit mine d'accompagner le rabbin jusqu'à la porte.

— Ce ne sera pas nécessaire. Je connais le chemin.

Resté dans son bureau, le curé commença par se passer quelques réflexions peu chrétiennes sur l'arrogance de cet homme, qui entendait le museler. Un moment, il pensa retourner sur la véranda afin de profiter de la fraîcheur de la brise qui entrait par les grandes croisées ouvertes. Cependant, l'ecclésiastique décida de profiter de la mauvaise humeur où son visiteur l'avait mis pour préparer son prochain sermon. Les mots lui viendraient plus facilement.

Dans les minutes qui suivirent, le rabbin Stern fit le pied de grue sur le trottoir longeant la rue Principale : comme la rencontre avec le prêtre avait été plus courte que prévu, la voiture ne se trouvait pas au rendez-vous. Puis le véhicule conduit par Arden Davidowicz tourna enfin le coin de la rue Sainte-Agathe. À peine avait-il posé les fesses sur la banquette que celui-ci interrogea :

— Continuera-t-il sa campagne haineuse ?

— Je me suis fait répondre que son Dieu et son pays étaient ses seuls guides. Ce qui m'inquiète, ce sont les réactions de quelques catholiques qui prendront ses paroles comme une approbation de la violence.

— Je vous avais dit que cela ne servirait à rien. Adrien Arcand est venu faire un discours à Saint-Faustin il y a trois semaines. Maintenant, cet évêque reprend ses arguments.

Depuis quelques jours, les membres de la communauté juive de Sainte-Agathe vivaient des moments d'angoisse et apprenaient à verrouiller les portes, à s'abstenir de traîner dans les rues le soir, et même à regarder parfois par-dessus l'épaule pour voir si quelqu'un ne les suivait pas.

— Vous croyez que la campagne de ce prêtre est reliée au Parti de l'Unité nationale ? prononça le rabbin, inquiet.

— À tout le moins, les événements s'enchaînent très bien.

— J'ai toujours dit à notre communauté de ne pas s'inquiéter de ces quelques excités. Les Canadiens français ne nous ont jamais fait d'ennuis. Pendant des années la Société Saint-Jean-Baptiste nous a fait d'excellentes conditions pour utiliser le Monument national. La littérature et le théâtre yiddish se sont développés ici de façon remarquable.

— Mais les choses ont changé. Pour le pire. Je vous ai déjà montré les lettres que je recevais…

Le rabbin Stern ferma les yeux. Le souvenir du triste sort de Ruth Davidowicz lui revint en mémoire. Oui, même à Montréal, les pires horreurs pouvaient se produire.

— Vous croyez que le projet d'écrire une pétition à Mackenzie King aurait un résultat positif? Ou peut-être devrions-nous l'envoyer à Ernest Lapointe? se corrigea le vieil homme.

Davidowicz venait d'immobiliser sa voiture en face d'une coquette petite maison. Sur les trottoirs, dans les cours, les personnes visibles étaient de religion juive et comptaient vraisemblablement parmi les plus traditionalistes. Cette tendance à reproduire les ghettos sous toutes les latitudes irritait profondément le médecin.

— Aucun politicien Canadien français ne dira jamais un mot pour réfréner les ardeurs racistes d'un prêtre catholique. Le prix à payer serait d'être balayé à la prochaine élection. Puis King ne prendra aucune initiative pouvant réduire ses appuis au Québec. Il a absolument besoin de la province pour se maintenir au pouvoir.

— Dans ce cas, nous ne pouvons rien faire.

— Nous pouvons faire face, affronter ces gens, occuper la rue. Cela ne donne rien de courber l'échine pour recevoir les coups, d'essayer de faire entendre raison à ces gens, comme vous venez de le faire avec Bazinet. Luttons plutôt.

Le rabbin jeta un regard un peu effrayé à son compagnon, le remercia de l'avoir reconduit jusque devant sa porte avant de descendre.

Après être passé à son chalet pour saluer Élise et serrer son garçon dans ses bras, Arden Davidowicz reprit le volant pour rentrer à Montréal. Tout le long du trajet, le politicien ressassa ses arguments. Avant de partir, un arrêt dans un hôtel lui avait permis de téléphoner – curieusement, même si sa compagne passait l'été à Sainte-Agathe, il n'avait pas jugé utile d'équiper sa résidence secondaire d'un appareil – afin de fixer un rendez-vous.

La précaution n'avait pas été vaine : en face de chez lui, un homme attendait son arrivée derrière le volant d'une petite Ford. En descendant de voiture, le médecin commença par le rejoindre en lui tendant la main :

— Désolé de vous avoir fait attendre, monsieur Johnson. Les chemins ne sont pas toujours les meilleurs dans notre belle province.

— Ce n'est rien. De toute façon, je ne suis pas là depuis longtemps.

Un moment plus tard, les deux hommes entraient dans la maison sous l'œil attentif de la voisine. Depuis la dernière visite de Farah-Lajoie, celle-ci se pensait investie d'une mission et, pourquoi pas, d'un statut : celui d'auxiliaire de la police.

Dans la maison, Davidowicz conduisit son visiteur jusque dans la cuisine, lui offrit une bière fraîche, en prit une pour lui, et le pria de le suivre dans la cour arrière. Installés dans de grandes chaises de bois, les deux hommes vidèrent la moitié de leur verre avant d'en venir aux choses sérieuses :

— Vous avez certainement entendu parler des événements survenus à Sainte-Agathe.

— Comme tout le monde. Les journaux français en ont parlé un peu, puis notre rédaction a reçu de nombreuses lettres.

— La *Gazette* enverra-t-elle un reporter ?

— Il ne semble plus rien se passer. S'il fallait envoyer quelqu'un dans toutes les paroisses où un curé devient un peu délirant, nous ne ferions plus que cela.

Davidowicz ne dissimula pas son agacement, puis reprit un argument déjà utilisé devant le rabbin Stern :

— Ces événements font suite à une visite d'Adrien Arcand à Saint-Faustin. Une foule est venue l'entendre.

— Notre petit *Führer* transporte toujours ses chemises noires depuis Montréal quand il visite la campagne, pour ne pas parler devant une salle vide.

— Deux mille chemises noires ?

Le journaliste prit une gorgée de sa bière sans dire un mot. Bien sûr, une pareille assistance dans un si petit village témoignait d'un regain de popularité étonnant. Pourtant, les ardeurs des sympathisants de Hitler avaient beaucoup faibli depuis un an ou deux : l'archevêque de Montréal et des prêtres renommés avaient condamné le nazisme dans des termes limpides. Le gouvernement allemand maltraitait les écoles catholiques, ce qui avait toujours un effet négatif au Québec. De toute façon, les régimes fascistes d'Italie, d'Espagne et du Portugal demeuraient les plus populaires dans la province, car ces gouvernements paraissaient très bien s'entendre avec l'Église dans ces pays. Le modèle germanique exerçait une moins grande séduction. De plus, la guerre imminente amenait à s'éloigner de l'ennemi probable.

— Vous croyez vraiment que des événements peuvent survenir à Sainte-Agathe ? Je veux dire des événements assez importants pour justifier la présence de la *Gazette* ?

— Mgr Bazinet paraît déterminé à jeter de l'huile sur le feu dans un milieu où Arcand trouvait des oreilles attentives il y a moins d'un mois. Je crois que vous pourriez noircir plusieurs colonnes avec ce qui s'en vient.

— J'en parlerai à mon rédacteur en chef. Honnêtement, avec la chaleur qui règne sur la ville, j'adorerais me voir confier cette mission.

Pendant un moment, les deux hommes discutèrent de l'intolérance des Canadiens français. Comme tous les anglo-protestants, le journaliste se plaisait à penser que sa communauté se trouvait vierge de cette tare, oubliant volontairement que non seulement le Ku Klux Klan avait connu une carrière canadienne significative dans les années 1920, mais aussi que le Parti de l'Unité nationale était né de la fusion du groupe dirigé par Arcand avec une organisation canadienne-anglaise aux visées identiques.

— Vous savez, j'ai moi-même reçu de nombreuses lettres de menaces de membres du Parti de l'Unité nationale. Elles étaient très explicites…

— Vous pouvez me les montrer ?

— Malheureusement, les policiers les ont toujours en leur possession.

Le journaliste resta un moment interdit, puis murmura, flairant l'histoire exceptionnelle :

— Vous voulez dire qu'il y a un lien entre la mort... de votre femme et le parti nazi ?

— Je ne peux rien affirmer. Il semble que pour les policiers, tenir les victimes d'un crime au courant des progrès d'une enquête, cela ne se fait pas !

Au dépit dans la voix de Davidowicz, le journaliste compris que mieux valait ne pas poser de questions. Mais en rentrant à la *Gazette*, un crochet au poste de police d'Outremont serait peut-être une bonne idée.

Le 28 juillet, un vendredi matin, un peu pour compenser le fait que les Daigle avaient amené sa fille plusieurs fois faire de l'équitation, Biefeld vint lui-même inviter Nadja à dîner en famille. Aussi un peu avant midi, vêtue de sa plus belle robe, la fillette montait dans l'Oldsmobile des voisins.

D'abord, le groupe se présenta à un restaurant de la rue Principale, en diagonale avec le presbytère à l'architecture remarquable. En plus d'afficher les dimensions habituelles d'un petit palais, des gargouilles aux angles de la bâtisse lui donnaient un air plutôt gothique. La proximité de l'antre du maître spirituel du village expliquait sans doute que le propriétaire du commerce reçoive ses directives avec une soumission zélée. Près de la porte d'entrée, une affichette assez ancienne précisait « Interdit aux chiens ». Juste un peu plus bas, un carton tout neuf ajoutait « Interdit aux Juifs ».

Pendant un moment abasourdi, Bielfeld réussit à prendre un air faussement jovial pour dire :

— Dans ce cas, nous allons porter notre argent à l'hôtel Laurentien.

Le petit groupe remonta en voiture. Quelques minutes plus tard, un maître d'hôtel onctueux commença par déclarer :

— Je suis désolé, mais nous n'avons malheureusement plus de place.

— … Je vois d'ici que la salle à manger demeure à moitié vide.

— Ces tables sont réservées. Les clients arriveront bientôt.

— Pourquoi me mentez-vous ? Je suis venu au moins une vingtaine de fois dans cet établissement, vous me connaissez.

Un peu pâle, son interlocuteur eut une hésitation, puis à voix basse expliqua enfin :

— Nous avons reçu des directives : plus de clients juifs.

Depuis le début de l'expédition, les fillettes échangeaient des regards inquiets, des larmes perlaient même au coin des yeux de Fran. À la fin Nadja n'y tint plus et signifia d'une voix frôlant les pleurs :

— Vous êtes cruel. Vous me rendez honteuse d'être catholique !

Pour éviter aux personnes qui l'accompagnaient de se trouver mêlées à une scène plus disgracieuse encore, Bielfeld renonça :

— Allons-nous-en. Nous verrons bien si ces gens pourront se passer longtemps de la clientèle de notre communauté.

Sur le trottoir, au moment de remonter dans la voiture, l'homme déclara doucement, afin de rasséréner la fillette :

— Nous savons bien que tous les chrétiens ne sont pas comme cela.

— Mais eux ne le savent peut-être pas. Il est important que je leur dise que je ne pense pas comme eux.

Le commerçant n'arrivait plus à afficher la moindre trace de bonne humeur. La tentative suivante eut plus de succès, car il prit soin de choisir un restaurant propriété d'un Juif. Le repas se déroula sans joie aucune.

Dès le mercredi précédent, Georges Farah-Lajoie avait pu multiplier les photographies d'Élise Trudel à bonne distance, depuis la banquette de son automobile, alors qu'elle rentrait après des courses. Sur ces clichés, la femme donnerait l'impression de se trouver à quinze ou vingt pieds, afin de pouvoir bien juger de sa silhouette. Ainsi, la voisine de la rue Davaar jugerait plus facilement de la ressemblance avec la visiteuse qu'elle avait aperçue sur le trottoir et dans l'entrée du domicile voisin.

Il lui fallait aussi des photos d'Élise en gros plan, afin de bien distinguer ses traits. Cela présentait des difficultés d'un autre ordre : comment y arriver sans demander au modèle de prendre la pose ? Pendant deux jours, l'homme adopta le rythme du vacancier pour parcourir les rues de la ville. Au fond, il se prenait au jeu, profitait des lieux et de la belle température, déambulant des heures avec son appareil photo muni d'un long téléobjectif, mais sans vraiment multiplier les efforts pour s'approcher de sa cible. Une façon de se prendre des petites vacances aux frais de son mystérieux employeur. Puis la nécessité de regagner Montréal s'imposa, il dut s'avouer que son projet ne se réaliserait pas dans la discrétion.

Le vendredi matin, Élise Trudel revenait d'une promenade sur le bord du lac des Sables en tirant par la main un garçonnet plus morose que jamais. Farah-Lajoie marcha vers elle sur le trottoir et, quand la portée lui parut idéale, la mit en joue avec son téléobjectif pour prendre trois clichés en succession rapide.

Sans demander son reste, l'homme tourna les talons pour regagner sa voiture d'un pas vif, la laissant interloquée derrière lui. En pressant le pas, Élise se rendit à l'hôtel Laurentien, se dirigea d'un pas assuré vers le comptoir pour demander à utiliser l'une des cabines téléphoniques se trouvant dans le hall. Après avoir recommandé d'un ton qui n'entendait pas la réplique à Solomon de ne pas bouger de la chaise sur laquelle il était assis, elle ferma la porte vitrée et demanda à la téléphoniste de l'établissement de la mettre en communication avec Montréal.

Dans la maison de la rue Davaar, Arden Davidowicz attendait ses rares patients. Bien sûr, de nombreux habitants d'Outremont se trouvaient en vacances, mais la désertion de son cabinet tenait plus probablement à la méfiance inspirée par un médecin sur lequel pesaient toujours des soupçons de meurtre. La sonnerie du téléphone le tira sans pitié de sa rêverie. Au bout du fil, Élise commença tout de suite sur un ton excédé :

— Tout à l'heure, un homme m'attendait sur la rue. Il a pris ma photographie.

— ... Taille moyenne, la soixantaine, avec une moustache ?

— Oui, c'est cela. Comment le sais-tu ?

— Il est venu me voir. Georges Farah-Lajoie.

— Le policier qui a enquêté sur l'abbé Delorme ?

Jamais cette femme ne pouvait être prise en défaut sur toutes les questions ayant secoué le Québec, puisqu'elles pouvaient exercer une influence sur les événements politiques. Les faits divers les plus lointains lui étaient familiers.

— Lui-même. Il a interrogé mon père et Myriam. Il a photographié ma sœur aussi, en se cachant dans une voiture stationnée, il y a quelques jours. Elle l'a aperçu.

— Tu ne m'en as même pas parlé, le week-end dernier.

Une trace de frustration pointait dans la voix de la femme. D'autres informations lui échappaient-elles de la même façon ?

— Mais pourquoi diable ce type voulait-il mon portrait ? enchaîna-t-elle après une pause.

— Sans doute pour vérifier à nouveau l'alibi.

Élise laissa échapper un soupir, un peu désespérée. Cette histoire se terminerait-elle un jour ? Pourtant, pendant des semaines il ne s'était rien passé.

— Comment se fait-il que ce policier se trouve aujourd'hui mêlé à cette affaire ?

— Il m'a dit travailler pour le Procureur général. C'est vrai, j'ai vérifié.

— Un employé de Maurice Duplessis, donc. Je suppose que ce renard a flairé là une occasion de nuire au Parti libéral. Déjà en 1926, avec l'histoire de Blanche Girouard, son parti penchait vers ces tactiques. Dans le temps, il était conservateur.

Cela se pouvait bien, pensa le médecin, même si le chef de l'Union nationale devait avoir bien d'autres chats à fouetter avec les difficultés économiques dans lesquelles se débattait son gouvernement. Après un long moment de silence, Davidowicz en vint enfin au sujet qui le préoccupait le plus :

— Tu as vu les journaux ? La conflagration semble sur le point d'éclater. Les Allemands menacent de s'emparer du couloir de Dantzig.

— Tu m'en excuseras, mais ces temps-ci, la conjoncture tout à fait locale me préoccupe plus que celle qui prévaut en Europe. Ne devrait-on pas en parler à ton avocat ?

— Parler de l'intervention de Farah-Lajoie à Daigle ? Je n'en vois pas vraiment l'utilité. Si jamais il y a du nouveau, nous aviserons…

Les amants se quittèrent en se donnant rendez-vous pour le lendemain, puis Élise Trudel récupéra Solomon toujours assis bien raide sur sa chaise.

25

Le lendemain matin, un samedi, les Bieldfeld montrèrent que leur respect du sabbat ressemblait fort à celui du dimanche des Daigle. Au lieu de fermer toutes les issues et de se cloîtrer pour sanctifier Dieu, le père et la fille abandonnèrent la mère à la préparation du repas pour aller se distraire chez les voisins.

Fran se retrouva bientôt enfermée dans une toute petite pièce à l'étage. Comme des balais y avaient été entreposés jusqu'à tout récemment, une odeur de poussière picotait le nez. Une ampoule rouge allumée au plafond répandait une faible clarté sanglante dans le réduit. Un panneau de contreplaqué obstruait totalement une minuscule fenêtre.

— Tu sais comment finir des photographies ? murmura-t-elle, un peu admirative.

Fran posait la question à sa compagne qui, gantée, pesait du bout des doigts sur un rectangle de papier trempant dans un récipient de verre.

— Depuis toujours. Depuis que je suis toute petite, je regarde faire papa. Toutefois, je ne peux le faire seule que depuis l'hiver dernier. Papa avait décrété que je pourrais quand nous trouverions des gants de caoutchouc à ma taille. Heureusement, j'ai de grandes mains.

En disant cela, la fillette les leva pour les montrer. Elle continua :

— C'est de l'acide. Cela brûle. Fais attention.

Les deux têtes penchées au-dessus du contenant contemplaient l'apparition de l'image sur la feuille de papier, d'abord une ombre fugace, puis un visage très net.

Nadja avait rapidement abandonné tout espoir de faire sortir une succession de notes justes d'un instrument de musique. Toutefois, voir son père prendre des photographies, pour les développer ensuite lui-même dans sa petite chambre noire la rendait à la fois admirative et envieuse. Très jeune, elle gâchait de la pellicule en photographiant tout ce qui se trouvait à sa portée. Georges Minou avait été immortalisé plus souvent que n'importe quelle vedette de cinéma. Maintenant, la fillette contrôlait tout le processus, de la prise du cliché jusqu'à l'agrandissement de ses réussites les plus remarquables.

Dans le bassin, le visage de Fran se dessinait sur le rectangle de papier.

— Je suis belle.

Elle avait dit cela sans la moindre prétention, un peu surprise même de ce qu'elle découvrait sous ses yeux. Nadja n'avait pas saisi que les traits, mais aussi l'âme de ce que Fran deviendrait dix ans plus tard : une femme à la fois tourmentée et passionnée. Pour la pose, la rouquine lui avait attaché les cheveux bien serrés en une courte queue de cheval, ce qui dégageait la forme du visage et en délimitait toutes les lignes. La lumière éclairait le côté gauche de l'image, laissait l'autre dans l'ombre. Ses grands yeux noirs, comme fiévreux, brûlaient le papier. Ses lèvres pleines, joliment ourlées, s'entrouvraient sur de petites dents droites.

— C'est vrai que tu es belle. Et les autres sont bien aussi.

Au fil tendu en travers de la pièce, les photographies du père et de la mère, et quelques-unes du trio réuni, séchaient lentement. Le premier paraissait capable de vendre n'importe quel veston au premier badaud pénétrant dans son commerce. La seconde, un tablier autour de la taille, incarnait le prototype de la mère juive. Les cheveux et les yeux un peu plus pâles, cela aurait tout aussi bien pu représenter la mère canadienne française. Pour eux aussi, l'œil de Nadja avait capté l'essence de l'être. La rouquine peignait avec la lumière, le diaphragme de l'appareil lui servait de pinceau. Encadrés avec soin, ces portraits seraient offerts aux voisins dès le lendemain, en guise de remerciement pour leur hospitalité.

Une fois la dernière photographie suspendue à son tour, l'artiste proposa :

— Nous allons jouer dehors ?

Dans la cour arrière, Bielfeld était venu retrouver Renaud Daigle. Devant un verre de thé glacé, le voisin avait commenté les événements récents. Il conclut :

— Je me demande si nous ne devrions pas rentrer à Montréal dès la semaine prochaine. Si les choses se détériorent encore, je n'oserai plus laisser ma femme et ma fille seules ici. D'un autre côté, je ne peux pas vraiment m'éloigner de mes affaires.

— Moi-même, je dois décider bientôt si je reste plus longtemps. Il y a dix jours, je vous aurais dit oui. Toutefois, je trouve aussi que les choses prennent une curieuse tournure.

Le silence s'imposa ensuite entre eux. Puis une voix de fillette résonna, excédée :

— Sortez de notre terrain. Vous n'avez pas le droit d'y poser… ça !

D'un trait, le voisin sur les talons, Renaud contourna la résidence pour atteindre la pelouse à l'avant. Nadja et Fran, partagées entre la frayeur et la colère, se trouvaient devant une douzaine d'hommes qui avaient envahi le terrain.

— Les filles, allez à l'intérieur.

— Tu as vu ce que cet homme a mis sur le poteau, clama Nadja en pointant un petit personnage boutonneux de taille moyenne, des lunettes sur le nez.

La voix de la fillette tremblait un peu. Pâle, elle semblait sur le point d'exploser d'indignation.

— S'il te plaît, prends ton amie par la main et va rejoindre ta mère.

Virginie, attirée par la commotion, était sortie sur le perron, à l'avant de la maison. Dans les secondes suivantes, les deux enfants se réfugièrent près d'elle. Bielfeld se tenait un peu à l'écart, ne sachant trop quelle contenance adopter.

— Monsieur Blanchet. Le monde devient désagréablement petit. Vous me paraissez vous être entiché de moi.

L'interne de l'Hôtel-Dieu se trouvait bien devant lui. Son admission au Parti de l'Unité nationale devait être trop récente pour qu'il jouisse du droit d'arborer sa chemise noire. Lui et ses compagnons, tous dans la jeune vingtaine, portaient des vêtements de travail. Ils passaient d'un poteau de téléphone ou d'électricité à l'autre pour y fixer une petite affiche :

LES JUIFS NE SONT PAS DÉSIRÉS À SAINTE-AGATHE
C'EST UN VILLAGE CANADIEN-FRANÇAIS
ET NOUS LE GARDERONS AINSI

En dessous de ce texte, on en trouvait non pas une traduction, mais une adaptation anglaise, où les Juifs se voyaient ordonner de quitter les lieux au plus vite. Le verbe « SCRAM » ne laissait aucun doute là-dessus. Les auteurs avaient voulu se montrer impératifs dans la langue habituellement comprise par les Israélites. Aucun de ceux-ci n'aurait d'hésitation sur ce que l'on attendait de lui.

Renaud l'arracha, la déchira en huit morceaux avant de venir se planter bien en face d'André Blanchet, assez près pour se rendre compte que l'haleine de celui-ci demeurait bien offensante :

— Monsieur Blanchet, cette fois je vous retrouve sur mon terrain. Je pourrais en toute légalité vous abattre comme la bête nuisible que vous êtes, pour défendre ma propriété. Je vais donc récupérer mon revolver et vous le vider dans le corps, le vôtre et celui de vos camarades, si vous ne déguerpissez pas dans les trente prochaines secondes.

L'autre chercha, comme lors de leurs deux précédentes altercations, ses compagnons des yeux afin de trouver le réconfort du nombre.

— Vos menaces ne me font pas peur, l'ami des Youpins. Vous les recevez chez vous, maintenant, ajouta-t-il en regardant en direction de Bielfeld.

— Je pense que quinze bonnes secondes sont écoulées.

Son interlocuteur jeta encore un regard un peu inquiet vers ses complices, puis finalement il tourna les talons, prononçant d'un ton faussement joyeux:

— Ce trou du cul nous fait perdre notre temps. Continuons notre travail.

La petite troupe regagna la voie publique, se déplaça jusqu'au poteau de téléphone suivant… mais ne posa aucune nouvelle affiche sur celui qui se dressait sur le terrain de Renaud Daigle. Celui-ci rejoignit sa famille sur le perron. Virginie lui dit à l'oreille:

— Tu lui as précisé que ton revolver se trouve enfermé à clé dans un tiroir, et les balles dans un autre tiroir, verrouillé lui aussi?

— Non, et aussi longtemps qu'il l'ignore, nous aurons la paix.

Près d'eux, Bielfeld regardait Fran avec des yeux préoccupés.

— Tu viens rejoindre ta mère? Elle va s'inquiéter.

Comme tous les samedis, Arden Davidowicz était resté à la disposition de ses patients, qui ne venaient plus, jusque vers midi. Puis après le repas, il se dirigea vers Sainte-Agathe à bord de son automobile. Au moment de s'engager dans une rue au second rang par rapport au lac, une petite affiche sur un poteau de téléphone attira son attention. Une minute suffit pour la décrocher et, après un coup d'œil, la mettre rageusement dans sa poche.

Stationné près de son chalet, les pieds à peine posés sur l'allée de gravier, la porte claquait et son garçon se précipitait dans ses bras.

— Papa, je souhaite rentrer à la maison, à Montréal, geignit-il en yiddish.

En réalité, Solomon voulait dire retrouver son père et ne plus voir cette femme.

— Tu sais bien que l'air pur te fait le plus grand bien. À Montréal, il fait très chaud. Puis comme je dois travailler, personne ne pourrait s'occuper de toi.

L'enfant afficha son visage le plus buté. Sur le perron se dressait Élise, visiblement préoccupée. Au moment de la rejoindre, le médecin demanda d'un ton qu'il souhaitait le plus gai possible :

— Ce jeune homme a-t-il fait sa sieste ?

— Non, pas encore. Nous t'attendions.

— Dans ce cas, je vais aller m'étendre avec lui.

Quelques minutes plus tard, allongé sur un lit trop moelleux, son fils collé contre lui, Davidowicz s'abandonnait dans la contemplation des fentes entre les planches du plafond. Longtemps après que le garçon se fut endormi, il demeura là, perdu dans ses pensées. À la fin, alors qu'il devenait impossible de retarder encore la conversation inévitable, il se leva pour rejoindre Élise Trudel dans la pièce à côté, un salon meublé modestement.

— Tu as vu ces affiches ? demanda-t-il en sortant celle qui se trouvait dans sa poche pour la lire une nouvelle fois.

— Oui, un groupe d'excités s'est promené dans les rues ce matin, pour les coller. En fait, toute la semaine, l'atmosphère a été survoltée.

— Les Juifs ont adopté ce coin de paradis il y a quelques années et y ont pris leurs aises. Ils auraient mieux fait de se disperser dans des lieux divers !

Visiblement, Élise ne souhaitait pas parler de la sociologie de la villégiature dans les Laurentides. Peut-être son amant aurait-il plus de succès en évoquant la politique :

— Tu as lu les journaux? Tout semble indiquer que le couloir de Dantzig servira de prétexte à Hitler pour déclencher les hostilités.

Depuis la Grande Guerre, en conséquence de la négociation du traité de paix à Versailles, un couloir démilitarisé coupait l'Allemagne en deux pour donner à la Pologne un accès à la mer Baltique, grâce au port de Dantzig. La région comptait une population de langue allemande désireuse de revenir dans le Reich. La zone se trouvait sous la juridiction de la Société des Nations.

— Tu ne crois pas que la Pologne va reculer devant les revendications de Hitler, comme cela c'est produit en Tchécoslovaquie?

— Un accès au commerce maritime est essentiel à l'économie du pays. Puis si tout le monde se dérobe devant la menace de guerre, le dictateur contrôlera bientôt toute l'Europe. Le temps des reculs semble bien terminé.

Face à la menace allemande, le gouvernement polonais mobilisait tous ses effectifs militaires. La France et le Royaume-Uni avaient réaffirmé de leur côté qu'une agression contre ce pays entraînerait leur entrée immédiate en guerre.

— Pourtant, les analystes affirment toujours que le Reich allemand ne sera pas prêt à commencer la guerre avant 1942, argua sa compagne.

— Ils devraient aller expliquer cela à Hitler, il ne me semble pas être au courant!

Après une pause, Davidowicz ajouta encore:

— Je songe à rentrer en Pologne. Ils auront besoin de médecins.

Élise Trudel ferma les yeux. Aucun éclat, aucune crise de larmes, contrairement à ce à quoi le député s'attendait. Bien sûr, depuis quelques semaines leurs rapports s'étaient dégradés, mais la complicité ne prévalait-elle pas toujours?

Après un long silence, la femme fit observer d'une voix éteinte:

— Tu ne connais pas ce pays. Tu habites Montréal depuis plus de trente ans. Tu me disais toi-même avoir de plus en plus de mal à trouver tes mots en polonais.

Plutôt que ses sentiments, Élise évoquait la faisabilité de son projet. Reçue comme cela, sa proposition prenait une nouvelle réalité. L'homme était préparé à reculer, à remettre son projet à plus tard à cause de son sens du devoir envers sa compagne.

En même temps, que ce terme « devoir » lui soit venu à l'esprit, plutôt qu'attachement, se révélait symptomatique. Ne devait-il pas convenir que le désir frénétique qui les avait habités tous les deux, au point de faire les pires folies, ne survivait pas à la tension pesant sur leurs épaules depuis le meurtre de Ruth ? Surtout, ce désir ne signifiait pas attachement amoureux.

— Je présume que la mémoire me reviendra.

Plutôt que de parler d'amour, voilà qu'ils discutaient de sa maîtrise de la langue polonaise !

— Tu ne vas pas tenter de me faire croire que c'est l'attachement à la Pologne qui t'anime ! Tu ne connais pas d'autre pays que le Canada !

— Tu as raison.

Davidowicz ferma les yeux, prit une profonde inspiration avant d'avouer :

— Cet enquêteur me turlupine. Avec ces photographies… Ce ne sont pas les nazis qui l'intéressent. Il est après moi.

— Nous aurions dû faire comme j'avais suggéré : ameuter les journalistes. Avec tout ce qui se passe présentement dans les milieux fascistes, même dans un endroit tranquille comme Sainte-Agathe, le Procureur général met ce vieux policier en disgrâce à tes trousses. Nous avons très mal géré cette crise.

Le médecin secoua la tête, découragé. Élise n'arrivait pas à se mettre en tête que justement, l'insistance pour orienter l'enquête dans une autre direction devenait elle-même suspecte.

— Cela ne servirait à rien. Quand Farah-Lajoie m'a interrogé, je lui ai désigné les fascistes. Quelques jours après, il prenait des photographies de Myriam. Puis il s'est intéressé à toi… Si je pars, je suis certain qu'il te laissera tranquille.

Sa compagne se mordit la lèvre, n'osa pas formuler à haute voix son plus grand espoir : une autre victime. Si un autre Juif, ou mieux une Juive, mourait d'une balle à la tête, la police devrait consacrer ses efforts à débusquer les nazis ! Pouvait-elle compter sur les imbéciles racistes de ce gros village pour en arriver là ?

Elle réussit à articuler :

— Et que va-t-il arriver à ton garçon ?

Au timbre de sa voix, impossible de penser qu'elle proposerait sa candidature pour en assumer la responsabilité.

— Le mieux serait que mon père le prenne avec lui. Sinon il ne connaîtra ni sa langue, ni sa religion.

— Si tu permets, je souhaite marcher un peu autour du lac.

Farouchement, la femme combattait ses larmes. Pourtant, à sa grande surprise, elle sentit que sa peine serait vite soulagée. Pendant des années, les moments volés avec cet homme lui avaient fait vivre la passion et éprouver de la félicité. Depuis mai, leur nouvelle liberté s'accompagnait de la plus totale morosité. Leur amour se diluait dans tout le temps maintenant à leur disposition.

Au moment où Élise Trudel refermait la porte derrière elle, Arden Davidowicz retourna s'étendre près de son fils. Ce qui, ce matin encore, ne représentait qu'un vague projet, né à la lecture des informations internationales dans les journaux, avait soudainement pris une tournure terrifiante. Un seul mot, au retour de sa compagne, permettrait de revenir en arrière. Il ne le prononcerait pas.

Quelques heures après que les poteaux de téléphone et d'électricité eurent été pollués par les affiches racistes d'André Blanchet et ses complices, le service de police de Sainte-Agathe se chargea de les arracher. Pourtant, les esprits ne s'étaient pas calmés.

Le lendemain matin, au moment où la petite famille se préparait à partir pour l'église, Nadja demanda, maussade :

— Serait-ce bien grave si je manquais la messe aujourd'hui ? Je ne désire pas entendre encore cet évêque.

— Tu as le droit d'y aller ou pas. Si tu préfères rester ici, sans doute que maman voudra te tenir compagnie. Personnellement, j'aimerais tout de même y aller, pour satisfaire ma curiosité politique.

— ... Dans ce cas, j'accepte d'y aller aussi. Cependant, nous trouverons des places à l'arrière... si nous souhaitons sortir avant la fin.

— Nous nous mettons toujours derrière, tu le sais bien.

À dix heures, la fillette constata avec plaisir que Mgr Bazinet avait confié à son vicaire, prénommé aussi Jean-Baptiste, mais portant le nom de Charland, la responsabilité de dire la messe. Malheureusement pour elle, le sermon, très attendu à en juger par les mouvements nerveux des ouailles quand le jeune ecclésiastique grimpa les marches de la chaire, serait de la même eau. L'homme commença par expliquer que le curé se trouvait malheureusement incommodé par la maladie. Il enchaîna sur ces mots :

— Depuis une semaine, les sages paroles de notre pasteur ont attiré de multiples appuis, venus de toute la province.

Un murmure parcourut l'assistance. Renaud devinait que de nombreux Juifs avaient rangé leur kippa dans une poche de leur veston afin d'assister à cet exposé.

— Au moment où la menace de la guerre pèse sur nos têtes plus que jamais, je veux vous rappeler qu'aucun sentiment de haine n'a inspiré le déclenchement de notre lutte contre la présence des Juifs à Sainte-Agathe. Mgr Bazinet, constatant avec inquiétude l'augmentation du nombre des

Israélites dans la paroisse, a fait un vibrant appel à ses paroissiens, les avertissant du danger de voir passer aux mains de ceux-ci un patrimoine d'une beauté et d'une valeur incomparables. C'est un devoir d'ordre national, religieux, moral et économique qui nous oblige à garder ce qui nous reste de ce joyau des Laurentides et à reprendre, si possible, ce que nous avons laissé filer aux mains des Juifs. Ceux-ci sont par leur nature, par tempérament, par éducation et même par un commandement spécial de leur religion, les pires ennemis des chrétiens. Dans une union loyale, sincère et persévérante, passons à l'action pour la gloire de Dieu et de l'Église, et pour faire plus grande notre patrie canadienne.

Renaud reconnaissait bien une fois de plus l'inspiration de ce curé: *La Réponse de la race*. Ces soutanes semblaient s'alimenter au même *credo* idéologique. Par la suite, le vicaire entretint les paroissiens des sujets anodins habituels. Les adolescents juifs nuisaient à la circulation dans la rue et sur les trottoirs, les femmes israélites portaient les maillots de bain les plus indécents de la terre.

Nadja exprimait son déplaisir par de longs soupirs lassés, mais elle se blinda au point de passer à travers ce sermon sans piquer une colère. Largement après onze heures, au moment de rentrer à la maison, elle observa:

— Les rues du village sont plutôt désertes.

La fillette avait raison. La fin de semaine, les rues étaient encombrées de nombreuses personnes. Malgré le temps radieux, ce jour-là, une fois la foule présente à l'église éparpillée, il ne restait plus grand monde.

— Je présume que tous les Juifs ont préféré demeurer chez eux, de même qu'une bonne partie des chrétiens, de peur d'attraper un mauvais coup.

De plus, les touristes qui venaient de Montréal pour une journée ou deux avaient dû s'égailler dans d'autres villages, de Sainte-Adèle à Saint-Faustin. La croisade de l'ecclésiastique devait sans doute porter préjudice à l'industrie touristique. Renaud et sa famille mangèrent ce jour-là dans le restaurant situé en diagonale du presbytère. La salle à dîner demeura à moitié vide.

Un cauchemar inoffensif, en quelque sorte. Comme ceux pendant lesquels on se dit: « Ce n'est pas grave, je rêve. » Renaud se trouvait dans une tranchée, des obus explosaient au loin, trop loin pour représenter une menace.

— Qu'est-ce que c'est? Tu entends ce bruit?

Voilà que Virginie lui parlait dans ses rêves, maintenant! Leur couple poussait sans doute un peu trop loin la communication.

— Renaud, réveille-toi!

Finalement, l'homme se dressa à demi dans son lit, secoua la tête pour reprendre tout à fait conscience. Une autre fois, résonna un bruit sourd, lointain.

— As-tu entendu, cette fois?

— Une explosion, cela ne fait pas de doute.

Un coup d'œil à l'horloge posée sur la table de nuit lui apprit qu'il était tout juste cinq heures. Bientôt, une clarté blafarde signalerait la levée du jour. Renaud se leva, passa un peignoir et descendit au rez-de-chaussée. En ouvrant la porte à l'avant de la maison, il constata que ses voisins avaient eu le même réflexe que lui. Personne ne savait ce dont il s'agissait.

— Ils ont volé de la dynamite? demanda sa femme.

— À tout le moins, c'est la rumeur qui circulait à la gare.

Levé avant le soleil et incapable de retourner au lit, Renaud était allé chercher les journaux imprimés à Montréal à la gare. Les différents quotidiens venus de la grande ville passèrent directement d'un wagon à ses mains. Les nouvelles lui parvenaient un peu plus vite que s'il était allé les chercher chez son distributeur habituel. Mais la rumeur populaire lui apportait des informations autrement plus dramatiques: la grève des ouvriers de la construction de la région meublait toutes les conversations. Les chauffeurs de taxi en particulier paraissaient les mieux informés. Dès le début de la nuit, ils avaient vu des hommes allant en petits groupes avec des airs de comploteurs.

— Quelqu'un a été blessé par ces explosions? questionna encore sa femme, plutôt inquiète.

— Non. Leur objectif était sans doute d'empêcher leurs concurrents de dormir, pour les rendre un peu nerveux. Les charges ont été placées aussi près que possible des maisons de chambres qui logent les travailleurs venus de Montréal, sans faire courir de risques à personne cependant. Seuls quelques carreaux ont été brisés.

En réalité, il s'agissait d'un bien curieux mouvement de grève, mené non pas par des personnes qui abandonnaient leur travail, mais par des chômeurs prêts à tout pour dénicher un emploi. Pour cela, ils n'avaient rien trouvé de mieux que de chasser leurs concurrents de ceux qu'ils occupaient.

— Leur stratégie est de faire suffisamment peur à ces gens venus de Montréal pour qu'ils retournent là-bas et libèrent les places, résuma Virginie après les explications de son époux.

— Un mouvement qui n'est sans doute pas étranger aux discours des bons prêtres qui dirigent cette paroisse. Les manifestants sont des Canadiens français de Sainte-Agathe, de Val-Morin et de Val-David. Les «étrangers» auxquels ils s'attaquent viennent de Montréal, mais il y a un certain nombre de personnes d'origine italienne parmi eux. Une nouvelle forme de l'«Achat chez nous»: n'achetons que la force de travail des nôtres.

— Julietta aussi est d'origine italienne…

Le constat venait de Nadja, dont les explosions n'avaient heureusement pas troublé le sommeil. L'été de 1939 lui faisait mesurer combien ces distinctions d'appartenance, jusque-là sans importance à ses yeux, déchiraient plusieurs de ses compatriotes. Sa mère poursuivit:

— Que doit-il se passer aujourd'hui ?

— Les travaux de réfection de la route entre Sainte-Agathe et Val-David devaient reprendre ce matin. Ces hommes entendent empêcher qu'ils se poursuivent aussi longtemps que les travailleurs locaux n'auront pas remplacé ces gens.

En réalité, plus de deux cents hommes dépenaillés allaient provoquer de la voix les travailleurs étrangers en agitant des gourdins au-dessus de leur tête. Quelques bâtons de dynamite exploseraient encore à une distance suffisante pour ne blesser personne. La seule victime de ces violences serait un terrassier d'origine italienne. Il paya d'un nez cassé son désir de répondre aux insultes dont on l'abreuvait. La présence de nombreux membres de la Police provinciale permit de prévenir la multiplication des incidents de ce genre.

Le lendemain, les journaux montréalais et la rumeur locale, considérablement plus bavarde, permirent à la famille Daigle de connaître la fin de l'épisode. En fin d'après-midi, alors qu'une journée à hurler des menaces laissait les manifestants un peu fatigués, Mgr Jean-Baptiste Bazinet s'était présenté sur les lieux en voiture, conduit par son fidèle vicaire. Un peu pâle, mal remis de l'indisposition qui, la veille, l'avait empêché de célébrer la messe, il avait obtenu que le président de la Highway Paving Company, un certain Francheschini, négocie avec lui. L'entrepreneur était venu de Montréal afin de voir ce qui se passait, sa grosse voiture offrit un lieu à la fois discret et confortable pour mener des tractations.

Après une demi-heure de conciliabule, les deux hommes sortirent du véhicule et se serrèrent la main avec ostentation sous les yeux des manifestants. Ensuite, le prêtre alla inviter les grévistes à rentrer chez eux avec la promesse que les « étrangers » retourneraient d'où ils venaient et que dès le lendemain des travailleurs locaux pourraient les remplacer.

Comme il l'avait fait au petit-déjeuner, Renaud reprit son rôle de reporter au bénéfice de sa famille à l'heure du souper. Toute la journée, l'avocat s'était approché de tous les groupes d'hommes sur les trottoirs ou près du lac des Sables en tendant l'oreille, poussant l'audace jusqu'à poser toutes les questions qui lui venaient à l'esprit.

— Au fond, notre prélat domestique vient de rejouer sur les bords d'une route de la province la scène du concordat entre Mussolini et le pape. Un petit entrepreneur d'origine italienne a joué le rôle du Duce…

— Et ton curé favori celui du souverain pontife, compléta Virginie.

Comme elle l'avait fait au matin, Nadja écoutait attentivement, amassant une provision d'informations sur les rapports sociaux.

26

Dans la matinée du 1er août, un mardi, alors que la famille Daigle profitait de sa cour arrière et de la rive du lac des Sables, le bruit d'une voix un peu mécanique se fit entendre depuis la rue. Le message, répété sans cesse, devint bientôt intelligible :

— Attention, attention, ce soir aura lieu une réunion publique au Collège de Sainte-Agathe, afin de discuter du problème juif. L'assemblée, présidée par Mgr Bazinet, commencera à dix-huit heures trente. Attention, attention...

Déjà, la voix devenait moins audible. À la campagne, le meilleur moyen de faire passer un message rapidement était d'avoir recours à l'une de ces voitures surmontées d'une paire d'énormes haut-parleurs en forme de cornet. Bien sûr, un coup de fil à un notable aurait pu avoir le même effet. Les lignes privées étant plutôt rares, les curieux se trouvaient toujours nombreux à espionner les conversations des autres.

Du hamac où elle somnolait à demi, Virginie demanda pour la forme, car elle connaissait déjà la réponse :

— Je suppose que tu ne voudras pas rater ce rendez-vous ?

— Tu sais, cela ne présentera aucun risque. Une assemblée présidée par un évêque... Bon, il s'agit d'un prélat domestique, quelque chose comme une enflure de prêtre, mais tout de même, il saura maintenir l'ordre, répondit Renaud, désireux de rassurer sa conjointe.

— Bien sûr... Combien les tribunaux de l'Inquisition dirigés par des prélats domestiques comme lui ont-ils fait de victimes ?

— Quelques milliers sans doute, mais aucun avocat affublé de lunettes ne figurait parmi elles.

Comment accueillir pareil argument autrement qu'en tirant la langue ? Le passage des jours rendait moins vive l'inquiétude ressentie lors de leur dernière visite à Outremont. Toutefois, le couple dormait toujours avec un revolver sur la table de chevet, évitait de se trouver le soir dans des endroits sombres ou isolés, verrouillait la porte toutes les nuits.

En après-midi, la famille se livra à une longue promenade dans les collines autour du village. Au moment de rentrer, Renaud entraîna ses compagnes dans un commerce appelé éloquemment Roland Cloutier Électrique. Des appareils radio et des phonographes, en vitrine, avaient accroché ses yeux. À l'intérieur, le consommateur compulsif comprit très vite qu'il ne ferait aucun achat : rien dans la marchandise ne souffrait la comparaison avec ce qui se trouvait dans les boutiques spécialisées de l'ouest de Montréal. Près du comptoir, un jeune homme déjà ventripotent et portant une paire de lunettes à monture de corne montrait une petite radio à un vendeur qui aurait pu être son reflet avec une dizaine d'années de plus :

— Celui-là, tu me le laisses à combien ?

— 10 $, après le rabais des employés…

— Fais un effort, je suis aussi ton frère… C'est pour mon amie.

— La fille du Nouveau-Brunswick ? Celle qui garde les enfants chez les Nadler ? Quel est son nom déjà ?

— Isabelle Comeau.

— Bon, 8 $ pour faire plaisir à la future madame Gérard Cloutier.

Un sourire amusé sur les lèvres, Renaud regardait les disques soixante-dix-huit tours placés sur des étagères.

— Tu espionnes les villageois, où tu veux vraiment acheter ce disque ? interrogea Virginie dans un murmure, un regard ironique dans les yeux.

— C'est rassurant de penser que des Agathois se passionnent pour autre chose que détester les Juifs. Mais je vais te surprendre : j'achète ce disque. Cela va nous changer d'entendre La Bolduc.

C'est en marmonnant « J'ai un bouton su'l'bout d'la langue qui m'empêche de turlutter… » que l'avocat se rendit au comptoir pour payer le soixante-dix-huit tours.

Un peu plus tard, alors que la famille revenait sur le trottoir, une rumeur se fit entendre. Bientôt, une centaine de personnes tourna le coin de rue le plus proche, occupant le milieu de la chaussée et scandant « Sainte-Agathe est un village canadien-français ! Nous voulons qu'il le demeure ! » Comme dans une chanson à répondre, d'autres complétaient : « Dehors les Juifs ! Le Canada aux Canadiens ! » La plupart des manifestants portaient des vêtements modestes. Seulement quelques-uns, parmi eux, devaient appartenir à la classe moyenne villageoise, composée de petits commerçants, d'employés et de professionnels aux ambitions limitées. Des gens qui demeuraient convaincus que le départ des Juifs leur donnerait un meilleur travail, de plus belles maisons.

La troupe s'attarda un moment devant l'église paroissiale, jappa un peu plus fort ses slogans, pour s'engager ensuite dans la rue Saint-Vincent. Là, ils redoublèrent d'ardeur devant le restaurant Belson, puis près d'un cinéma : ces commerces appartenaient à des Israélites.

Après le passage de cette sombre parade, Nadja déclara à l'intention de ses parents :

— Nous ne resterons pas à Sainte-Agathe jusqu'à la fin de l'été. Je n'aime plus cette région.

— Les choses vont sans doute rentrer bientôt dans l'ordre, lui répondit son père tentant de la rassurer.

— Cela ne fait rien. Ces gens me font peur.

Sa main cherchait celle de Renaud.

La fillette n'était pas la seule à s'inquiéter :

— Tu es toujours convaincu que la réunion de ce soir en vaut la peine ? demanda Virginie.

— Je t'assure, rien de bien dangereux ne sortira de cette assemblée. Le curé répétera ses âneries. Au pire, une pétition circulera, que je ne signerai pas, bien sûr. Mais il sera intéressant de voir se tenir une petite manifestation « populaire » afin de chauffer les esprits. Notre prélat a des prétentions pédagogiques.

Pourquoi discuter ? Au fond, n'était-ce pas la propension de son époux à enfourcher son cheval blanc pour redresser les choses qui l'avait séduite dès leur première rencontre en 1925 ? Tout de même, elle tenterait de le convaincre de prendre le revolver avec lui.

Malgré l'atmosphère malsaine, le couple préférait encore la petite ville des Laurentides à un retour à Outremont. Cet antisémitisme aux allures un peu folklorique leur paraissait moins angoissant que le voisinage du Parti de l'Unité nationale. Car c'était dans une morgue de la métropole que Renaud avait contemplé la dépouille d'Alfred Côté.

Ce fut peine perdue pour Virginie : l'avocat refusa absolument de se promener dans les rues avec une arme dans sa poche. Le Collège de Sainte-Agathe usurpait son titre : habituellement, le vocable désignait les établissements qui offraient le cours classique. Celui-là, tenu par les Frères du Sacré-Cœur, se limitait au cours primaire supérieur, en réalité une formation commerciale susceptible de préparer à des emplois de commis.

L'édifice de briques rouges, sur la rue Saint-Antoine, comptait quelques classes et les quartiers des frères enseignants. Au rez-de-chaussée se trouvait une salle de conférences pouvant difficilement contenir deux cents personnes. Sur l'estrade, à une extrémité de la pièce, étaient disposées une petite table et trois chaises. Dans la plus confortable, Mgr Bazinet régnait sur l'assemblée, mais parce que sa mystérieuse indisposition ne lui laissait aucun répit, Jean-Baptiste Charland, son vicaire, présidait en fait les discussions.

Le premier souci des personnes présentes avait été de choisir parmi elles un secrétaire. Le suffrage avait favorisé le président des anciens du collège. Renaud, physionomiste, se rappela l'avoir vu au premier rang des manifestants cet après-midi. En fait, il ne lui fallut pas bien longtemps pour constater que l'amicale des diplômés représentait au moins la moitié de l'assistance. Mgr Bazinet trouvait dans ses rangs la cohorte des irréductibles, décidés à rendre Sainte-Agathe aux Canadiens français.

Alors que le secrétaire entreprenait de faire le procès-verbal des débats, l'abbé Charland commença par donner la parole à l'assemblée.

— Nous ne sommes plus chez nous, plaida quelqu'un. Que l'on regarde n'importe où, on voit l'un de ces affreux enfants avec des couettes de cheveux enroulées autour des oreilles, ou alors un horrible bonhomme habillé comme un épouvantail.

Pendant de longues minutes, les interventions, toutes semblables, s'enchaînèrent. Quand le climat d'intolérance fut bien installé, un homme se leva, sortit de sa poche un bout de papier et commença :

— Attendu que les Juifs, avec leur argent, achètent les meilleures propriétés…

« Voilà une spontanéité très bien planifiée », songea Renaud. En fait, les déclarations antérieures avaient servi à réchauffer la salle. Sans doute les intervenants avaient-ils été désignés à l'avance par un quarteron de militants catholiques.

— Il est proposé, conclut le bonhomme après quatre « Attendus » du même ordre, de former un comité spécial afin de trouver des acheteurs chrétiens pour toutes les maisons et les commerces mis en vente, et des locataires chrétiens pour celles et ceux qui seront offerts en location.

— Quelqu'un donne-t-il son appui à la proposition ? demanda l'abbé Charland.

Deux ou trois mains se levèrent en même temps, quelqu'un fut identifié pour figurer au procès-verbal. L'auteur de la proposition expliqua :

— Les membres du comité devront être choisis parmi les personnes ayant des relations. Comme cela, dès qu'une propriété se retrouvera sur le marché, tout le monde – il voulait dire tous les chrétiens – en sera informé. Lentement, de bons Canadiens reviendront occuper les lieux.

La stratégie avait l'heur de plaire à tous les participants. Personne ne demanda le vote, le président de l'assemblée put clamer : « Adopté à l'unanimité ». Dans les minutes suivantes, les noms de plusieurs notables furent proposés pour faire partie d'un comité de dix membres. À la fin, quelqu'un déclara :

— Je propose Athanase David, notre ancien député.

Comme pour tous les autres, l'abbé Charland demanda :

— Monsieur David, acceptez-vous de faire partie de ce comité ?

Renaud perçut comme une hésitation dans la voix de l'ecclésiastique, et un soulagement évident sur son visage quand l'intéressé répondit :

— Malheureusement, je dois refuser.

Par la suite, toutes les personnes ayant accepté leur mise en nomination se retrouvèrent élues par acclamation. Si les plus excités, dans cette phalange de militants destinée à nettoyer Sainte-Agathe des indésirables, affichaient leur satisfaction, un petit homme malingre se leva pour demander :

— Pour tout de suite, quelle solution proposez-vous ?

— ... Que voulez-vous dire ? demanda l'abbé Charland après une hésitation.

— C'est bien beau de ne pas accueillir de Juifs dans mon commerce, mais mon restaurant se retrouve à moitié vide certains midis.

— Et même quand on ne refuse pas l'entrée aux Juifs, plusieurs sont retournés à Montréal. Mon magasin a perdu une partie de son chiffre d'affaires, alors que l'été permet habituellement de faire du profit. Le reste de l'année, j'opère à perte.

L'avocat avait reconnu le premier intervenant, le propriétaire du restaurant situé en diagonale du presbytère. Nadja lui avait parlé de la petite affichette « Interdit aux Juifs » qui ornait la porte vitrée de son établissement; il l'avait vue lui-même quelques jours plus tard. Pendant un moment, d'autres commerçants évoquèrent les pertes que leur faisait subir la désertion de plusieurs vacanciers.

Alors que le climat dans la salle devenait morose, l'homme qui avait proposé la formation du comité se leva de nouveau pour dire :

— Nous pourrions créer une caisse spéciale, afin de venir en aide aux commerçants qui éprouvent des difficultés. Les Juifs utilisent des stratégies de ce genre. Si cela fonctionne pour eux, cela fera des merveilles pour nous, qui sommes si nombreux.

L'abbé Charland rompit le silence sceptique qui succéda à cette proposition :

— Notre ami a raison. De toute façon, les difficultés ne dureront pas, nous habitons le plus beau village du Québec. Quand les Juifs auront quitté les lieux, les chrétiens reviendront en masse. Les affaires seront meilleures que jamais. Qui veux apporter sa contribution à la caisse ?

Avec un à-propos remarquable, les personnes présentes se perdirent dans la contemplation de leurs chaussures. Faire des déclarations était une chose, porter la main à son portefeuille en était une autre. Très lentement, quelques mains se levèrent. À la fin, presque timidement, Athanase David fit de même.

— Le conseil municipal siège justement ce soir, rappela bientôt quelqu'un. Nous devrions nous rendre à l'hôtel de ville toute de suite, afin de communiquer aux élus les résultats de nos délibérations.

Encore une fois, une proposition tombée du ciel venait donner un sens à cette grande soirée. Mgr Bazinet, lors du sermon du 23 juillet, avait incité le conseil municipal à participer plus activement à sa grande entreprise nationale. Les édiles demeurant dans une attente frileuse, une assemblée populaire leur rappellerait tout le danger qu'une indifférence trop prolongée ferait peser sur le prochain rendez-vous électoral.

Très vite, des murmures d'assentiment parcoururent la pièce. L'abbé Charland s'empressa de demander si quelqu'un proposait la levée de l'assemblée. La formalité réglée, la salle se vida rapidement de ses occupants. Si une moitié des participants se dispersèrent, les autres formèrent un cortège pour se rendre à l'hôtel de ville.

— Monsieur David, quelque chose me dit que vous entendez participer aux prochaines élections, déclara Renaud.

Machinalement, en emboîtant le pas aux militants de Mgr Bazinet, l'avocat s'était approché d'Athanase David, qui avait eu le même réflexe que lui.

— Que voulez-vous dire ? fit l'autre, visiblement un peu gêné.

— Si vous avez décliné l'offre de faire partie du comité de ces catholiques de choc, vous vous êtes résolu à regret à mettre la main dans votre poche pour aider les commerçants que la désertion des Israélites va mettre en difficulté. Vos convictions humanistes vous interdisent de vous rallier à ces gens, je le comprends parfaitement, mais votre générosité restera présente dans l'esprit de ces bonnes gens au moment des élections. Vous ménagez la chèvre et le chou.

— Ah ! Pourquoi ne pas vous être fait curé ? Vous savez si bien sonder les cœurs. Quoique je ne sois pas certain d'apprécier…

Pendant des années, Renaud et Athanase David avaient entretenu les meilleures relations du monde, se trouvant tous les deux un peu à la gauche du Parti libéral. L'arrivée de l'Union nationale au gouvernement du Québec en 1936 avait mis leur relation entre parenthèses : l'avocat parce qu'il ne recevait plus aucun mandat, le politicien parce qu'il avait omis de se présenter cette année-là.

— Plus sérieusement, les élections approchent à grand pas. Paul Gouin est venu me demander de me présenter.

— Pour l'Alliance libérale nationale ? Qu'avez-vous dit ?

— Que je ne commettrai pareille folie que pour le Parti libéral. Mais je résisterai à la tentation, n'ayez crainte.

— Ce n'est pas une expérience si désagréable.

— Oh ! Vous avez certainement adoré l'élection de 1935.

Cette année-là, Athanase David l'avait emporté par une voix dans le comté de Terrebonne, celle du « rapporteur d'élection ». Il n'aurait eu aucune chance lors du balayage unioniste de l'année suivante ; plutôt que d'aller à l'humiliation, l'homme avait cédé sa place.

— Vous avez toujours une maison d'été à Sainte-Agathe ? questionna l'avocat après une pause.

— Oui. Et de votre côté ?

— J'ai loué. Aussi je n'assiste pas à ce délire raciste en tant que citoyen, mais plutôt en curieux. Vous entrez voir vos édiles municipaux être dépassés par la populace ?

La petite foule entrait dans l'immeuble de briques rouges de l'hôtel de ville. Dans la salle du conseil, les élus s'alignaient en un demi-cercle face à des chaises jusque-là vides. Habituellement, cinq ou six curieux assistaient aux délibérations. Voilà que la moitié des nouveaux venus devaient rester debout : pareille affluence ne s'était jamais vue depuis la fondation de la ville au siècle dernier. Face au désordre bruyant, le maire Charles-Euclide Forget tapait avec son maillet sur la table de bois en disant :

— Messieurs, Messieurs, s'il vous plaît. Respectez un peu nos travaux.

Si l'assemblée précédente s'était déroulée à l'initiative du curé et de son vicaire, les dignes ecclésiastiques n'avaient pas voulu venir troubler la réunion des pouvoirs civils. Cependant, le commerçant qui avait fait office de secrétaire devenait le représentant autoproclamé du bon peuple en colère :

— Monsieur le maire, nous venons vous présenter les résolutions qu'une assemblée de la population de Sainte-Agathe a approuvées il y a à peine quelques minutes.

Un silence accueillit cette déclaration puis, bon prince, le maire invita le porte-parole à procéder. Celui-ci commença par sa série d'« Attendus », enchaîna avec la première résolution, celle relative au comité spécial, poursuivit avec la seconde au sujet de la caisse de secours. L'homme conclut en disant :

— La population de Sainte-Agathe demande maintenant à ses élus d'adopter une résolution en bonne et due forme déclarant que les Juifs ne sont pas les bienvenus dans notre ville.

Renaud échangea un regard avec Athanase David. Le secrétaire de l'assemblée populaire outrepassait les attentes exprimées un peu plus tôt, mais les personnes présentes, les plus déterminées, firent entendre un murmure d'assentiment.

— Voyons, les choses ne se passent pas comme cela... commença le maire Forget.

— Tu préfères vendre tes maisons aux Juifs, cria quelqu'un dans la salle. Tu trahis ta race.

L'élu demeura interdit, chercha l'auteur de ces insultes des yeux, puis commença d'une voix moins assurée :

— Ces rumeurs sont ridicules ! Vous savez ce qui s'est passé. J'avais une petite maison où habitait mon fils. Avec le temps, les propriétés tout autour sont passées dans des mains israélites. Quand j'ai voulu vendre à mon tour, aucun acheteur chrétien ne m'a fait d'offre, justement à cause des voisins. J'ai été obligé de vendre à un Juif. Autrement, j'aurais dû la laisser vide.

Avec ce plaidoyer, Forget donnait raison aux manifestants : transformée en ghetto, Sainte-Agathe voyait fuir les chrétiens. Deux jours plus tard, le magistrat donnerait la même explication aux journalistes venus de Montréal pour l'interroger.

— C'est justement pour que ce genre de situation ne se répète pas que nous avons formé notre comité, expliqua le porte-parole de la petite foule.

Alors que le maire ne savait visiblement pas quelle contenance se donner, un échevin, Maurice Demers, demanda la parole :

— Nous ne pouvons régler la question comme cela, à brûle-pourpoint. Ce sujet mérite cependant notre considération. Je propose que nous formions un comité municipal, dans lequel seront admis les principaux citoyens de Sainte-Agathe, pour étudier la situation face aux Israélites dans cette ville et prendre les moyens voulus pour y remédier.

L'homme parlait en bon avocat. Cette proposition avait l'avantage de n'engager en rien le conseil municipal : ce comité pouvait tout autant recommander de vider la ville des Juifs que chercher à faire taire les antisémites.

— Cet échevin, Demers, s'est rendu coupable du même crime que le maire ! grommela Athanase David entre ses dents à l'intention de Renaud. Il a vendu une maison à un Juif.

— Tu vas mettre des Youpins sur ton comité ? demanda une voix dans la salle.

— ... Je veux bien allonger ma proposition, corrigea l'échevin après un silence un peu lourd. Le comité municipal ne comptera aucune personne d'origine sémite.

La proposition ainsi amendée fut secondée, le conseil municipal l'adopta à l'unanimité. La dernière précision faisait espérer aux spectateurs que le comité recommanderait aux élus l'adoption d'une mesure d'exclusion des Juifs, à l'instar de nombreux conseils municipaux de la province.

Dans les minutes suivantes, on procéda à la nomination des membres du comité. Le porte-parole des manifestants fut le premier choisi, de même que quelques autres ayant participé à l'assemblée. Comme plus tôt dans la soirée, quelqu'un suggéra bientôt :

— Athanase David, notre ancien député.

Tous les regards se tournèrent vers le politicien, qui affichait son malaise de se trouver là.

— ... Malheureusement, je dois décliner l'honneur que vous me faites. Vous connaissez les rumeurs d'élection. Si cela se concrétise, je devrai y consacrer tout mon temps.

Ce mauvais motif ne convainquit personne, mais fournit un prétexte à un badaud qui lança :

— Au sujet des élections, le député Hermann Barrette doit tenir une assemblée publique demain en début de soirée sur le perron de l'église de Saint-Jérôme. Si nous y allons en foule, nous saurons ce qu'il pense de cette question... lui.

Car l'abstention de David valait un engagement en défaveur de leur mouvement, aux yeux de ces militants. Très vite ensuite, les manifestants quittèrent la salle du conseil. Sur le pas de la porte, Renaud demanda à son compagnon :

— Aurez-vous la curiosité d'aller à Saint-Jérôme demain, afin de voir ce que notre représentant à Québec pense du problème israélite ?

— Pourquoi pas. Après tout, le golf et les promenades sur le lac deviennent un peu lassants.

— Accepteriez-vous d'y venir avec moi ?

— Ce sera avec plaisir. Nous pourrons discuter du futur du Parti libéral à l'aller comme au retour.

Encore une fois, la chambre à coucher abritait une conversation politique. Combien de couples ne trouvaient rien de mieux à faire sous le ciel étoilé de Sainte-Agathe ?

— Et bien sûr tu vas y aller ?

— Je ne peux tout de même pas poser un lapin à David. Je lui ai dit que j'irais.

En résumant les événements de la soirée, Renaud avait réussi à laisser entendre que l'initiative de la promenade à Saint-Jérôme venait du politicien. Il enchaîna :

— Cela ne présentera aucun danger: nous serons au milieu de centaines de sympathisants de l'Union nationale.

— Sans danger? Deux libéraux au milieu d'adversaires...

— Ce ne sont pas des gens menaçants. Idiots de voter pour Maurice Duplessis, mais inoffensifs. Tu peux venir avec nous, et Nadja aussi, si tu veux...

— Dois-je te rappeler que les femmes n'ont pas le droit de vote aux élections provinciales? Alors ne compte pas sur moi pour gaspiller une seconde de mes vacances à entendre un politicien qui me considère comme trop stupide pour faire une croix sur un bout de papier, au moment du suffrage.

En 1939, le Québec demeurait la seule province canadienne à refuser aux femmes le droit de participer aux élections. Bien sûr, elles votaient au fédéral depuis 1921. Mais comme l'Église catholique s'opposait au suffrage féminin, les libéraux jusqu'en 1936, l'Union nationale depuis, n'avaient pas osé mettre le territoire à l'heure de l'Amérique du Nord.

Comme l'avocat l'avait prédit, l'assemblée politique regroupait des agriculteurs, des villageois et des estivants de tous les âges, tous des hommes, mais personne ne se montrait particulièrement menaçant. Le climat serait certainement plus tendu après le déclenchement des élections, alors que le sujet principal des discours serait la participation canadienne à une guerre européenne, sur fond de conscription.

Un petit homme rondelet, Hermann Barrette, évoqua pendant quarante minutes environ sa contribution, extrêmement modeste, aux travaux menés au « Salon de la race ». Peu après les élections de 1936 qui l'avait conduit au poste de premier ministre, Maurice Duplessis commença à désigner l'Assemblée législative par cette expression pompeuse. Elle s'était imposée avec une étonnante facilité dans le vocabulaire des politiciens et des journalistes. Dans un contexte de plus en plus intolérant, voilà une façon simple d'exclure de la communauté politique quiconque ne faisait pas partie de la population canadienne-française. Anglophones et Juifs, comme toutes les autres minorités, se faisaient signifier par le parti au pouvoir, et par tous ceux qui reprenaient le concept de « Salon de la race », leur statut d'intrus.

Que l'idée du nouveau vocable soit venue de Maurice Duplessis, qui avait peu de temps auparavant affublé son nouveau parti du nom d'Union nationale et mené sa campagne avec à la main un *Catéchisme des électeurs* – la même année la population faisait d'ailleurs connaissance avec le livre *L'Appel de la race*, présenté en page couverture comme un *Catéchisme national* –, ne pouvait étonner. Les quelques Canadiens anglais membres de ce parti paraissaient une anomalie.

L'allusion au « Salon de la race » s'avérait une invitation pour les nombreux militants de Sainte-Agathe qui avaient fait le trajet jusque-là afin de connaître l'opinion du député sur la croisade nationale entreprise dans les Laurentides. Une voix gouailleuse l'interpella sur le sujet.

— En tant que député provincial, répondit le petit homme, j'endosse entièrement les directives de Mgr Bazinet en faveur des électeurs chrétiens de mon comté. Il faut de toute nécessité que cette partie de la province conserve le caractère touristique que les Canadiens lui ont donné. Le trop grand nombre d'étrangers va chasser les estivants, faire chuter le prix des propriétés, nous réduire à la misère. D'ailleurs, je parlais déjà en ce sens lors des élections de 1936, alors que mon opposant préférait demeurer chez lui.

Tout en parlant d'une voix forte, le député cherchait dans la foule des regards amis. Depuis des semaines que les élus ou les candidats unionistes de la province multipliaient les assemblées publiques en vue du prochain rendez-vous électoral, chacun s'assurait au préalable de pouvoir compter sur un nombre suffisant de supporters pour voir son discours émaillé de salves d'applaudissements et de « Bravos ». Ses mots sur la présence étrangère furent bien accueillis. Constatant que sa position sur le sujet lui méritait des appuis, Barrette lança bientôt :

— Mais il me semble voir, tout discret à l'arrière, mon honorable adversaire de l'automne prochain, Athanase David. Peut-être celui-ci voudra-t-il vous dire ce qu'il pense de l'action de son curé…

Des centaines de têtes se tournèrent vers les abords du petit parc situé près de l'église de Saint-Jérôme. L'ancien ministre libéral ne pouvait rester silencieux :

— Comme cette petite réunion permet à mon éminent collègue de présenter son bilan, je ne vais pas transformer l'événement en assemblée contradictoire. Mais si Maurice Duplessis trouve le courage de déclencher des élections cet automne, et si monsieur Barrette le désire toujours, je serai prêt à débattre avec lui dans toutes les paroisses du comté de Terrebonne de tous les sujets qui intéressent les électeurs. D'ici là, je vais continuer de profiter de mes vacances.

Un murmure accueillit les mots de David.

— Mon collègue a raison de prendre des vacances. Il aura besoin de toutes ses forces lors de la prochaine élection. À ce moment, il aura peut-être la franchise de vous dire aussi ce qu'il pense d'une participation canadienne à une guerre européenne.

— Ce sera avec plaisir. À ce moment, je rappellerai aussi que le chef de monsieur Barrette, Maurice Duplessis, alors membre du Parti conservateur, a défendu la conscription en 1917 lors d'assemblées semblables à celle d'aujourd'hui. Dans ce temps-là, comme aujourd'hui, les libéraux s'opposaient à la conscription.

La réponse ne manquait pas d'habileté, elle suscita de nouveaux murmures. Après avoir adressé de grands signes d'amitié aux personnes présentes, Athanase David tourna les talons pour s'éloigner du parc. Renaud lui emboîta le pas. Alors qu'ils regagnaient la Packard, l'avocat commenta :

— Bien sûr je suis un néophyte des campagnes électorales, mais ne croyez-vous pas que vous auriez mieux fait de ne pas éluder la question de l'antisémitisme ? Je vous connais assez pour savoir que cette campagne de haine vous répugne autant qu'à moi.

— Pour me faire traiter d'ami des Youpins, comme cela vous arrive depuis quelques semaines ? Ce ne serait d'aucune utilité. Laissons nos concitoyens tricotés serrés s'égosiller sur cette question. Ce feu de paille va se consumer très vite, et la plupart des gens auront bientôt honte de s'être laissé emporter dans cette histoire.

Renaud n'ajouta rien, habité de l'espoir que son compagnon avait raison.

27

L'hôtel Castel-des-Monts, une grande bâtisse à la toiture en angle aigu dotée de lucarnes, avait été érigé sur la Presqu'île, un petit rond de terre près de la rive du lac des Sables, à laquelle le reliait un mince passage que la crue des eaux faisait disparaître tous les printemps. L'endroit servait de lieu de rendez-vous à la communauté juive de Sainte-Agathe : cet après-midi du jeudi 3 août, les Daigle devaient bien être les seuls « gentils » sur les lieux. Les Bielfeld les avaient invités à se joindre à eux pour entendre une jeune pianiste dont on disait le plus grand bien.

Et après une demi-heure à entendre des pièces de Fauré ou de Poulenc, Renaud se disait que Sarah Wienstein avait tout intérêt à persévérer. D'ailleurs, toutes les personnes présentes dans la salle à manger de l'hôtel, où trônait un piano à queue dans un coin, seraient invitées à apporter leur contribution pour lui permettre d'aller continuer sa formation musicale en Europe. Si l'avocat entendait participer à la cagnotte, il recommanderait à la grande jeune femme d'aller plutôt à New York : le vieux continent deviendrait malsain pour des personnes comme elle.

Les deux familles occupaient une table circulaire, partageant des commentaires murmurés entre les pièces. À la fin, la jeune musicienne adressa des remerciements aux auditeurs, leur offrit de passer à des compositions plus légères, enchaîna avec des valses enjouées. Voilà que le petit concert improvisé devenait un thé dansant. Renaud commença par inviter Virginie et, après les deux premiers morceaux, revint vers la table pour tendre la main à Nadja en disant :

— Mademoiselle, voulez-vous m'accorder cette danse ?

— … Je ne sais pas vraiment danser.

— Ce n'est certainement pas en restant assise que tu vas apprendre. Allez, viens montrer à tous ces garçons timides que tu as des jambes. Peut-être qu'après cela, l'un d'eux trouvera le courage de t'inviter.

La gamine accepta, se laissa guider sur le plancher de danse. Au fond, elle se tirait d'affaire plutôt bien. Sa mère lui donnait de petites leçons improvisées dans le salon familial, sans compter les moments où elle perfectionnait les pas avec une copine.

— Il faudrait faire cela plus souvent, commenta son père. Savoir valser s'impose pour une jeune fille de la bonne société qui s'apprête à commencer son cours classique.

Bien que grande, Nadja, qui lui arrivait à la poitrine, devait lever la tête pour lui parler, sans quoi elle avait l'impression de s'adresser à sa cravate.

— Tout de même, c'est bien démodé. De nos jours, il y a de nouvelles danses. Le tango, par exemple.

— Tu sais, le tango est au moins aussi âgé que moi…

— Alors le jazz ou le swing ?

— Cette jeune pianiste s'adapte aux messieurs et aux dames qui vont lui donner des sous pour poursuivre ses études. Une pièce de swing terrifierait ces personnes atteintes de rhumatismes. Au moins avec une valse, je ne me démettrai pas un genou.

— Pauvre vieux papa !

Les grands ensembles de danse américains connaissaient un grand succès. Des pièces inspirées plus ou moins du jazz permettaient aux jeunes de tout le continent de s'agiter au son des cuivres. Bien plus, au grand scandale des bien-pensants, de nouvelles danses permettaient de s'agiter sans tenir de partenaire dans ses bras. Des commentateurs parlaient de *jitter bugs*, d'insectes s'agitant dans tous les sens. Si Renaud n'allait pas jusque-là, sa discographie contenait des œuvres de Glenn Miller plutôt endiablées.

— Tu crois que c'est vraiment important de savoir danser ? questionna la fillette.

— Bien sûr. J'ai appris parce que c'était essentiel à mon travail, quand j'étais au commissariat canadien à Londres. Et puis c'est la seule façon respectable de tenir une dame que l'on ne connaît pas dans ses bras. Tu vois, certains jeunes spectateurs commencent à bouger les pieds. Avec un peu de chance, l'un d'eux va t'inviter.

En effet, des adolescents dégingandés envahissaient le plancher de danse sous le regard attendri de leurs parents.

— … Tu sais, ce ne sont pas tous les garçons qui aiment les rousses, confia la fillette à mi-voix.

— C'est bien vrai. Mais que ferais-tu si tous les garçons les aimaient ? Imagine un peu la file d'attente pour danser avec toi, tu ne suffirais pas à la tâche.

— Cesse de me taquiner…

Nadja rougissait un peu… tout en jetant un coup d'œil sur les jeunes gens d'à peu près son âge qui se trouvaient dans la salle.

— Mais je ne te taquine pas. Tu vois, moi et ta mère consacrons notre vie à faire de toi une jeune fille parfaite. Et un jour, un garçon tout couvert de boutons, ou alors un petit gros, va venir te chercher… un gars qui se rongera les ongles ou se décrottera le nez à table…

— Ouash ! Tu es dégoûtant !

Elle plissait le nez, tout en maîtrisant une envie de pouffer de rire. La valse s'achevait. En revenant vers la table Nadja continua :

— Tout de même, je te promets que je vais en trouver un qui sait se tenir à table et se servir d'un mouchoir.

Un moment plus tard, Renaud invita madame Bielfeld à danser, le voisin fit de même avec Virginie. Alors que les adultes s'occupaient ailleurs, deux gamins s'enhardirent jusqu'à inviter Nadja et Fran. Les parents passèrent les minutes suivantes à se tordre le cou pour ne rien perdre de la scène, amusés et émus par leur progéniture. Touchantes de gaucherie, les deux jeunes filles arrivaient tout de même à ne pas s'emmêler les pieds.

Une heure plus tard, les Daigle et les Bielfeld reprenaient le chemin de la maison en trois groupes séparés. Les deux femmes ouvraient la marche, accompagnées de Sarah Weinstein qui avait accepté une invitation à souper chez les Bielfeld. Les hommes suivaient une trentaine de pas derrière. Les jeunes filles fermaient la marche en discutant à voix basse des événements de l'après-midi.

La petite langue de terre qui réunissait la presqu'île à la rive du lac devenait si étroite qu'un pont permettait aux voitures et aux camions de passer. Au milieu du tablier, les poutres demeuraient noircies: un feu avait été allumé là au milieu de la nuit dernière.

— Les policiers affirment que cela vient d'un feu pour brûler des ordures, commenta Bielfeld, un accident. Des conneries, oui. Quelqu'un a essayé d'incendier le pont afin de ruiner le Castel-des-Monts. Heureusement, des employés de l'hôtel ont pu l'éteindre tout de suite.

— Les rumeurs au sujet du vandalisme sont donc vraies?

— Oui. Rien de trop grave: des graffitis haineux sur les murs, des carreaux brisés, notamment à la synagogue. Tout de même, cela devient insupportable.

Un jeune garçon d'une douzaine d'années les dépassa à bicyclette. Il tenait le guidon d'une main, de l'autre agitait un bâton comme s'il s'agissait d'une épée. Au moment de dépasser les femmes, il brandit le bâton et en asséna un grand coup à Sarah Weinstein en criant:

— Sale Juive, retourne chez toi!

La musicienne marchait au milieu de la chaussée. Un réflexe lui permit de lever le bras pour protéger son visage, le bâton porta sur sa main. Son cri bref incita les hommes à prendre le pas de course. Pendant ce temps son agresseur laissa tomber son arme sur le sol pour prendre le guidon à deux mains et peser sur les pédales de tout son poids.

— Vous êtes blessée? demanda Renaud en arrivant à la hauteur de la pianiste.

Celle-ci tenait sa main gauche dans la droite en geignant faiblement:

— Ma main, ma main…

— Essayez de bouger les doigts, continua-t-il du ton qui lui venait naturellement pour consoler sa fille d'une mauvaise chute.

Sarah Weinstein s'exécuta. Chacun des doigts pliait sans entraîner de vive douleur. Elle en serait sans doute quitte pour une contusion sur le dos de la main.

— Tout de même, le mieux serait de mettre de la glace, afin de prévenir l'enflure. Je ne pense pas que votre jeu sera affecté pendant plus d'un jour ou deux.

L'avocat décida de marcher à gauche du petit groupe de femmes, Bielfeld à droite. Les deux fillettes les avaient rejoints au pas de course, chacune prenant la main de son paternel.

— Ce garçon est vraiment cruel, remarqua Nadja. Frapper ainsi la main d'une pianiste.

— Il visait le visage… Il ne fait que reproduire le comportement des adultes, commenta son père.

À en croire les différents journaux qui couvraient les événements de Sainte-Agathe, les lecteurs concluraient que Sarah Weinstein avait été la seule victime d'un acte de violence perpétré contre un Juif. Bien sûr, l'événement fit toutefois monter la tension d'un cran dans le gros village.

Le retour à la maison fut plus tranquille. Renaud remarqua même un nombre plutôt imposant d'agents de la Police provinciale dans les rues. Depuis la manifestation ouvrière et les discours antisémites de Mgr Bazinet, les forces de l'ordre et les journalistes gardaient un œil intéressé sur Sainte-Agathe. La rumeur voulait que le directeur de la police, le colonel Piuze, profitât du fait que sa résidence secondaire se trouvait dans la région pour surveiller lui-même la situation. Déjà, le curé et le maire avaient chacun eu droit à sa visite.

Au retour du Castel-des-Monts, l'avocat avait invité les voisins et leur invitée à venir prendre l'apéritif sur la grande galerie qui faisait face au lac. Sarah Weinstein tenait un sac rempli de glaçons sur le dos de sa main gauche. Elle le soulevait régulièrement afin de voir si un bleu apparaissait et si ses jointures garderaient leur mobilité.

— Vous savez que les compagnies d'assurances menacent de retirer la protection relative aux incendies aux maisons du village ? demanda Bielfeld à Renaud.

— Non, je ne savais pas. Tout cela à cause de ces excités ?

— Si quelqu'un se mettait en tête de mettre le feu aux maisons pour nous chasser...

Les deux hommes discutaient à mi-voix afin de ne pas alarmer leurs compagnes.

— Je ne pourrai pas rester ici la semaine prochaine, comme je viens de le faire. Une dizaine de jours de vacances, c'est le plus que je peux me permettre. Si je retourne à mon commerce lundi prochain, je crois qu'il vaudra mieux amener la famille avec moi. Sinon, je vais me torturer d'inquiétude.

— Vous savez, je pourrai jeter un coup d'œil sur votre maison, proposa Renaud.

— Mais vous-même, ne prévoyez-vous pas d'écourter un peu votre séjour ?

— Oui, sans doute. En même temps, je m'en voudrais de laisser ces gens me chasser. Puis ils vont sans doute se lasser assez vite de toute cette folie.

Bielfeld vida son verre, refusa d'en prendre une autre. Après un moment, il baissa encore la voix d'un ton pour dire :

— Sans doute s'agit-il de rumeurs germées dans des esprits inquiets, mais les gens de ma communauté parlent d'une grande manifestation nazie dans les rues de Sainte-Agathe dimanche prochain. Des boîtes remplies d'affiches portant des croix gammées auraient été acheminées jusqu'ici.

— Cela explique sans doute la présence policière. Vous avez vu tous ces uniformes ?

— Et ceux qui portent des vêtements civils... compléta Bielfeld.

Alors que son interlocuteur levait les sourcils pour exprimer sa surprise, le voisin continua :

— Croyez-en un vendeur d'habits : personne ne s'habille aussi mal qu'un policier qui essaie de passer inaperçu. Alors les estivants mal vêtus qui errent dans les rues avec l'air de ne rien voir du paysage sont sans doute ici en mission de surveillance.

L'avocat n'avait rien remarqué de tel, mais il voulait bien croire que les personnes susceptibles de devenir des victimes développaient un sixième sens quand il s'agissait de repérer les personnages les plus louches. Comme dans l'histoire les représentants du pouvoir avaient souvent été les tortionnaires zélés des Juifs, ceux-ci devaient savoir les reconnaître.

Si les Bielfeld occupaient la maison sur la droite de celle des Daigle, un financier de langue anglaise se trouvait dans celle de gauche. Un homme efflanqué aux cheveux gris passa la tête au-dessus de la haie et, après quelques « Sir, sir » pour attirer l'attention de Renaud, il lui demanda en agitant une feuille de papier :

— Cela vient tout juste d'arriver par la poste, mais je ne comprends rien...

L'avocat alla le rejoindre, jeta un œil sur la lettre, expliqua à l'homme ce dont il s'agissait. Après avoir reçu les remerciements du voisin, il s'excusa auprès de ses invités et se rendit jusqu'à la boîte aux lettres, située au bout de la pelouse, près du Chemin-du-tour-du-Lac. Un homme distribuait le courrier deux fois par jour, le matin et en fin d'après-midi.

Renaud trouva une enveloppe adressée à son nom. Elle ne portait aucune indication de l'expéditeur. Déchirer le rebord d'un geste brusque prit un instant, parcourir rapidement le contenu pour constater que le texte de la missive était identique à celui que le voisin venait de lui montrer, guère plus. Quand il revint à l'arrière de la maison, l'avocat tendit le bout de papier au commerçant en disant :

— Le type à côté a reçu la même. C'est ce qu'il voulait me montrer.

L'homme lut, la consternation sur le visage :

AUX CITOYENS DE STE-AGATHE
RÉVEILLONS-NOUS AVANT QU'IL NE SOIT TROP TARD
NOTRE VILLE EST-ELLE CANADIENNE-FRANÇAISE ?
DOIT-ELLE ÊTRE LE RENDEZ-VOUS DES JUIFS ?
LE PROBLÈME EST BEAUCOUP PLUS SÉRIEUX QUE L'ON PENSE.

EN GARDE : LES APPARENCES SONT QUE NOUS SOMMES TRAHIS PAR CERTAINS MEMBRES DU CONSEIL DE VILLE. LE MAIRE VEND SA PROPRIÉTÉ À UN JUIF. AVANT HUIT HEURES, SAMEDI DERNIER, LE PRÉSIDENT DU DÉPARTEMENT DE LA POLICE FAIT ENLEVER DES AVIS ANTI-JUIFS COLLÉS AUX POTEAUX DANS LA VILLE. ON NE VOULAIT PAS QUE VOUS EN PRENIEZ CONNAISSANCE, MAIS VOICI CE QU'ILS ÉTAIENT.

Le même texte paraîtrait bientôt dans certains journaux, et serait placardé sur des poteaux. Quand le commerçant leva la tête, ce fut pour remarquer :

— Cela semble prouver que la rumeur est fondée : une grande manifestation publique me paraît susceptible d'avoir lieu ce week-end. Nous allons partir dimanche matin.

Les derniers mots étaient destinés à sa femme. Celle-ci tendit la main pour prendre la feuille de papier.

— Pouvez-vous vérifier si vous avez reçu la même ? demanda Renaud au voisin.

Bielfeld contourna la maison pour vérifier le contenu de sa boîte aux lettres. Pendant son absence, les trois femmes purent lire le document. Heureusement, les deux fillettes s'amusaient dans une barque, sur le lac : la mine inquiète des adultes leur serait épargnée.

— Je n'ai pas reçu ce torchon, déclara le voisin en se laissant tomber sur sa chaise.

— Ces gens se donnent beaucoup de mal. La lettre portait mon nom, même si je ne figure pas au bottin. Ce texte a dû être imprimé à un millier de copies et posté à tous les chrétiens de Sainte-Agathe, protestants et catholiques.

— Mais pas aux Juifs, remarqua Bielfeld. Cela devient intolérable.

La conversation ne reprit pas vraiment. Après quelques minutes, les voisins retournèrent chez eux avec Sarah Weinstein. Restés seuls, les Daigle commentèrent pour la millième fois la situation.

— Moi qui ne voulais pas que tu t'approches des nazis, murmura Virginie, je me rends compte que ceux-ci entendent te rejoindre à Sainte-Agathe.

— Tu sais, les Juifs ne sont pas les seuls visés dans ce document. Je me demande si le conseil de ville n'est pas aussi la cible de ces gens.

Devant le regard intrigué de sa femme, Renaud expliqua :

— Tu vois que le maire est pris à parti, de même que le conseil municipal. Chez les catholiques aussi, les rumeurs circulent. Il y en a une qui a fait son chemin jusque dans les journaux de Montréal. Un conseiller municipal serait en train de se faire une réputation en tant que bras droit de Mgr Bazinet, dans cette campagne antisémite.

— Pour devenir maire à la place de Forget ?

— La rumeur veut qu'il rêve plutôt du siège de député provincial, à la place d'Hermann Barrette. Celui-ci s'est déclaré un admirateur de notre prélat domestique… mais on ne peut pas dire qu'il a enfourché son destrier pour lui venir en aide.

— Tout ce grabuge ne servirait qu'à alimenter la petite politique de village ?

Le ton de la jeune femme indiquait le plus profond scepticisme. Son mari lui adressa un sourire avant d'afficher tout son cynisme :

— La recette qui sert si bien Adolf peut être reprise dans notre merveilleux village. Bien sûr, je ne sais pas si tout cela est vrai, et dans l'affirmative, je doute que Barrette puisse être doublé sur sa droite par un échevin en mal de pouvoir. Mais je ne doute pas un moment que ces petits politicailleurs puissent avoir l'esprit tordu à ce point.

— Les nazis n'y seraient pour rien ?

— Mais un homme peut à la fois siéger à un conseil municipal et aimer porter une chemise noire.

Comme deux gamines ricaneuses venaient de descendre d'une petite embarcation et venaient vers eux, l'avocat cessa d'évoquer les vicissitudes de la vie politique villageoise.

Combien de temps deux filles de douze ans pouvaient-elles tenir ensemble sur un petit matelas gonflable qui flottait sur un lac glacé ? Au prix d'une bonne heure d'expérimentation, elles devaient convenir que trente secondes représentaient un record absolu. Debout, elles ne tenaient pas un dixième de seconde. Quand les équilibristes revinrent sur la petite place publique de Sainte-Agathe, toutes deux claquaient des dents.

— Tu devrais venir, maman. L'eau est bonne.

— Jamais tu ne m'entraîneras dans cette eau glaciale, déclara Virginie en leur tendant des serviettes. Regarde tes ongles, ils sont bleus, tes lèvres aussi d'ailleurs.

Bien sûr, pour se baigner dans le lac des Sables, il fallait un cœur à toute épreuve. La jeune femme s'était contentée de prendre le soleil sur une grande couverture, un livre à la main. Quant à Renaud, peu désireux d'offrir aux regards son corps on ne peut moins athlétique et portant plus que sa part de cicatrices, il parcourait un journal sur l'un des bancs publics près de la rive. Tout de même, ses petites lunettes teintées de vert lui permettaient de regarder discrètement certaines dames s'ébattre devant lui. Les maillots de bain étaient devenus considérablement plus révélateurs que ceux de ses jeunes années. Maintenant, ils laissaient bien peu à deviner. Après tout, le fait d'être un époux fidèle n'interdisait pas de consulter le menu.

À peu près séchées, les fillettes cessèrent de claquer des dents. Une visite dans une petite cabine leur permit de mettre des sous-vêtements secs et une robe. La mère enfila la sienne sur son maillot, plia la couverture, s'occupa de rappeler à Nadja et Fran de ne rien oublier. Le beau temps se poursuivait encore, malgré tout l'affluence des touristes diminuait: de nombreux Israélites rentraient à Montréal.

Quand le trio rejoignit Renaud, celui-ci prit sa part des bagages. Comment diable un petit passage sur une plage publique pouvait-il exiger un tel attirail? Un autre mystère de la vie avec des femmes.

Le groupe n'avait pas fait plus de trente pas sur le trottoir qu'il se heurta à un petit attroupement. Deux jeunes femmes, des adolescentes plutôt, protestaient d'une voix haut perchée, sur le bord de l'hystérie, alors qu'un gros policier se trouvait accroupi devant elles avec un ruban à mesurer dans les mains. Le fait que les deux «suspectes» parlent anglais et le représentant de l'ordre français ne facilitait pas les choses.

À la fin, Renaud n'y tint plus et demanda au policier:

— Mais que voulez-vous faire, à la fin?

— Mesurer leur *short*, vous le voyez bien!

Non, cela ne sautait pas aux yeux. Il ne s'agissait même pas d'une blague. L'une des accusations de Mgr Bazinet contre les Juives concernait leurs tenues immodestes. Après un entretien orageux entre le prélat domestique et le maire Charles-Euclide Forget, ce dernier avait demandé au chef de police Bergeron de faire respecter les règlements municipaux sur la décence. Cela voulait dire poursuivre les hommes s'étant rendu coupables de se promener sur la voie publique torse nu, les femmes qui offraient un peu trop d'épaule et de poitrine à la vue – les boutons des blouses avaient intérêt à être attachés de façon à cacher aux regards les rondeurs suspectes – et les personnes des deux sexes qui heurtaient la sensibilité du public en dévoilant des cuisses. Les mollets et les genoux pouvaient être tolérés, semblait-il.

L'avocat traduisit pour les deux adolescentes le désir de l'homme en uniforme, celui-ci put enfin poser le début de son ruban à mesurer sur le bas du *short* de la première des suspectes et établir la distance découverte jusqu'au genou. La grande difficulté bien sûr était de savoir s'il fallait compter à partir du haut de la rotule, du milieu ou du bas de celle-ci. Si la question se rendait un jour jusqu'en Cour suprême, cela ferait la fortune des avocats.

— Quel bel emploi pour un vicieux désireux de tâter les cuisses des petites filles, ce jeu du ruban à mesurer, remarqua Virginie à voix haute, assez fort pour que tout le monde entende tout autour.

— Voulez-vous que je vous arrête ? questionna le policier avec des yeux furibonds.

— Auparavant, voulez-vous mesurer ? clama-t-elle en tendant la jambe.

Le policier commença à se relever, Renaud jugea le moment propice pour se rappeler qu'il était avocat :

— Et pour quelle raison voulez-vous arrêter ma femme ? Je mesure sa robe tous les matins, je peux vous assurer qu'elle respecte les règlements de la plupart des villes du *dominion*.

— Obstruction au travail de la police.

— Oh ! Je suis certain que nous avons ici plusieurs témoins qui pourront affirmer au juge qu'elle ne vous a pas empêché de mesurer quoi que ce soit.

Autour, les badauds murmuraient, hésitant entre le fou rire et la colère. La plupart, de langue anglaise, se demandaient tout bonnement ce qui se passait devant eux. Les autres trouvaient la scène hilarante. À la fin, le policier se retourna vers les deux jeunes filles en disant :

— Je vous arrête. Venez avec moi à l'hôtel de ville.

Comme les deux criminelles ne comprenaient rien, encore une fois Renaud dut leur expliquer qu'elles se trouvaient en état d'arrestation pour avoir exposé un demi-pouce à peine de peau au-dessus du genou. À l'incrédulité succéda l'inquiétude.

— Va avec elles, recommanda Virginie.

— Voyons, elles auront à payer une petite amende, sans plus.

— Ce sont des enfants. Accompagne-les.

L'avocat jeta un coup d'œil aux deux criminelles. Elles devaient avoir quinze ans, seize tout au plus.

— Monsieur l'agent, vous aurez un passager de plus dans votre véhicule. Je me présente, Renaud Daigle, avocat. Je vais assurer la défense de ces deux personnes.

— Voyons, vous n'êtes pas sérieux!

À tout le moins, Renaud arrivait à présenter le visage le plus sérieux qui soit. En bon avocat, notre homme se promenait toujours avec quelques cartes dans ses poches. Il en présenta une au policier en disant:

— Je suis certain que vous ne voudrez pas mettre deux mineures en état d'arrestation en les privant de la présence de leur avocat.

Pendant cet échange, Virginie trouva moyen de recommander aux deux jeunes filles de ne pas s'inquiéter, qu'un éminent professeur de droit constitutionnel assurerait leur défense. Un peu rassurées, elles prirent place sur la banquette arrière de la voiture de patrouille. L'avocat monta devant avec le policier, qui commençait à maudire son ruban à mesurer.

Une fois dans le poste de police de Sainte-Agathe, qui se trouvait dans l'édifice de l'hôtel de ville, le premier soin des deux prévenues fut de téléphoner à leur paternel respectif. Comme ceux-ci affichèrent leur incrédulité totale, l'avocat dut chaque fois prendre le combiné pour leur confirmer la nouvelle : dans le royaume de Mgr Bazinet, la moralité publique venait de progresser vers un nouveau sommet.

Un peu moins d'une heure plus tard, deux hommes ahuris étaient venus cueillir chacun sa pécheresse et lui apporter une robe. Ils tenaient à éviter qu'elles soient de nouveau arrêtées en mettant les pieds sur le trottoir, vêtues de leur *short*. Chacun accepta de payer sur le champ une amende de 40 $, le salaire d'une semaine d'un travailleur qualifié, plutôt que de contester la chose devant un tribunal, cela même si Renaud leur affirmait être prêt à assurer la défense des jeunes filles sans demander la moindre rémunération. En fait, les deux touristes entendaient rentrer dans leur Ontario natal où, pendant des décennies, ils expliqueraient à toutes leurs connaissances que les Canadiens français formaient un peuple étrange et incompréhensible.

Pendant ces événements, Renaud Daigle fit une véritable nuisance de lui-même. Mieux valait qu'il se montre très respectueux de tous les règlements municipaux à l'avenir, car il ne jouirait d'aucune indulgence de la part des forces de l'ordre. Alors qu'il s'attardait au poste après le départ de ses clientes, le chef de police vint lui-même se présenter à lui :

— Capitaine Bergeron. Vous nous laisserez un souvenir impérissable de votre visite.

— Tout comme vos hommes pour ces touristes ! Quel est votre but au juste ? Chasser tous les visiteurs de la ville ?

— Faire respecter les règlements municipaux.

— Ils ont été adoptés il y a tout juste une semaine ? Car c'est nouveau, ce zèle à mesurer les cuisses de gens.

Le chef de police laissa échapper un soupir et déclara, excédé :

— J'obéis aux ordres. Maintenant, voulez-vous nous laisser travailler ?

Cette excuse aurait une grande popularité dans quelques années. Avant d'être accusé de faire obstruction au travail policier, Renaud quitta les lieux. Les journaux de la fin de semaine lui apprendraient que dix jeunes femmes avaient été arrêtées pour tenue immodeste en quelques jours, depuis que le maire s'était senti obligé de faire respecter à la lettre des règlements votés depuis des années pour faire plaisir aux grenouilles de bénitier. Parmi les jeunes femmes prises en faute, aucune Juive…

28

Les agents en civil de la Police provinciale étaient vraiment aussi mal vêtus que l'affirmait Bielfeld. Pourtant, quand deux d'entre eux entrèrent dans la salle à manger de l'hôtel Murray, à Sainte-Lucie-des-Laurentides, André Blanchet ne les reconnut pas. Il est vrai qu'après une semaine interminable à l'Hôtel-Dieu, il faisait le service aux tables dans un état second. Le jeune interne tenait à conserver ce deuxième emploi car il ne possédait aucune assurance de trouver un cabinet susceptible de le faire vivre, une fois sa formation complétée.

Les deux hommes parlèrent un moment au maître d'hôtel, qui leur désigna le garçon de table du doigt.

— Monsieur Blanchet ? demanda l'un d'eux alors qu'il s'apprêtait à retourner en cuisine.

— Oui, pourquoi ?

— Pouvons-nous discuter dans un endroit plus discret ?

Après un moment d'hésitation, le garçon murmura : « Dehors ? » Un instant plus tard, le trio se retrouvait dans le stationnement.

— Nous savons que vous avez apporté de Montréal un lot d'affiches du Parti de l'Unité nationale, fit l'un des policiers.

— Et alors ?

— Ne faites pas le malin, intervint l'autre sur un ton familier et vaguement menaçant. Nous voulons les voir.

Blanchet hésita un moment, juste assez longtemps pour que l'un des agents ajoute :

— Vous savez, je ne pense pas que cet hôtel gardera à son emploi un homme qui suscite l'intérêt de la Police provinciale. Ne nous mettez pas de mauvaise humeur.

— … D'accord.

Le jeune homme les conduisit dans un petit local situé au sous-sol de l'hôtel, où une dizaine d'employés trouvaient un logement précaire. Cet arrangement, de même que les restes de table du restaurant, permettait de faire des économies malgré les mauvais salaires. Blanchet tira une vieille valise de sous un lit défoncé, l'ouvrit devant les deux policiers.

Une liasse de papier reposait sur les vêtements. Le message sur ces affiches était limpide : « Dehors les Juifs ! » Suivait la rhétorique habituelle sur l'importance de redonner leur pays aux Canadiens français. Des croix gammées venaient appuyer le texte. Au bas de chacune des feuilles, les curieux trouveraient les coordonnées du Parti de l'Unité nationale.

— Vous en avez d'autres du même genre ? demanda un policier.

— Non.

L'autre ramassa la liasse d'affiches, la prit sous son bras.

— Que faites-vous ? Ce n'est pas illégal, plaida Blanchet.

— Dans ce cas, portez plainte à la police. Avec un peu de chance, un juge vous les rendra peut-être, dans six mois.

Sans un mot de plus, les deux cerbères tournèrent les talons. Bien sûr, la *Loi du cadenas* ne concernait que la propagande communiste, et les hommes du colonel Piuze accumulaient les interventions chez des militants en général aussi naïfs que bien intentionnés. Tout de même, depuis quelques semaines, des films, des livres ou des tracts fascistes retenaient aussi l'attention des censeurs.

Au moment de revenir à la salle à manger, André Blanchet comprit que son initiative de donner une dimension plus grandiose à la campagne de Mgr Bazinet lui coûterait cher. Le maître d'hôtel le prit à part pour lui expliquer que ses services ne seraient plus requis. Cette décision ne tenait pas qu'à la visite des deux agents de la Police provinciale : les clients juifs se raréfiaient, il convenait de réduire le personnel, et tous les convives, y compris les chrétiens, cultivaient la fâcheuse habitude de réclamer que le serveur leur présente un visage un peu amène. L'interne surmené y arrivait difficilement.

Le 6 août au matin, les Bielfeld chargèrent leurs valises dans la grosse Oldsmobile. Leur saison à Sainte-Agathe se terminait terriblement tôt, mais le père ne supportait plus l'idée de laisser sa femme et sa fille seules dans cette ville. Une fois le coffre verrouillé, Renaud demanda :

— Vous pensez à vendre ?

— Certainement pas maintenant, commenta l'autre avec un sourire. Nos ennemis ont raison sur une chose : les Juifs ont un certain sens des affaires. Beaucoup trop de propriétés se trouveront bientôt sur le marché pour que j'obtienne un bon prix… Vous seriez intéressé ?

— Peut-être. Quand le curé sera rappelé par son Créateur, ou que son évêque, Mgr Limoges, se décidera à le doter d'une muselière.

Les deux femmes se faisaient des adieux moins empesés, alors que Fran se morfondait près du véhicule.

— Je vais la chercher, déclara bientôt Virginie.

Dès la veille, les deux gamines s'étaient épanchées en au revoir larmoyants et s'étaient promis une amitié éternelle. Nadja n'avait pas voulu mettre le nez dehors au moment de se lever. Sa mère la trouva debout face à la fenêtre donnant sur le lac, le visage buté.

— Nadja, viens saluer Fran.

— Pourquoi partent-ils ? C'est idiot.

— Tu sais pourquoi. Viens, ne te sépare pas de ton amie de telle façon que tu auras honte de la revoir. Viens.

La fillette se laissa tirer par la main, mais une fois dehors elle se précipita dans les bras de Fran. Après un moment, Nadja retourna cacher sa peine. Peu après, la Oldsmobile s'éloignait du lac.

— Tu tiens toujours à aller à la messe ?

— Je crois que Mgr Bazinet m'a converti. Tu viens avec moi ?

— Aujourd'hui, Georges Minou ne suffira pas à la consoler, les tartines de Julietta non plus. C'est une mission pour Supermaman.

— Je peux faire quelque chose ?

— Non. Contente-toi de ne pas attraper un mauvais coup.

Avec un petit signe de la main, Virginie retourna dans la maison.

Alors que, pendant les derniers jours, la ville avait été étrangement calme, aujourd'hui les rues regorgeaient de monde. Cela alimentait la rumeur selon laquelle une grande manifestation antisémite allait avoir lieu. Ou alors, plus simplement, les régates annuelles de Sainte-Agathe suffisaient à ramener les touristes.

L'église paroissiale se révéla tout à fait bondée. Des journalistes de Montréal s'ajoutaient aux curieux désireux de voir quelle tournure prendrait la saga antisémite, tellement que les Agathois devaient se sentir observés de trop près. Renaud se retrouva tout à fait à l'arrière du temple, partageant un banc avec deux inconnus.

Peut-être le désir formulé un peu plus tôt se réaliserait-il bientôt : une nouvelle fois Mgr Bazinet, malade, se révélait incapable de dire la messe. L'abbé Charland dut officier, alors que le prélat domestique trônait dans le grand fauteuil réservé à l'évêque du diocèse de Mont-Laurier, quand celui-ci effectuait sa visite pastorale.

Le grand homme n'allait pourtant pas laisser toutes les personnes venues l'écouter rentrer bredouilles. Au moment du sermon, l'ecclésiastique dénicha un micro dans les plis de sa soutane pour s'adresser à ses ouailles. Une demi-douzaine de haut-parleurs distribués dans l'enceinte diffusaient sa voix de façon très efficace : personne ne perdait un mot.

Pour faire le bilan de son action, ou plutôt pour être certain que les journalistes en rendent bien compte – il prit le soin de leur intimer dès le début du sermon de « ne jamais publier des choses qui n'existent pas, rapporter des paroles qui ne sont pas les nôtres » –, l'homme de Dieu passa en revue les motifs religieux et politiques qui l'animaient. Tout d'abord, il convenait d'étaler ses raisons :

— J'ai entrepris la présente campagne pour la gloire de Dieu et de son Église et pour l'intérêt de notre paroisse. Je l'ai entreprise pour le développement de notre vie morale, sociale et économique.

Puis il entendit se coiffer lui-même de la couronne du martyr :

— Je remercie les personnes qui prient la Providence de me rendre la santé. Tout ce que je fais dans cette lutte n'est nullement inspiré par la haine. Il ne se trouve pas de place pour la haine dans un cœur sacerdotal.

« Le vieux salaud, songea Renaud. Le voilà qui s'élève au-dessus du commun des mortels, se drape dans sa soutane et nous assène sa grandeur d'âme. »

— Des Juifs ont dit que j'étais cruel, que j'étais haineux et que j'étais méchant. Je ne pouvais m'attendre à être mieux traité que ne le fut le Christ.

Cette fois, le prélat reprenait mine de rien la vieille accusation de déicide. Ceux qui avaient tué le Sauveur se permettaient de l'accuser de cruauté ! Après s'être donné comme une incarnation divine, celui qui portait si bien le prénom de Jean-Baptiste – tout comme son vicaire, d'ailleurs –, se présentait comme celle de la race.

— Nous sommes chez nous. Nous voulons demeurer chez nous et rester maîtres chez nous. Nous devons garder jalousement le patrimoine de nos ancêtres. Nous ne pouvons laisser partir une partie de l'héritage. Nous ne pouvons laisser une partie de l'héritage qu'ils nous ont légué.

Pendant quelques minutes, Mgr Bazinet continua encore, alors que des scribes prenaient soigneusement en note ses paroles. Renaud Daigle se cramponnait au bras du banc où il prenait place pour résister de toutes ses forces à l'envie de se lever pour crier « Sale raciste hypocrite ». Le prélat termina en demandant à l'assistance de se rendre dans le cimetière derrière l'église, la « ville des morts », afin de lancer un appel aux ancêtres, de prendre conseil auprès d'eux. Irait-il jusqu'à évoquer les héros du Long-Sault faisant un rempart de leurs corps contre les hordes barbares ? Mgr Bazinet se retint.

Le retour de vacances du délégué du Procureur général à Montréal se révéla infernal pour Georges Farah-Lajoie, mais sa situation personnelle lui interdisait totalement de refuser du travail : tant pis pour la petite enquête de Renaud Daigle. Le magistrat, sur les plages d'Old Orchard, s'était absorbé dans les pages des journaux à sensation américains. Une sombre histoire de fraude à l'encontre de compagnies d'assurance-vie, qui avait fait trente-quatre victimes, avait particulièrement impressionné le pauvre homme. Résultat : une douzaine de décès tout à fait naturels faisaient l'objet d'un complément d'enquête. L'ex-policier ne jouissait plus d'une minute à lui.

Pour la troisième fois, à la fin de la matinée du dimanche 6 août, tout de suite après le retour de la voisine d'Arden Davidowicz de la messe, le détective se tenait dans le petit salon de celle-ci, sur la rue Davaar, avec l'espoir que ce serait sa dernière visite. Sur la table basse qui se trouvait au milieu de la pièce, il disposa quatre photographies grand format de Myriam Davidowicz. Les deux premières montraient la jeune femme des pieds à la tête.

— Voilà pourquoi vous me demandiez si la mystérieuse visiteuse était enceinte. Cette personne l'est sans nul doute.

— Cette photo a été prise deux bons mois après le meurtre. Le 21 mai, la grossesse était moins visible. Il faudrait lui enlever plusieurs pouces à la taille.

— Oui, mais de toute façon, ce n'était pas elle, j'en suis certaine.

Les deux autres photographies montraient son visage en gros plan, l'un tout à fait de face, l'autre de trois quarts. Quoiqu'il ne l'eût pas remarqué au moment de prendre le cliché, l'enquêteur comprit que Myriam l'avait repéré. Ses yeux fixaient l'objectif, inquiets, alors qu'elle tournait un peu la tête, les lèvres entrouvertes.

— Aucune ressemblance ?

— Aucune, celle-là est à la fois plus jeune et plus jolie. Si vous insistez pour trouver des ressemblances, disons qu'elle aussi porte une robe fleurie, comme la visiteuse.

D'un mouvement rapide, l'enquêteur ramassa le premier jeu de photographies pour en étaler un second sous les yeux de la vieille dame.

— Mais c'est la... compagne du voisin, s'exclama-t-elle en levant son regard, surprise.

Son hésitation traduisait la recherche du terme exact. « Traînée » lui était d'abord venu à l'esprit, mais sa mère lui avait enseigné soixante ans plus tôt à éviter les mots de ce genre. La plupart du temps, elle y arrivait.

— Oui. Je sais que vous m'avez dit que ce n'était pas la visiteuse. Toutefois, je vous demande de regarder encore.

Studieusement, son hôtesse se pencha à nouveau sur les portraits, puis déclara :

— Non, ce n'est pas elle. Bien sûr, elle est de la même grandeur, mais pour le reste...

— Quelles différences voyez-vous entre cette femme et celle que vous avez aperçue à la porte du voisin ?

— D'abord les vêtements. Comme je vous l'ai expliqué, la visiteuse portait un imperméable mal coupé, vous savez, genre *trench coat*. Dessous, elle avait une robe avec de grosses fleurs, un peu criarde, comme les Juives en mettent si souvent. Elle avait la taille plus épaisse. Surtout, les cheveux étaient plus longs.

— Madame, rien de ce que vous venez de me dire n'est très convaincant. Tout ce qu'il faut, ce sont des vêtements différents, à la limite un coussin sous la robe pour paraître un peu plus lourde, une perruque sur la tête…

La vieille dame le contempla de ses yeux perçants, les posa ensuite de nouveau sur les photographies représentant Élise Trudel. À la fin, elle plaça ses mains des deux côtés du visage, pour cacher les cheveux et les oreilles, afin de se concentrer sur les traits. Quand elle regarda encore une fois l'enquêteur, celui-ci eut l'impression de la trouver un peu plus pâle.

— C'est possible que ce soit elle. Je ne peux l'affirmer, mais c'est possible…

Une déclaration de ce genre ne vaudrait rien devant un tribunal. Les dix semaines écoulées, la distance entre son point d'observation et l'entrée de la résidence voisine, l'âge même du témoin, tout cela procurait des armes efficaces à l'avocat de la défense. Jamais le Procureur général ne voudrait porter des accusations sur une base pareille.

— Votre voisin se trouve à la maison aujourd'hui, ou est-il encore à Sainte-Agathe ?

— Vous ne savez pas ? demanda son interlocutrice en ouvrant de grands yeux. La demeure est à vendre. Vendredi dernier, des gens, des Juifs à en juger par leur allure, sont venus chercher les meubles, la vaisselle… Attendez, je vais vous montrer.

La vieille dame quitta la pièce pour revenir un moment plus tard avec le petit hebdomadaire publié à Outremont. Cette feuille rendait compte des activités du conseil municipal, mais elle servait surtout aux marchands et aux professionnels de la ville pour offrir leurs produits ou leurs services à leurs concitoyens. La voisine avait ouvert le journal à la page des petites annonces. Un entrefilet encerclé de rouge disait : « Maison semi-détachée à vendre… » Les personnes intéressées devaient s'adresser à un notaire de la rue Bernard.

— Et ce n'est pas tout, continua son hôtesse en reprenant l'hebdomadaire de ses mains, pour le feuilleter jusqu'au dernier folio. Voilà !

Elle le lui replaça sous les yeux. Les professionnels publiaient leur carte. Sous celle d'Arden Davidowicz se trouvait un encadré, lui aussi souligné de rouge :

« Le docteur Arden Davidowicz, médecin des hôpitaux de Paris et de Genève, tient à remercier sa clientèle, fidèle toutes ces années. Malheureusement, appelé en Europe par les récents développements internationaux, il prévoit demeurer absent pendant une longue période, ses patients sont donc priés de s'adresser au docteur... »

Suivaient le nom et l'adresse d'un praticien vraisemblablement israélite, à en juger par la sonorité du patronyme.

— Vous avez vu sa... compagne depuis ma visite précédente ? demanda l'enquêteur.

— Non, pas une fois. Cependant, j'ai aperçu le garçon. La semaine dernière, le médecin est revenu avec lui.

— Quelqu'un habite la maison, en attendant la vente ?

— Non. Jeudi matin, un vieux couple, les parents de Davidowicz, est venu chercher le gamin. Une heure plus tard, le docteur quittait les lieux avec une seule valise à la main. Pour un homme s'en allant en Europe pour une période indéterminée, il voyage léger...

Farah-Lajoie ramassa les photographies d'Élise Trudel pour les ranger dans une enveloppe brune. Il ne servait plus à rien de s'attarder sur place, autant se consacrer aux travaux que le Procureur général, devenu obsessif, exigeait de lui.

— Je vous remercie infiniment. Il est rare de pouvoir compter sur un témoin aussi fin observateur que vous.

— Merci... Mais qu'arrivera-t-il maintenant ?

— En toute honnêteté, je ne sais pas. Je vais chercher encore, afin de trouver qui a bien pu visiter votre voisine le jour du meurtre.

La vieille dame se mordit la lèvre inférieure, déclara d'une voix déçue :

— Je suis désolée, mais je ne peux être plus affirmative.

— Ne vous en faites pas, la loi précise d'ailleurs qu'une condamnation doit s'appuyer sur une conviction « hors de tout doute raisonnable ». Ne croyez-vous pas que ce serait affreux de porter des accusations sans être absolument sûre ?

— Mais c'est elle !

— Dans ce cas, je trouverai sans doute un moyen de tirer les choses au clair…

L'assurance de Farah-Lajoie ne trompa pas son interlocutrice. Au moment de sortir, l'enquêteur lui remit sa carte en rappelant :

— Si jamais vous voyez quelque chose… faites-le-moi savoir.

À sa troisième visite, il croyait que la vieille dame ne serait pas trop déçue de constater que son véritable nom était Georges Farah, dit Lajoie. La confiance entre eux survivrait au fait qu'il fût un étranger.

Avoir douze ans et jouir d'un naturel optimiste revêtait un avantage : Nadja accepta d'assister aux régates en affichant des yeux bouffis, mais un visage à peu près serein. Il est vrai que sa mère l'avait assurée que rien ne l'empêcherait de fréquenter Fran à Montréal.

Ces fameuses régates, c'étaient en fait une course de canots à moteur. Pendant un peu plus d'une heure, quelques milliers de personnes purent admirer de la rive de petites embarcations qui tournaient en rond en laissant échapper de l'essence et de l'huile dans les eaux du lac. Pour avoir payé trois billets, les Daigle avaient droit à un banc dans les estrades branlantes et les embarcations passaient avec régularité devant leurs yeux en vrombissant.

— Voulez-vous quelque chose pour vous rafraîchir ?

Les deux compagnes de Renaud portaient un large chapeau de paille. Quelques semaines au grand air avaient donné à la peau de Nadja, d'une blancheur de lait en juin, un teint de miel… tout en multipliant ses taches de rousseur. Sa mère, plus pâle car elle cherchait l'ombre de façon systématique, affichait le même air de bonne santé. Les inquiétudes ne les avaient pas empêchées de profiter des grandes vacances.

— Pourquoi pas. Avec un peu de chance nous trouverons peut-être un endroit où nous asseoir.

Les détenteurs de billets jouissaient de l'accès à l'aréna. Sur la grande surface qui, dans des temps moins cléments, accueillait la glace, des tables branlantes et des chaises pliantes permettaient aux estivants de se reposer un peu. Les femmes assises, Renaud alla chercher des limonades pour tout le monde au comptoir improvisé à un bout de la patinoire.

Ce devait être son destin : André Blanchet faisait le service. Interne épuisé et garçon de table en chômage la veille, le mal de bloc d'un ami lui permettait de ramasser quelques dollars.

— Encore vous ! s'écrièrent-ils en même temps.

Une fois la surprise passée, le serveur poursuivit :

— Salaud. Viens dehors que je te règle ton compte.

Le vouvoiement ne pouvait tenir pour une explication virile. Le jeune homme aurait dû être plus attentif aux va-et-vient des hommes taciturnes en complet mal taillé : deux d'entre eux se tenaient non loin, un moment plus tard notre militant de choc se voyait une nouvelle fois réduit au chômage.

Quelques minutes plus tard l'avocat apportait des boissons à ses compagnes, évoquait à mots couverts sa mauvaise rencontre avec la plus âgée.

— Vous devez être destinés à devenir les plus grands amis du monde, pour que vos rencontres se multiplient à ce rythme.

Le ton gouailleur dissimulait mal son inquiétude. Après un moment, la famille réintégrait la grande maison de campagne.

— Tu es toujours résolue à rentrer dans la grande ville cette semaine ? questionna l'avocat.

— Assez tergiversé : nous en parlons depuis deux semaines. Cela me paraîtra à la fois plus calme et plus sécuritaire que la campagne.

— Nadja, qu'est ce que tu en dis ? Nous rentrons ?

— Ça m'est égal.

La gamine faisait une rechute. Les parents échangèrent un regard.

Le reste de la journée fut consacrée à préparer les valises. Julietta commença à récurer la cuisine, résolue à laisser les lieux plus propres qu'elle les avait trouvés. La soirée s'écoula à contempler les eaux du lac, puis tout le monde monta à l'étage.

Si Renaud s'endormit sans trop de mal, des pas pourtant légers dans l'escalier le tirèrent de son sommeil. Se lever sans bruit et revêtir son peignoir ne prit qu'un instant. Avec le clair de lune, il put consulter le réveille-matin sur la table de chevet : deux heures. L'homme commençait à descendre quand un fracas de verre brisé, un cri aigu et un miaulement retentirent tous ensemble.

Ce fut en enjambant les marches quatre par quatre, au risque de se casser le cou, qu'il dévala l'escalier. Un coup sur les commutateurs permit de faire la lumière. Une pierre ronde, grosse comme le poing d'un enfant, gisait au milieu du salon parmi les débris de verre brisé.

— Papa, je me suis coupé le pied.

La fillette tenait son matou dans ses bras. Elle avait dû se réveiller et, incapable de se rendormir, était partie à la recherche de son fidèle confident.

— Ne bouge pas. Maman va venir s'occuper de toi.

Le « Qu'est-ce qui se passe » inquiet et les bruits de pas témoignaient que Virginie serait là dans quelques secondes. Renaud ramassa le caillou sur le plancher et se précipita vers la porte. Au milieu de la cour en pantoufles, un peignoir attaché de travers sur le dos, il cherchait dans les fourrés l'auteur du forfait. La pleine lune donnait une allure fantomatique aux environs. Tout à coup, une ombre se détacha de derrière un buisson pour détaler au milieu du Chemin-du-tour-du-Lac.

Sans réfléchir, l'avocat se précipita à ses trousses. Sa grande foulée, et des semaines à ramer et à chevaucher, lui permirent de maintenir la distance qui le séparait de sa proie. Surtout, une peur rétrospective pour sa fille lui donna des ailes. La traque se poursuivit jusqu'à la rue Saint-Vincent, s'orienta en direction de la rue Principale. Deux hommes déambulaient sur le trottoir, leurs cigarettes allumant de petites lucioles dans l'obscurité. Le fuyard ralentit quand il se trouva à leur hauteur, permettant au chasseur de le rejoindre. Il se retourna juste au moment où Renaud arrivait à sa portée.

— Blanchet !

Finalement le rendez-vous viril aurait lieu en pleine nuit, dans le faisceau d'une lumière de rue, sous le regard étonné de deux quidams dans un complet mal coupé. Alors que l'interne haletant levait les deux poings pour adopter la posture du boxeur, Renaud lui retourna la pierre qui avait atterri dans son salon, entourée de son poing bien serré, avec précision : elle heurta sa victime à la bouche, faisant éclater les lèvres et sauter deux dents. Les lunettes de l'interne volèrent dans les airs.

L'autre porta les mains à son visage en échappant un grognement, l'avocat ressenti une vive douleur au poignet. La manipulation de livres de droit l'avait mal préparé au pugilat. Heureusement, les témoins de l'affrontement prévinrent la tenue d'un second round.

— Oh là ! Qu'est-ce qui se passe ?

L'un des deux hommes approchait, l'autre cherchait sous son épaule gauche à récupérer son arme.

— Ce type vient de lancer une pierre dans mes fenêtres ! déclara Renaud en leur tendant la pièce à conviction.

L'homme, qui était en fait un policier, la prit pour la jeter sur le pavé.

— Je crois que vous avez réglé votre compte avec lui. Tenez-vous à porter plainte en plus ?

La scène ne laissait pas de doute dans l'esprit de ces témoins. Un bourgeois haletant d'avoir trop couru, en sous-vêtements sous un peignoir grandement ouvert, dont la ceinture s'était envolée un bon quart de mille plus tôt, à la poursuite d'un type que des collègues avaient signalé à leur attention au cours de l'après-midi après un esclandre à l'aréna.

— Oui, oui, bien sûr je porte plainte. Cela peut attendre à demain matin sans doute ? Ma femme et ma fille sont seules à la maison.

— Évidemment. Mon collègue va vous reconduire. On ne sait jamais.

Et cela permettrait de vérifier tout de suite son histoire. Le policier poursuivit :

— Quant à moi, je vais reconduire votre camarade de jeu à la prison municipale. Cela lui permettra de se débarbouiller.

André Blanchet portait toujours son veston blanc de serveur. Du sang en avait souillé tout le devant. Le policier lui saisit le bras pour l'entraîner vers l'hôtel de ville. Quant à Renaud, il rentra chez lui avec le second agent. Sa longue course le laissait exténué, la respiration sifflante, aux prises avec une toux à se cracher les poumons. Le sang lui battait les tempes. Aucun risque qu'une armée ne le recrute, la première marche forcée lui ferait faire un infarctus.

Quelques minutes plus tard, les deux hommes entraient dans la maison. Virginie vint à la porte avec la main droite dans la poche de son peignoir. Son mari devina qu'elle serrait la crosse d'un petit revolver de calibre .32.

— Ce policier a voulu me raccompagner. Monsieur…

— Chamberland. Benoît Chamberland.

La jeune femme lui donna la main, chercha une posture qui dissimulait la bosse dans son vêtement. Avoir une arme chez soi était tout à fait légal, mais elle préférait que le policier ne devine pas qu'un peu plus et elle la lui aurait pointée sous le nez.

— Comment va Nadja ?

— Aussi bien que possible. Elle a une petite coupure au gros orteil. Un débris de verre.

Assise sur un fauteuil, la fillette leva la jambe pour lui montrer le gros pansement. Son courageux matou surveillait l'intrus de son poste d'observation sous un canapé. Dans la cuisine, le sifflement de la bouilloire lui apprit que Julietta avait entrepris de préparer du thé. La nuit menaçait d'être longue.

— Demain, un collègue viendra prendre votre déposition.

— Faut-il garder les choses en l'état ?

— Non... Un petit ménage s'impose. Bonne nuit.

Le policier sortit. Après une semaine à jouer au touriste insomniaque, la manie du curé intolérant commençait à lui tomber sur les nerfs. Encore quelques jours et il pourrait rentrer à Montréal.

— Mais qu'est-ce que tu faisais debout au milieu de la nuit ? demanda Renaud en venant s'asseoir près de Nadja.

— Je cherchais Georges. Quand je me suis réveillée, il ne se trouvait plus dans mon lit. Je l'ai déniché devant la fenêtre. Sans doute que cet homme se trouvait dans la cour, et mon chat le surveillait.

— Nous voilà donc affublés d'un chat de garde. Dommage qu'il ne sache pas attraper les pierres. Et ta blessure, elle doit bien faire douze pouces de long, avec ce gros pansement.

— Elle est longue comme cela.

La gamine lui montrait une longueur d'un bon demi-pouce entre le pouce et l'index.

— Dans ce cas, je pense bien que tu pourras marcher de nouveau.

Si l'humour devait restaurer la bonne humeur de la petite fille, le cœur de Renaud continuait de battre à tout rompre. Si cet idiot avait lancé une bombe incendiaire plutôt qu'une pierre, les résultats auraient pu se révéler dramatiques. Il suffisait d'une bouteille remplie d'essence avec, coincé dans le goulot, un torchon allumé, pour entraîner une conflagration. Un engin de ce genre avait sans doute servi sur le pont de la Presqu'île.

Virginie était allée dans la cuisine. Quand elle revint avec un balai et un porte-poussière, Renaud murmura :

— Laisse, je vais m'en occuper. Va plutôt chercher le thé. Nous sommes mûrs pour une nuit à regarder le lac et à écouter de la musique. Je ne serais pas étonné que nous puissions capter une station de Montréal, malgré les montagnes.

C'était à espérer, car personne ne regagnerait son lit avant le lever du soleil.

29

Le policier venu entendre la déposition de Renaud eut la bonne idée d'arriver en fin de matinée : cela lui permit de dormir un peu. Son initiative risquait de valoir une amende salée à Blanchet, et sans doute même quelques jours de prison. Surtout, son séjour à l'Hôtel-Dieu serait peut-être interrompu, son début de carrière profondément perturbé. D'un autre côté, selon toute probabilité, son mentor, le doyen Étienne Pouliot, lui viendrait en aide pour arrondir les angles.

Au début de l'après-midi, alors que toutes les femmes de la maison décidaient de se rendre au centre d'équitation afin de faire des adieux sentis à un grand cheval aux yeux noirs, Renaud accueillit un notaire un peu inquiet. Le carreau remplacé par un morceau de carton demeurait du plus mauvais effet. Dans la pièce qui servait de lieu de travail depuis des semaines, l'homme prit place devant le lourd bureau.

— Comme nous n'avons pas reçu de vos nouvelles plus tôt, le propriétaire a tenu pour acquis que vous voudriez renouveler la location jusqu'à la fin de septembre. Je suppose que votre invitation à vous rencontrer aujourd'hui permettra de régler les détails, commença-t-il.

Il voulait dire que le temps était venu d'encaisser un chèque pour les deux mois suivants.

— Malheureusement, votre client sera déçu. Je n'entends pas prolonger mon séjour dans votre charmant village.

— … Si c'est une question de prix, je pourrais sans doute obtenir une réduction.

— Je n'en doute pas. Je parie que les loyers descendent en flèche depuis deux semaines. Les Juifs qui ne sont pas propriétaires de leur lieu de villégiature doivent trouver que le lac Memphrémagog est meilleur pour leur santé, tout d'un coup. Quant aux chrétiens, ils n'aiment pas nécessairement vivre au milieu des partisans d'Adrien Arcand. À tout le moins, c'est mon cas.

Le notaire resta un moment interdit, puis tenta :

— Mais l'endroit deviendra plus calme sans eux. Vous ne voulez certainement pas nous quitter pour cela…

— C'est pourtant ce qui arrive. Vous pouvez dire au propriétaire de se faire rembourser le loyer perdu, comme le prix de la vitre brisée, par Mgr Bazinet… ou par la « caisse spéciale » que ses sbires sont à constituer. Nous aurons emballé nos choses demain soir. La maison sera vide mardi, 8 août. Je ne vous dois donc rien.

Un petit camion devait emporter quelques effets le lendemain. La famille s'étonnait de tout ce qui avait été apporté à Sainte-Agathe, au fil des semaines. Les vêtements et les personnes entrèrent dans la Packard.

Le retour à Montréal s'effectua en silence : dans une certaine mesure, tous gardaient le sentiment d'avoir été chassés de chez eux. La maison de l'avenue de l'Épée sentait un peu le renfermé. Avec les fenêtres ouvertes toute la nuit, le lendemain il n'y paraîtrait plus. Le matou retrouva ses aises avec plaisir, Nadja plaça la photographie de Fran sur la commode de sa chambre au moment de se mettre au lit.

Dans le salon du rez-de-chaussée, Renaud replaça quelques livres dans les étagères tout en écoutant une station de radio de New York.

— Tu penses te rendre au cinéma demain ? demanda-t-il à sa femme qui parcourait des revues.

— Certainement, pour me rendre compte qu'Émile a pu se passer de moi. Je suis partie inquiète de voir les affaires aller à vau-l'eau pendant mon absence, je reviens encore plus inquiète de constater que cela n'a pas été le cas.

— Tu t'en fais pour rien. Si ton homme de confiance peut te remplacer si facilement, c'est parce que ton entreprise a été bien mise en selle.

— Quelle sollicitude ! plaisanta-t-elle. Tu t'exprimes comme un époux qui désire amener sa femme à New York.

Elle avait affirmé cela en riant, mais la tentation de reprendre tout de suite le collier la tenaillait tout de même. D'un autre côté, le fantôme d'Alfred Côté flottait dans la maison : prendre la fuite vers les États-Unis présentait un certain charme.

Le visage préoccupé de la jeune femme exigeait de véritables explications. Renaud s'arrêta pour la rejoindre sur le canapé et lui dire :

— D'ici quelques semaines, je pense que nous ne serons plus aussi libres de nos mouvements. Autant en profiter quand on le peut.

— Tu veux dire que la guerre…

— Ne tardera plus à éclater, maintenant.

Les articles dans les journaux du monde entier ne laissaient pas de doute à ce sujet : le conflit approchait à grands pas. Chaque jour, la presse évoquait le jeu des alliances, les forces en présence, les progrès dans les armements. Au Québec, alors que circulaient des rumeurs d'élections pour l'automne prochain, tant au fédéral qu'au provincial, députés et candidats multipliaient les assemblées publiques. Chaque fois, les membres de l'Union nationale affirmaient la nécessité pour le Canada de rester neutre, les libéraux insistait sur une participation qui n'irait pas jusqu'à la conscription, les conservateurs proposaient la mobilisation immédiate et sans nuances de toutes les forces disponibles. Cet été de 1939 prenait l'allure d'une longue journée très chaude, avec de lourds nuages d'un noir d'encre se profilant à l'horizon.

— Cela ne saurait durer très longtemps. Contre la France et le Royaume-Uni..., plaida la jeune femme après une pause.

— La dernière fois aussi, c'était contre ces pays. La Russie en plus. Cela s'est étiré sur quatre ans. Depuis quelques mois, les Allemands négocient avec l'Union soviétique. Si le Reich n'est pas menacé du côté de l'est, l'affrontement ne sera pas une partie de plaisir.

Un autre silence pesant s'installa entre eux. Finalement, Virginie abdiqua :

— Tu comptes te rendre chez l'agent de voyages demain matin ?

— Après être passé à la Faculté.

Comme ils entraient dans la maison, l'avocat avait trouvé plusieurs enveloppes sur le plancher de l'entrée. Au moment de les ramasser, la lettre de l'Université de Montréal lui avait donné un pincement au cœur. Un congédiement ? Au contraire, plutôt un chèque couvrant les arriérés de salaire depuis le mois de décembre 1938, de même qu'un mot fort aimable de son doyen le priant de venir le rencontrer. Depuis quelques semaines, l'établissement universitaire se trouvait sous la tutelle du gouvernement provincial. Si celui-ci devait assumer les dettes accumulées, il entendait garder un œil sur les finances de l'institution de haut savoir pour les années suivantes.

Au moment de pénétrer dans le grand édifice de pierres grises de la rue Saint-Denis, Renaud Daigle resta quelques minutes devant un panneau d'affichage. En plus des avis de l'administration de l'université, les annonces pour les chambres à louer et quelques offres d'emploi, les associations étudiantes faisaient la promotion de leurs activités. Au cours de la semaine dernière et de la prochaine, quatre assemblées publiques auraient eu pour thème l'opposition à la conscription. Avec la même assiduité, tous les politiciens libéraux, sur toutes les tribunes, répétaient que jamais le gouvernement fédéral ne se résoudrait à cette extrémité.

Dans la petite pièce qui servait de bureau au doyen de la Faculté de droit, Renaud retrouva son vieux collègue, plus distingué et affable que jamais. Après les salutations, les échanges sur l'été un peu trop chaud pour demeurer confortable, son patron se décida à en venir au motif de son invitation :

— De curieuses rumeurs arrivent jusqu'à nous depuis l'Université McGill. Il semble que vous ayez exprimé le désir de remplacer le constitutionnaliste McPherson, au moment où celui-ci prendrait sa retraite.

— La dernière fois que nous nous sommes rencontrés, une tête de cochon décorait la porte de mon bureau et des collègues avaient discuté avec le recteur dans l'espoir de me faire renvoyer. Dans de pareilles circonstances, j'ai voulu voir si j'avais un meilleur avenir ailleurs.

— Je vous ai dit que la démarche de ces collègues ne donnerait rien.

— Tout de même, mieux vaut avoir une position de repli. Et puis je viens de recevoir six mois de salaire, une bien petite pitance. Je réitérerai donc mon intérêt à McGill. Avec la guerre qui pointe à l'horizon, l'agressivité de mes confrères nationalistes ne faiblira pas, vous le savez. Déjà, je me sens un peu comme un chien dans un jeu de quilles.

Si l'affrontement devait se prolonger, tôt ou tard Renaud figurerait au nombre des conscriptionnistes. Cela ne lui vaudrait certainement pas l'affection des étudiants et des collègues.

— Ou ce sera le contraire, tempéra le doyen. Certains excès de langage et la sympathie pour les régimes politiques des contrées ennemies deviendront dangereux. Au cours de cette période difficile, je ne cache pas que j'aimerais pouvoir compter parmi nous des personnes proches du gouvernement fédéral.

— De toute façon, nous n'en sommes pas là. McPherson semble vouloir établir des records de longévité professionnelle. Aussi, à moins que vous décidiez de ne plus recourir à mes services, en septembre j'ouvrirai de jeunes esprits aux joies du droit constitutionnel. Le jour où un autre employeur me signifiera son intérêt, ce sera à vous de me faire un pont d'or pour me garder.

L'ironie dans la voix du professeur indiquait que ce jour-là, ses attentes seraient vraisemblablement élevées.

Une courte visite chez son agent de voyages permit de réserver une petite suite – voyager à trois rendait nécessaire la présence de deux espaces de sommeil fermés – dans un hôtel respectable de Manhattan. Bien sûr, l'exposition *The World of Tomorrow* se trouvait sur Long Island, mais un train et une station de métro assuraient un accès direct.

Toute la journée du 10 août passa à planifier une nouvelle absence, Renaud dans les pages financières et en conversations avec son courtier, Virginie au Théâtre Outremont, et Nadja dans la cuisine à expliquer à Julietta tous les soins et toutes les attentions à prodiguer à son chat. La bonne et Émile Chiasson auraient eu intérêt à former un syndicat afin de mieux résister au harcèlement de la mère et de la fille.

Le 11 août, la famille prenait le train en direction de New York. Le 12, elle s'extasiait devant le Trylon, une aiguille à trois faces haute de six cents pieds jetée vers le ciel, et la Perishpere, un globe de près de deux cents pieds de diamètre. De l'ascenseur les ayant conduits en haut de la tour, le trio entra directement dans ce globe pour assister à la projection sur le plancher d'images d'une ville du futur appelée Democracity.

Une trentaine de pavillons devaient permettre à autant de pays de mieux se faire connaître des quarante-cinq millions de visiteurs susceptibles de défiler sur les lieux pendant les saisons de 1939 et de 1940. En plus du message politique, l'exposition dont le coût s'élevait à cent soixante millions de dollars, présentait les fantasmes du monde des affaires américains. L'exercice rendait hommage à diverses grandes sociétés, de American Telegraph and Telephone à RCA Victor, en passant par Chrysler et Ford.

Dans le pavillon de la Westinghouse Corporation, la famille Daigle vit la Time Capsule, un cylindre de métal à l'abri de toute corrosion destiné à être ouvert en 6939. Son contenu devait témoigner, auprès des civilisations futures, des réalisations du monde de 1939. Ce long tube contenait des textes écrits par Albert Einstein et Thomas Mann. Cette place donnée à deux personnes de religion juive ayant fui le nazisme avait quelque chose de prémonitoire. De plus, il s'y trouvait des millions de pages sur microfilms représentant les meilleurs ouvrages artistiques et scientifiques, des bandes dessinées, une copie du *Life Magazine*, un paquet de cigarettes Camel, une poupée et un dollar en petite monnaie. Renaud passa un long moment à supputer ce que les archéologues du futur feraient d'un pareil assemblage…

Puis le touriste assista à des prouesses technologiques, comme la transmission d'un fax – un néologisme pour facsimilé : dix-huit minutes étaient nécessaires pour recevoir une page de journal – et la réception d'émissions de télévision. Déjà, quelques privilégiés du Royaume-Uni avaient pu voir des images du couronnement du roi George VI sur des appareils de ce type, car un service irrégulier de diffusion existait depuis 1936 là-bas, de même qu'en Allemagne. Bientôt, les New-Yorkais bénéficieraient de la diffusion d'une programmation quotidienne.

L'avocat se languissait du jour où un service de ce genre serait disponible à Montréal : une fenêtre sur le monde dans son salon. En se regardant l'un l'autre, par écran cathodique interposé, peut-être les peuples auraient-ils moins envie de se déclarer la guerre.

Ce ne fut finalement que le 10 août que Georges Farah-Lajoie trouva un moment pour faire un petit crochet sur la rue Bernard, au bureau du notaire Girard, la personne qu'Arden Davidowicz avait chargée de vendre ses deux propriétés. Cela lui permit de glaner une nouvelle information. Ce ne fut pas sans effort, cependant.

— Le renseignement que vous me demandez est confidentiel. Le secret professionnel. Monsieur Davidowicz a mis sa confiance en moi…

— Je vous comprends très bien et je respecte vos scrupules. L'épouse de monsieur Davidowicz a été assassinée dans sa résidence, à moins d'un demi-mille d'ici. Si l'information que je vous réclame ne se révèle pas utile à l'enquête, je vous assure que personne n'en saura jamais rien.

— … Il a cédé ses biens à une femme, Élise Trudel. Le profit de la vente de la maison et du chalet lui reviendra.

— Je vous remercie, monsieur Girard.

Ainsi, le patrimoine de Ruth Grabowski, tristement mariée, irait à la maîtresse de son époux. Difficile d'imaginer un dénouement plus pitoyable. Une autre vérification demeurait à effectuer pour mettre un point final à cette enquête.

Tout le reste de la semaine, le Procureur général sut accaparer son agent spécial. C'était ennuyeux, tellement la curiosité le tenaillait maintenant, mais impossible de négliger les demandes de la personne qui lui versait un salaire régulier. Le dimanche suivant Farah-Lajoie put enfin se rendre au restaurant *De Gascogne*, sur la rue Notre-Dame. Les notes du capitaine Tessier lui avaient appris le nom du serveur qui s'était occupé de la table réservée par Élise Trudel le dimanche 21 mai : Justin Duchet. Une première visite, quelques semaines plus tôt, lui avait permis de s'assurer de la véracité de l'alibi de Davidowicz.

— Cette fois, expliqua-t-il au garçon étonné, je voudrais savoir si vous êtes en mesure de reconnaître la femme qui se trouvait avec lui.

— Mais… cela fait bien trois mois ! protesta le jeune homme, interloqué. Je ne peux pas me souvenir d'une cliente après tout ce temps.

— Tout de même, cela vaut la peine d'essayer.

Prestement, l'ex-policier sortit de l'enveloppe quatre grandes photographies d'Élise Trudel, pour les étaler sur une table de la salle à manger, à peu près déserte au milieu de l'après-midi.

— Écoutez, je ne saurais vraiment vous dire, après toutes ces semaines.

À la surprise du jeune homme, l'enquêteur parut plutôt soulagé qu'il ne reconnaisse pas cette personne. Un geste vif, comme celui d'un joueur de cartes qui ramasse sa donne, lui permit de reprendre les instantanés, puis il en disposa d'autres en déclarant :

— Nous allons essayer avec ceci, alors.

— … Mais ce n'est pas la même femme ? remarqua le serveur, surpris.

— En effet. Cependant, je pense qu'il s'agit de la personne qui accompagnait Arden Davidowicz. Vous avez reconnu cet homme d'après les photographies que vous a montrées le capitaine Tessier, quelques jours après le crime.

— Des photos de police, je me souviens…

Justin Duchet regardait les nouveaux tirages posés sur la table. Après un moment, il dit avec un sourire :

— Je crois que c'est elle. Elle est plus jolie que la première. Ici, son ventre a pris du volume. Au mois de mai, cela ne paraissait pas tellement qu'elle était enceinte. Toutefois, elle y a fait allusion.

Du doigt, le jeune homme montrait l'une des images de Myriam Davidowicz. Elle se tenait sur un trottoir, son abdomen proéminent gonflait sa robe.

— Vous êtes certain ?

— Pas à cause de ses traits, cela fait trop longtemps… En fait, je ne la reconnais pas vraiment, mais la photographie me rappelle que la cliente se trouvait enceinte. Quand j'ai voulu lui verser du vin, elle a mis la main sur le verre en me disant en riant qu'elle ne voulait pas que son bébé soit alcoolique avant sa naissance.

— Je vous remercie infiniment, monsieur Duchet.

Ses clichés à nouveau dans l'enveloppe, certain de comprendre maintenant ce qui s'était passé le soir du 21 mai, Farah-Lajoie quitta le restaurant. Une fois encaissé le dernier chèque pour cette enquête, il amènerait sa femme manger là : la cuisine paraissait excellente, et le personnel, français, bien sympathique.

— Cette fois ça y est, les dés sont jetés ?

Virginie se trouvait avec son mari à la terrasse d'un restaurant de Saratoga Springs. Après une semaine dans la ville de New York, alors que le futur – enfin, celui imaginé par les grandes entreprises américaines – n'avait plus aucun secret pour eux, la famille avait décidé de rentrer par le chemin des écoliers. La ville d'eau se situait au nord de l'État de New York. Ses excellents restaurants, ses hôtels confortables et une campagne environnante magnifique pouvaient les retenir quelques jours.

— J'en ai bien peur, répondit Renaud après une longue pause.

Au milieu de la table se trouvait le numéro du 23 août du *New York Times*. La première page affichait la nouvelle de la signature du pacte de non-agression entre l'Allemagne et l'Union soviétique.

— Maintenant, continua l'avocat, Hitler peut attaquer la Pologne. Il n'aura rien à craindre de Joseph Staline.

— Tout de même, la France et le Royaume-Uni réaffirment tous les deux jours que dans ce cas ils déclareront la guerre au petit caporal.

— Ces mêmes contrées l'ont laissé récupérer la vallée de la Sarre, annexer l'Autriche, réarmer le Reich, saisir une partie de la Tchécoslovaquie. Le dictateur s'imagine peut-être que la peur de déclencher un conflit meurtrier empêchera une nouvelle fois ces deux pays d'agir.

Virginie échappa un long soupir. L'incapacité de la Société des Nations à maintenir la paix avait été la grande déception de la décennie pour tous les idéalistes comme elle. Aussi, le Japon avait pu multiplier les atrocités en Chine et l'Italie en Éthiopie, tout à fait impunément. Elle se révélerait bien inutile cette fois encore.

— Que faisons-nous ? demanda-t-elle à son époux.

— Demeurons ici jusqu'à dimanche, comme prévu. D'ici là, Nadja aura peut-être enseigné un peu de français à son cheval.

À ce moment, la gamine apprenait à monter à l'anglaise dans une école d'équitation. Son père avait opposé un refus absolu quand elle lui avait demandé de l'accompagner dans les sous-bois. Après tout, à la veille d'entrer au collège classique, elle pouvait certainement galoper quelques heures sans son paternel.

Le train avait pénétré dans la gare du Canadien National, sur la rue Bonaventure, en fin d'après-midi. Avant de monter dans un taxi, Renaud prit le temps d'acheter les journaux de la fin de semaine dans un kiosque. En première page, en très gros caractères, un titre signalait la mobilisation générale de la Belgique. En page deux, l'avocat apprit que le maire Camillien Houde profiterait de la tenue d'un concert en plein air au parc Lafontaine pour prononcer un discours politique.

Sans doute signifierait-il son opposition à toute participation canadienne à une guerre européenne.

Au moment d'entrer dans le domicile de l'avenue de l'Épée, la famille fut accueillie par Julietta. Avertie de leur retour par un coup de fil au départ de Saratoga Springs, elle avait préparé un repas. Nadja abandonna sans vergogne à ses parents la responsabilité de rentrer les bagages pour se précipiter à la recherche de son chat. Fâchée d'avoir été laissée à elle-même pendant deux semaines, la bête, cachée sous un lit, semblait déterminée à bouder tout son saoul.

— Monsieur Daigle, risqua Julietta quand l'homme revint d'avoir porté la dernière valise à l'étage, vous avez reçu une lettre la semaine dernière.

L'enveloppe portait l'adresse de l'envoyeur, Georges Farah-Lajoie. L'avocat déchira le rebord d'un geste impatient. L'enquêteur lui apprenait que le Procureur général l'expédiait pour plusieurs jours dans la région de Québec. À son retour, précisait-il, tous deux devraient se rencontrer afin de conclure leur petite enquête.

En pouffant de rire, Nadja posait le pied sur le bras du fauteuil suivant, puis sur le suivant encore. Elle aurait bientôt traversé tout le cinéma sans toucher le sol.

— Tu vois, ce n'est pas difficile.

Derrière elle, Fran suivait son exemple, hésitante. Toutes deux s'étaient retrouvées dès le matin, et aucune des deux mères n'avait pu résister aux demandes pressantes des fillettes pour passer la journée ensemble. Exactement une semaine plus tard, elles prendraient le chemin de l'école secondaire. Les grandes vacances tiraient à leur fin.

— Mademoiselle Nadja, prononça une voix depuis l'entrée de la salle de cinéma, vous n'êtes pas en train de marcher sur les bras des fauteuils ?

— … Non !

Prestement, les gamines avaient sauté sur le sol, mais la rouquine mentait terriblement mal. Émile Chiasson jugea bon de dire :

— Vous savez que votre mère va m'assassiner si vous vous cassez une jambe alors que je suis chargé de vous garder. En plus, cela ne fait pas de bien au revêtement des sièges.

Nadja trouva préférable de ne pas répondre qu'elle avait pris soin d'enlever ses chaussures. Les adultes avaient du mal à admettre qu'elle était plutôt soigneuse, malgré ses petites bêtises.

Quand Virginie revint au Théâtre Outremont une heure plus tard, de la scène de la salle de cinéma venaient deux voix de fillettes gueulant pour la cinquantième fois « BOUM, quand votre cœur fait BOUM [...] ». Dans l'immense espace vide, l'écho semblait se répercuter sans fin, répétant les BOUM si agréables aux oreilles des enfants. Émile Chiasson se trouvait au bord de la crise de nerfs.

— Vous êtes certaine que vous désirez un autre gamin ? déclara-t-il dès qu'elle entra dans son bureau. Personnellement, je n'en supporterais pas plus d'un ! Non pas que cela risque de m'arriver...

— Ne faites pas votre jeune bougon, vous adoreriez cela, fit-elle en riant.

— Seulement des enfants muets, alors. Et si je vois Charles Trenet un jour, je vais l'étrangler pour avoir écrit cette chanson... Elle fait toujours autant de bruit ? demanda le gros homme après une pause.

La gérante prit place sur la chaise devant le bureau de son assistant.

— Pas du tout. Aujourd'hui elle est contente de revoir son amie et de constater que les choses demeurent comme elles étaient à Sainte-Agathe il y a trois semaines. Toutes deux sont heureuses et en santé, elles nous le disent.

— Ah ! Et elles le disent très fort. Leurs cordes vocales sont certainement en santé... Qu'en est-il de votre affaire urgente ?

— Vous avez tellement bien fait sans moi cet été que je me demandais si, à nous deux, nous ne pourrions pas gérer deux cinémas.

Émile Chiasson s'inquiéta un moment de savoir si elle était sérieuse. Bien sûr, il resterait à convaincre Renaud Daigle, mais si elle le désirait vraiment…

30

Le vendredi 1er septembre, le journal *La Patrie* titrait, en première page, « La guerre ! Hitler attaque ». Le monde basculait dans l'enfer et y resterait pour les cinquante-huit prochains mois. Sous le titre en caractères gras, six photographies montraient des badauds dans la rue, certains devant la Bourse, les autres juste en face des locaux du quotidien, sur la rue Sainte-Catherine. Dans le plus grand calme, mais avec la crainte inscrite sur le visage, tous ces hommes supputaient leur avenir.

En page deux, les Montréalais apprenaient qu'Adolf Hitler avait demandé à son aviation d'épargner les populations civiles… une délicatesse qui ne s'éterniserait pas. Le dictateur avait précisé aussi que s'il venait à tomber sur le champ de bataille – une éventualité bien improbable – Hermann Goering lui succéderait, et après celui-ci Rudolph Hess. L'avenir du Reich qui devait durer mille ans se trouvait assuré pour quelques années.

Quant au Parlement canadien, il se réunirait le jeudi, 7 septembre, en session extraordinaire. En attendant, le pays commençait à mobiliser ses forces militaires. Des ordonnances préparées en 1938 en prévision du déclenchement du conflit entraient en vigueur. Dans une situation de « guerre appréhendée », la *Loi des mesures de guerre*, adoptée à cause de l'affrontement précédent, se voyait mise en application.

Sur le front domestique, chez les Daigle, le samedi fut marqué par une visite au magasin Dupuis Frères. Collèges et couvents recommandaient aux parents d'aller s'y procurer le « costume » scolaire de leurs enfants. L'affluence de tous les retardataires leur fit regretter de ne pas s'en être occupés plus tôt. Puis Renaud entendit pour la première fois parler d'une rumeur, en fin de soirée : un grand cinéma de la rue Saint-Denis, bien situé dans le Quartier latin, risquait de se trouver bientôt à vendre…

Le mardi matin, 5 septembre, au moment de conduire Nadja pour sa première journée au couvent Jésus-Marie, l'atmosphère morose dans la voiture ne tenait pas seulement à la fin des grandes vacances.

— Tu me le promets, tu ne vas pas t'enrôler dans l'armée ? demanda-t-elle pour la dixième fois.

— Non, je ne vais pas m'enrôler.

— Alors pourquoi le ministre Lapointe veut-il te voir ?

— Tu as lu le télégramme comme moi. Je n'en sais pas plus.

La veille, la fête du Travail avait privé de journaux, donc de mauvaises nouvelles, le domicile de l'avenue de l'Épée. Un télégramme arrivé en soirée avait tout de même jeté une certaine inquiétude : il demandait à Renaud Daigle de se présenter au Parlement le lendemain, en début d'après-midi, « s'il voulait se rendre utile ». La France et le Royaume-Uni avaient déclaré la guerre à l'Allemagne le dimanche, 3 septembre. Dans les faits, cela signifiait que le Canada se trouvait en guerre. Bien sûr, comme le pays avait acquis sa totale souveraineté en 1931, le gouvernement devait encore prendre la décision. Toutefois, l'opinion publique canadienne-anglaise ne tolérerait pas que celui-ci opte pour la neutralité. Du côté canadien-français, c'était tout le contraire, la participation risquait d'amener la révolte.

— Mais tu vas tout de même les aider ? s'enquit la rouquine après une pause.

— Oui. Tu sais que les Juifs, et bien d'autres personnes, sont menacés. Je ne peux pas rester à ne rien faire.

Le gouvernement de la Roumanie venait de publier sa politique pour faire « disparaître » les Israélites de la vie intellectuelle, économique, politique et sociale de ce pays. Ce programme ressemblait à celui que le docteur Paul-André Lalonde avait proposé lors de l'assemblée de Saint-Faustin, repris par les poseurs d'affiches de Sainte-Agathe. Ensuite, en toute logique, ne disparaîtraient-ils pas de la vie tout court ? L'antisémitisme s'étendait à toute l'Europe de droite.

L'argument de la protection des Juifs devenait imparable : Nadja lui fit un signe approbateur, puis murmura en ouvrant la portière :

— Sois très prudent !

Puis elle descendit. Une minute plus tard, après avoir grimpé les marches du grand escalier quatre par quatre en refoulant ses larmes, elle entra dans ce qui serait son école pour les huit années à venir.

Quand l'avocat pénétra dans l'édifice du Parlement, après un trajet en train, ce fut pour trouver les lieux dans une agitation tourbillonnante. En plus des députés qui rentraient inquiets et surexcités par les décisions qu'ils auraient à entériner, toute une nuée de profiteurs de guerre venaient à la chasse aux contrats.

Le ministre de la Justice ne se trouvait pas à son bureau. À la place d'Élise Trudel, une jeune femme faisait office de secrétaire. L'attente ne parut pas bien longue, le visiteur entra dans la pièce sur les pas de Lapointe, qui fit remarquer :

— Maurice Duplessis possède le sens de l'à-propos. Parler de déclencher des élections au moment où nous nous retrouvons en guerre !

— Mais vous me disiez vous-même en mai vouloir le conduire à cette extrémité.

— Je sais, mais alors je ne pensais pas que ce serait au moment de l'entrée dans le conflit de nos alliés. Il fera campagne en affirmant que la participation aux combats mènera tout droit à la conscription.

— Et vous, que jamais le Parti libéral ne votera la conscription.

Le ministre avait pris place derrière son bureau, Renaud sur une chaise en face de lui.

— Mais je ne vous ai pas fait parcourir tout ce trajet pour parler de l'élection provinciale, que nous allons gagner. Êtes-vous prêt à donner un coup de main pour l'effort de guerre ?

— Cela dépend de la fonction. Pas dans l'armée, j'ai déjà donné.

Jamais il ne manquerait à son engagement envers sa femme et sa fille... sans compter que les journaux multipliaient les avis à l'effet que le recrutement se limiterait aux jeunes hommes en excellente santé et dotés de connaissances techniques. À ces deux chapitres, il ne se qualifiait pas.

— Non, rien d'aussi admirable. Nous avons formé un Comité de l'information, composé de quelques députés, en plus de conseillers juridiques. Vous êtes toujours résolu à ne pas briguer les suffrages ? La fonction que j'ai en réserve pour vous ne vous rendra pas populaire.

— Je ne suis pas assez bon vendeur pour cela. Quel est le lien entre cette question et votre comité ?

— Celui-ci s'occupera de la censure...

Bien sûr, au début d'une guerre qui pouvait se prolonger, le premier souci était d'affermir la volonté de la nation. Le contrôle de l'information empêcherait les voix discordantes de s'exprimer. Cette mission n'avait rien d'élégant, mais il fallait l'effectuer.

— Vous voulez que je conseille le Comité au sujet de la liberté d'expression, pour prévenir les excès ? Je ne suis pas spécialiste du sujet...

— Ce Comité dirigera les travaux du Bureau de la censure. L'homme chargé de la publicité au Canadien National, Walter Thompson, va en assumer la direction. J'ai besoin d'un directeur adjoint de langue française. J'ai pensé à vous.

— Oh !... C'est trop de bonté.

Le détenteur de cette responsabilité ne se gagnerait aucun ami chez les Canadiens français. Les premières victimes d'un service de censure seraient les milieux fascistes, bien sûr, mais les nationalistes ne tarderaient pas à recevoir une part de son attention.

— Vous savez que je suis à l'emploi de l'Université de Montréal.

Dire qu'au début du mois d'août l'avocat évoquait avec un certain plaisir l'idée de quitter ce travail mal payé. Maintenant, il voulait l'utiliser comme prétexte pour se dérober.

— Je ne pense pas que vous serez occupé à plein temps. De toute façon, vous donniez ce cours de droit constitutionnel quand je vous ai connu. Les choses ne changent pas assez vite dans ce domaine pour que vous ayez à le mettre à jour bien souvent. Les deux activités pourront être menées de front et les deux salaires, touchés simultanément.

Pendant un moment, Renaud contempla le bout de ses doigts. Impossible de se dérober, autrement toutes les personnes qu'il avait sermonnées ces dernières années avec l'importance de s'opposer aux nazis se moqueraient de lui.

— J'accepte. Quand devons-nous commencer ?

— Demain matin, présentez-vous à l'hôtel Windsor, à Montréal. Pour l'instant, le Bureau de la censure occupera deux ou trois chambres. Déjà, Thompson se trouve à pied d'œuvre. La première tâche est de donner des directives aux stations de radio. La communication en direct dans ce genre d'entreprise va nous causer bien des soucis.

Évidemment, lire les épreuves d'un journal permettait d'en empêcher la parution si le contenu faisait problème. Avec la radio, si quelqu'un s'autorisait des déclarations contraires à l'effort de guerre, les censeurs l'apprendraient en même temps que les auditeurs.

— Je craignais de devoir argumenter un peu plus longtemps. Il me reste donc une minute ou deux pour les commérages. Vous savez qu'Arden Davidowicz est rentré en Pologne ?

— … Je savais qu'il allait en Europe.

— Parti depuis près d'un mois. Il a écrit à ses collègues de religion juive être arrivé à Varsovie, pour s'enrôler dans le service médical de l'Armée polonaise. Nous tiendrons une élection complémentaire cet automne, pour le remplacer.

— Je ne crois pas qu'il existe un plus mauvais endroit où se trouver sur toute la planète, ces jours-ci.

Cette fidélité à son pays d'origine étonnait Renaud. Il fallait un bien grand courage pour se précipiter comme cela dans la tourmente.

— Et, ceci expliquant sans doute cela, Élise Trudel m'a demandé de revenir à l'emploi du gouvernement, à Ottawa.

— Et remplacer la dame au physique ingrat qui occupe votre antichambre ?

— Impossible. Après s'être montrée au bras de son amant, cela ferait trop jaser. Toutefois, j'ai pu lui dénicher un poste au ministère de la Défense. Quant à sa remplaçante, j'ai essayé de trouver quelqu'un qui ne tournerait pas la tête de mes députés. Ce que j'ai perdu en efficacité, j'espère le regagner en paix de l'esprit. Maintenant, je vous chasse.

Quatre ou cinq heures de train pour participer à une entrevue de quinze minutes ! Au cours des prochaines années, cela se produirait souvent, avec cet homme ou avec son successeur.

— T'occuper de la censure, vraiment? Une curieuse mission pour le propriétaire d'un, peut-être deux cinémas, remarquait Virginie, plutôt amusée.

— Les femmes de ma vie ne voulaient pas que je me fasse tirer dessus. Maintenant, au pire, je vais me mériter des invectives. Si tu te mets en tête de projeter encore *Le Triomphe de la volonté* au Théâtre Outremont, tu auras affaire à moi.

En réalité, à demi allongée sur le canapé, son épouse se trouvait bien soulagée. Comme sa fille, elle avait craint de le voir revenir avec un uniforme sur le dos. Son mari se présentait plutôt à elle sous le jour d'un fonctionnaire de moyenne stature, chargé d'une tâche pas très gratifiante, mais nécessaire en temps de guerre. Sauf en de rares occasions, il serait de retour à la maison tous les soirs à l'heure du souper ! Au pire, l'avocat serait conspué par les nationalistes, mais cela, il y arrivait très bien sans occuper la moindre responsabilité officielle.

Rassurée elle aussi d'avoir un père travaillant pour le Bureau de l'information – celui-ci avait réalisé sa première œuvre de censure en adoucissant le nom du service pour les oreilles filiales –, Nadja était allée se coucher un peu moins fébrile. Il ne lui restait plus qu'à s'inquiéter de son intégration dans une immense école secondaire, au sein d'une classe de trente-cinq gamines dont la plupart auraient leurs premières règles avant la fin de l'année scolaire. Cela aussi représentait tout un défi.

Walter Thompson affichait la fausse jovialité d'un responsable de la publicité au sein d'une grande entreprise. Il entendait vendre la censure comme, une semaine plus tôt, il vendait des forfaits de vacances dans les Rocheuses. Dès le matin du 6 septembre, Renaud Daigle se trouva plongé dans la rédaction des règlements qui seraient destinés aux stations de radio. À Montréal, il s'affairait derrière un bureau installé dans une chambre de l'hôtel Windsor, chambre qui avait été débarrassée de son lit et de sa commode, chanceux de ne partager la pièce qu'avec une secrétaire.

Un peu avant midi, un Georges Farah-Lajoie essoufflé passa la tête dans l'embrasure de la porte en disant :

— Je vous découvre enfin. Je me suis présenté à votre domicile, à l'université, puis en désespoir de cause au Théâtre Outremont.

— Puisque vous m'avez trouvé, vous connaissez encore les ficelles du métier de détective. Quelles sont les nouvelles de la capitale provinciale ?

— La ville demeure toujours petite, charmante, et surexcitée à cause du déclenchement prochain des élections. Je peux vous dire un mot ?

L'enquêteur avait jeté un regard du côté de la jeune femme qui, pour ne rien perdre de la conversation, avait ralenti considérablement son rythme au clavier de la machine à écrire.

— Bien sûr. Mieux vaut descendre à la salle à manger, il est presque l'heure… L'homme ajouta en se levant : « À cet après-midi, mademoiselle. »

La secrétaire lui rendit son salut en dissimulant sa frustration. Depuis le matin, elle mettait toutes ses énergies à en connaître le plus possible sur ce grand personnage à l'air emprunté qui lui était tombé du ciel en guise de patron, pour aller de déception en déception. Marié, père de famille, il ne buvait jamais de café, seulement du thé. Avec tous les jeunes hommes qui risquaient de s'embarquer pour l'Europe, les prochaines années promettaient d'être longues pour les femmes célibataires, s'il ne restait plus que des sybarites pareils à Montréal.

Quelques minutes plus tard, de part et d'autre d'une table située dans un coin tranquille de la salle à manger, Farah-Lajoie rendait compte des dernières péripéties de son enquête. Quand il se tut, Renaud fit remarquer :

— Son alibi tient toujours.

— Celui de Davidowicz, oui. Mais pas celui d'Élise Trudel. De plus, on peut dire que celle-ci profite du crime. Les deux propriétés, cela doit représenter un sacré magot.

L'avocat réprima la protestation qui lui venait à l'esprit. À la place, il demanda d'une voix qu'il voulait neutre :

— Comment les choses se sont passées, d'après vous ?

— Les deux ont conspiré : ce meurtre est un travail d'équipe. Élise Trudel a effectué des réservations à son nom,

Davidowicz est allé au restaurant avec sa sœur. Pendant ce temps, elle se présentait sur la rue Davaar une perruque sur la tête, un imperméable et une robe de mauvaise qualité sur le dos. Ou elle portait un coussin sur le ventre pour se grossir, ou les vêtements tombaient particulièrement mal. La voisine ne s'engage pas plus loin qu'admettre que ce pouvait être elle.

— Ce qui veut dire que cela pouvait être quelqu'un d'autre ! Pour le moment, vous n'avez ni témoin ni preuve matérielle, protesta l'avocat, n'y tenant plus.

L'enquêteur posa sa fourchette pour prononcer tout doucement :

— J'ai une femme qui nous a menti sur son occupation le soir du 21 mai. Comme par hasard, la même personne tire tous les avantages du meurtre.

— Pas tous. Son amant a disparu en Pologne.

Renaud épuisait ses arguments, mais son ton devenait de plus en plus las. L'évidence s'imposait à lui.

— Vous voyez, en m'adressant à son père, à sa sœur, puis en lui rendant visite, j'ai mis de la pression sur Davidowicz. Puis j'ai pris la photo de sa maîtresse. Il savait très bien que je vérifiais à nouveau son alibi. Un retour précipité vers son pays natal, à la veille de la guerre, lui paraissait plus noble qu'une accusation de meurtre. Maintenant, il se révèle l'homme qui a volé au secours de la défaite. Au moment de son départ, il ne devait pas imaginer la conflagration aussi proche. Cela ne change rien à la réalité : il est en fuite.

— Mais Élise… Cela n'a pas de sens. Rappelez-vous les coups de poignard dans les parties génitales, la croix gammée sur le ventre…

— Et les lettres de menace. Très clairement, tout a été planifié pour faire croire à un meurtre haineux. Mais ces coups de couteau ont été portés faiblement, la croix gammée a été tracée par de simples estafilades. J'ai vu assez de corps mutilés par des personnes qui haïssaient leurs victimes pour reconnaître une mise en scène. Croyez-moi, quand c'est pour de vrai, cela ressemble à une véritable boucherie.

Comment imaginer Élise Trudel, la secrétaire très efficace du ministre de la Justice, sonner à la porte, se présenter sous un faux prétexte, se laisser conduire dans un petit salon où, subrepticement, elle aurait logé une balle dans la nuque de son hôtesse ? Et plus grotesque encore, la même femme se précipitant à la cuisine pour revenir avec un couteau et s'en prendre au cadavre ? Le premier sentiment de l'avocat était de croire qu'aucune femme ne pouvait se livrer à de pareilles actions. Encore moins une personne qu'il avait appris à estimer !

— Que proposez-vous de faire maintenant ? demanda-t-il d'une voix blanche.

— Vous vous souvenez, vous êtes l'employeur ? Vous proposez, j'exécute.

Bien sûr, Farah-Lajoie ne prendrait pas d'initiative. Le seul aspect vraiment agréable de la vie de détective privée résidait justement dans le fait que les décisions délicates relevaient d'autrui.

— Quelle sera la prochaine étape ? demanda Renaud.

— Rencontrer Myriam Davidowicz, dame Laliberté maintenant. Le serveur a cru la reconnaître, mais cela demande confirmation. Nous irons lorsque vous aurez terminé votre tasse de thé. Ensuite, si mon hypothèse est confirmée, je tenterai d'interroger Élise Trudel. J'aimerais, dans les circonstances, jouir des mêmes pouvoirs qu'un policier, et posséder un mandat pour fouiller son logis. Elle doit bien en posséder un, en plus de ceux de son amant ?

— ... Elle logeait sur la rue King Edward, à Ottawa. Comme Lapointe m'a dit qu'elle occupe un emploi dans cette ville, peut-être y réside-t-elle encore. Mais qu'espérez-vous trouver ?

— Un imperméable qui lui sied mal, selon la voisine de la rue Davaar, une robe fleurie, une perruque, un pistolet.

Parce que ce meurtre a été planifié avec soin, je ne doute pas que ces pièces à conviction aient été détruites. Cependant, ce que je préférerais, c'est rédiger un texte plein de « t » et de « m » sur son clavigraphe.

L'usage de ce mot démodé trahissait l'âge de l'ex-policier. L'avocat essaya de se remémorer sa visite dans le petit logement de la Côte-de-Sable, à Ottawa, le lendemain du crime. À la fin il conclut :

— Je ne me souviens pas d'avoir vu une machine à écrire dans l'appartement. Peut-être dans la chambre… Elle en utilisait une au travail.

— Et je suppose qu'elle se trouvait souvent seule dans son bureau. Nous y allons ? Mon auto est tout près, je vous ramènerai ici ensuite, sans faute.

L'enquêteur présumait qu'une jeune femme aussi sérieusement enceinte que Myriam Davidowicz ne pouvait s'absenter de la maison. Quand la sonnette retentit dans le petit appartement de la rue Saint-Hubert, elle se trouvait dans la cuisine, en train de laver la vaisselle de son dîner. Avec son ventre qui avait pris des proportions considérables, elle mit un certain temps pour atteindre l'entrée. À la vue de Farah-Lajoie, le sang se retira d'un coup de son visage.

— Madame Laliberté, je m'excuse de vous déranger encore une fois. Je vous présente mon collègue, Renaud Daigle, qui enquête avec moi sur la mort de Ruth Davidowicz. Nous aimerions vous poser encore quelques questions.

— … Je ne sais rien de plus que la dernière fois.

L'avocat se sentait terriblement mal à l'aise de se trouver là, conscient que cette jeune épouse, enceinte jusqu'aux yeux, pouvait s'effondrer devant lui.

— Madame Laliberté, je sais que ce n'est pas tout à fait vrai. Laissez-nous entrer une minute. Vous ne risquez absolument rien, je vous l'assure.

Hébétée, elle se tassa de côté pour leur permettre de passer. L'ex-policier se dirigea tout droit vers le petit salon, invita la jeune femme à prendre place sur le meilleur fauteuil, s'assit près d'elle et commença, de la sollicitude dans la voix :

— Je vais vous dire ce que je sais. Si je me trompe, reprenez-moi. Si j'ai raison, contentez-vous de garder le silence. Le soir du 21 mai, vous vous êtes rendue au restaurant *De Gascogne* avec Arden. Sans doute est-il venu vous chercher ici. Le serveur a reconnu votre photo, il s'est souvenu de vous parce que, enceinte, vous avez refusé de prendre du vin.

Myriam Laliberté resta coite, les yeux clos, des larmes sur les joues.

— La table avait été réservée par Élise Trudel, la maîtresse de votre frère. Cela devait servir à les innocenter tous les deux. Le lendemain, ou le surlendemain, quand les journaux ont donné l'heure de la mort, vous avez compris. Mais comme il s'agissait de votre frère, vous n'avez pas osé me le dire, lors de ma première visite.

— Ce n'est pas lui. Elle l'a tuée. Ce soir-là, il était avec moi.

Le désir de disculper son frère l'amenait à charger sa compagne. Toutefois, si la femme avait pressé la détente, à moins d'une confession, il serait impossible de savoir qui avait eu l'idée en premier.

— Que m'arrivera-t-il ? Le bébé… commença-t-elle.

— Il ne va rien vous arriver. Vous avez été utilisée. Les jours suivants, aucun policier ne s'est occupé de vous interroger. Vous n'êtes complice de rien. Ne vous inquiétez pas.

— Mais moi, j'aurais pu avertir la police. Puis, la première fois, je vous ai menti.

— La police aurait dû vous rencontrer. Elle ne l'a pas fait. Vous connaissez quelqu'un qui pourrait venir vous tenir compagnie, cet après-midi ?

La mine désespérée de la future parturiente préoccupait les deux hommes.

— …

— Je ne vous laisserai pas seule, ce ne serait pas prudent dans votre état. Je peux téléphoner à une parente, une voisine, une amie…

— Ma belle-sœur…

La jeune femme donna le numéro de téléphone, Farah-Lajoie se déplaça dans la cuisine afin de l'appeler. Devant une femme enceinte devenue trop pâle, un peu haletante, les yeux résolument clos, Renaud Daigle acceptait lentement l'évidence : l'enquêteur avait raison.

— Elle arrivera dans quelques minutes, déclara doucement Farah-Lajoie. Voulez-vous que je vous aide à vous rendre à votre chambre ?

— … Non, je l'attendrai ici.

— Moi et mon collègue allons demeurer dans la cuisine jusqu'à son arrivée.

L'avocat se leva, heureux d'échapper au désarroi de cette dame. Cinq minutes plus tard, après avoir ouvert à une visiteuse inquiète, les deux hommes se hâtèrent de regagner la voiture. Au moment où l'enquêteur démarra, Renaud déclara :

— Je compte me rendre à Ottawa samedi prochain. Le vote sur la participation à la guerre aura lieu ce jour-là. Je tiens à en être témoin, cette guerre sera pire que la dernière. Désirez-vous m'accompagner ?

— Entendu. J'en profiterai pour essayer de voir votre amie. J'espère seulement que notre intervention d'aujourd'hui ne l'enverra pas en Pologne, ou ailleurs, elle aussi.

Ce que l'enquêteur voulait dire, c'était que la moindre indiscrétion ferait sans doute fuir le gibier. Comme lui ne révélerait rien, les confidences ne pourraient venir que de son employeur ou de la jeune femme dont il craignait d'avoir accéléré un peu l'accouchement.

Dans les pages du *Devoir*, le rédacteur Omer Héroux multipliait les invitations à la prudence à l'intention des politiciens fédéraux. Pour lui et ses collègues du journal nationaliste, la meilleure politique face au conflit était l'abstention, à la manière des États-Unis. Autrement, ce serait risquer de précipiter les francophones contre les anglophones, comme pendant la Grande Guerre. Même avec ses nouveaux yeux de censeur, Renaud ne trouvait rien à dire contre cette analyse : le journaliste avait sans doute raison. Le périodique lui apprit aussi la tenue d'une réunion le soir même au Monument national, pour protester contre l'entrée en guerre du Canada.

Une fois encore, l'avocat gara sa Packard le long du trottoir, sur la rue Saint-Laurent, en diagonale de la salle de spectacle. Après avoir versé les quelques cents que coûtait l'admission, il se dirigea vers le balcon. Cette fois aussi, l'auditoire se composait de notables de la communauté de langue française, assez âgés pour se souvenir de la crise de la conscription de 1917, et de jeunes gens, étudiants ou fraîchement diplômés. Ceux-là trahissaient la plus grande fébrilité : si jamais on en arrivait à l'enrôlement obligatoire, à moins de souffrir d'une quelconque tare physique – les pieds plats seraient perçus comme une bénédiction pendant les années à venir –, ils en seraient les premières victimes.

Sur la scène, André Laurendeau joua encore une fois au maître de cérémonie, affichant sa nervosité habituelle.

— Depuis quelques jours, commença-t-il, l'Europe est plongée dans l'horreur de la guerre. Les hordes nazies sont sur le point de compléter la conquête de la Pologne. Une douzaine de navires marchands ont été coulés par les sous-marins, sans compter l'attaque contre l'*Athena*, un paquebot de la Cunard, sans doute victime d'une torpille.

Les journaux ne parlaient que de ce navire chargé de civils, attaqué lâchement, cela d'autant plus que des Canadiennes françaises se trouvaient à bord. Heureusement, aux dernières nouvelles, elles ne figuraient pas parmi la centaine de victimes.

— Le gouvernement canadien, continua l'orateur, semble déterminé à nous précipiter dans cette guerre. Dès le premier jour, le premier ministre King mettait toutes nos forces à la disposition du Royaume-Uni.

Le politicien avait cependant ajouté dans ses déclarations qu'il ne demandait pas aux Canadiens de s'enrôler massivement dans l'armée, compléta Renaud mentalement. En fait, le nombre de volontaires dépassait largement les besoins, la majorité de ceux-ci se voyaient rejetés. Le premier ministre voulait mobiliser surtout les effectifs industriels et agricoles. Les nouvelles du front semblaient étrangement positives. La veille, *La Patrie* portait en lettres énormes en première page « Les Français ont pénétré en Allemagne », et le matin même « Une victoire des Anglais sur l'armée aérienne allemande ». Cela cadrait mal avec les pages intérieures, qui expliquaient combien la victoire paraissait écrasante contre la Pologne. Hitler faisait le gros dos devant les attaques menées contre lui à l'ouest, le temps de régler la situation à l'est.

— Comme si nous étions toujours une colonie, nous nous mettons à la disposition de nos maîtres. Pourquoi ne pas nous comporter comme un territoire souverain et décider de nous abstenir de participer à une conflagration qui ne nous regarde pas ? Roosevelt a réaffirmé la neutralité de son pays pas plus tard que ce matin !

Franklin Delanoe Roosevelt affrontait une formidable hostilité de l'opinion publique américaine à l'égard de la participation à la guerre, même si personnellement il penchait vers un soutien aux contrées démocratiques européennes qui faisaient face aux dictatures. Aussi prendrait-il toutes les décisions possibles pour aider les alliés, sauf celle d'engager militairement son pays dans le conflit.

André Laurendeau venait de poser en quelques phrases la base de son différend idéologique avec Renaud Daigle. Pour l'avocat, il ne s'agissait pas d'une querelle entre pays d'Europe, mais d'une gangrène intellectuelle qui, si on lui laissait libre cours, tuerait tout l'héritage humaniste des derniers siècles. Ses compatriotes se perdaient dans la contemplation de leur petit nombril tribal, pour clamer que le conflit ne les concernait pas ! Les nazis avaient commencé leur règne par des autodafés de livres et des persécutions envers les intellectuels. Albert Einstein et Thomas Mann se trouvaient tous les deux aux États-Unis pour participer à une exposition universelle érigée à la gloire du capitalisme, menacés de mort dans leur contrée d'origine. L'Allemagne avait comme ministre de la Propagande un homme qui déclarait, lorsqu'il entendait le mot culture, ne connaître qu'une envie, celle de sortir son pistolet. Un régime pareil présentait une menace pour la terre entière !

André Laurendeau, sur la scène, termina son petit sermon abstentionniste. Comme la veille lors d'une réunion au marché Saint-Jacques, comme le lendemain ou le surlendemain au marché Bonsecours ou au parc Lafontaine, les ténors du mouvement national, pour la plupart de droite, se succédèrent après lui. Chaque fois, les mêmes personnages en faisaient les frais : Paul Gouin, animateur du groupuscule de l'Action libérale nationale après son divorce avec Maurice Duplessis ; René Chaloult, élu sous la bannière de l'Union nationale en 1936, candidat libéral en 1939, député nationaliste plus tard ; Gérard Picard, président de la Confédération des travailleurs catholiques du Canada ; Gérard Filion, président de l'Union catholique des cultivateurs ; François-Albert Angers, professeur à l'École des hautes études commerciales. Tous convaincus qu'il valait mieux pour les Canadiens français regarder l'avancée des nazis en Europe depuis le confort de leur foyer.

À la fin de la soirée, ce ne fut pas par hasard que Renaud Daigle rencontra André Laurendeau : il l'avait cherché dans les coulisses. En lui posant la main sur l'épaule, il murmura à son oreille :

— J'aimerais m'entretenir un moment avec le directeur de la revue *L'Action nationale*. Je crois que vous occupez toujours ce poste.

— ... Monsieur Daigle, si c'est pour me proposer de devenir membre de notre mouvement, nous avons déjà joué à ce jeu. Je préfère m'abstenir, cette fois.

— Mais il ne s'agit plus d'un jeu. Nous sommes présentement régis par la *Loi des mesures de guerre*. Si vous me prêtez la clé du petit local sous l'escalier, j'irai vous attendre là.

L'autre hésita un long moment, puis chercha dans sa poche une clé pour la lui donner. Après quelques minutes d'attente, assis sur la même chaise que lors de sa première visite, il vit André Laurendeau arriver flanqué d'Anatole Vanier.

— Je constate que cette fois monsieur Pouliot ne se trouve pas avec vous, commença-t-il.

— ... Il ne se sentait pas très bien, plaida Laurendeau.

— Sans doute l'abus de la tête de porc...

Devant les yeux chargés d'incompréhension des deux hommes, l'avocat continua :

— Ma femme me dit de cesser de faire des blagues que je suis le seul à comprendre. Toutefois, si vous la répétez au doyen Pouliot, lui saisira très bien l'allusion. Vous devriez vous asseoir.

Laurendeau et Vanier se consultèrent du regard, surpris de se faire traiter en visiteurs dans leurs propres locaux. Quand ils eurent pris place sur les chaises en face de l'avocat, celui-ci abandonna son ton badin et commença :

— Je suis heureux de constater que le livre *La Réponse de la race* ne se trouve plus sur vos tablettes. Croyez-moi, pour quelque temps des lectures de chevet de ce genre se révéleront plus compromettantes que *L'Amant de Lady Chatterley*, ou même les œuvres complètes de Restif de La Bretonne. Je viens vous dire un mot à titre de responsable francophone du Bureau de la censure. Prenez garde de ne rien publier qui pourra être interprété comme favorable à l'ennemi. Ce sera facile : évitez simplement de déclarer votre admiration pour les pays fascistes. De plus, lors de petites soirées comme celle-ci, n'invitez que des conférenciers qui ont un cerveau. Par exemple, un type qui déclame des extraits du *Protocole des sages de Sion*, comme l'autre fois, cela ferait mauvais genre. Enfin, des discours ou des écrits défavorables à l'effort de guerre ne vous rendraient pas service.

— Mais vous êtes en train d'établir une dictature tout en prétendant être engagé dans une croisade pour défendre la liberté… Car c'est la prétention de votre gouvernement…

— Mon cher collègue Vanier, je suppose que vous parlez de la dictature de la majorité canadienne-anglaise qui s'exerce sur la minorité canadienne-française ? Votre ami, monsieur Laurendeau, est allé en Europe il y a un ou deux ans pour célébrer ses épousailles. Il pourra vous expliquer ce que sont les régimes du Portugal, d'Espagne, d'Italie, d'Autriche avant ou après l'*anschluss*, d'Allemagne. Dans l'un ou l'autre de ces pays, je me serais amené ici avec des hommes en uniforme noir, et vous vous trouveriez déjà dans une cave à goûter une médecine musclée, pour finir suspendu à un crochet de boucher. Moi, je me présente à vous en ami et en collègue, pour évoquer les règles que nous sommes à préparer. Elles vous laisseront une liberté de parole dont ne jouit présentement aucun Allemand.

Une nouvelle pause se prolongea de longues secondes, puis André Laurendeau prit le relais pour répondre d'un ton plus posé :

— Nous vous remercions de vous être déplacé pour nous donner ces conseils. Nous en ferons bon usage, soyez-en certain.

— Je suis heureux de l'entendre. Sur ce, je vous souhaite le bonsoir. La journée a été épuisante.

— Elle a fait cela !

Renaud Daigle était rentré dans une maison silencieuse, mais Virginie attendait son retour au lit, un roman à la main. En enlevant ses vêtements, son mari lui avait relaté sa visite chez Myriam Davidowicz.

— Cela me semble tellement difficile à croire, expliquait le mari. Tu sais, si je ne t'avais pas rencontrée…

— Tu aurais fait ce qui allait de soi pour sa famille, épouser Élise. Tu serais ministre aujourd'hui, plutôt que d'endurer une femme qui te turlupine pour te faire acheter un autre cinéma.

— Ou alors elle m'aurait mis une balle dans la tête à la première de mes excentricités.

— Ah ! Pour ça, j'ai du mérite.

L'humour sonnait tout à fait faux. Au moment de se coucher, sur un ton sérieux, l'homme continua :

— Farah-Lajoie, tout comme la sœur Davidowicz, en sont convaincus. Tu sais ce qui me donne froid dans le dos ? Pas le meurtre, ce genre de chose est si facile, des millions d'individus vont s'en rendre compte dans cette guerre. La froideur de la machination, ce médecin qui vient me voir à la maison…

— Il ne pouvait tout de même pas savoir que j'irais le consulter quelques jours plus tôt ! l'interrompit Virginie.

— Je suppose qu'il s'agit d'un heureux hasard. Sans doute aurait-il frappé à la porte de toute façon, puisqu'Élise avait déjà pris le rendez-vous pour moi auprès de Lapointe. Ou il aurait téléphoné. Quelles étaient les chances pour que je refuse de rencontrer un député libéral désireux de me parler ?

— Nulles.

Littéralement, le gouvernement le faisait vivre. À moins d'une obligation incontournable, Renaud ne se serait pas dérobé.

— Il m'a quitté pour aller établir son alibi grâce au souper avec sa sœur. Au même moment, déguisée, Élise attendait à un demi-mille, tout au plus à un mille, de notre maison, préparant son coup. Et le lendemain, elle pleurnichait pour que je lui apporte mon aide... Pourquoi diable tenait-elle à me mêler à tout cela ?

Cela demeurait bien le plus mystérieux, dans toute cette affaire. N'importe quel criminaliste aurait mieux valu.

— T'ai-je déjà dit que je te trouvais naïf?

— Au moins une fois par mois depuis 1925. Moi, je me considère plutôt cynique.

— Lors d'un lunch au restaurant de Belson dont tu ne m'as jamais parlé, que t'a-t-elle reproché, au juste ?

Devant le grand guignol des relations entre adultes, Nadja se révélait une observatrice redoutable. Son récit des événements à sa mère n'avait pas dû être piqué des vers.

— Presque rien, et ce fut dit avec bien des sous-entendus. Je serais responsable de la mort prématurée de son père, de la ruine de sa famille pendant la crise, une conséquence du premier événement, de l'émigration de son frère aîné à Boston et du fait que ses jeunes frères peu talentueux n'ont pas reçu une sinécure bien payée au sein du gouvernement libéral.

— Tout cela parce que tu as mis en évidence le rôle de son frère aîné dans une sombre histoire de meurtre, à la suite d'un viol sordide.

— Un bien petit rôle.

— Dissimuler les coupables d'un crime pareil à la justice, c'est pour toi un petit rôle ? Nadja peut dormir tranquille, tous ses mauvais coups passeront certainement pour des peccadilles aux yeux de son paternel !

Elle le regardait, animée d'une furieuse envie de rire. Se pouvait-il que la personne chargée par Bronfman de tirer l'affaire au clair soit la seule à ne pas voir la vérité ?

— Elle aurait décidé de me mêler à tout cela pour prendre sa revanche sur la première fois ? Juste pour me montrer qu'elle demeure la plus forte ?

— Pourquoi pas ? Comme ce soir tu es allé visiter les nationalistes pour te venger des petites misères dont tu as été l'objet cet été.

Au fond, sa visite au Monument national tenait bien de cela ! Implicitement, il l'admit en remarquant :

— … Étienne Pouliot ne se trouvait même pas là. À tout le moins, son chien de poche, André Blanchet, a dû demander à sa maman de teindre sa chemise noire d'un beau rose tendre, en attendant de passer devant le tribunal… La Gendarmerie royale s'occupe déjà de rechercher Adrien Arcand.

— Et tu prétends ne pas comprendre le plaisir qu'elle a eu à quémander ton aide pour son amant ?

— Mais elle s'est fait prendre ! C'est la chose la plus stupide qui soit.

Virginie se tourna sur le côté en réprimant son fou rire, passa la main sur la joue de son mari en le contemplant de ses yeux verts.

— Tu sais, tu es beau, grand, généreux, habile en affaires, un adorable père. Toutefois, comme détective, à part être plus séduisant qu'Hercule Poirot, tu n'es pas très fort. Depuis le début du mois d'août, tu résistes à l'évidence et ce pauvre Farah menace de te rendre son tablier afin que tu l'autorises à continuer. Alors oui, Élise Trudel a pu penser te berner. Comment pouvait-elle savoir qu'un millionnaire te permettrait de mettre le meilleur policier de Montréal sur l'affaire ?

Pendant un gros trois minutes, Renaud se sentit terriblement vexé. Puis il demanda, mielleux :

— Tu crois vraiment que je suis plus sexy que Poirot ?

31

Désireux d'assister à un vote historique et tenaillé par l'envie de discuter avec Ernest Lapointe, Renaud Daigle monta dans le train pour Ottawa dès six heures, le samedi matin. Retardé par des obligations familiales, une chose susceptible d'arriver à un père de sept enfants, Farah-Lajoie se dirigea vers la capitale fédérale trois heures plus tard. Aussi, au moment de son départ, Renaud se trouvait déjà dans les galeries de la Chambre des communes.

Sous ses yeux, les députés débattaient du discours du trône prononcé le jeudi précédent, qui demandait aux élus d'entériner les mesures déjà prises pour assurer la défense du Canada. Deux représentants libéraux identifiés au mouvement nationaliste, Liguori Lacombe, de Deux-Montagnes, et Wilfrid Lavoie, de Québec-Montmorency, proposèrent que le Canada s'abstienne de toute participation. La mesure ne fut pas mise aux voix, faute de pouvoir recueillir l'appui nécessaire de la part de cinq députés. Le second de ces élus avait écrit au premier ministre King quelques mois plus tôt pour lui dire que l'acceptation au pays d'un seul réfugié juif du navire *Saint-Louis* entraînerait des émeutes dans la province…

Ensuite, le ministre de la Justice, Ernest Lapointe, commença un long discours sur la nécessité, pour le Canada, d'apporter son soutien aux alliés. Au moment où Renaud leva les yeux, ce fut pour apercevoir, de l'autre côté de la galerie réservée aux spectateurs, Élise Trudel, un regard glacé fixé sur lui. D'un seul coup, la certitude qu'elle avait tué une rivale d'une balle dans la nuque s'imposa à lui.

Sur le parquet de la Chambre, Ernest Lapointe enchaîna en évoquant la Proclamation qui, le lendemain, au moment de sa publication dans la *Gazette officielle*, établirait un état de guerre entre le Canada et l'Allemagne. Jusque-là, tout le monde avait parlé de conflit appréhendé. Pourtant, l'avocat n'entendait plus. Dans son esprit, un film rejouait sans cesse : une femme qu'il avait estimée pendant des années sonnait à une porte, évoquait un prétexte quelconque pour entrer, profitait du fait que Ruth Davidowicz lui tournait le dos pour sortir de sa poche un petit revolver et lui tirer une balle dans la nuque ! Pouvait-on se tromper autant sur quelqu'un ? Quelle immense solitude l'avait conduite à cette extrémité ? Le souffle coupé par l'horreur, les oreilles bourdonnantes, ses yeux la cherchèrent de nouveau.

Quand le regard de l'avocat revint à la galerie, la meurtrière avait disparu. Renaud aurait dû s'élancer, tout tenter pour l'arrêter, le temps que les services de police soient alertés. Pourtant, jusqu'à la fin du discours du politicien, il demeura paralysé. Ce ne fut qu'au moment où celui-ci reprit sa place au premier rang avec les ministres, tout juste à côté du premier ministre King, qu'il se leva enfin et quitta les lieux.

Machinalement, l'homme se dirigea vers le bureau de Lapointe. Dans la salle servant d'antichambre, du corridor il entendit Farah-Lajoie demander à la nouvelle secrétaire :

— Rien de précis, madame. Tapez seulement une série de mots comprenant des « t » et des « m ». Tenez, pourquoi pas les mots « toutes les têtes de mamans », répétés sans cesse.

Quand Renaud entra dans la pièce, la jeune femme faisait cliqueter sa machine à écrire au rythme d'une mitraillette. Après deux minutes, elle tendit à l'enquêteur une feuille où courait sur cinq ou six lignes la petite phrase dénuée de sens.

— Madame, intervint l'avocat à son tour, pourrions-nous aller dans le bureau du ministre ? Nous devons parler un moment…

— … Non. Je suis désolée, mais même si je sais qui vous êtes, trop de documents secrets se trouvent là.

— Vous avez tout à fait raison. Alors pouvez-vous nous désigner un endroit un peu discret ?

— Il y a une petite pièce un peu plus loin dans le corridor. Je vais vous ouvrir.

Quelques minutes plus tard, dans une salle de réunion, l'enquêteur sortait de son porte-documents les trois missives intimidantes reçues par Davidowicz, une règle d'acier et une grande loupe. Son premier souci fut de tracer un trait très mince à la base de l'une des lignes que la secrétaire venait de taper pour eux. Ensuite, avec le verre grossissant, il la soumit à un examen minutieux.

Après un instant, Farah-Lajoie poussa la feuille et la loupe devant Renaud, de même que l'une des lettres menaçantes, aux fins de comparaison.

— C'est la même machine. Les « t » sont toujours un peu plus hauts que les autres lettres, et il y a une petite fissure dans la boucle du « m ». Élise Trudel a envoyé trois missives écrites à la dactylo, sans doute aussi deux autres rédigées à la main.

— Et toutes les autres…

— Venaient probablement de personnes qui n'aiment pas les Juifs. Ce n'est pas une rareté dans notre pays, ces derniers temps. Nous nous rendons voir cette dame ?

— … Je vous guide jusque chez elle. Auparavant, je veux avertir Lapointe que nous allons lui présenter un rapport tout à l'heure.

Les deux hommes revinrent au bureau du ministre afin de dire à la secrétaire qu'ils tenaient absolument à voir le politicien à son retour de la Chambre. « Dites-lui que cela concerne une affaire policière de la première importance », ajouta l'avocat, désireux de se montrer plus convaincant.

À la sortie du Parlement, les deux hommes purent prendre un taxi pour se rendre à l'appartement de la rue King Edward. Même s'il n'était venu qu'une seule fois, la nuit, Renaud identifia l'immeuble sans trop de mal. À l'étage, il frappa discrètement à la porte, puis, face à l'absence de réponse, de plus en plus fort. Après un moment, une voisine ouvrit sa propre porte à moitié, hésitant entre la colère et la crainte.

— Je suis désolé, madame, s'excusa l'avocat en soulevant son chapeau devant elle. Nous devons absolument parler à madame Trudel. Une urgence…

— … J'ai bien peur qu'elle soit absente. Elle est passée en coup de vent il y a trois quarts d'heure au moins, pour repartir tout de suite avec une valise. Un taxi l'attendait dans la rue. Quand je l'ai croisée, elle m'a dit être sur le point de partir en voyage pour quelque temps.

Renaud lui avait donné une heure d'avance, en ne tentant rien pour l'arrêter à la galerie des spectateurs, puis en négligeant d'évoquer sa présence devant l'enquêteur. Un peu pour se disculper, il mentit à son compagnon :

— Peut-être vous a-t-elle aperçu tout à l'heure, dans les corridors du Parlement. Elle est le genre à suivre les débats de la Chambre.

— Depuis la photographie à Sainte-Agathe, elle sait que je suis à ses trousses. Comme pour Davidowicz, je n'arrête pas les suspects, dans cette affaire, je les mets en fuite.

— Si nous allions à la police, ils pourraient surveiller dans les gares, sur les routes aussi, si Élise Trudel utilise une automobile.

— Il n'existe aucun mandat d'arrêt contre elle. Les policiers ne pourraient rien faire.

Ces mots enlevèrent un poids des épaules de Renaud Daigle. Son défaut d'agir ne causerait pas une réelle différence dans le sort de cette suspecte. S'il l'avait retenue, cela n'aurait pas entraîné l'arrestation de cette femme, mais peut-être la sienne.

— Nous n'avons rien de mieux à faire que de retourner au Parlement et attendre Ernest Lapointe, dit-il à la fin.

Quand une bonne demi-heure plus tard les deux hommes atteignirent l'entrée principale de l'édifice gothique du Parlement, des députés tout excités sortaient des lieux. Aucun ne pouvait deviner que leur décision avait scellé le sort de leurs compatriotes pour les cinq prochaines années.

Déjà revenu à son bureau, le politicien les fit entrer tout de suite en déclarant :

— Monsieur Daigle, quand ma secrétaire a parlé d'une affaire policière, j'ai immédiatement pensé à Davidowicz, en me disant que cette histoire-là avait été réglée il y a des semaines. Maintenant que je vous vois avec monsieur Farah, le célèbre détective de Montréal, je me doute que ce n'est pas le cas.

Le ministre affectait un air faussement joyeux. Après avoir pris une décision qui provoquerait la mort de milliers de personnes, sans doute pouvait-il évoquer un seul cadavre à la légère.

— Il y a plusieurs semaines, j'ai demandé à monsieur Farah de m'aider, car une fois Davidowicz tiré d'affaire grâce à son alibi, la police d'Outremont ne paraissait pas encline à chercher un coupable du côté des fascistes.

— Et pour cette inquisition, vous étiez mandaté par Davidowicz ?

— Non, par une personne désireuse d'établir la vérité. Je ne vous la nommerai pas, question de secret professionnel.

— Et aujourd'hui, vous voulez me faire connaître les résultats de l'enquête, je présume ? Ne serait-il pas opportun de rendre plutôt des comptes à l'individu qui vous a embauché ?

Depuis plusieurs jours, cela embêtait Renaud Daigle. Bien sûr, son devoir était de parler à Samuel Bronfman, mais les conséquences politiques de ce qu'il avait appris exigeaient que le ministre soit mis au courant.

— Vous devez savoir. Si vous ne partagez pas cet avis, vous ferez semblant de n'avoir rien entendu.

— Ce à quoi trente-cinq ans de politique m'ont préparé. Je vous écoute donc.

Du regard, l'avocat invita Farah-Lajoie à présenter les faits tels qu'il les connaissait. Son expérience devant les tribunaux lui avait appris à procéder avec méthode et clarté, pour le bénéfice d'un jury. Et les années de pratique du droit de Lapointe l'autorisaient à poser les bonnes questions et à tendre l'oreille.

Une demi-heure plus tard, le politicien se trouvait avec les trois lettres de menaces posées devant lui sur son pupitre, de même que la feuille de papier sur laquelle sa secrétaire avait tapé quelques lignes. D'un geste, il repoussa la loupe que lui tendait l'enquêteur.

— Je vous crois sur parole.

— Qu'Élise ait pu commettre un crime de ce genre ne vous paraît pas incroyable ? demanda Renaud, toujours horrifié par la situation.

— Je suis surpris. Toutefois, cela ne me semble pas incroyable. Mon cynisme tient à une vie passée en politique, la vraie, sur le terrain. Cela m'a appris à ne m'étonner de rien. J'irai même plus loin : je reconnais très bien Élise Trudel dans ce que votre ami vient de nous raconter.

Alors que son interlocuteur jetait de grands yeux effarés sur lui, le politicien s'esclaffa, puis un moment plus tard il expliqua enfin :

— Ses talents extraordinaires d'organisatrice me faisaient espérer il y a quinze ans qu'elle puisse se porter candidate. L'idée du meurtre émane peut-être de Davidowicz. Ce scénario pour vous donner l'air d'un idiot, toutes ces années après avoir levé le nez sur elle, puis ces lettres de menace écrites à l'avance pour orienter les soupçons vers les fascistes… Magistral. En vous dirigeant vers ces voyous, elle faisait encore de la politique : elle rendait à la fois service aux libéraux et aux Juifs, sa nouvelle famille !

Un long silence succéda à ces paroles, Renaud pensa à Virginie qui le traitait de naïf. Si tout le monde autour de lui le voyait de cette façon, autant se limiter à enseigner le droit constitutionnel et à acheter des cinémas. Ce fut le politicien qui relança la conversation :

— Si Élise a fui le nid cet après-midi, où soupçonnez-vous qu'elle soit allée ?

— Son amant a filé jusqu'en Pologne, rappela Farah-Lajoie.

— Mais elle est trop bien informée pour le suivre là-bas.

L'avocat ne put s'empêcher de penser à haute voix :

— À sa place, je me rendrais à Boston, où réside son frère Henri. De là, elle pourra savoir si nous essayons d'obtenir son extradition. Au premier signe en ce sens, elle montera sur un navire et cherchera refuge dans un pays lointain. Je choisirais l'Amérique du Sud, ou mieux, l'Espagne ou le Portugal.

— Si vous avez raison, elle se trouve déjà aux États-Unis, observa Lapointe. En train, Kingston se situe à une heure. Des traversiers partent de cette ville pour aller du côté américain à toute heure du jour. Cependant, pour une fuite de ce genre, il faut des moyens.

— Le notaire chargé de l'affaire a demandé un prix suffisamment bas pour la maison de la rue Davaar pour permettre une vente rapide. Mais même en deçà de la valeur marchande, cela lui donne de quoi voyager loin, et longtemps.

Un moment, l'avocat avait pensé à s'en rendre propriétaire, mais finalement les projets cinématographiques de Virginie l'avaient incité à conserver ses liquidités.

— Et maintenant, qu'entendez-vous faire ? questionna encore Lapointe.

— Vous êtes le ministre de la Justice, et vous m'avez demandé, le 23 mai, de jeter un œil sur l'affaire Davidowicz.

Vous en savez autant que moi. Je vais présenter le même rapport à la personne qui m'a embauché. Vous déciderez des suites à donner, conclut Renaud.

— Donc vous ne vous précipiterez pas à la police d'Outremont, ou auprès des journalistes, pour raconter tout cela ?

— Demain, nous serons officiellement en guerre contre l'Allemagne. Je pense que cela ne sera ni court ni facile. Croyez-vous que l'instant serait idéal pour lancer dans le public une histoire sur un député libéral de religion juive, meurtrier de sa femme, une juive, avec la complicité de sa maîtresse, une chrétienne, secrétaire du ministre de la Justice ? Personnellement, je ne le pense pas.

Ce récit, rendu public, profiterait aux antisémites et aux nationalistes. Bien sûr, Ruth Grabowski réclamait justice, mais un petit meurtre domestique paraissait un drame bien bénin, au moment où commençait une hécatombe aux dimensions abyssales. En même temps, au moment d'incriminer Élise Trudel, un étrange malaise le paralysait. Aussi, abandonner l'initiative au ministre restaurait sa sérénité.

— Et vous, monsieur Farah, quelle action entendez-vous prendre maintenant ?

— Mon ami Daigle disait tout à l'heure que je rencontrerai dès que possible la personne qui m'a payé pour mener cette enquête. Je lui remettrai tous les documents relatifs à celle-ci, les résultats lui appartiennent. Un détective privé ne dépend ni du chef de police ni du Procureur général.

Ernest Lapointe lui adressa un sourire, heureux de ces promesses de discrétion.

— J'aimerais rencontrer votre employeur, pour discuter de la conclusion à donner à cette affaire.

— Je lui ferai part de votre désir, intervint Renaud. Il lui reviendra d'y donner suite, ou non.

Personne ne savait comment conclure une rencontre pareille. Aussi après un long silence, les deux visiteurs s'excusèrent et s'empressèrent de regagner la gare. Chacun avait une famille nécessitant son attention, dans ce moment de drame national.

Encore une fois, la chambre à coucher servait de refuge aux adultes pour les discussions sérieuses. Jamais Nadja n'entrait dans ce sanctuaire de la vie conjugale sans frapper au préalable et avoir obtenu l'autorisation d'y pénétrer.

— Tu me dis que tu l'as laissée filer, alors que tu aurais pu te saisir d'elle ? demanda Virginie après son récit des événements de la journée.

— Je n'ai pas le pouvoir de sauter sur les gens pour les empêcher de fuir.

— Mais tu l'as laissée filer.

Son épouse ne finissait même plus la phrase avec une interrogation dans la voix, elle passait à l'affirmation.

— Tu me vois la plaquer au sol ? Tous les députés la connaissent. Ils seraient venus à sa défense.

— Mais tu l'as laissée filer.

— Je l'ai laissée filer, admit-il dans un soupir.

La jeune femme le regardait avec un sourire en coin, attendrie. À la fin, elle murmura :

— Treize ans plus tard, et même si tu sais que c'est une meurtrière calculatrice, tu te sens encore coupable d'avoir refusé son amour en 1926.

Un bref instant, Renaud eut envie de protester… puis il répondit d'un signe de tête affirmatif.

Cette fois, dans le luxueux bureau tout empreint de noblesse du président de la Seagram, Samuel Bronfman leur avait servi son meilleur whisky, alors que tous les trois prenaient place dans les fauteuils de cuir, près du foyer. Même si les soirées du milieu de septembre devenaient un peu plus fraîches, Renaud se dit qu'allumer le feu avait été superflu. Georges Farah-Lajoie avait répété son rapport, remis tous les documents relatifs à l'enquête.

— Finalement, le mari a commis ce meurtre. Qu'il brûle en enfer, conclut le financier en faisant tourner le liquide ambré dans son verre.

— Avec une participation très active d'Élise Trudel, nuança l'avocat, sans compter que l'initiative a pu venir d'elle.

— Le sort de Davidowicz est scellé : un Juif dans un pays sous la botte allemande. Mais qu'est-il arrivé à cette femme ?

Les journaux avaient abondamment relaté la chute de Varsovie. Malgré une résistance courageuse, les Polonais n'avaient pas fait le poids.

— J'ai vérifié, confia Farah-Lajoie. Elle se trouve à Boston, chez son frère.

— Ernest Lapointe va bouger ?

— Le moment serait mal choisi pour exciter les racistes, indiqua Renaud.

Samuel Bronfman regarda l'avocat avec des yeux amusés, vida son verre d'un trait avant de dire :

— Même si mes motifs sont différents des siens, je me découvre d'accord avec lui. Rien ne doit distraire les Canadiens d'un unique objectif : défaire Hitler. J'espère que Dieu s'occupera du reste.

— Je crois qu'il aimerait en discuter avec vous. Je parle de Lapointe, bien sûr, pas de Dieu… précisa son interlocuteur en souriant.

— J'avais compris. Je le contacterai. Merci messieurs, je suis convaincu que nous collaborerons encore.

Cela valait un congédiement, mais Renaud demeurait préoccupé par un autre sujet :

— Tout de même, les nazis ont fait une victime. Alfred Côté…

— Oh ! Je ne vous l'avais pas confirmé ? Je n'en aurai jamais une preuve formelle, mais tout semble indiquer que ses partenaires, dans des affaires louches, se sont lassés de lui.

Non, le financier ne le lui avait pas confirmé ! Le petit revolver pourrait enfin passer ses nuits au fond d'un tiroir fermé à clé, plutôt que sur sa table de chevet.

Comme le financier se levait pour se diriger derrière son bureau, les deux visiteurs posèrent leur verre et le suivirent. D'un geste qui témoignait de son habitude de signer des chèques d'un montant inimaginable, Bronfman en prépara deux, les leur tendit en réitérant ses remerciements. Une minute plus tard, une secrétaire athlétique, blonde au point de pouvoir incarner le prototype de la femme aryenne – l'avoir choisi témoignait du sens de l'humour de son employeur –, fermait la lourde porte dans leur dos.

Sur le trottoir de Mountain Street, les deux hommes se serrèrent la main et prirent des directions opposées.

Épilogue

En plus de signer un pacte de non-agression, l'Allemagne nazie et l'Union soviétique s'étaient entendues pour se partager les dépouilles de la Pologne, une fois la victoire acquise. Arden Davidowicz, officier, médecin et Juif, se retrouva du côté soviétique. Cela aurait pu lui sauver la vie. Ce ne fut pas le cas.

Le 5 mars 1940, le Politburo d'Union soviétique décidait d'exécuter les « nationalistes et les contre-révolutionnaires » de Pologne. Cela signifiait en fait l'arrêt de mort de toutes les personnes comptant parmi les « élites » de la nation polonaise. Les officiers et les médecins figuraient sur la liste des vingt-deux mille hommes assassinés. Ainsi, environ dix mois après sa femme, Arden Davidowicz mourut dans la forêt de Katyn exactement comme elle : une balle dans la nuque.

À des centaines de milles de là, les neuf cent sept réfugiés de religion juive descendus dans le port d'Amsterdam l'été précédent et dispersés entre les Pays-Bas, la Belgique et le Royaume-Uni feraient bientôt face à leur destin. Le 10 mai 1940, Adolf Hitler lancerait ses armées à la conquête des Pays-Bas et de la Belgique afin de s'ouvrir un chemin d'invasion supplémentaire jusqu'en France. Après cette date, les passagers du Saint-Louis *accueillis sur le continent connaîtraient tôt ou tard le nom d'endroits sinistres, comme Auschwitz-Birkenau ou Belzec. Les plus chanceux de ces expatriés, ceux accueillis par le gouvernement britannique, survivraient. Pendant toute la guerre, le Canada se soucierait de garder ses frontières à peu près fermées aux Juifs.*

Avant 1945, aucun des réfugiés du Saint-Louis *ne foulerait les rues de Montréal. À ce chapitre au moins, les nationalistes avaient gagné ! Qu'en est-il du sort de Myriam Bernstein et*

Rebecca Goldberg, les deux fillettes en larmes ? Peut-être ont-elles figuré parmi la petite minorité des survivants des camps d'extermination. Ou encore, espérons qu'elles comptaient parmi les chanceux qui avaient décroché un passage vers la Grande-Bretagne dans cette cruelle loterie. Dans ce cas, imaginons-les jeunes adultes marchant sur la rue Hutchison, à Montréal, en 1947. Car après avoir refoulé si longtemps les réfugiés, le Canada leur ouvrirait bientôt ses portes. À tout le moins, la guerre aurait amené cette humanité.

Les faits

Ce livre est une œuvre de fiction qui aborde des faits que les historiens balaient habituellement sous le tapis. Nombreux sont les protagonistes évoqués dans ces pages à avoir réellement existé. On trouve une petite biographie des plus importants d'entre eux au début du roman. Bien sûr, je leur attribue des paroles et des pensées qui ne tiennent qu'à mon imagination… tout en essayant de demeurer plausible.

Je me suis efforcé de respecter l'atmosphère et l'esprit de l'époque, ainsi que les principaux événements. Pour cela, la meilleure source demeure la presse écrite et quelques ouvrages incontournables. Parmi ceux-ci, nous trouvons bien sûr les travaux d'Esther Delisle, dont la parution a fait couler beaucoup d'encre.

Plus intéressante à mes yeux, quoique d'une présentation rébarbative, la série de documents publiés par David Rome qui trace un portrait navrant de l'ampleur de l'antisémitisme au Canada. Là, j'ai appris l'existence de toutes ces lettres, ces pétitions, ces réunions pour empêcher les réfugiés juifs de mettre le pied au pays, les nombreuses conspirations pour les priver de leurs droits.

Le désir d'écrire un roman qui se déroule de l'embarquement des réfugiés juifs sur le *Saint-Louis* jusqu'à l'entrée en guerre du Canada m'amène à télescoper des événements. Quelques exemples des libertés que j'ai prises. La grève des internes des hôpitaux montréalais a bel et bien eu lieu, et avec l'ampleur que je lui donne, mais en 1936 et non en 1939. L'événement était cependant trop révélateur des mentalités pour que j'en fasse l'économie. Le père Roy a eu la mauvaise

Documents et drapeaux saisis dans les locaux du Parti de l'Unité nationale, autrefois le Parti national socialiste-chrétien.
(Source : *The Gazette*, Archives nationales du Canada, PA 108054.)

L'affichage antisémite à Sainte-Agathe-des-Monts, juillet 1939.
(Source : *The Gazette*, Archives nationales du Canada, PA 107943.)

idée d'organiser le mariage de masse de la Jeunesse ouvrière catholique le même dimanche où Mgr Bazinet lançait sa croisade raciste. Ne voulant pas priver Renaud Daigle d'assister aux deux, j'ai devancé les épousailles d'une semaine. Les mariés ne m'en voudront sans doute pas, j'espère.

Les événements de Sainte-Agathe sont si intéressants que j'en ai scrupuleusement respecté le déroulement… en admettant que les journaux en ont été le reflet fidèle. Par exemple, une jeune pianiste appelée Weinstein a bien reçu un coup de bâton d'un garçon, et deux hommes se sont battus en pleine nuit au coin des rues Saint-Vincent et Principale, un affrontement faisant suite à un échange de mots aigres-doux en après-midi. Les journaux ne précisaient pas si l'un d'eux était à demi-nu…

Le racisme des Canadiens français des deux sexes était-il aussi virulent que je le laisse entendre ? Lionel Groulx, leur maître à penser, a bien commis les textes évoqués dans ces pages. Le livre *La Réponse de la race*, publié en 1936, s'avère aussi horrible que je le dis. Renaud Daigle s'avère un peu injuste envers André Laurendeau : après avoir flirté avec cette idéologie, ce journaliste a condamné l'antisémitisme dès 1937. Au fond, mon avocat ne respecte pas tout à fait les enseignements donnés à sa fille : il a condamné le fils pour une faute du père. Arthur Laurendeau a bien préfacé *La Réponse de la race !* En passant, l'auteur présumé de ce torchon demandait au chanoine Groulx la permission de le lui dédicacer : rien dans les archives de l'Institut d'histoire de l'Amérique française n'indique que l'ecclésiastique a donné son accord… Mais l'ouvrage lui fut bien dédicacé !

Le nazisme du Parti de l'Unité nationale d'Adrien Arcand était une chose, le racisme ordinaire d'une large partie de la population québécoise, justifié au nom du devoir de protéger à la fois la « race » canadienne-française et son patrimoine, en était une autre. Le calme village de Sainte-Agathe a effectivement été le lieu d'une campagne plutôt virulente, menée par Mgr Jean-Baptiste Bazinet et son vicaire, Jean-Baptiste

Charland. Voilà que j'ai un motif personnel d'apprécier le célibat des prêtres : au moins, celui-là a peu de chances de faire partie de mes ancêtres.

Pour illustrer la campagne raciste du prélat, je me suis servi des comptes rendus de ses sermons publiés dans les journaux. D'ailleurs, j'en ai fait parfois une citation littérale. C'est en particulier le cas de celui prononcé depuis le chœur le 6 août, alors que des haut-parleurs permettaient d'atteindre les oreilles de toutes les ouailles.

La veille de cette allocution, Mgr Limoges, évêque du diocèse de Mont-Laurier, dont la paroisse de Sainte-Agathe-des-Monts fait partie, écrivait au curé pour le rappeler à l'ordre. À compter de ce moment, Mgr Bazinet se montre soucieux de se justifier et de prendre ses distances avec les pires excès racistes. Comme un incendiaire soucieux d'affirmer qu'il ne portait pas d'allumettes… Quelques jours plus tard, le calme revenait dans la ville. Si les Daigle et les Bielfeld avaient attendu un peu, sans doute auraient-ils terminé la saison estivale dans la tranquillité. Cependant, l'antisémitisme s'exprima de façon plus discrète au moins jusque dans les années 1950, tant dans cette ville que dans l'ensemble de la province.

Peut-être pour rendre hommage à son œuvre pédagogique de l'été de 1939, on a jugé bon de donner le nom de Mgr Bazinet à une école de Sainte-Agathe-des-Monts. Sûrement que les élèves trouvent en lui un modèle…

Afin de mieux évoquer ce climat, de même que celui de la crise, j'ai choisi d'émailler le texte de titres, et parfois de d'extraits d'articles de journaux. J'espère que cela a permis de mieux rendre compte des angoisses d'une petite rouquine, Nadja, et de ses parents.

Achevé d'imprimer
sur les presses de l'imprimerie
Transcontinental Gagné,
Louiseville, Québec